SUR LA ROUTE, VERS AILLEURS

Benjamin Wood a grandi dans le nord-ouest de l'Angleterre. Son premier roman, *Le Complexe d'Eden Bellwether*, a été amplement salué par la critique et a obtenu le Prix du roman Fnac 2014. Avec *L'Écliptique* et *Sur la route, vers ailleurs*, finaliste du Prix de littérature de l'Union européenne en 2019, il s'affirme comme un écrivain majeur de sa génération.

Paru au Livre de Poche :

L'ÉCLIPTIQUE

BENJAMIN WOOD

Sur la route, vers ailleurs

ROMAN TRADUIT DE L'ANGLAIS PAR RENAUD MORIN

ROBERT LAFFONT

Titre original :
A STATION ON THE PATH TO SOMEWHERE BETTER

ISBN : 978-2-253-07762-6 – 1re publication LGF

Pour Nick

Face un

DEUX COULEURS DU CIEL

Jusqu'à cette sombre semaine d'août, pendant laquelle chaque plan élaboré était une tentative pour annuler le précédent et chaque parole prononcée une diversion ou un mensonge, j'avais cru que mon père était un homme bien, un géniteur acceptable. Il est facile à présent de dire que je me trompais sur son compte, comme il est facile de rejeter ses réussites préalables à la lumière de ce qui s'est passé. Mais j'avais douze ans cet été-là – le garçon le plus inexpérimenté qui soit, élevé dans une rue tranquille, qui le protégeait –, et j'étais incapable de distinguer les imperfections d'un homme de ses défauts fatals. Peut-être que cette naïveté était voulue. Peut-être que j'avais déjà pris la mesure de ses insuffisances, que je les avais aperçues un soir dans le scintillement d'une trace de rouge à lèvres sur sa joue quand il était rentré à la maison, et que j'avais décidé de les ignorer. À dire vrai, chaque explication modifie ce que je sais de sa vie, le grossit au point que je vois dans le détail infime des significations qui n'y sont pas. Il ne s'agit pas de ma part d'une tentative pour le disculper, mais seulement pour rendre compte de ce qu'il a fait de moi. Je n'ai que cette honnêteté à te donner, à défaut d'autre chose.

Cette semaine de malheur continue de fléchir ce qui en moi devrait être droit, de transformer des pensées qui devraient être claires et lumineuses en ténèbres. Je ne suis pas le Daniel Hardesty que j'étais alors (j'ai légalement changé de nom à l'âge de vingt ans), et j'ai pourtant été incapable d'effacer les restes de lui. Comment est-il possible que quelques brèves journées de malheur puissent corrompre une vie entière ? Comment se fait-il que nous nous laissions définir à ce point par les péchés d'autrui ? Tout ce que je sais, c'est que mon père a exercé sur moi une emprise des plus singulières dès que j'ai été en âge de constater son absence.

Il a toujours eu deux manières d'être – « deux couleurs de ciel », disait de lui ma mère –, et il pouvait aller de l'une à l'autre sans crier gare et sans raison. Il y avait le gentil Francis Hardesty qui me collait sur les photos, qui passait son bras autour de mes épaules où que nous allions, cramponné à moi comme s'il craignait que j'oublie la couleur de ses yeux. Et il y avait son double distant, qui disparaissait dans les étages sans moi, qui s'appuyait à l'embrasure des portes avec de jeunes femmes, en feignant de ne pas m'entendre alors que ses chuchotements les faisaient glousser ; le Fran Hardesty qui me plantait sur des tabourets de bar pour que je joue aux machines à sous avec de la petite monnaie pendant qu'il vaquait à ses propres affaires, qui ne m'accordait que son attention la plus périphérique, sa sollicitude la plus désinvolte.

Je l'aimais, et l'avoir aimé me remplit de honte, bien que tout ce qu'il a prétendu éprouver pour moi n'ait été que faux-semblant ou moyen de persuasion. J'admets que cela ne suffit pas à rendre compte du rôle qui a été le mien. Pourtant, quand je pense à cette semaine d'août et à ce qui s'est produit, je sais que c'est la ligne de faille qui court sous chaque pas en avant que je tente de faire. Ses erreurs sont mon héritage. Le sang pourri qu'il m'a donné est le sang que je transmettrai.

*

Je ne peux prétendre avoir été doté d'une mémoire des détails prodigieuse, mais je me souviens de plus de choses que je ne le voudrais, et il y a une période de mon enfance en particulier que je n'ai pas besoin de me remémorer parce qu'on l'a consignée pour moi. Voici, par exemple, la liste des objets qui se trouvaient dans la boîte à gants de mon père, établie le jour où la police a retrouvé sa voiture.

Un paquet à moitié vide de bonbons à la menthe Fox's, l'emballage déchiré et tortillé. Des tees de golf en bois de couleurs assorties, tous inutilisés. Trois cassettes audio noires Grundig portant son écriture appliquée au stylo-bille vert : *Blue Bell Knoll*, *Treasure*, *Louder than Bombs*. Une paire de ciseaux à ongles, tordue. Un tube de 275 ml de crème d'atelier pour les mains Swarfega. Une enveloppe froissée contenant un reçu de Bryant's Coachworks pour des « réparations sur portière arrière », daté du 19 juillet 1993. Un manuel du propriétaire d'une Volvo 240 dans sa pochette en similicuir. Une plaquette vide dans une boîte d'Anadin. Trente-quatre pence de monnaie : une pièce de vingt, une de dix, et deux piécettes en cuivre.

Quoi d'autre ? La languette en cire rouge d'un fromage Babybel, durcie. Un stylo cassé du Metropole Hotel, à Leeds. Une boîte de cigarillos vide.

Ces objets n'ont pas été produits comme preuves, mais leurs photographies continuent d'étoffer son dossier comme des bons de réduction expirés dans un tiroir. Ils sont tous insignifiants à présent, et pourtant, en vertu de leur disposition dans sa boîte à gants, à un moment donné, ils ont fini par revêtir une certaine importance. Les petits caractères de nos existences passent en grande partie inaperçus jusqu'à ce qu'un acte illégal en fasse autant de signes de mauvais augure, qui méritent qu'on les examine pour y chercher des indices, et je ne peux m'empêcher de scruter mon passé de la même manière. Comme si la vérité se nichait quelque part parmi ces objets accessoires. Comme si ce qui s'était produit découlait d'une accumulation progressive de petites choses ordinaires que personne n'avait pensé à remarquer.

*

Little Missenden aussi avait une vie avant mon père, évidemment. C'était encore le genre d'endroit qui correspondait dans l'esprit des gens au périmètre ancien du village et de sa paroisse. Il offrait une halte agréable dans les collines des Chilterns, et était réputé avant tout pour son église saxonne et ses manoirs : des sites d'un intérêt historique très particulier qui attiraient quelques visiteurs de Londres et de plus loin encore. Des hommes en chemise de flanelle s'y arrêtaient souvent pour peindre des aquarelles et, pendant qu'ils dessinaient, je me plantais derrière leur chevalet et les assommais de questions. Ils ne semblaient jamais saisir le même paysage que celui que je voyais. Ils dessinaient des arbres aux silhouettes affirmées, des oiseaux figés, des cottages aux façades pleines de cachet, des chemins de campagne tachetés d'ombre. Le Little Missenden que je connaissais était plus difficile à rendre. C'était un kaléidoscope d'espaces enchevêtrés – un circuit plein d'ornières sur lequel je faisais du vélo, le petit espace sous-terrain que j'avais mis des années à creuser sous la haie du jardin, la sébile à monnaie de la cabine téléphonique où mes figurines campaient en mission de reconnaissance, le mât du drapeau sur le clocher de l'église que je pouvais voir de toutes les fenêtres à l'étage de notre maison, ces champs dont la courbure était si parfaite pour la luge que je priais chaque Noël pour que la neige les recouvre. C'est ce genre de choses qui permet de distinguer l'endroit que vous habitez de sa situation géographique. Si j'avais le courage d'y revenir un jour, je sais que je les trouverais changées… et changées n'est qu'une autre façon de dire disparues.

*

Le premier changement s'est produit par un calme jeudi matin, le 17 août 1995, quand j'ai vu sa vieille Volvo bleue descendre notre rue tel un caillot sombre à l'intérieur d'une veine. Je m'étais levé de bonne heure pour guetter son arrivée, agenouillé sur le banc en bois dur qui bordait la fenêtre de la chambre d'amis. Pendant un long moment, la petite rue vide devant notre maison est restée un chemin de bitume couvert de rosée, un terrain de manœuvres pour les corbeaux, et le découragement me prenait chaque fois que j'entendais un moteur vrombir au loin sans qu'aucune voiture se matérialise dans notre allée.

Ma mère avait passé des semaines à me préparer à cette déception : elle voulait me faire comprendre que Francis Hardesty, en dépit de toutes ses promesses et assurances, ne viendrait peut-être pas. Elle m'avait prévenu : « Ton père n'en fait qu'à sa tête. S'il t'oublie, ça n'aura rien de personnel. C'est juste que tu lui seras totalement sorti de l'esprit. » Je n'ai jamais aimé qu'elle parle de lui de cette façon. Plus elle critiquait mon père en son absence, plus j'avais tendance à me boucher les oreilles. Il devenait moins défaillant pendant nos séparations. Et je croyais qu'il lui donnerait un jour tort, qu'il ferait la démonstration de ce qu'il était vraiment.

Ce matin-là, elle attendait dans l'entrée pour l'accueillir. Elle se tenait peut-être là depuis des heures. Quand on a sonné, elle avait les yeux fixés sur la pendule dorée au-dessus de la porte. « Sept heures et demie pile, m'a-t-elle dit alors que je descendais l'escalier. Ça ne peut pas être lui. On doit être en train de rêver. » Mais nous avons vu tous les deux la masse indistincte de son corps se profiler à travers la porte vitrée, le disque pâle de son visage au-dessus du tissu de sa chemise, le noir de ses cheveux. Je n'avais jamais guetté le bruit de notre sonnette avec autant d'intensité ; elle a semblé résonner dans ma tête plus longtemps que d'habitude. De temps à autre, il m'arrive d'entendre par hasard ce même carillon artificiel, et cet air désuet me met les nerfs à vif.

Mon père est resté un moment sur le pas de la porte, à regarder à l'intérieur. J'aurais voulu te le décrire de façon à en faire un candidat vraisemblable à la prison ; avec des phalanges tatouées, le crâne rasé, un cuir de biker, quelqu'un qui aurait pu me subjuguer d'un simple mouvement de ses yeux vides. Pourtant le fait est que le physique de Francis Hardesty n'avait rien d'impressionnant. Un mètre soixante-quinze, mince ; maigre ne serait pas le mot approprié, parce qu'il avait quand même un peu de ventre. Il portait des chemises en polyester et des pulls ras du cou, toujours unis ou aux motifs discrets, et des jeans délavés ou des pantalons en velours côtelé bleu marine qui présentaient des traces d'usure là où il mettait ses clés et son portefeuille. Ce qui lui donnait cet ascendant sur les gens, c'était la texture de sa voix : une voix de radio, tout en rondeur, douce là où celle d'autres hommes était brusque, profonde et légèrement susurrante. Et il était séduisant aussi, séduisant comme par inadvertance. Son nez, par exemple, avait une arête large comme un doigt, mais les arches de ses narines compensaient par leur finesse. Ses yeux étaient d'une couleur que je n'ai jamais revue depuis : une nuance miel foncé avec des éclats orange. Il aimait être rasé de près, mais quand il se laissait pousser la barbe plus d'une journée, ses traits prenaient une expression différente, plus aimable, moins tourmentée. Curieusement, sa seule excentricité – son goût pour les cigarillos – lui donnait un air assuré, déterminé, alors qu'elle aurait pu le faire passer pour prétentieux. C'était un fidèle fumeur de Café Crème, mais considérant que c'était un nom de pudding, il préférait parler de ses « Wintermans », comme dans : « Encore un dernier Wintermans, et je vais m'arrêter là pour ce soir. » Ils avaient jauni le côté de son index et de son majeur, et leur odeur musquée imprégnait ses vêtements, ses cheveux et sa peau.

Il regardait ma mère du coin de l'œil sur le seuil. « Kath, a-t-il dit avec un geste timide de la main. Ça fait plaisir de te voir. Il est prêt ? » Elle avait fait barrage avec son bras, par réflexe, et il s'est penché pour voir au-delà. « J'espère que tu es prêt, mon joli. Va chercher tes affaires. Il faut qu'on parte de bonne heure si on veut éviter les bouchons. »

J'étais plus que prêt : lavé, habillé et rempli de cornflakes, mon sac fourre-tout préparé la veille. J'avais à peine fermé l'œil. Le voir me transportait tellement de joie que j'étais incapable de dire un mot. Il était si rare qu'il tienne une promesse qu'une partie de moi-même allait jusqu'à douter de sa présence. Il se trouvait aussi que j'avais du sang plein la bouche et que je ne voulais pas l'ouvrir. Dans mon excitation, j'avais sauté du rebord de la fenêtre et je m'étais entaillé la langue avec les dents du fond.

« Qu'est-ce qu'il y a… tu n'as plus de voix ? a-t-il demandé. Prends tes affaires, on s'en va. »

Ma mère lui a tendu mon sac. Il a fait mine de s'affaisser en le prenant, comme si le fardeau était trop lourd pour lui.

« Qu'est-ce qu'il a mis là-dedans ?

— Il y a surtout des livres, je crois. J'ai essayé de le limiter, mais il est têtu.

— Il doit y avoir toute l'*Encyclopædia Britannica.*

— Attends quelques heures, et il lui faudra quelque chose à lire.

— C'est censé vouloir dire quoi, ça ?

— Rien, Fran. Rien. »

J'ai tiré ma mère par la manche, et lui ai montré ma langue.

« Oh, ça a l'air douloureux. Qu'est-ce qui s'est passé ? a-t-elle demandé en examinant la plaie à la lumière. Bon, va envelopper un glaçon dans une feuille d'essuie-tout et garde-le contre ta joue dix minutes. »

J'ai suivi son conseil. Ma mère n'avait aucune expertise ni formation médicale, mais elle connaissait toujours les meilleurs remèdes pour soigner les petits bobos, et semblait capable de puiser dans un vaste réservoir de connaissances. À l'époque, je trouvais cela vaguement surnaturel, même si, bien entendu, il ne s'agissait que d'instinct maternel et de bon sens.

Quand je suis sorti de la cuisine, Francis Hardesty avait disparu, ainsi que mon sac. Je l'ai trouvé dans l'allée avec ma mère, qui était toujours en peignoir de soie et en chaussons. Il était en train d'attacher avec des tendeurs un paquet de fines planches sur la galerie de toit de la Volvo, et elle s'adressait à son dos en sueur pendant qu'il s'activait.

« Voilà, a-t-il dit en se tournant vers elle. C'est mieux, maintenant ? J'ai passé l'inspection ? »

Elle s'est écartée.

« Je ne comprends pas pourquoi tu ne les avais pas mises là dès le début.

— Et moi je ne comprends pas pourquoi je ne peux pas les laisser dans le garage.

— Tu n'habites plus ici, Fran, voilà pourquoi, et il serait temps que tu t'y habitues. C'est fini les chaussures cradingues dans ma cuisine, les chutes de bois balancées dans mon garage. Tu arrêtes de prendre ce genre de libertés, un point c'est tout. » À ce moment-là, elle m'a vu arriver dans l'allée avec mon glaçon enveloppé pressé contre ma bouche.

« On a fini de charger. On fait juste de la place.

— On est parés au décollage, a déclaré mon père, qui est venu me tapoter la tête. Assieds-toi et mets ta ceinture. Je dois juste passer aux toilettes, si ta mère n'y voit pas d'inconvénient.

— Va dans celles du bas », lui a-t-elle dit, et il est retourné à l'intérieur.

Je me suis assis sur le siège passager. Il faisait chaud dans la voiture et cela sentait le produit chimique. Le plastique de l'accoudoir m'a légèrement brûlé comme s'il avait été brièvement passé à la flamme d'un briquet. Ma mère a cogné à la vitre pour que je la baisse.

« Écoute une seconde », a-t-elle dit en se penchant pour se mettre à ma hauteur. J'ignore combien de temps a duré ce moment – je n'ai pas regardé l'horloge du tableau de bord –, mais j'ai souvent l'impression qu'il s'est lentement étiré entre deux battements de paupières. « Écoute, je sais que tu as déjà entendu tout ça, mais ne sois pas trop déçu si ça ne se passe pas exactement comme tu l'espérais, d'accord ? Si tu ne rencontres pas les acteurs comme il l'a promis… si Maxine Machintruc n'est pas là pour faire ta connaissance, ou si tu ne peux pas les voir tourner, ne sois pas trop contrarié, d'accord ? Tu vas bien t'amuser quand même, quoi qu'il arrive. Ton père peut être assez drôle quand il veut, et l'important, c'est que vous passiez du temps ensemble. Je sais que ça compte pour toi. Alors profites-en bien. Et sois sage. D'accord ? »

J'ai souri et acquiescé en marmonnant.

Elle s'est penchée pour me prendre la feuille d'essuie-tout mouillée. « Laisse-moi voir cette langue. » Je l'ai tirée. « Eh bien, il y a une grosseur, mais ça va cicatriser. Bois beaucoup d'eau froide. Et appelle-moi des stations-service que je sache où vous êtes. Il faut trois heures et quelques pour aller à Leeds, s'il respecte les limitations de vitesse. (Elle pressait l'essuie-tout dans son poing.) Ne bouge pas, je vais aller voir ce qui lui prend si longtemps. Je t'aime, mon fils.

— Moi aussi je t'aime. »

Elle s'est penchée plus bas, l'index pointé sur sa joue, et je me suis redressé pour l'embrasser à cet endroit. Sa peau était légèrement huilée et j'ai perçu l'odeur de bonbon au citron de *Sunflowers*, son parfum.

J'ai attaché ma ceinture et j'ai attendu. Tous les livres et jeux de cartes que j'avais choisis pour le voyage, mes figurines, mon appareil photo étaient rangés à l'intérieur de mon sac dans le coffre. Je n'avais rien pour m'occuper à part l'angoisse qui venait de m'étreindre en pensant à ce qui était en train de se passer dans la maison. Les disputes imaginées étaient bien pires que celles auxquelles j'assistais. Quand j'étais moi-même au calme, et mes parents seuls quelque part, échappant à toute surveillance, mes mains luisaient d'une sueur froide et je me sentais barbouillé.

Mon père est ressorti peu après, une glacière bleue à la main. Il prolongeait une dispute qui avait dû démarrer quelque part entre les toilettes du bas et la porte d'entrée.

« Non, mais enfin, je suis de ton côté là-dessus, Kath. Bien sûr que ce n'est pas juste. Mais je ne comprends pas pourquoi tu me le reproches… tu m'as prévenu il y a deux jours. Deux jours !

— Cela aurait fait une différence si tu avais été là. Ils aiment bien voir les deux parents à ce genre d'entretien.

— Eh bien, je ne sais pas quoi te dire. S'il n'y a pas de places, il n'y a pas de places. Le type n'allait pas changer les règles pour mes beaux yeux. Si j'étais aussi persuasif, on serait par terre dans la cuisine là, tout de suite, tu peux me croire. »

Ma mère a croisé les bras et l'a regardé avec une expression qu'elle réservait en général au ramassage des crottes de chien sur notre trottoir. « Mon Dieu, tu es tellement immature. » Au-dessus de leurs têtes, le ciel s'assombrissait. Une noirceur a lentement glissé sur le capot de la Volvo, passant de droite à gauche.

« Ou c'est peut-être toi qui te prends un peu trop au sérieux, a poursuivi Fran Hardesty. Et de toute façon, je ne suis pas convaincu que ce soit bien pour lui. Ces écoles ne font que bousiller les gamins, pour ce que j'en sais.

— Tu es incroyable. Tu n'as donc pas écouté un mot de ce que j'ai dit ?

— C'est ton père qui est derrière ça, à l'évidence.

— Fran. Arrête. Tu ne fais qu'aggraver les choses.

— Tu as toujours voulu qu'il aille à Chesham Park.

— Oui, eh bien, il y a des tas de choses que je voulais… »

J'avais besoin de détourner mon attention de leurs chamailleries, et la boîte à gants de mon père avait toujours présenté un grand potentiel de découvertes : peut-être m'avait-il acheté un cadeau et qu'il l'avait rangé là, en lieu sûr ? Peut-être qu'il y aurait une photographie découpée dans un magazine pour adultes, ou un objet dangereux, comme un canif que je pourrais cacher et utiliser en secret ? Mais je n'y ai rien trouvé d'intéressant. L'atlas routier géant de Grande-Bretagne était inséré dans l'espace à côté du frein à main. Je l'ai sorti et j'ai ouvert une page au hasard. J'ai essayé de me perdre dans le quadrillage de la carte, dans tous ces numéros de route et ces sorties d'autoroute, tous ces endroits où je n'étais jamais allé : Buckden, Little Paxton, Offord Cluny, Offord D'Arcy et Yelling, une ville qu'on avait dû nommer ainsi en l'honneur de mes parents[1].

Je n'avais étudié que deux pages quand j'ai entendu mon père descendre l'allée d'un pas lourd. « Si tu veux lui dire au revoir, a-t-il lancé, c'est maintenant. Il faut qu'on prenne la route. »

La glacière lui battait la cuisse. Il avait le visage rouge et luisant. J'ai d'abord cru qu'il s'adressait à moi, et j'ai défait ma ceinture. Mais ma mère est apparue à ce moment-là derrière lui et a fait le tour de la voiture. Elle a ouvert ma portière et m'a embrassé la tempe. « Pourquoi tu n'as pas mis ta ceinture ? m'a-t-elle demandé, puis vers l'appui-tête : Fran… mais

1. *To yell* signifie « crier » ou « hurler » (toutes les notes sont du traducteur).

c'est quoi, ça ? ! Il n'a pas mis sa ceinture. C'est quoi ton problème ?

— Lâche-moi un peu. On n'est même pas sortis de l'allée. »

Il était en train de libérer de la place sur le plancher à l'arrière pour la glacière.

« Sois prudent, surtout. Prends ton temps. Et s'il te plaît, pas de gros mots.

— C'est pour tous les autres abrutis sur la route que je m'inquiéterais.

— Fais super attention.

— Oh, bien sûr, a dit mon père dans sa barbe. Ça va nous protéger, c'est sûr. »

Elle m'a pincé les joues et m'a secoué doucement la tête.

« Tiens-toi bien, m'a-t-elle dit. Et fais en sorte qu'il se tienne bien. Ne le laisse pas te nourrir de barres chocolatées et de Coca. Et garde tous tes reçus. » S'il y avait une chose qui me déplaisait chez ma mère, c'était cette façon qu'elle avait de m'utiliser pour réfracter les reproches qu'elle destinait à mon père, croyant pouvoir masquer sa pensée. « Tu vas tellement me manquer, mon chéri. Appelle-moi à chaque arrêt. Chaque fois que tu en auras l'occasion. »

J'ai promis, une fois encore…

La portière s'est ouverte avec un bruit mat, et mon père s'est laissé tomber sur le siège. Il a agrippé le volant, bras tendus, et a fait craquer son cou.

« Allez, c'est parti, a-t-il lancé en mettant le contact. Il faudra probablement que je fasse de l'essence à un moment ou à un autre. »

Alors que nous sortions de l'allée en marche arrière, j'ai remarqué que la porte d'entrée était grande ouverte. Je savais que ma mère serait là à nous faire signe de la main jusqu'à ce que la voiture soit hors de vue. Mais je n'avais pas conscience que ce serait la dernière fois que je verrais la maison dans laquelle j'avais grandi comme elle était réellement ; un magnifique assemblage de briques brun-rouge et de fenêtres à croisée, une maison si bien isolée par un rideau d'arbres que vous ne pouviez voir sa façade qu'en jouant dans le jardin. Je ne savais pas que nous étions en train d'en faire une relique.

Mon père a passé la marche avant et nous nous sommes lentement éloignés de la maison en décrivant un arc de cercle. Il a donné deux coups de klaxon avec le poing. C'était un bruit amical, destiné à ma mère, suffisamment fort pour chasser les pigeons du toit du garage. Ils ont fait sursauter ma mère. Au moment où nous sommes partis, elle souriait toute seule, une main posée mollement sur son cœur. C'est la dernière fois que je l'ai vue.

Je suppose que tout menteur doit posséder une certaine crédibilité. Mon père, qui l'avait parfaitement compris, avait bâti la moitié de son existence sur ce postulat. Les mensonges qu'il racontait étaient plus ou moins vrais : comme ces agents immobiliers qui enjolivent des taudis avec leur baratin, comme ces vendeurs de voiture qui modifient le kilométrage d'un tas de ferraille, ou comme ces docteurs qui dissimulent leur négligence en trafiquant les dossiers de leurs patients. Vers la fin, les mensonges qui m'ont trompé reposaient uniquement sur la confiance que j'avais en lui, ce qui les rend d'autant plus difficiles à digérer.

Après que sa relation avec ma mère avait commencé à se dégrader, il avait tenté d'exploiter mes faiblesses pour se faire bien voir. J'étais un garçon studieux, dont les intérêts étaient limités et qui avait tendance à transformer les choses qui lui tenaient à cœur en obsession. Par exemple, j'avais dix ans le jour où ma mère, histoire de faire prendre un peu le soleil à mon teint de « bibliothécaire », m'avait emmené à une vente de charité à l'église St John the Baptist. Là, sur une table à tréteaux, exposée à côté d'un lot de romans à l'eau de rose et d'un coupe-papier, je vis ce que je supposai être une paire de ciseaux cassée, en laiton terni, avec ses poignées et sans lames. Mais en l'examinant de plus près, je me rendis compte que c'étaient des lunettes, d'un modèle ancien et étrange, dont les verres étaient articulés sur une charnière centrale, et je les achetai avec les trois sous que ma mère me donnait. Il s'avéra qu'il s'agissait de binocles-ciseaux français de 1901, qui n'avaient pas une grande valeur marchande, étant donné leur état, mais qui n'étaient pas sans valeur. Que ces binocles aient été le point de départ d'une collection de lunettes qui compte à ce jour plus de trois cents pièces, dont certaines (les premières besicles à pont arrondi et une lorgnette de style Adams) seraient dignes d'être exposées dans un musée, te donnera une idée de la facilité avec laquelle je renonce à mes obsessions.

Je ne sais pas trop comment mon père entendit parler de ces binocles – peut-être que l'information avait échappé à ma mère pendant une de leurs disputes habituelles au téléphone, ou bien, dans l'accalmie qui avait suivi, après qu'elle m'avait passé le combiné les larmes aux yeux, j'avais évoqué le sujet parce que je n'avais rien d'autre à dire. Mes parents n'étaient alors pas tout à fait séparés, mais leur mariage était aussi sûrement condamné que le chien de la famille qui ne parvient plus à se lever du tapis, et mon père appelait à la maison tous les deux jours pour repousser l'inévitable. Il logeait chez un ami à Dublin et participait à la construction du décor de *Brand*, une adaptation d'Ibsen. Je me souviens qu'il m'avait appelé pour discuter de mon cadeau d'anniversaire. « Écoute, Dan, je n'ai pas eu trop le temps, mais j'ai fait quelques antiquaires ici avec Lydia pour essayer de mettre la main sur une de ces vieilles paires de lunettes que tu aimes. » Sa voix était voilée, fatiguée. J'ignorais qui était cette Lydia ni pour quelle raison il s'attendait à ce que je reconnaisse son nom. « Eh bien, on n'a pas eu beaucoup de chance, mais on t'a trouvé quelque chose… une sorte de loupe sophistiquée. Elle est en argent véritable et la lentille est en bon état, d'après la dame. Et si je retournais dans la boutique te l'acheter ? Elle n'arrivera sans doute pas le jour même de ton anniversaire si je la mets à la poste demain, mais sinon, qu'est-ce que tu en dis ? »

Je pense que ce bref échange réjouit ma mère pendant un certain temps, de savoir qu'il avait été attentif à quelque chose qui m'intéressait. Après quoi, leurs conversations téléphoniques semblèrent plus gaies, duraient plus longtemps, et elle commença à parler de lui sur un ton plus aimable. Jusqu'à ses derniers jours, il jurerait que le cadeau s'était perdu pendant le transport ; il produisit même un courrier d'un bureau de poste de Dublin pour nous en persuader. Avec mon père, il n'y avait pas d'excuses franches et directes, pas d'admission de culpabilité – juste ça : une succession de prétextes imaginaires devenant de plus en plus pathétiques.

Je suppose qu'il jugeait cette passion pour les lunettes anciennes plutôt insolite de la part d'un jeune garçon, et je me rends compte que pour un homme tel que lui, qui avait grandi en faisant les foins et en gardant les moutons avec son propre père, elle était difficile à concevoir. Il n'en demeure pas moins que mon attrait pour les objets anciens me vient de lui. En fait, si je me suis précipité sur ces lunettes, c'est uniquement parce que j'y ai vu une occasion de nous rapprocher.

Des mois avant cette vente de charité, il m'avait surpris devant les grilles de l'école. J'étais passé devant lui, et il m'avait sifflé depuis le trottoir où il avait garé la voiture. « Danno ! Hé ! » Il portait un bleu de travail taché de peinture et tirait sur un cigarillo, assis sur le capot. La suspension oscilla quand il se mit debout. « C'est pas la peine de me regarder comme ça. Tout va bien. J'ai tout arrangé avec ta mère. » Ce qui s'avéra un mensonge.

Cela faisait six semaines que je ne l'avais pas vu, depuis qu'elle avait mis ses vêtements dans une douzaine de sacs-poubelle qu'elle avait jetés dans notre allée. Quant à savoir laquelle de ses infidélités avait provoqué son expulsion, j'en suis réduit aux suppositions. À cette époque, il couchait avec une rousse du practice de golf. Je le sais parce qu'il m'y emmenait souvent pour le regarder rater ses swings. Il me laissait dans notre poste avec un seau de balles et un fer cinq pour enfant, à donner de grands coups dans le gazon synthétique, pendant que la rousse s'occupait de lui dans les toilettes du personnel. Son nom n'a pas d'importance, même si tous les hommes du club avaient l'air de le connaître. (« Cette Nadine ne demande que ça. J'adorerais lui enlever son petit short. ») Tu seras soulagé d'apprendre que je n'ai été témoin de rien d'explicite. C'est davantage quelque chose que j'observais dans la nervosité de mon père quand il se remettait à taper des balles, dans le tissu froissé de sa chemise, dans les joues rougies de Nadine quand nous rendions nos seaux vides à la boutique.

« Allez, monte, je veux te montrer quelque chose. » Cet après-midi-là, il me conduisit des grilles de l'école à High Wycombe – à une dizaine de kilomètres à l'ouest – et se gara près du Swan Theatre. Nous entrâmes par l'entrée de service, dans une ruelle à l'arrière, et il m'escorta dans les entrailles obscures du bâtiment jusqu'à la scène. « Il n'y avait pas lourd de budget, me dit-il. Tout sera démonté mardi prochain, alors j'ai pensé que je ferais mieux de t'amener maintenant. » Il désigna le plateau d'un geste : un bar miteux avec des murs badigeonnés de vert et festonnés de guirlandes en papier, deux portes-fenêtres rétroéclairées montrant un paysage urbain. C'était pour *Le marchand de glace est passé*[1]. « Alors, qu'est-ce que tu en dis ? ça fera l'affaire ? » J'ignore à quel genre de réaction il s'attendait de la part d'un garçon de dix ans, mais je le gratifiai d'un hochement de tête enthousiaste. Il me laissa courir en rond sur la scène, m'observant depuis les coulisses. À ce moment-là, j'aurais pu être n'importe où dans le monde, à gambader au milieu d'une décharge publique avec le même emballement, et il avait dû s'en rendre compte. « C'est bon, arrête de faire l'idiot. Je vais te ramener. Je pensais que ça te plairait de voir ce que j'ai fait ces derniers temps, c'est tout. Tant pis. » Il me fit signe de quitter la scène. Il était toujours très désireux de me montrer des choses dont il avait la conviction qu'elles le feraient passer pour quelqu'un d'extraordinaire. « Ta mère a l'air de croire que je me la suis coulée douce pendant tout ce temps, à vivre la belle vie dans les hôtels. Eh bien, regarde. Tu vois bien ce que j'ai fait, non ? Comme ça, quand elle te posera la question, tu pourras lui raconter à quoi j'ai été occupé. »

1. Pièce d'Eugene O'Neill.

Mon attention se reporta alors sur tous les châssis et panneaux peints qui composaient le décor. Celui-ci avait quelque chose d'anguleux qui vous donnait mal au cœur. J'admirai l'illusion d'optique qu'il produisait de loin, et la façon dont toutes les formes perdaient leur profondeur quand je m'en rapprochais.

« C'est fabriqué en quoi ? demandai-je.

— Eh bien… » Il marqua un temps d'arrêt, prit une inspiration. « Principalement en bois et en fibre de verre. Un type m'a donné un croquis, et je l'ai construit en faisant ce que je pensais être le mieux. »

Je me rapprochai pour voir de plus près ce qu'il y avait sur la table, au centre de la scène : candélabres bancals, verres à vin voilés, vieux couverts ternes. Je soulevai une petite cuillère.

« C'est toi qui as fait ça ?

— Non, ça c'est réel. Ce sont les accessoiristes qui l'ont dénichée. Probablement dans une brocante.

— C'est quoi, un accessoire ?

— Et pourquoi tu veux le savoir ?

— J'aime savoir les choses. »

Il souffla, se gratta la tempe.

« Bon, eh bien, la cuillère que tu tiens là, c'est ce qu'on appelle un accessoire. Un accessoire est un objet dont les acteurs se servent pendant la pièce. Les accessoiristes, ce sont les hommes – ou les femmes, en l'occurrence – qui trouvent ces objets et font en sorte de les placer là où les acteurs en auront besoin dans chaque scène. Parfois, si le texte veut qu'un objet particulier soit utilisé mais qu'il coûte trop cher… comme ce lustre là-haut, ou, je ne sais pas, un vase chinois précieux, mettons, les accessoiristes doivent le fabriquer dans un matériau moins coûteux. Il aura le même aspect mais n'aura presque rien coûté.

— Et les gens, ils ne voient pas la différence ?

— Pas de leurs sièges, non. Pas si l'accessoiriste connaît son métier. »

J'examinai la petite cuillère dans ma main.

« Toi aussi, tu peux en faire des accessoires, papa ?

— Je peux… je veux dire, je l'ai déjà fait… mais je préfère construire les décors, et le mobilier, à l'occasion. Tu sais, les choses structurelles.

— Pourquoi ?

— Je ne sais pas, fiston. C'est comme ça. »

Je reposai la cuillère sur la table.

« Quand est-ce qu'on pourra fabriquer des accessoires ensemble ?

— Un jour, quand tu seras plus grand.

— Je veux être ton accessoiriste.

— Ça serait sympa, dit-il. Malheureusement, tu dois être au moins grand comme ça pour décrocher le boulot. » Il plaça une main sous son menton. « Pourquoi tu ne commencerais pas à l'école ? C'est comme ça que la plupart des gens se piquent au truc.

— C'est presque la fin du trimestre.

— Ça n'a pas d'importance. Tout accessoiriste digne de ce nom doit chiner des objets entre deux spectacles, et les mettre de côté au cas où ils seraient utiles plus tard, comme ça, il est prêt à tout : Shakespeare, spectacle pour enfants, n'importe quoi. Si tu veux commencer par un des objets qui se sont sur la table, je ne te dénoncerai pas. »

Je réfléchis un moment.

« Non, c'est pour les acteurs.

— Ce n'est pas une petite cuillère qui va leur manquer.

— Mais je vais avoir des ennuis.

— Seulement si tu te fais pincer. »

Je désapprouvai. Le simple fait qu'il me le suggère me faisait frémir. Il m'entraînait sur une mauvaise pente.

« Qu'est-ce que tu décides, fils ? me demanda-t-il en regardant sa montre. N'y passe quand même pas la journée. »

Je ne l'ai jamais admis devant lui – parce que, après cet épisode, il a fallu quinze jours pour apaiser la fureur de ma mère et que nous soyons de nouveau autorisés à nous parler –, mais quand j'ai vu ces bésicles anciennes à la vente de charité quelques mois plus tard, j'ai pensé que ce serait l'accessoire sur lequel j'allais bâtir notre avenir, le sien et le mien.

Le prochain spectacle de l'école fut annoncé pour septembre, et j'allai offrir mes services à ma professeure après l'appel, lui apportant les lunettes et la cuillère volée pour souligner mes compétences. Je crois qu'elle a ri de moi. Pas par cruauté, mais comme ça, sans réfléchir. « Oh, non, garde tout ça, trésor. Ces objets sont bien trop beaux. On en a déjà des caisses entières, ne t'inquiète pas. » Je sentis un feu s'éteindre en moi. La flamme de bonté que j'entretenais pour mon père avait beau être vaillante, elle semblait toujours finir par être mouchée. Je me demande si lui aussi avait ce sentiment. Je me demande si, vers la fin, il n'a pas jugé plus charitable pour nous deux de renoncer entièrement à la bonté.

Un reste de lune nacré était toujours accroché dans le ciel au moment où nous avons quitté Little Missenden. Comme la Volvo était basse sur la route, j'ai senti tous les creux et bosses de Taylors Lane quand nous avons longé les jardins soignés du manoir dont je n'aurais jamais cru qu'il me manquerait un jour, toutes les clôtures en piquets de bois et barbelés dans les prés. Mon père n'a pas dit un mot jusqu'au carrefour. Il a arrêté la voiture et a laissé le clignotant tic-taquer gauche-gauche-gauche. Un seul camion est passé devant nous en grondant. « Bon, Danno, a-t-il dit en se tournant sur son siège, tu te sens de faire le copilote ? » Avant que j'aie pu répondre, il a plié le bras pour sortir l'atlas routier. Celui-ci est tombé lourdement à plat sur mes cuisses. « J'ai déjà marqué l'itinéraire. Tu n'as qu'à suivre la route avec ton doigt. Un petit gars intelligent comme toi peut faire ça les yeux fermés. »

The Ordnance Survey Road Atlas of Great Britain est à présent un vestige du passé. S'il n'avait pas été si intimement lié aux projets de mon père cette semaine-là, j'y penserais probablement avec le même sentiment rêveur que m'inspirent les objets de ma collection.

Au lieu de cela, je me le représente exactement tel qu'il était : un livre peu engageant aux pages froides et raides, gondolé par l'humidité. Pour un enfant, ce n'était pas le document le plus facile à déchiffrer : une logique étrange réunissait des parties éloignées du pays. Page trente-sept, la côte déchiquetée du sud-est de l'Angleterre, page trente-huit, le profil de sorcière du nord du pays de Galles, si bien que le premier effet qu'il provoquait quand on le feuilletait était une impression de confusion. L'édition de mon père était celle de l'année précédente mais, d'après lui, c'était sans importance. « Ça m'étonnerait qu'ils aient déplacé quoi que ce soit. Sans m'avoir demandé la permission en tout cas. »

Quand je l'avais parcouru juste avant, je n'avais pas vu les routes qu'il avait surlignées sur les pages du milieu, ni remarqué la case départ (E3) qu'il avait coloriée à mon attention page vingt-deux. Little Missenden était en jaune et, de là, partaient les routes par lesquelles il voulait nous faire passer.

À présent, des voitures fonçaient dans les deux sens. Il a attendu une minute, puis il a perdu patience et a profité d'une brèche dans le flot de la circulation. Il a redressé la trajectoire en laissant le volant tournoyer entre ses mains. « Bon sang, tu crois qu'il y en a un qui nous aurait laissés passer ? Ils voyaient bien que je tournais. » Il a jeté un regard furieux dans le rétroviseur. « Regarde ce crétin derrière nous. Où est-ce qu'il doit aller de tellement important ? Tocard ! » Je ne savais pas comment réagir. Il m'a laissé me concentrer sur la carte. « Mais bon, qu'est-ce qu'on s'en fout ! On est sur la route maintenant. Pile à l'heure prévue. » Il a tendu les bras. S'est carré dans son siège. « Alors, dis-moi, copilote : on est sur quelle route, là ? »

M'attendant à cette question, j'avais déjà posé le doigt sur le numéro.

« La A314.

— Ah, a-t-il répondu, comme s'il ne l'avait pas empruntée des milliers de fois. Cette bonne vieille A314. Et où est-ce qu'elle nous mène ?

— Aylesbury, ai-je répondu. Papa, est-ce que tu vas faire ça pendant tout le trajet ?

— Il se peut que je fasse le point de temps à autre, oui. Juste histoire de vérifier que tu exécutes ta part du boulot. On ne va pas te laisser nous dérouter. On pourrait finir dans la mer. »

Il essayait de me dérider, mais nous avions passé si peu de temps ensemble ces deux dernières années que j'avais du mal à interpréter les infimes oscillations de sa personnalité. Entre le boniment paternel, la fureur passagère dirigée contre d'autres conducteurs et la bonhomie, je ne savais pas distinguer ce qui relevait de l'artifice et du véritable Francis Hardesty. J'ai dans l'idée qu'il ne le savait pas lui-même. De plus, je ne pouvais pas me laisser aller trop rapidement en sa compagnie, parce que j'avais le sentiment que cela aurait été déloyal envers ma mère d'une certaine manière, de permettre ainsi une transition aussi facile de l'éloignement à la familiarité. « Hé, regarde là-bas, a-t-il dit en montrant du doigt mon côté du pare-brise. Qu'est-ce qu'il a attrapé, une souris ? »

Au-dessus des prairies beiges et sèches au loin, un milan royal planait.

« Un campagnol, ai-je rectifié. C'est ce qu'ils sont censés aimer.

— Où est-ce que tu as appris ça ?

— Quelqu'un est venu nous parler à l'école.

— Quoi, quelqu'un de la RSPB[1] ? »

J'ai hoché la tête.

« Ça a l'air sympa. J'aurais bien aimé être là.

— C'était juste une réunion.

— Eh bien, peut-être qu'ils reviendront et que je pourrai y assister la prochaine fois.

— Oui, peut-être, mais je ne pense pas que les parents soient autorisés. »

Le rapace devenait moins vague à mesure que nous nous en approchions. À huit cents mètres de distance, ce n'était qu'une silhouette sombre épinglée sur le ciel, mais de plus près, on pouvait distinguer les mouvements subtils de ses ailes, chaque tressaillement qui lui permettait de s'élever. Mon père a freiné pour que je puisse mieux le voir.

« Majestueux », a-t-il déclaré.

Ses ailes brun-roux, tachetées de blanc, étaient déployées en T. Le poids mort d'un animal était suspendu dans ses serres.

« Je pense que c'est un lapin, ai-je observé.

— Qu'est-ce qu'il attend ?

— Hein ?

— Pourquoi est-ce qu'il ne s'en va pas pour le bouffer ? »

L'oiseau a disparu, par-dessus le toit et dans l'oubli.

---

1. The Royal Society for the Protection of Birds : Société royale pour la protection des oiseaux.

« Je pense qu'il en cherchait d'autres.

— Ça devait être une femelle, a dit mon père. Peut-être qu'elle a des oisillons à nourrir, quel que soit le nom qu'on donne aux petits du milan. » Soudain, nous accélérions à nouveau. « Les milanaux. Les milanais. » Le monde s'est transformé en tache floue à côté de sa tête. « Les minimilans. »

J'ai ricané.

« Il y a combien de kilomètres jusqu'à Leeds ?

Il a relâché la pédale.

« Je te fatigue déjà ?

— Non, je veux juste savoir combien il y a de kilomètres.

— Eh bien, c'est toi le copilote, à toi de me le dire.

— Mais tu as fait ce trajet des tas de fois. C'est plus facile que tu le dises, toi.

— Tu as la carte sous les yeux, non ? Fais le calcul. Chaque case sur la grille mesure à peu près cinq centimètres de côté. Et un centimètre correspond à deux kilomètres. Donc, si tu les comptes toutes…

— Peu importe. Il y en a pour environ trois heures. Maman me l'a déjà dit.

— Et tu vas la croire sur parole, c'est ça ? Tu te défiles devant la difficulté.

— Je vais attendre qu'un panneau me le dise, alors.

— Dégonflé. »

J'ai haussé les épaules.

« Moi qui croyais que tu aimais apprendre des choses.

— Pourquoi tu ne me le dis pas, tout simplement ?

— Parce que la vie n'est pas toujours aussi simple qu'on le voudrait. Et les choses que tu te rappelles quand tu es plus vieux ne sont pas celles qui te sont tombées dans le bec, mais celles qui t'ont demandé un effort. Comme cette voiture, par exemple. Tu veux savoir comment j'ai eu cette voiture ? »

Il allait me l'expliquer, évidemment, que je tienne à le savoir ou non.

« Cette voiture, c'est une vieille dame dont j'avais décoré la maison qui me l'a donnée. J'avais fait du super boulot pour elle, crois-moi... à la fin, on aurait cru un truc tout droit sorti d'*Ideal Home*, mais je peux aussi t'assurer que c'est le chantier qui m'a donné le plus de mal. Il ne s'agissait pas juste de peindre toutes les pièces, trois couches d'émulsion et deux de peinture brillante. Dans cette maison, le papier peint datait d'avant-guerre et il était collé avec un produit industriel. On aurait dit de la cire d'oreille, là-dessous. J'ai été obligé de décoller, de gratter et de poncer toute la baraque du sol au plafond avant de pouvoir mettre un petit coup d'apprêt. N'empêche qu'au final, cette vieille dame était tellement contente qu'elle a voulu que je prenne la voiture de son mari. Il était mort peu de temps avant, et elle comptait la vendre, mais elle m'a dit : Vous savez quoi, Fran ? J'ai vu le mal que vous vous êtes donné, et cette petite camionnette que vous avez a l'air de fumer beaucoup, alors je veux vous donner la voiture d'Edward. Elle a ajouté qu'elle tenait à ce qu'elle aille à quelqu'un de bien, quelqu'un qui saurait l'apprécier à sa juste valeur. Bon, tu vois ce chiffre, là ? » Il a tapoté du doigt le Plexiglas qui protégeait le compteur kilométrique. « Plus de cent soixante mille au compteur. Elle avait moins de cent cinquante mille quand elle me l'a donnée. Chaque kilomètre que je fais dans cette voiture me remplit de fierté, et je n'ai jamais regretté tout le mal que je me suis donné pour peindre la maison de cette dame. Tu comprends ce que je suis en train de t'expliquer ?

— Oui. Je comprends.

— T'es un bon petit gars. »

Si j'avais su alors ce que je sais maintenant – que la Volvo dans laquelle nous étions assis avait été achetée en location-vente chez un concessionnaire de Chesham deux ans après ma naissance et était toujours enregistrée au nom de ma mère –, son histoire de dur labeur et de récompense ne m'aurait jamais trompé. Mais il se trouvait que je voulais croire à ses mensonges de tout mon cœur.

Il s'est arrêté dans le premier garage à afficher des prix raisonnables pour le diesel. L'aiguille de la jauge était entrée dans le rouge au milieu de sa fable, et nous avons dû passer devant cinq autres stations avant qu'il ne se décide pour celle dans laquelle nous avons échoué : le genre d'établissement délabré qu'on voyait beaucoup en ce temps-là et qui donnait l'impression d'être géré en dilettante par une coopérative locale de retraités. Le devant de la station était une cour poussiéreuse et les pistolets des pompes étaient corrodés. Des œillets, tous flétris, étaient en vente à l'extérieur dans des pots de margarine.

Pendant qu'il faisait le plein et allait payer, j'ai attendu dans la voiture l'atlas ouvert sur les genoux, suivant du doigt la route jaune fluo qu'il avait tracée pour nous. Alors que la lecture de carte est une compétence que les autres garçons de mon âge apprenaient chez les scouts, c'est aux manières sournoises de mon père que je la dois. J'ai additionné les cases, converti toutes les mesures, et obtenu la réponse que je cherchais : il y avait à peu près trois cents kilomètres jusqu'à Leeds. Mais j'ai remarqué autre chose. L'itinéraire qu'il avait choisi n'était pas le plus direct. Il nous faisait passer par un chemin sinueux de routes nationales.

Il a traversé tranquillement l'avant-cour, le nez sur le reçu.

« Pas aussi bon marché que je le pensais, a-t-il noté en s'asseyant à côté de moi. Ils n'ont pas changé leur tableau des prix depuis des semaines, ces feignasses. » Il a fourré le reçu dans sa poche. « Tu veux un bonbon à la menthe ? »

Un paquet de Fox's fut brandi sous mon nez.

« Non, merci.

— Je nous ai pris un Drifter chacun pour plus tard. » Il s'est penché sur moi et a ouvert la boîte à gants pour y jeter son butin de confiseries.

« Pourquoi est-ce qu'on ne prend pas l'autoroute ? » ai-je demandé.

Il a pris un bonbon en le faisant rouler sur ses dents, puis il a mis le moteur en marche.

« À cause des travaux, a-t-il dit. Quand tu arrives à Leicester, c'est bouché de partout. Mieux vaut faire le tour.

— Ah. »

Je l'ai cru sur parole. Il me semblait que les pères étaient censés connaître d'instinct ces sujets, de même que les mères étaient censées avoir un sens inné pour les compositions florales. Il y avait une telle nonchalance dans sa malhonnêteté, une telle conviction, qu'il m'aurait paru impudent de poser des questions.

« Est-ce que ça signifie que j'ai ton approbation ? » Il est sorti de la station essence et a repris la route. « Parce qu'un navigateur et son capitaine doivent se serrer les coudes. Je ne tolérerai aucune insubordination. »

J'ai gardé le silence.

« Tu connais ce mot, insubordination ?

— Non. »

Il a croqué son bonbon, l'a mâché un moment.

« Eh bien, c'est ce qui se passe quand les gens ont des idées de grandeur, commencent à se croire plus malins que toi. Quand un bateau fait naufrage au milieu de l'océan, c'est généralement à cause de ça. » Et il s'est tourné vers moi en ouvrant de grands yeux. « Mais nous, on ne va pas couler, n'est-ce pas ? »

J'ai appuyé mon doigt sur l'atlas et l'y ai laissé.

« Aucune chance. »

*

Comme peu de choses nous liaient, je m'accrochais à nos plus petits dénominateurs communs. La lecture, par exemple. Il prétendait que son roman préféré était *Les Comédiens* de Graham Greene, mais les livres qu'il empruntait le plus à la bibliothèque étaient de gros pavés historiques comme *Torquemada* ou *Le Nom de la rose*, dont il mettait plusieurs mois à venir à bout. Pour ma part, j'empruntais surtout de la science-fiction ou des romans d'aventures dans lesquels des jeunes gens à la langue bien pendue faisaient de la moto et chassaient des trésors.

Nous regardions souvent des vieux films à la télé, des westerns pompeux avec une bande-son symphonique (il aimait s'allonger sur le canapé avec une canette de bière et faire des commentaires au fil de l'action : «Celui qui a donné ce rôle à Bogart mérite aussi la pendaison, shérif.») Certains samedis, quand ma mère devait travailler, il m'emmenait à la première séance du multiplex, où nous regardions des films qui n'étaient pas de mon âge, comme *Comment claquer un million de dollars par jour* et *Les Coulisses de l'exploit*. Il en ressortait en disant : «Bon, ce n'était pas du grand art, mais je ne vais pas demander à être remboursé, hein ?» Il m'emmena deux fois jouer au billard dans un club lugubre d'Amersham, et je me rappelle qu'il avait été impressionné par mon habileté à empocher les billes, encore qu'il ait fini par s'impatienter parce qu'à chaque coup, je mettais plusieurs minutes à calculer les angles, et une troisième sortie ne fut pas proposée.

Nous allions très souvent au practice, bien sûr, et entre deux tête-à-tête avec Nadine, il me montrait comment tenir un club correctement et la bonne façon de me camper sur mes jambes. Il y avait aussi le fait que les Drifter étaient nos barres chocolatées préférées ; je ne connaissais personne qui raffolait des sucreries plus que lui. Nous aimions les spaghettis bolognaise et les tartines à la confiture de framboises, nous avions horreur des choux-fleurs et des tomates crues. Il conservait une Fender Telecaster «Blonde» dans un étui noir, à l'intérieur de sa penderie, et la sortait de temps à autre, histoire de la tenir dans ses bras et de gratter maladroitement les cordes avec le pouce. C'était l'esthétique de l'instrument qu'il admirait le plus, non le son qu'il aurait pu en tirer, et je pensais la même chose. Quoi d'autre ? Notre couleur de cheveux – noir goudron, identique – et c'est triste à dire, mais c'est à ses gènes que je dois d'avoir ce visage, ce qui fait qu'il est aujourd'hui difficile pour moi de me raser, de m'asseoir dans le fauteuil du coiffeur, ou d'entrer dans une cabine d'ascenseur sans baisser la tête.

Nos autres ressemblances étaient tellement négligeables qu'elles ne méritent pas d'être mentionnées. Je ne suis pas sûr que nous ayons jamais vu le monde avec les mêmes yeux. Et pourtant, quand j'avais douze ans, je criais ses exploits sur les toits. Si les baby-sitters me demandaient « Et ton père ? Il vient souvent te voir ? », mon cœur se gonflait de fierté. Je ne pensais pas au peu de temps que nous passions ensemble, aux endroits où il ne m'emmenait plus, aux films que nous ne regardions pas, aux repas que nous ne prenions jamais à la même table. Parce que je savais qu'il faisait de sa vie quelque chose de plus important que de s'occuper de moi. « Il est souvent absent. Il travaille sur une série télévisée », disais-je. « Ah, oui, répondaient-elles, laquelle ? » Et je voyais leurs visages s'adoucir quand je prononçais son nom – *L'Artifex* – comme si le mot expliquait son absence et la justifiait.

*

Je n'ai jamais eu le courage de repasser les VHS grésillantes que j'avais enregistrées quand j'étais petit, même si je les ai conservées pour la même raison, je suppose, que les gens gardent l'urne après avoir dispersé les cendres. Si je devais à nouveau visionner ces épisodes, je perdrais le dernier souvenir heureux qui y était attaché, et je ne peux pas supporter l'idée de combler le fossé entre le pauvre gamin impatient qui enregistrait les cassettes et l'homme qui les possède aujourd'hui. Sans mon père, je n'aurais sans doute jamais regardé *L'Artifex*, et pourtant, la première fois que j'ai vu la série, j'ai éprouvé une sensation que peu d'histoires m'ont procurée ; cette ample excitation qui envahit lentement mon corps, l'impression d'avoir déjà vu ces personnages et ces scènes, d'être né avec cette série en moi comme un fossile attendant dans un rocher.

Tu auras, j'en suis sûr, tes propres obsessions, et tu verras à quel point il est difficile de passer à autre chose, même quand elles se terminent ou qu'elles ne sont plus de ton âge. *L'Artifex* était mon obsession, et je n'arrêtais pas d'en faire l'apologie – à l'école, auprès du professeur qui me donnait des cours de maths le dimanche, des amies de ma mère, à l'intention de toute paire d'oreilles traînant à proximité –, persuadé d'avoir avec la série un lien plus profond que quiconque, une compréhension plus intime de sa substance, parce que mon père était impliqué dans sa conception. Il était rare que je puisse passer une journée sans la regarder une seconde fois. C'est toujours un problème sur lequel je travaille, pour diverses raisons.

Évidemment, il était bien plus facile d'éviter la série avant Internet. Il est désormais de plus en plus difficile de s'y retrouver, la technologie créant sans cesse de nouveaux moyens pour disséminer les épisodes. Le Web est un cimetière d'extraits pixélisés sur YouTube, Vimeo, Dailymotion, Vuze, pour n'en citer que quelques-uns. Ils apparaissent chaque fois que je me sens poussé à taper *L'Artifex* dans une barre de recherche, ce qui arrive bien trop souvent, et je dois prendre sur moi pour ne pas appuyer sur PLAY.

Beaucoup de VHS originales sont encore en circulation, en dépit de tous mes efforts pour les intercepter sur eBay, Craigslist, Gumtree, et autres platesformes numériques que partout dans le monde les gens utilisent pour fourguer les objets dont ils ne veulent plus. J'en possède au moins une centaine dans des cartons à l'intérieur de mon garde-meuble parce que je n'arrive pas à me résoudre à en faire un feu de joie. Facebook, Twitter et Wordpress sont les plus difficiles à esquiver : des pages nostalgiques et des sites censés entretenir la flamme apparaissent constamment, telles des fourmis dans un placard de cuisine, et je suis obligé de les laisser vivre. Quelque part, un génie malfaisant et obstiné s'ingénie à restaurer tous les liens que je supprime sur des pages Wikipédia, comme celle-ci :

L'Artifex apparaît
Wikipédia, l'encyclopédie libre

Pour l'adaptation télévisée, voir L'Artifex *(série télévisée)*

L'Artifex apparaît est un roman de science-fiction/fantasy de l'écrivain pour la jeunesse Agnes Mosur. Il aurait été écrit au début de sa carrière (vers 1954) et n'a été publié qu'après la mort de Mosur d'un cancer du pancréas en 1986. C'est l'éditeur Clarence Denholm qui a découvert le tapuscrit complet, ainsi qu'un trésor d'œuvres inachevées au domicile de Mosur, à Primrose Hill. Il a d'abord été publié par Asphodel Press, dans le recueil posthume *Dans l'Autremonde : histoires inédites et inachevées*, avant de reparaître en volume séparé, en octobre 1993, pour accompagner le succès de l'adaptation télévisée pour la jeunesse avec Maxine Laidlaw et Mike Egan dans les rôles principaux.

Résumé

1955. Le jeune Albert Bloor fait la course avec ses deux sœurs dans les bois de la propriété paternelle. Il se laisse distancer, a une crise d'asthme et perd connaissance. Il est découvert parmi les feuilles et sauvé par une femme mystérieuse et défigurée, appelée Cryck, qui le soigne avec des remèdes naturels. Elle soutient qu'elle vient d'une lointaine planète, Aoxi, et prétend que personne ne peut la voir à l'exception d'Albert.

Pour Cryck, la Terre est une planète-prison abandonnée, et l'Angleterre est truffée de compartiments souterrains qui hébergeaient autrefois des criminels aoxins. Cryck se dit *artifex* : « artiste, artisan, mais aussi penseur. J'invente des choses, avant tout. » Elle est coincée sur Terre après qu'une défaillance mécanique l'a projetée à travers le temps et l'espace, mais elle a conçu un plan pour retourner chez elle, et sollicite l'aide d'Albert à cette fin. Chaque jour, celui-ci lui rend visite dans les bois, et elle finit par accepter qu'il se joigne à sa mission vers Aoxi.

Ensemble, ils récupèrent des matériaux dans ce que Cryck prétend être d'anciens compartiments aoxiens enterrés dans la campagne. Avec ces composants, elle construit une génératrice (« canaliseur ») censée fournir l'énergie nécessaire à son voyage de retour à travers les galaxies. Mais dans quelle mesure ce que Cryck décrit à Albert Bloor est-il réellement possible ? Quelle version de la réalité vaut-il mieux accepter ?

Série télévisée

Article principal : *L'Artifex* (série télévisée)

Suite à la publication du livre en 1987, le département fiction jeunesse d'ITV acquiert les droits d'adaptation pour la télévision britannique en vue d'une coproduction avec New Original. On fait appel au scénariste Joel Kasper (*Pantheon Nine*) pour écrire les six épisodes de la première série. « On m'a demandé de retenir les aspects les plus sombres du matériau d'origine et de mettre l'accent sur le côté effrayant, déclare Kasper dans un entretien à *Radio Times*. C'est une histoire à l'ancienne, mais je pense que la plupart des gamins d'aujourd'hui vont adorer. Ils n'aiment pas les trucs édulcorés. » Le tournage débute en janvier 1993 aux Yorkshire Television studios à Leeds ; les extérieurs sont tournés dans divers sites du Lancashire, à Londres et dans le sud du pays de Galles. La première diffusion a lieu le 13 octobre 1993 à dix-sept heures.

… c'est-à-dire la date et l'heure que mon père m'avait fait noter sur un bout de papier et coller sur la porte de notre frigo, au cas où ma mère et moi aurions oublié de regarder. Les cinq premières minutes de cet épisode ont suffi.

*

Il ouvre sur un plan muet : paysage de bois automnal et brumeux. Un carton apparaît : Devon, 1955. Bruit de pas précipités sur un sol souple, bruissement de feuilles. Coupe sur des jambes d'enfants maculées de boue qui bondissent à travers les arbres. Gros plan sur le plus petit d'entre eux, un garçon largement distancé par le reste de la meute. C'est un blondinet bouclé en short et blouson à la respiration sifflante. Il a perdu une chaussure. Il appelle les autres, les supplie de s'arrêter et de l'attendre, mais ils continuent à courir. « Le dernier arrivé est un œuf pourri ! » lui crient-ils ou quelque chose d'approchant. Ils s'éloignent de plus en plus. Le garçon n'a pas d'autre choix que de continuer vaille que vaille. Son essoufflement s'aggrave et son visage s'empourpre. C'est une crise d'asthme. Une crise sévère. Il tombe sur le tapis de feuilles en se tenant la poitrine. Les autres enfants sont trop loin pour le remarquer. Un motif inquiétant, joué au piano, commence. Dans un mouvement de grue ascendant, la caméra montre le garçon abandonné à son sort sur le sol de la forêt, puis l'écran vire au blanc. Un moment passe. La blancheur se dissout peu à peu et fait place à des cimes de pins tremblantes. Une voix de femme : « Bois ça, mon petit. Ça va aller. » On voit une main pâle soulever la tête du garçon tandis qu'un gobelet est pressé contre ses lèvres. Un liquide verdâtre coule sur son menton pendant qu'il boit avidement. « Respire, maintenant, respire, lui dit-elle. Un peu d'infusion de ranyan, c'est tout ce qu'il te fallait. » L'air emplit à nouveau les poumons du garçon. Il ouvre les yeux et aperçoit celle qui l'a sauvé.

Elle ne semble pas humaine. Ses iris sont d'une pâleur étrange. Ses cheveux broussailleux et raides. Elle est édentée et porte des cicatrices sur le front. Sa peau est grêlée, constellée de cloques. Le garçon est étonné par son étrangeté, mais il est trop faible pour se lever. « Qui… ? » parvient-il à énoncer. Elle paraît surprise. « Tu peux me voir ? » Il recommence à suffoquer.

« Non, non, n'aie pas peur, mon garçon. Laisse ces poumons en repos. Tu m'entends aussi ? » Il acquiesce de la tête, toujours craintif. « Je sentais que tu étais différent. » Elle avait un drôle d'accent : européen avec une pointe d'accent américain. Elle se lève, et on se rend alors compte qu'elle mesure plus de deux mètres. Elle est vêtue d'une combinaison de travail beige, pareille à celle des prisonniers, et elle est pieds nus.

« Je m'appelle Cryck, reprend-elle. Et toi ?

— Albert, murmure-t-il.

— Je crois que je ferais mieux de t'amener à mon campement le temps que tu reprennes des forces. Ensuite on retrouvera tes amis et on te ramènera à la maison. Qu'est-ce que tu en penses ? »

Le garçon est épuisé. Il ferme à nouveau les yeux, l'air rêveur. « Ça doit être le ranyan qui fait effet, dit-elle. Tu te sentiras mieux dans une heure ou deux, promis. » Elle se penche et le soulève avec aisance. Il se retrouve blotti dans ses bras. « Mon compartiment est à moins de deux kilomètres. Accroche-toi. Ça va secouer. » Elle l'emporte dans la brume à travers les arbres.

Le thème au piano est joué plus fort. Le générique de fin défile. C'est drôle que tous ces noms ne m'aient pas quitté depuis tout ce temps : Mike Egan, Joy Greaves, Kimberly Pope, Malik Asan, Eve Quilter, Gavin WynnNorton… et Maxine Laidlaw dans le rôle de Cryck. Tiré du livre d'Agnes Mosur. Produit par Declan Palmer, Carole Reeves, Bruce Haswell. Réalisé par Alfred O'Leary. Le titre apparaît, en plein milieu de l'écran, où il miroite comme un clair de lune sur l'eau : *L'Artifex*.

« Le seul truc mangeable dans cette gargote, c'est les pancakes, a décrété mon père. Mais prends ce que tu veux. » Nous étions arrivés indemnes jusque dans le Lincolnshire. La ville de Colsterworth, d'après la carte. Il s'est adossé au vinyle du box, a sorti sa boîte de Wintermans et a glissé un cigarillo entre ses lèvres. « Tu vois un cendrier quelque part ? » a-t-il marmonné. Il a fait signe à la serveuse d'approcher : « Tu sais qu'ils ne mettent pas ce genre d'endroit au bord des nationales par hasard. C'est pour la même raison qu'ils mettent les bookmakers à côté des pubs. Pour attirer les désespérés. » Son briquet en plastique bon marché dispensait une flamme minuscule, mais il réussissait toujours à le faire marcher. « Little Chef[1], a-t-il dit en soufflant la fumée par le nez. Je veux dire, ça évoque quoi pour toi ? Une cuisine de qualité inférieure, voilà ce que c'est. Des portions ridicules. Un jour, je t'emmènerai dans un vrai *diner*, en Amérique. Là-bas, tu ne

1. Little Chef a été la grande chaîne britannique de restaurants de bord de route.

trouveras aucun Little quelque chose. Leurs restos, ils les appellent Jumbo's, ou Fat Dan's. »

Le menu plastifié entre les mains, j'hésitais entre un petit déjeuner et un dessert. Le restaurant était presque vide. Il y avait une simple vitre entre nous et le parking, où la Volvo était garée sous un soleil tiède. Une bossanova enjouée passait sur la sono, sans parvenir à étouffer le grondement des pneus sur la quatre voies, qui semblait aussi proche que les cuisines.

La serveuse est arrivée avec un bloc.

« Vous êtes prêts à commander ?

— Les choses importantes d'abord, a dit mon père. Il me faut un cendrier.

— Il devrait être sur la table.

— Il devrait, en effet.

— D'accord, je vais vous en apporter un. » Elle a fouillé dans son tablier à la recherche d'un stylo-bille. Qu'est-ce que vous prenez ?

— Il n'a pas encore choisi, mais je vais prendre des pancakes aux raisins et un café. Et dites-moi… » Il s'est frotté les yeux pour se réveiller, et elle a attendu qu'il ait fini d'examiner les résidus gluants sur ses doigts. « Est-ce que votre téléphone à pièces fonctionne ?

— Aux dernières nouvelles, oui.

— Vous savez quel est le minimum accepté, les pièces de dix ou de vingt ?

— Les pièces de dix, je pense.

— Super. » Il a tendu le bras pour me prendre le menu des mains. « Alors, ce sera quoi, Danno ?

— Je n'arrive pas à me décider. »

Mon père a levé les yeux sur la serveuse.

« Il prendra des pancakes avec du sirop d'érable et de la glace à la vanille. Et un Coca. Non, oubliez le Coca, donnez-lui un verre de lait. Et moi aussi je prendrai un peu de glace avec mes pancakes. Pourquoi pas ? »

Elle a noté hâtivement la commande et s'en est allée.

« Je voulais des œufs brouillés et des *baked beans*, ai-je dit. Ou des saucisses avec des œufs sur le plat.

— C'est pas de chance. Un homme qui veut des œufs doit se décider vite. » Il a penché la tête pour voir le vestibule ; une entrée froide avec un présentoir à journaux et un podium accueillant la caisse. « Pourquoi ne vas-tu pas aux toilettes ? C'est un miracle que tu te sois retenu aussi longtemps. Tu dors toujours avec un sac-poubelle sous ton drap ?

— C'était il y a des années, papa.

— Vraiment ? Ce n'est pas ce que j'ai entendu dire. »

J'ai détourné le regard.

« Tu ferais mieux d'y aller avant qu'on parte. Je ne veux pas d'incidents dans la voiture.

— Très bien. »

Il a considéré le parking un long moment. Je ne peux pas dire ce qu'il lui est passé par la tête.

« Je crois qu'elle a oublié le cendrier. Tu veux bien en prendre un sur une autre table ? »

Je me suis glissé hors du box et suis allé voir dans celui qui était derrière nous. Il y avait un petit récipient en verre rempli de mégots. Je l'ai apporté à mon père après l'avoir vidé dans une assiette pleine de restes. « Bravo ! » a-t-il fait. Il l'a soupesé et a souri en voyant le logo de la franchise imprimé dans le fond. « Tiens, le petit chef en personne. Qu'est-ce qui le rend aussi guilleret, hein ? Le solde de son compte en banque, très certainement. Je vais peut-être devoir le garder comme souvenir. » Il l'a posé et y a fait tomber une croûte de cendres. « À moins qu'on fasse tous les deux une intoxication alimentaire.

— Si tu détestes tellement cet endroit, pourquoi est-ce qu'on s'est arrêtés ? »

Il a encore craché de la fumée par le nez en regardant par la fenêtre.

« En vieillissant, Dan, tu apprendras qu'il y a deux types de femmes : celles que tu aimes suffisamment pour les épouser, et celles qui se trouvent être là quand tu as envie d'une petite douceur. C'est la même chose pour les restaurants. » Une voiture était en train de se garer à côté de la Volvo, renonçant à toutes les autres places disponibles. Il m'a souri. « Et puis je savais qu'ils auraient un téléphone.

— Ah, oui, il faut qu'on appelle maman.

— C'est vrai, a-t-il acquiescé en tirant une bouffée. Mais ne te sens pas coupable, tu étais occupé avec la carte.

— Je l'appelle maintenant ?

— Non, ça peut attendre que tu aies fini de manger. Mais ne lui dis pas avec quoi je te nourris. »

La serveuse est arrivée avec nos boissons. En posant la tasse de café devant mon père, elle a remarqué le cendrier et s'est excusée. « J'ai la tête comme une passoire aujourd'hui. » Une expression que je n'avais jamais entendue auparavant, et que j'associe depuis à sa main osseuse et tatouée tenant la soucoupe. Il lui manquait un faux ongle sur le pouce.

« Ne vous en faites pas, a dit mon père. Je dois admettre que ce cendrier est plutôt pas mal, bien large et pas trop profond. J'envisageais de le voler. Je suppose qu'on n'encourage pas ce genre de comportement dans un établissement aussi sélect. »

Elle a ri de façon hésitante avant de reprendre :

« Vous seriez étonné.

— Je n'en doute pas, Kelly », a-t-il répondu. Il avait dû repérer le nom sur son badge. « Je parie que vous avez au moins cinq de ces merveilles chez vous. »

Elle a fait la moue. « Ça doit rester un secret. » Mon verre de lait attendait toujours sur le plateau ; elle a fini par s'en rendre compte et en a renversé une goutte en le posant sur la table. « Oups. » Elle a tamponné le set en papier avec un torchon. « Alors, où est-ce que vous allez comme ça…, quelque part en particulier ? »

Mon père l'observait, les yeux plissés. « C'est une question de point de vue. Je l'emmène voir l'endroit où je travaille.

— Et ça se trouve où ?

— À Leeds. Les studios de télévision.

— Oh, a-t-elle dit en me regardant. C'est excitant. »

Je ne pouvais pas rester là à attendre qu'il lui explique, comme si son travail était parfaitement anodin.

« Il travaille sur *L'Artifex*.

— Tout le monde ne trouve pas ça aussi fascinant que toi, Danno », a dit mon père. Il a dégainé ses Wintermans et levé la tête vers elle. « C'est un programme pour enfants. Mais pas comme *Rainbow* ou *Blue Peter*. Une véritable série dramatique.

— Oui, j'en ai entendu parler… je ne l'ai pas vue, mais j'en ai entendu parler.

— Si vous avez des enfants, ils la regardent sans doute. Ou ils ont lu le livre.

— Non, mais je crois que mes nièces aiment bien.

— C'est assez élaboré pour un programme pour enfants. Un peu effrayant, mais comme on continue à tourner des épisodes, je suppose que ça plaît. Celui-là aime ça, en tout cas, a-t-il ajouté en me désignant d'un mouvement de tête.

— C'est génial. Tout le monde le dit. »

Un coup de sonnette a retenti en cuisine.

« Ça doit être vos pancakes, a dit la serveuse. Je vais aller vous les chercher.

— Allez-y. On peut s'amuser tout seuls. » Il a pris un sachet de sucre sur le présentoir et l'a secoué. Il l'a accompagnée du regard tandis qu'elle se dirigeait vers le passe-plat. « Qu'est-ce que tu penses d'elle ? Ça a l'air d'être une personne convenable. »

J'ai bu mon lait. Le froid a soulagé ma langue.

« Je n'aime pas ses ongles.

— Qu'est-ce qu'ils ont ?

— Ils sont collés.

— Ce n'est pas important. On ne peut pas tout savoir d'une femme en se basant sur ses ongles, crois-moi.

— Elle est serveuse.

— Et alors ? Il n'y a rien de mal à ça. Ta mère était serveuse quand je l'ai rencontrée. » Il a remué son café. « Il n'y a pas de sot métier. Je ne veux pas que tu prennes cette attitude supérieure.

— Maman n'était pas serveuse.

— Elle préparait des repas. C'est la même chose. Ce n'est pas parce que ton grand-père ne la payait pas qu'elle ne l'a pas fait. »

Je n'arrivais pas à comprendre pourquoi il tenait à ce que j'apprécie cette femme. Elle nous servait le petit déjeuner dans un routier aux abords d'une ville dans laquelle nous ne retournerions jamais ; l'histoire de sa vie ne me regardait pas. Mais je comprends maintenant qu'il tentait de me transmettre certaines de ses valeurs les plus nobles, ou du moins de me faire prendre conscience qu'il les possédait.

« Sérieusement, a-t-il poursuivi, tu ne devrais pas rejeter les gens en raison de ce qu'ils font. Parfois, il n'y a aucun mystère, et c'est très bien comme ça : tout le monde n'a pas un rêve à poursuivre. La plupart du temps – et je te parie que cette serveuse est un cas typique –, il y a bien plus chez les gens qu'il ne le paraît à première vue. C'est comme avec moi. Quand je faisais des chantiers de déco, je n'étais pas un simple peintre en bâtiment, pas vrai ? »

J'ai fait non de la tête.

« Voilà, voilà. » Kelly est reparue avec notre commande. « C'était pour qui les pancakes aux raisins ? » Elle les a posés devant moi. Au moment où elle a placé la dernière assiette devant mon père, celui-ci lui a touché la main. « C'est un flocon ou une toile d'araignée ? »

Elle l'a regardé en clignant des yeux, a reculé d'un petit pas.

« Oh, ça ? Je regrette un peu.

— Qu'y a-t-il à regretter ?

— Vous savez bien, j'étais jeune et bête. Un garçon m'a défiée. C'est triste, en fait.

— Pas du tout. Ça me plaît. »

Elle a regardé sa main du coin de l'œil.

« De toute façon, je ne m'en débarrasserai plus. » Coinçant le plateau vide sous son bras, elle a posé les yeux sur moi. « Tu voudrais un autre verre de lait, mon joli ? »

J'ai secoué la tête.

« Mais vous pouvez me rapporter du café », a dit mon père.

Elle est repartie à reculons. « Pas de problème. » Et elle lui a souri comme j'avais vu d'autres femmes lui sourire auparavant ; cette brève crispation de la bouche, un tressaillement pour jauger sa réaction. Il lui a répondu aussitôt avec le même sourire fugace, puis il s'est tourné vers moi et a repris notre conversation. « Tu vois, dans la série, on part du principe que Cryck est une créature bizarre. Et puis on découvre qu'elle est bien plus complexe. Ce que je veux dire, c'est que personne ne la considère comme une moins-que-rien. » Il a dépouillé ses couverts de la serviette en papier qui les entourait et s'est mis à découper ses pancakes. « Comment sais-tu que la serveuse n'a pas un secret à elle ? Regarde son tatouage… ça pourrait être un machin… un indograf. Va savoir. » Une petite nappe de crème glacée est tombée de sa fourchette. « Hé, ils ne sont pas mauvais. Mange. »

J'avais pris quelques bouchées, mais j'avais du mal à mâcher.

« Je ne suis pas en train de te t'expliquer qu'elle est d'une autre planète ou quoi, mais tu ne peux pas jeter un coup d'œil à ses faux ongles et croire que tu sais à qui tu as affaire. » À ce moment-là, il s'est aperçu que j'avais à peine touché à mes pancakes. « Ta langue te fait toujours mal, ou quoi ?

— Oui.

— Mange juste la glace, alors.

— Elle me donne un peu mal au cœur.

— C'est tout ce lait, probablement. » Il s'est essuyé la bouche. « C'est bon, laisse-la, alors.

— Je peux aller aux toilettes, maintenant ?

— J'ai bien cru que tu n'allais jamais me le demander. Vas-y, dépêche-toi. » Alors que je m'étais extirpé du box et que je m'éloignais, il m'a lancé : « Arrange-toi pour faire une vidange complète ! »

J'ai toujours considéré les toilettes pour hommes comme des lieux de dépravation ordinaire : cette puanteur d'urine envahissante et ce sinistre éclairage au néon, ces inconnus silencieux qui se succèdent aux urinoirs sans se laver les mains. Les toilettes du Little Chef ont probablement été l'endroit où cette répulsion s'est enracinée. J'étais vraiment impatient de pisser. Debout devant le sèche-mains, j'ai remarqué une trace perlée de sirop d'érable sur le devant de mon sweat-shirt. J'ai tenté de l'étaler, mais ça n'a fait qu'empirer les choses. Alors j'ai aspergé la tache, puis j'ai passé un moment à la sécher.

Mon père n'était plus à notre table quand je suis ressorti. Il avait abandonné son petit déjeuner, laissé sa boîte de Wintermans sur son set de table, son couteau et sa fourchette croisés sur l'assiette. Je voyais sa sous-tasse, mais pas de tasse de café. « Il est là-bas, mon grand », a lancé une voix dans mon dos. C'était

Kelly, la serveuse. Elle était en train de prendre une commande à une table voisine. Elle avait quelque chose de changé : son visage était crayeux, comme si elle s'était repoudrée avec un produit différent. Si elle était réellement la *déléguée* d'une autre planète, quelle meilleure planque qu'une gargote sinistre en bordure de nationale ? « Là-bas », a-t-elle indiqué, le doigt pointé.

Fran Hardesty était penché entre le présentoir à revues et le distributeur de sodas dans le hall d'entrée. Le combiné brun brillant de la cabine téléphonique collé à son oreille. Il tenait sa tasse de café dans l'autre main et parlait entre deux gorgées. J'ai supposé qu'il discutait avec ma mère. « C'est totalement ridicule, ça ne peut pas être ça », disait-il quand je me suis approché. « Lui, il m'avait dit deux semaines. Est-ce qu'ils lui ont posé la question au moins ? Est-ce qu'ils ont pris cette peine ? … Allons, QC, tu *sais* que je ne l'ai pas fait. Tu ne m'as pas quitté de la journée. Putain, ne recommence pas avec ça. J'en ai ma claque de toutes ces… »

C'était la première fois que j'entendais ces initiales : QC.

« Non, le problème, c'est que… tu veux bien m'écouter ? … Comment j'étais censé savoir ça, vieux ? Elle est allée beaucoup trop loin avec tout ça. Je t'assure, c'est une humiliation totale qu'elle cherche, et il est hors de question que je… » Dès qu'il m'a aperçu, il a baissé la voix et adopté un ton conciliant. « Écoute, il faut que je te laisse, d'accord. Mon gamin s'est pointé. Mais je vais te rappeler… Dans une heure. Tu as intérêt à être là… D'accord, bien. Écoute… il faut que tu m'aides sur ce coup-là, ce n'est pas normal, tout ça. J'essaye de rester calme, mais… D'accord. Plus tard. » Il a raccroché, vidé son café, laissé la tasse à côté de la caisse.

— C'est qui, QC ? ai-je demandé.

— Un copain. Ne t'en fais pas. » Il est passé devant moi comme un fantôme. « On devrait y aller.

— Est-ce que tout va bien ?

— Je viens de te le dire, ne t'inquiète pas.

— Mais tu as l'air fâché.

— Non, QC peut être pénible parfois. Tout va bien.

— Je peux t'emprunter dix pence ?

— Pour quoi faire ?

— Il faut que j'appelle maman. »

Il a balayé le restaurant du regard.

« Tu sais quoi ? Je viens d'essayer. Ça ne répond pas.

— Ah. »

La pendule du hall d'entrée indiquait neuf heures quarante-huit. Elle partait généralement au travail vers huit heures, mais je savais qu'elle avait pris sa matinée. « Elle était peut-être dans son bain. On devrait réessayer. »

Mon père a réfléchi à cette possibilité pendant ce qui m'a paru une éternité. Il a plongé la main dans sa poche, a étalé sa petite monnaie dans sa paume et pris deux pièces de dix. « Très bien, si tu tiens absolument à te faire bien voir, essayons. » Il s'est dirigé vers le téléphone d'une marche bondissante et étrangement précipitée. Il a composé le numéro et attendu. « Ça sonne occupé. Écoute. » On m'a collé le combiné contre l'oreille pour validation.

« Essaye encore une fois, ai-je demandé avant qu'il n'ait raccroché le téléphone. S'il te plaît. Je lui ai promis.

— On ne peut pas attendre ici toute la journée, tu sais.» Il a haussé les épaules et a rappelé pour m'amadouer. Quand ma mère a décroché, il a laissé tomber deux pièces dans la fente et m'a passé le téléphone. «Fais vite», a-t-il articulé avant de retourner à notre table.

Elle était contente de me savoir sain et sauf. Le soulagement faisait trembler sa voix. «Et vous êtes où, là, exactement ?» a-t-elle demandé, après que je lui avais parlé de mon rôle de copilote.

— Dans une station-service. Dans le Lincolnshire.

— Ce n'est pas un McDonald's, j'espère.

— Non, on a mangé les sandwichs que tu as préparés.

— Je parie que tu as enlevé tout le concombre.

— Non, je l'ai mangé. Juré.

— Bien sûr, je te crois.

— Je me disais que…

— Que quoi ?

— Que j'aurais aimé que tu viennes avec nous.

— Eh bien, c'est ton père qui a organisé ça.

— Oui, je sais, mais…»

Elle a fait bruire le combiné avec sa main.

«Écoute, dès que tu auras rencontré Maxine Machintruc tu m'auras totalement oubliée. À côté de Maxine Machintruc, je suis de la pâtée pour chien.

— Laidlaw.

— C'est ce que j'ai dit, non ?»

Elle répétait cette plaisanterie si souvent que je la trouvais lassante. Je ne comprenais pas que son intention était justement de m'arracher un sourire.

«Je crois que je vais bientôt ne plus avoir de pièces, maman.

— D'accord. Tu m'appelles au prochain arrêt. Ton père se tient correctement ?

— Oui, il est très gentil. On s'amuse bien. » À l'autre bout du restaurant, il était en train de tendre l'argent de l'addition à notre serveuse. Elle l'a accepté en effectuant une sorte de courbette : un fléchissement des genoux et un grand jeté de cheveux. Il a touché son bras nu en passant devant elle, a chuchoté dans son oreille. Il tenait quelque chose dans le creux du poignet, un petit souvenir à moitié rentré dans sa manche de chemise. « Il croit que je fais toujours pipi au lit. Qui lui a dit ça ?

— Pas moi, a répondu ma mère, mais ça ne me surprend pas. Demande-lui quelle est ta pointure. Demande-lui s'il sait combien tu fais en tour de cou.

— Je fais combien ?

— Du trente-quatre, la dernière fois que j'ai mesuré. Tu vas devoir le mettre à jour, je suppose.

— Ouais.

— Sois patient avec lui. Je sais que ce n'est pas facile. » Et puis ça a coupé.

Il faut que tu saches que ce programme télévisé n'était pas un simple divertissement, mais une façon de communier avec mon père. C'était comme si, chaque fois que j'allumais la télé le mercredi à cinq heures, nos esprits étaient connectés par un tube cathodique. Je m'agenouillais devant le poste sans bouger ; vingt-cinq minutes d'intense concentration. Je m'isolais des bruits que produisait ma mère dans la cuisine, de la musique decrescendo des oiseaux, j'oubliais la poussière qui assombrissait l'écran, j'ignorais le tracas des devoirs à faire. Quand la dernière scène s'achevait sur un fondu au noir, je me penchais plus près du poste pour scruter le générique de fin, des fourmis dans les jambes, espérant voir son nom défiler avec tous les autres. Mais cela n'est jamais arrivé. « Je suis menuisier de plateau, Danno. Tu crois vraiment qu'ils vont écrire mon nom en lettres d'or ? Ça ne marche pas comme ça à la télévision. » Curieux, les choses que nous célébrons. Il n'aura jamais été crédité pour son travail jusqu'à ce qu'on parle de ses crimes au journal télévisé. Et aujourd'hui, il suffit de taper *L'Artifex* dans une barre de recherche pour débusquer des centaines d'articles mentionnant son nom et minimisant sa participation dans l'émission. Comme celui-ci, du *Telegraph* : « Un représentant de la production a confirmé que Hardesty, âgé de trente-six ans, avait été engagé en tant que menuisier indépendant sur la coproduction ITV. Il est entendu que Hardesty, qui avait travaillé auparavant en tant que peintre-décorateur et menuisier de plateau dans des théâtres de province, entretenait peu, voire aucun contact avec les acteurs de la série ou avec les cadres de la production. »

La façon dont mon père en est venu à participer à l'élaboration de la série est une histoire en soi. Étant donné son aptitude au mensonge, il n'est pas évident de reconstituer sa vie professionnelle à partir des quelques pièces du puzzle dont je dispose : des conversations à moitié oubliées avec ma mère et lui, des lettres qu'il lui avait envoyées et celles qu'elle lui avait envoyées, des petits détails qu'il a partagés avec d'autres (amis et connaissances, mes grands-parents), de la paperasse trouvée dans ses affaires, des contrats et des factures, des notes impayées, des vidéos amateurs, le journal intime que ma mère a tenu adolescente.

Ce dont je suis certain, c'est qu'il a grandi dans le Lake District, dans la ferme ovine de son père, à Wasdale Head, et qu'il était destiné à élever des herdwicks jusqu'à ce qu'il soit en âge d'hériter des terres et du cheptel. Mais il avait l'habitude de dire que dans la famille, la vocation de berger s'était éteinte avec lui. Il s'était rendu compte qu'il n'était pas fait pour ça dès son plus jeune âge. « Tu nais dans cette vie-là, a-t-il écrit un jour à ma mère. Si tu ne la sens pas dans la moelle de tes os, il faut [*sic*] mieux s'en éloigner. »

Chose étrange pour un garçon de sa communauté, il aimait l'école (il avait de bonnes notes en mathématiques, en anglais et en science) et préférait vivre à l'intérieur. « La vie dans les collines, c'est génial si tu aimes l'odeur de la merde de mouton et la flotte. Je préfère courir après une jolie fille au pub qu'après un troupeau de bestiaux stupides dans la boue. Comme n'importe quelle personne saine d'esprit. » Il quitta le lycée avec un bon niveau, et fut le premier Hardesty à aller à l'université. Il voulait être urbaniste, et fut accepté dans une formation en architecture à Wolverhampton Polytechnic. Une de ses esquisses de l'époque est vraiment spectaculaire – une vue plongeante d'une ville imaginaire sur papier-calque – et révèle un talent inemployé. L'été, appréhendant de retourner chez lui, il faisait la cueillette des tomates, partageait des caravanes avec des étudiants étrangers. Il semblait avoir apprécié cette période de sa vie. « Ils font tous leur médecine. Des Bulgares surtout, écrivait-il à ma grand-mère. Ils font le voyage chaque année et s'enfoncent jusqu'au coude dans la pulpe de tomate et les piqûres d'abeille. La paye est formidable si tu cueilles suffisamment vite. On est payés en fonction du poids de chaque panier. Les étrangers triment tellement dur qu'ils peuvent gagner l'équivalent d'une année de frais d'université en une seule saison. Tu passes tout l'été avec eux, tu apprends à les connaître un peu, et puis ils s'en vont. Je trouve ça dommage. »

Il abandonna l'université à l'âge de dix-neuf ans, pour des raisons qui m'échappent. Ses relevés de notes montrent des résultats satisfaisants mais sans plus, et je suppose qu'il a considéré cela comme un demi-échec, une mise en cause de son potentiel. Si tu avais vu mon père poser du papier peint, tu aurais compris la grande méticulosité qu'il apportait à son travail. Il s'efforçait d'être le meilleur dans son domaine, mais les gens privilégiaient la rapidité à la qualité, et cela a dû l'user à la longue. Une compétence qu'on ne reconnaît pas finit par s'asphyxier. Jusqu'à ses vingt et un ans, il travailla sur des chantiers de construction dans la région des Midlands pour des salaires modestes.

Cette année-là, un homme plus âgé avec qui il avait travaillé – un menuisier du nom d'Eric Flagg – créa son entreprise de rénovation et de cloisonnement d'espaces de bureaux à Maidenhead. Mon père prit un boulot avec lui et apprit le métier de menuisier en louant une toute petite chambre dans une colocation. Il se rapprocha d'Eric et de sa femme, laquelle était réceptionniste dans un cabinet dentaire et dirigeait le club de théâtre amateur local. Un week-end, ils l'enrôlèrent pour qu'il les aide à construire les décors d'une farce d'Ayckbourn qu'ils étaient en train de monter au centre culturel. Le décorateur s'était blessé au poignet et Eric n'arrivait pas à venir à bout de tous les châssis et du mobilier tout seul. Je ne suis pas tout à fait sûr qu'il s'agisse du premier contact de mon père avec le théâtre (il parlait rarement des spectacles sur lesquels il avait travaillé, qu'il avait vus ou qui l'avaient inspiré), mais cette expérience avec Eric a dû être une sorte de catalyseur. Je peux seulement supposer que cette collaboration inattendue l'a emballé, qu'il a dû trouver gratifiant de donner forme et substance aux plans du scénographe. Peut-être s'est-il dit que si son talent et sa méticulosité devaient être reconnus quelque part, ce serait au théâtre.

Il apprit en autodidacte les rudiments de la scénographie en lisant des livres de bibliothèque et assimila les techniques de la menuiserie de plateau par l'entremise d'Eric. Il expérimenta les propriétés des matériaux (les différentes essences de bois, la fibre de verre, le polystyrène, le ciment, la résine époxy) dans l'atelier improvisé dans le garage d'Eric. À force de tâtonnements, il apprit à construire les choses à peu de frais, mit au point des techniques permettant de convertir des croquis sommaires en décors tout simples susceptibles d'être manœuvrés dans les cintres. Il créa des décors pour des pièces données dans les collèges et lycées du coin, à partir d'esquisses de professeurs d'arts plastiques enthousiastes, qu'il impressionnait par son savoir-faire. Ils communiquèrent son nom et son numéro de téléphone aux centres culturels hébergeant des troupes de théâtre amateur, qui les transmirent aux théâtres de quartier et aux théâtres de répertoire, qui les transmirent à de petites troupes itinérantes. Il décrocha ainsi de nombreuses commandes. « Il était dix fois moins cher que n'importe qui d'autre, m'a dit Eric, et probablement dix fois meilleur. Je lui conseillais toujours de négocier un tarif correct, mais il ne faisait pas ce qu'il aimait pour l'argent, ton père. Il était capable de trimer sur un chantier pour soixante billets la journée, et puis de vous construire un décor pour une pinte et un paquet de chips. Je l'ai toujours trouvé honnête pour ce genre de truc. » Pendant un an environ, Eric le laissa utiliser son garage, y entreposer du matériel, lui emprunter ses outils. « Il en a fait sa petite grotte. Quand il ne bossait pas avec moi, il était dans mon garage, la radio allumée, en train de se servir de ma scie à bande. Il était plus souvent là que mon frère. On n'arrivait pas à s'en débarrasser. » Son expérience accumulée finit par ressembler à un CV. « Il n'avait pourtant jamais l'air de croire qu'il pourrait en vivre, se rappelait Eric. On n'arrêtait pas de lui répéter qu'il était suffisamment bon pour être maître menuisier au National. Je lui disais souvent que j'allais le foutre à la porte s'il ne tentait pas sa chance, mais il ne croyait pas beaucoup en lui, pas pour ce genre de choses, en tout cas. Et quand il a rencontré Kathleen, eh bien, disons que ça m'a permis de récupérer mon garage. »

Entendre Eric Flagg parler de mon père, c'est comme lire la nécrologie d'un inconnu. À ses yeux, Fran Hardesty avait été malchanceux, contrarié, incompris. « Il a perdu un peu de sa motivation, je dirais ça comme ça… Kath remplaçait tout ce qu'il aurait pu vouloir pour lui-même. Il était totalement fou d'elle, et elle n'a jamais compris cet aspect de sa personnalité… tu sais, ce besoin de créer quelque chose à partir de rien. Elle, elle voulait juste qu'il fasse du fric et paye les factures. L'argent ne rentrait jamais assez vite pour elle. C'est toujours l'impression que j'ai eue. » Pourtant ce n'était pas le père que je côtoyais. S'il était « fou » de ma mère, il ne le montrait pas dans les manœuvres quotidiennes de notre foyer. Et pour quelqu'un qui aspirait prétendument à une vie différente, il aura passé beaucoup de temps à éviter de s'en donner les moyens. On peut au moins lui faire crédit de ne pas avoir renoncé à ses responsabilités dès le départ ; des hommes plus forts que lui ont abandonné leur famille, mais lui a tenté de tenir bon.

Il arrêta de travailler pour Eric après ma naissance. « Dans ma partie, les contrats, c'était trop ou pas assez, et il avait besoin de quelque chose de plus stable, c'est comme ça que ça s'est terminé. Je n'allais pas me disputer avec lui. J'avais de ses nouvelles de temps en temps, et puis on s'est perdus de vue. C'était plus facile pour lui, à mon avis, d'arrêter de téléphoner ou de passer à la maison. » Il prit un boulot d'agent d'entretien à la municipalité de Maidenhead et Windsor, où il se vit confier diverses tâches dont la réparation de la plomberie, le nivellement de la chaussée, la réfection du bitume, la rénovation des toilettes publiques, et le rafraîchissement des bâtiments municipaux. Pendant ces années-là, il renonça totalement à la menuiserie. Et la petite réputation qu'il s'était faite dans le milieu théâtral s'évanouit.

Pour autant que je sache, c'est à partir de ce moment-là que sa lente dérive commença. Il fut suspendu de son emploi d'agent municipal pour ce qu'ils qualifièrent de conduite insatisfaisante : « dispute avec un responsable dans un lieu public fréquenté. » Il fut embauché par une grande entreprise de peinture qui avait des contrats avec le NHS[1] un peu partout dans le pays. Les horaires étaient réguliers et le travail ne le rebutait pas : il peignait au rouleau des couloirs d'hôpital dans des teintes ternes, jointoyait du carrelage dans des maisons de retraite, posait du papier peint dans des salles d'attente de dentiste, enduisait des plafonds dans des centres médicaux. Cependant, il perdit aussi ce travail après une altercation avec son patron au sujet d'une fourgonnette accidentée.

1. NHS (National Health Service) = sysème de santé publique du Royaume-Uni.

Il fut décidé, à la demande insistante de ma mère, qu'il créerait sa propre boîte de peinture. Elle plaça un encart pour lui dans les petites annonces locales :

HARDESTY & HARDESTY

PEINTURES & REVÊTEMENTS MURAUX
PARTICULIER & COMMERCIAL
INTÉRIEURS & EXTÉRIEURS, TRAVAIL SOIGNÉ
COURTOISIE ET FIABILITÉ DEVIS GRATUITS

Le Hardesty supplémentaire était son idée. Le menteur cultivé qu'il était savait que cela donnait aux gens l'impression d'une entreprise familiale, digne de confiance et solide, et quand il débarquait tout seul pour un devis, il pouvait prétendre que son frère ou son père étaient occupés ailleurs : « On croule sous le travail en ce moment. Ils terminent un chantier à [petite ville cossue de son choix]. » Cette tactique, ainsi que son flair pour deviner les estimations des autres entreprises et proposer juste en dessous afin de paraître raisonnable, fonctionnaient la plupart du temps.

Il se fit une bonne marge sur ses premiers chantiers, et son carnet de commandes ne tarda pas à se remplir. Il passa une annonce à l'agence pour l'emploi pour trouver un apprenti et embaucha Wes, un adolescent dégingandé, pour un salaire dérisoire. (Wes en est venu à faire partie des meubles et je l'ai vu devenir un adulte dégingandé, le passager taiseux de la Volvo de mon père avec ses éclats de rire tonitruants et son psoriasis sur les joues.) Ce fut pendant les premières années de son entreprise que mon père reçut un appel inattendu d'un pasteur de Bradenham : l'église avait besoin d'un décor pour une crèche vivante, pouvait-il le réaliser gracieusement par bonté chrétienne ? Il se trouvait que la paroissienne qui l'avait recommandé au pasteur était ma grand-mère. (Elle ne voyait pas où était le mal : son gendre n'était-il pas censé avoir quelque talent, après tout ?) C'était ce que mon père aimait appeler « demander l'obole à un mendiant », mais il accepta, et je suppose que cela réveilla en lui le goût qu'il avait pour ce travail.

Il renoua ensuite avec certains de ses anciens contacts dans le théâtre. Il se renseigna sur d'éventuels travaux de menuiserie, et on lui fit plus de propositions qu'il ne s'y attendait. Cela dut être la seule période de son existence où il fut en veine. On lui expliqua que le nombre d'artisans qualifiés avait diminué dans la région ; une douzaine de maîtres menuisiers du West End[1] avaient pris leur retraite, et la plupart des bons artisans avaient trouvé des emplois permanents. Et il fut donc engagé en free-lance afin de participer au montage de décors pour des spectacles donnés à Stowe et Windsor, Castleford et Canterbury, Hastings Northampton, Bolton, Aberystwyth, Wrexham, Maidstone, Newcastle, Poole, High Wycombe, et divers autres trous d'épingle sur la carte. Il n'y a probablement aucune région des îles Britanniques dans laquelle il n'ait pas travaillé.

Entre deux chantiers de peinture, il sillonnait le pays d'un atelier à l'autre pour prendre ses instructions du maître charpentier qui l'avait engagé, dormant dans sa voiture au besoin, ou dans le lit des femmes qu'il rencontrait (je ne veux surtout pas savoir

1. Le West End est le quartier des théâtres à Londres.

combien il y en a eu). Il fut appelé plus loin encore, à Dublin, Jersey, l'île de Wight, par d'autres menuisiers qui se portaient garants de lui chaque fois qu'il y avait du travail. Il couchait sur leur canapé et gagnait à peine de quoi couvrir ses frais pour rentrer. Il s'investit corps et âme dans de nombreuses productions pendant cette période de six ans (de 1986 à 1992), même si son travail ne laissa pas la moindre trace dans la mémoire nationale, qu'il s'agisse de pièces cérébrales (Tchekhov, Pinter, Shakespeare, Beckett, Ibsen, Brecht, etc.) ou des pantomimes absurdes avec de vagues célébrités (joueurs de snooker, athlètes des Jeux olympiques d'hiver, chefs cuisiniers télégéniques).

Ces expériences auraient très bien pu l'inciter à chercher une position permanente dans un théâtre de Londres, à candidater pour des postes de maître menuisier qui, en plus d'être stables, auraient été plus lucratifs et plus gratifiants. Cependant, comme il l'écrivit un jour à ma mère : « À ce niveau, ça devient un boulot comme un autre. J'adore pouvoir aller et venir, choisir le travail qui me convient. J'adore la variété. C'est trop pénible d'être aux commandes. Demande-moi de faire quelque chose et je le ferai. Pas la peine d'ajouter une tonne de stress. » Il semblait se satisfaire de remplir les cases vides entre deux contrats de menuiserie avec des chantiers de peinture. Cela devint le régime de croisière de sa carrière. Il passait beaucoup de temps chez les autres et très peu de temps dans son propre foyer. Je peux seulement en déduire que c'était peut-être ainsi qu'il entendait mener sa vie et qu'il aurait peut-être dû se maintenir dans cet état de contentement.

Quand je pense aux dernières années pendant lesquelles il a vécu avec nous, je me rappelle les symptômes de sa présence, et non la sensation de sa compagnie : le ralenti sec de sa voiture qui retrouvait l'allée dans l'obscurité, les rideaux du palier qui s'illuminaient d'un coup, le choc las de ses clés jetées sur la console de l'entrée, la rumeur embarrassée de ses conversations avec ma mère dans la salle de bains, ses jeans et ses bleus de travail délavés mis à sécher sur les radiateurs le week-end, le tintement des échelles en aluminium sorties du garage, les longues soirées de printemps ponctuées par le grincement d'une scie à onglet. J'en suis arrivé à la conclusion que ce qu'il aimait dans sa vie de menuisier de théâtre était d'être apprécié pour sa compétence – et qui pourrait lui reprocher d'avoir voulu poursuivre dans cette voie ?

La télévision causa sa perte. Elle changea la manière dont lui-même se considérait. Elle lui donna d'abord une fausse humilité, qui est pire que l'absence totale d'humilité : « C'est vrai, les gens n'arrêtent pas de me dire que c'est une super opportunité de participer à un projet pareil, et je suppose qu'ils ont raison. Il suffit de regarder les pointures qui ont été recrutées, c'est effrayant… et moi qui me retrouve au milieu de tout ça. Je leur dis chaque fois : vous êtes vraiment sûrs que c'est *moi* que vous voulez ? On parle de *Dame* Maxine Laidlaw, là, je ne mérite certainement pas de me retrouver dans la même pièce qu'elle. » Plus tard, il se comporta comme si d'avoir gravi cette marche vers la réussite n'avait rien d'exceptionnel. « Vous n'avez pas envie de m'entendre encore radoter là-dessus », disait-il avant de continuer à nous régaler avec des détails.

Le jour où il téléphona pour informer ma mère qu'il avait décroché un poste sur la série, personne n'était à la maison pour prendre l'appel : comme c'étaient les vacances de Noël, elle m'avait probablement emmené voir mes grands-parents ou faire des commissions en ville avec elle. À ce tournant de son existence, il n'avait pas de domicile fixe : aux dernières nouvelles, il logeait dans une pension de famille à la sortie de Gillingham. J'aurais aimé que quelqu'un pense à conserver la cassette du répondeur avec son message : je voudrais l'entendre juste une fois encore pour comparer ses paroles avec la transcription que ma mémoire en a faite. Parce que j'ignore à quel point mes souvenirs ont déformé le poids de sa voix ce jour-là, le ton enjoué et moqueur à la fois, ce *Je vous l'avais bien dit* insidieux.

Malgré cela, les faits sont assez clairs : un menuisier rencontré alors qu'il travaillait à l'Octagon, à Bolton, avait été nommé chef d'équipe sur une nouvelle série télévisée et constituait une équipe. Mon père avait été engagé et était enchanté. Il commençait trois jours plus tard, et sa présence était requise à Leeds pendant plusieurs mois pour la préproduction et le tournage. Il y avait un lit de camp dans l'atelier avec son nom dessus, une cuisine commune et un cabinet de toilette avec une douche : il s'en contenterait provisoirement. Il avait l'intention de partir pour le Nord quelques jours plus tard. Il rappellerait dès qu'il serait installé. C'était une occasion en or pour lui, affirmait-il. Une occasion en or.

Je me suis souvent demandé ce que ma mère aurait pu lui dire si elle avait été là pour répondre. Lui aurait-elle définitivement ôté de la tête l'idée qu'elle s'intéressait encore à ses opportunités de carrière ? L'aurait-elle dissuadé de partir ?

Le coffret était dans mon sac, là où je l'avais rangé. « Tu l'as trouvé ou quoi ? » m'a lancé mon père depuis le siège conducteur. Grouille-toi. » Nous étions toujours sur le parking. La Volvo était un reflet terne dans les fenêtres teintées du Little Chef. Une lumière apathique infusait le ciel. Le moteur ne tournait pas, pourtant je sentais l'odeur de gaz brûlé du tuyau d'échappement. J'étais sous l'aile déployée du coffre, les deux genoux sur le pare-chocs, mais mon sac était légèrement hors d'atteinte. « Je n'arrive pas à l'attraper. »

Il m'a observé dans le rétroviseur sans tourner la tête. « Il faut que tu grimpes carrément dedans. »

J'ai fait ce qu'il me suggérait, piétinant ses affaires : une boîte à outils, les sacs-poubelle qui contenaient toute sa garde-robe, un bouquet de clubs de golf, un seau plein à craquer de brosses à tapisser, un vieux cutter, des bouteilles de térébenthine et de vernis. Mon sac avait été jeté contre le dossier du siège arrière, sur un lot de housses de protection. Je l'ai tiré à moi et l'ai ouvert. « Magne-toi, Dan, ou je démarre en te laissant dans le coffre. » Le coffret était coincé au milieu de mes autres affaires, mais j'ai réussi à le dégager.

« J'arrive ! » ai-je crié, et mon père a démarré le moteur. J'ai dû sauter à pieds joints pour réussir à claquer le coffre.

« Ceinture », a-t-il ordonné quand j'ai pris place à côté de lui. Il a enfoncé la pédale d'embrayage et secoué le levier de vitesse. « Comment se fait-il que je n'en aie pas entendu parler avant ? a-t-il demandé en exécutant une marche arrière.

— Ça vient de sortir en cassettes. Maman me les a commandées.

— Tu peux les emprunter combien de temps ?

— Quelques semaines, je crois.

— Ah, on n'est pas obligés de les écouter tout de suite, alors. On peut mettre un peu de musique. J'ai emporté les Smiths… ça va te plaire. »

— Mais je ne les ai encore jamais écoutées.

— Moi non plus, et je travaille sur la série. Tu es vraiment fan, dis-moi ?

— Oui. Et alors ? »

Il se moquait de moi.

« Tu crois que tu l'as regardée combien de fois ?

— Tais-toi, papa.

— Ha ha. Allez. Je veux savoir. »

J'ai hésité.

« Quel épisode ?

— Toute la série, du début à la fin. Combien de fois ?

— Je ne sais pas.

— Dix ? »

J'ai haussé les épaules.

« Vingt ?

— Quelque chose comme ça.

— Ouah. Et maintenant tu veux écouter le livre sur cassette… la même histoire ne devient pas barbante à force ?

— Le livre est assez différent de la série.

— Pas tant que ça. »

Comme s'il savait de quoi il parlait.

« Et les cassettes sont lues par Maxine Laidlaw, alors elles sont différentes aussi.

— D'accord, j'ai compris, a-t-il lâché en me dévisageant. Tu es totalement mordu.

— J'aime juste en apprendre le plus possible. Qu'est-ce qu'il y a de mal à ça ?

— Rien. Mais parfois en savoir trop peut gâcher les choses, tu ne crois pas ? Comme quand tu entends une chanson et que les paroles te font dire ouah, ce groupe, ils savent vraiment ce que c'est d'avoir le cœur brisé, et puis tu les entends en interview et tu apprends que la chanson en question parle en fait de leur défonce au LSD.

— C'est quoi, le LSD ?

— Un truc que tu ne devrais pas… laisse tomber. Bon d'accord, tu as gagné… on va d'abord mettre la cassette, si tu y tiens tant que ça. Mais juste la première, d'accord, sinon je vais avoir mal au cœur. » Il a attendu une trouée dans le flot de voitures et nous a ramenés sur la voie rapide. « Je ne vois pas l'intérêt des livres audio. Écouter la même personne blablater pendant des plombes. Je préfère me servir de mon imagination, inventer mes propres voix. » Il a de nouveau baissé les yeux sur le coffret. « Il y a combien de cassettes là-dedans, d'abord ?

— Quatre.

— Putain ça doit faire des heures d'enregistrement !

— Tu as encore juré, papa !

— Oh, arrête un peu, ce n'est pas jurer, ça.

— Si. Comme merde, pisse et connard.

— Quoi ? a-t-il dit en riant. Qui t'a raconté ça ? C'est ridicule !

— Pour maman, pisse, c'est grossier. Et merde n'est qu'un demi-juron, mais ça ne se dit pas. »

Il a émis un « Oh » étiré et outré.

« Ta mère a ses bons côtés, mais la plupart du temps, elle est à côté de la plaque. Tu as vu sa collection de disques ? On y trouve deux des mots les plus laids de la langue anglaise : Simply Red. »

Je l'ai laissé ricaner tout seul, jusqu'à ce qu'un camion essaye de se rabattre devant nous sans mettre son clignotant. « Regarde-moi ce débile ! » Mon père a klaxonné. Au moment de le doubler, il s'est penché pour jeter un regard noir au routier dans sa cabine. « Connard, a-t-il marmonné.

— Je peux mettre la cassette maintenant ? »

Il a poussé un petit soupir, histoire de manifester son agacement.

« Ouais, vas-y. Mais tu continues à lire la carte. J'ai encore besoin de tes indications. »

L'illustration qui ornait le coffret était assez originale : un dessin au crayon de couleur représentant une silhouette longiligne émergeant d'une forêt. En haut, en simples caractères rouges, on lisait :

LE LIVRE QUI A INSPIRÉ LA SÉRIE D'ITV

Les quatre cassettes étaient rangées dans un coffret en plastique moulé, si serrées les unes contre les autres que la première a grincé quand je l'ai sortie. Je l'ai insérée dans la gueule de l'autoradio et j'ai attendu. C'était la toute première fois que je les écoutais. Je les avais gardées tout spécialement en prévision de notre voyage et j'éprouvais une soudaine appréhension à l'idée qu'elles ne tiendraient peut-être pas toutes leurs promesses, et qu'elles donnent, par ricochet, une mauvaise image de moi. « Tu ferais mieux de monter un peu le son, a conseillé mon père. Le haut-parleur est flingué de mon côté. »

Un bruit blanc a empli l'habitacle. Puis une voix rauque s'est fait entendre, familière mais différente, plus présente à mes oreilles qu'elle ne l'était à la télévision. Son accent d'un autre monde était bien moins prononcé – à peine perceptible, en fait –, et sa façon d'articuler plus solennelle, théâtrale. « *L'Artifex apparaît.* » Longue pause. « *D'Agnes Mosur.* » Longue pause. « *Lu par Maxine Laidlaw.* »

« Purée, a commenté mon père. Elle ne parle pas aussi lentement dans la vraie vie.

— Je n'arrive pas à croire que tu la connaisses.

— Oh que si. » Il a laissé un bref silence s'installer. « Elle est très sympa, Maxine, en fait. Toujours prête à blaguer. Tu verras.

— *Chapitre un*, a dit Maxine Laidlaw.

— Enfin, je ne dirais pas qu'on est les meilleurs amis du monde ou quoi…

— *Le Compartiment.*

— Nos relations se limitent à un hochement de tête poli quand on se croise à la cantine.

— *Par une froide et claire journée de fin octobre, l'Artifex apparut…*

— Mais, ouais, elle sait qui je suis.

— Chut, ai-je protesté. On n'entend rien.

— Oh, ça va… toutes mes excuses. Rembobine. »

*

J'ai vécu mes derniers moments d'insouciance sur une portion de l'A1, entre les villages de Colsterworth et Sprotbrough, aussi quelconque que n'importe quel bout de nationale en Grande-Bretagne. C'est un ruban d'asphalte ordinaire qui relie le talon du Lincolnshire à la base du Yorkshire, à ce point dénué de caractère que le parcourir revient à subir une anesthésie à cent dix kilomètres à l'heure. Quand je pense à ce tronçon de route je m'aperçois pourtant que ses particularités bien peu inspirantes sont restées gravées dans ma mémoire. J'imagine que cela est lié au désir de revenir en arrière. Si j'avais le pouvoir de remonter le temps, de revenir à n'importe quel moment du passé, je choisirais l'heure que nous avons passée en route vers Sprotbrough, à écouter Maxine Laidlaw lire *L'Artifex* de sa voix lente et saccadée. Je sais ce que je ferais différemment. Je dirais à mon père que je l'aimais plus que n'importe quelle série télévisée. Je lui ferais comprendre que le respect que j'avais pour lui ne dépendait pas de sa réussite ni de ce que les gens pensaient de lui. Je lui dirais que je l'admirais davantage pour m'avoir fait faire ce voyage à Leeds que pour tout ce qu'il avait l'intention de me montrer quand on arriverait là-bas. Je lui dirais qu'il n'avait rien à me prouver, même si cela n'était pas vrai.

Au lieu de quoi je regardais à travers le pare-brise en écoutant ce livre enregistré sur cassette. Des images furent traitées, archivées. Interminables accotements herbeux. Séparateurs de voies et barrières de sécurité. Jeunes arbres plantés depuis peu sur les talus comme des pierres tombales. Pâquerettes, boutons-d'or et fougères. Bitume rapiécé. Ponts routiers coulés dans du béton de bunker. Le dos gris et strié des panneaux de signalisation sur la droite, les carrés vert vif des panneaux sur la gauche. Séneçon sur le terre-plein central. Champs de blé, champs de maïs, champs d'oignons, champs de choux, champs de pommes de terre. Poteaux téléphoniques et câbles affaissés. Mille et un cônes de signalisation. Débris fantomatiques de collisions survenues avant nous : fragments plastique de feux de freinage, enjoliveurs cassés, traces de pneus en sortie de route. Soudain, un arbre solitaire dans un pré. Des nuages comme des chaînes de montagnes. Bretelles d'accès. Prairies scarifiées par des roues de tracteur. Pylônes devenant de plus en plus énormes, chevilles de la Terre.

Aujourd'hui, un océan me sépare de l'A1, et j'y rôde pourtant tous les jours. Son néant envahit mes pensées dans mes moments de solitude, quand je prends le métro pour aller travailler. Je voudrais pouvoir conduire une voiture sans entendre la voix de Maxine Laidlaw. J'aimerais pouvoir m'asseoir dans le siège passager de n'importe quel véhicule sans que mes doigts se contractent nerveusement sur la poignée de la portière. Mais une partie de moi-même est et restera toujours abandonnée sur ce genre de route.

*

[…] Par une froide et claire journée de fin octobre, l'Artifex apparut pour lui sauver la vie. Il courait à toutes jambes dans les bois du domaine familial avec ses deux sœurs. Pour une fois, il les devançait, et cela était tellement important pour lui d'être en tête qu'il ignora la brûlure qui commençait de poindre dans sa poitrine. Bientôt la douleur empira. Ses sœurs le dépassèrent en un éclair. Il les regarda qui s'éloignaient, bondissantes, faisant gicler la boue en paquets. Ses bronches s'obstruaient. Il s'agenouilla sur la bouillie de feuilles et de terre pour se reposer, espérant que cela passerait. Ses sœurs ne l'entendirent pas respirer bruyamment. Elles n'eurent pas un regard pour lui. Il savait qu'elles étaient concentrées sur le poteau d'arrivée : le très vieux sycomore au fond des bois. L'une d'elles pourrait à nouveau cocher sa victoire sur son tronc, mais pas lui. Ce ne serait jamais lui. Albert Bloor, onze ans, suffoquait par terre, seul. Ses yeux commencèrent à se fermer. Le monde s'évanouissait lentement, s'éloignant de plus en plus. Cependant, au moment où il parvenait à prendre une inspiration, elle apparut.

Il ne l'avait pas vue venir. Il était en train de fixer les cimes des conifères penchées au-dessus de lui, et l'instant d'après, elle lui soulevait la tête et pressait un gobelet contre ses lèvres. « Bois, mon petit. Ça va aller », dit-elle. Il but la tisane chaude à grands bruits, et la sensation d'oppression finit par s'atténuer. Il la regarda pour la première fois et se mit à trembler. Comme elle était laide et étrange : ses cheveux pareils à des chatons pendants dans le demi-jour, sa bouche édentée, les cicatrices qui barraient son front, sa peau gercée et couverte de cloques… et ces yeux blancs, aussi pâles que des cadrans de montre. Mais elle ne lui faisait pas peur. Il crut en sa gentillesse dès le départ.

C'est elle qui l'aida à retrouver son souffle. C'est elle qui le souleva et le porta à travers pins et ronciers. C'est elle qui lui fit éviter les branches d'arbres hostiles sans glisser. C'est elle qui le hissa sur le tertre boueux où se trouvait son campement. Au sommet de cette colline, elle gratta la boue à mains nues et découvrit une plaque rouillée dans le sol. Elle l'écarta. « Accroche-toi à mon cou », dit-elle, et elle le fit passer sur ses épaules. « On descend dans mon compartiment. » Et ils s'enfoncèrent, un barreau après l'autre, dans l'obscurité.

Elle le déposa sur une paillasse, actionna une poignée au-dessus de sa tête : un peu de terre tomba du plafond, amenant un rayon de lumière. Une caisse métallique servait de cuisinière, avec des trous percés sur les côtés pour la ventilation. Elle prépara un baume pour soulager sa poitrine. Trois parts de kardlach, deux parts de grish, une part de mesckital. Un jour, il finirait par connaître cette recette par cœur. Le seul remède contre l'asthme qui ait jamais marché sur lui.

Elle mélangea les poudres dans une fiole, y ajouta de l'eau froide, l'agita. Elle testa une goutte de la pâte visqueuse sur son doigt. « Parfait ! » dit-elle en hochant la tête, puis elle appliqua le contenu de la fiole sur sa clavicule. « On va laisser agir. Repose-toi. » Elle ouvrit un Thermos et versa du thé fumant. « Une autre dose de ranyan pour décongestionner ta poitrine, et tu seras tout à fait rétabli dans quelques heures.» Elle fit infuser dans le liquide brûlant un petit amas de feuilles, qui ressemblaient à du gui. «La saveur est amère, mais tu te sentiras comme neuf, je te promets.» Alors il avala le breuvage d'un trait.

«Merci, murmura-t-il en sentant ses paupières se fermer à nouveau. Merci de m'avoir sauvé.»

Elle lui dit qu'il n'avait pas à la remercier. «Dors, reprends des forces.»

*

Mon père a appuyé sur la touche PAUSE. «J'ai besoin d'un break. Ce truc me donne envie de vomir.» Il a baissé la vitre de son côté. Le chant lugubre de l'air extérieur a comprimé mes tympans. J'ai ouvert ma fenêtre pour que cela cesse. «Qu'est-ce que tu en penses pour l'instant? C'est loin d'être aussi effrayant que la série. La musique au piano et le brouillard : tu n'as pas ça dans un livre. Et le moment où elle balance sa hache et qu'elle reste plantée dans le tronc d'arbre? C'est un de mes passages préférés.

— Ça va peut-être venir.

— Je croyais que ça se passait au début.

— Ils l'ont peut-être rajouté pour la télévision.

— Pour rendre la scène plus intense, tu veux dire?

— Je ne sais pas.

— Tu as peut-être raison. C'est mieux comme ça.» Il s'est tapoté le ventre. «Pouah. J'ai bu trop de café, j'ai les tripes en feu. Tu me peux sortir ce Drifter?»

J'ai fait ce qu'il me demandait. Il l'a dépiauté avec ses dents et a croqué dedans. «Je me rappelle avoir construit le compartiment pour cette scène… c'était mon premier jour de boulot. Ils comptaient utiliser une toupie de camion à béton, mais ça coûtait trop cher. Alors on a dû le fabriquer sur une structure avec des panneaux de contreplaqué. Au final, ça ressemblait à une grosse canalisation coupée en deux, comme ces rampes pour faire du skate. On s'est fait des courses de petites voitures dessus en attendant que les peintres se mettent au boulot. On s'est bien marrés.

— C'est vrai ?

— Oui, on faisait juste les cons, histoire de passer le temps.

— Non… tu as vraiment construit le compartiment de Cryck ? »

Une expression de fierté est apparue sur son visage : un hochement de tête souriant.

« Bien sûr, je te l'avais déjà dit. »

Je ne me lassais jamais de l'entendre. Comme j'avais toujours le réflexe de courir vers le téléphone de la cuisine après la diffusion de chaque nouvel épisode pour rendre mon verdict, même si je n'arrivais pas à le joindre, même quand les messages que je laissais à ses colocataires restaient sans réponse, même quand nous n'avions aucun numéro où l'appeler. Parce que, ces rares soirs où le téléphone sonnait, et que j'étais là-haut en train de rêver, ma mère venait me réveiller en me secouant doucement : « Ton père veut te dire un mot. » Je descendais alors au rez-de-chaussée les yeux ensommeillés, et sa voix me réveillait : « Bonsoir,

Danno. Je ne voulais pas te tirer du lit. Je n'arrivais pas à dormir. » On entendait comme un bruit d'eau sur la ligne. « Alors, vas-y, je t'écoute, ne me fais pas languir : qu'est-ce que tu as pensé des derniers épisodes ? Je ne suis pas trop convaincu par ces personnages de *délégués*, personnellement. Je pense que c'est une erreur. On les voit bien trop longtemps à l'écran. Ce qui m'intéresse plus, c'est ce que Cryck est en train de construire avec ce qu'ils ont trouvé la semaine dernière. » Ses paroles se brouillaient. Pendant qu'il me parlait, je souscrivais à ses opinions avec des oui-oui et des humhum, et puis son monologue s'éteignait, et il me disait qu'il était très tard et me souhaitait bonne nuit. J'avais un besoin maladif de ces moments d'intimité avec lui, et leur rareté et leur imperfection les rendaient encore plus addictifs.

Nous nous étions retrouvés dans le sillage enfumé d'un camion-benne dont le pare-chocs s'ornait d'un autocollant VOUS ME SUIVEZ, NOTEZ MA CONDUITE avec un numéro à appeler. « Tu crois que des gens appellent ? a dit mon père. Je m'imagine toujours une vieille assise dans un préfabriqué quelque part en train d'assurer une permanence téléphonique.

— Qu'est-ce que tu as fait d'autre ? ai-je demandé. Sur la série.

— Presque tout. » Il a mâchonné son Drifter, s'est déporté lentement sur la voie médiane. « Quand on sera là-bas, je te montrerai. Le seul décor sur lequel je n'ai pas vraiment travaillé, c'est le jardin d'hiver des Bloor.

— Et le canaliseur ?

— Comme si j'allais les laisser fabriquer ce truc sans moi ! Il y a une centaine de pièces différentes rien que pour l'enveloppe, et j'ai dû en découper quatre-vingts à la main. C'était comme construire une maison. Et puis il a fallu percer un million de trous minuscules pour les lumières.

— C'est fait en quoi ?

— Bois et polystyrène, principalement. De la filasse et du plâtre. Du grillage à poule. Quelques étais pris sur une tente de réception. On croirait que ça pèse autant que la colonne de Nelson, mais on pouvait soulever le bazar seul sans beaucoup d'efforts. Pour le tournage, ils ont été obligés de le lester avec des sacs de sable pour qu'il ne s'envole pas. » Il a remonté sa vitre, m'a demandé d'en faire autant. Ses épaules se sont relâchées. « Ça va maintenant », et il a appuyé sur le bouton PLAY de l'autoradio.

*

[…] Lorsque Albert se réveilla, il faisait nuit noire et il pleuvait. Il entendait le crépitement sur le sol au-dessus de sa tête. Elle surgit derrière la lumière vacillante de la bougie. « Alors, comment vont ces bronches à présent ?

— Bien mieux. »

Elle lui rafraîchit le front avec un chiffon frais.

« Il est temps de te ramener chez toi, je suppose.

— Comment faut-il vous appeler ?

— Cryck

— Moi, c'est Albert.

— Tu dois habiter la grande maison.

— Oui, madame. »

Elle fit la grimace.

«Je t'ai donné mon nom, gamin. Sers-t'en. Je n'aime pas trop les manières.

— Désolé.» Il s'assit et s'étira. «Je ne sais pas comment vous remercier.

— Tu n'as pas à le faire. Je suis contente de m'être occupée de toi. Tu as repris des couleurs.

— C'est quoi ce nom, Cryck? demanda-t-il. Vous êtes étrangère?

— En quelque sorte.» Ses immenses narines se dilatèrent. «Nous avons une chose en commun, toi et moi. Nous sommes tous les deux loin de l'endroit où nous devrions être.

— Est-ce que vous êtes une clocharde?

— Ha ha! Non, pas exactement.

— Ne vous inquiétez pas, je ne dirai pas à mon père que vous êtes sur ses terres.» Il songea avec angoisse que Cryck pourrait être un jour débusquée, prise pour une braconnière et punie. «Et s'il vous trouve ici, je lui raconterai ce que vous avez fait pour moi. Promis. Vous serez toujours la bienvenue.

— C'est gentil à toi, gamin. Mais ton père ne pourrait pas me voir… tes pareils en sont incapables. Tu es le premier qui m'ait jamais vue ou entendue.

— Depuis combien de temps vous cachez-vous ici?

— Oh, je ne fais que passer. Je ne me cache pas.

— Passer pour aller où?

— Aoxi. Tu poses beaucoup de questions pour un enfant, si je peux me permettre.

— C'est de là que vous venez? Aoxi?

— Ce n'est pas la bonne prononciation, mais oui.» Elle s'approcha et le saisit par le menton, tournant sa tête de gauche à droite. «Tu m'étonnes vraiment,

Albert, dit-elle doucement. Comment se fait-il que tu puisses me voir ? Es-tu d'une espèce différente ?

— Non.

— Hum. Tu es probablement un malagh.

— C'est quoi un malagh ?

— Un bâtard… un mélange de choses.

— Je ne suis pas un bâtard !

— Tu l'es forcément. Les meilleurs le sont souvent. Je ne vois pas d'autre explication.» Elle se gratta la tête avec ses ongles rognés. «Est-ce que tu as faim ?

— Oui, je meurs de faim.

— Tu pourrais manger un oiseau ?

— Je n'aime pas la caille ni la perdrix, mais j'aimerais bien du poulet.»

Elle plissa ses yeux pâles.

«Et que dirais-tu d'une pie ?»

Il tira la langue d'un air dégoûté.

«Je vais faire chauffer une casserole de goade, alors. Tout le monde aime le goade.

— Je n'ai jamais essayé.

— Eh bien, tu vas te régaler.» Elle s'éloigna dans le compartiment pour aller chercher quelque chose dans une boîte posée par terre. C'était un rouleau de tissu, qu'elle déroula. Sur le linge il y avait d'innombrables feuilles vertes, séchées et recroquevillées, pareilles à des feuilles d'ortie. «Goade. La forêt en regorge. Savoureux et bon pour toi. Fais-moi confiance.»

Ce qu'il fit. Il se redressa et mangea le plat de goade qu'elle avait préparé pour lui. Cela avait la texture de l'épinard cuit mais le goût de la châtaigne grillée au feu de bois. Étrange et pourtant familier. Il aurait pu en manger trois bols de plus, mais s'arrêta au deuxième.

Elle parut s'amuser de son bel appétit. «Je te l'avais dit. On le mange avec tout sur Aoxi. On en fait une excellente soupe, en particulier.» Elle inspira si profondément que sa peau se craquela. «Oui, tu dois être un malagh. Tu dois avoir du sang aoxi. Un enfant ordinaire ne sentirait même pas un courant d'air en ma présence. Toi, non seulement tu me vois, mais tu n'es même pas dégoûté. Et cela me porte à croire que tu es la seule personne sur cette foutue planète à pouvoir m'aider.»

La cabine rouge et sale dans laquelle il a passé l'appel se trouvait au carrefour de Main Street et Boat Lane, plantée sur un petit parking près du mur d'enceinte d'un cimetière d'église. J'imagine qu'elle y est toujours. Peut-être que ses empreintes de pouce subsistent sur la porte vitrée ; que quelques vestiges de ses postillons obstruent encore les perforations du combiné. Parfois, je suis en proie au sentiment angoissant que tout ce que mon père a touché au cours de notre voyage devrait être inspecté et désinfecté à l'eau de Javel, au cas où sa folie serait contagieuse. Et c'est par cette cabine téléphonique à Sprotbrough que je commencerais, parce que c'est là que sont apparus les premiers signes manifestes de son dérangement.

Nous avions fait un détour pour arriver jusque-là. Alors que nous roulions sur l'A1, envoûtés par le doux récit de Maxine Laidlaw, mon père a dit : « Merde, il est déjà si tard ? » Il était onze heures deux. Quand nous avons vu la prochaine bretelle de sortie, nous nous sommes déroutés. L'itinéraire qu'il avait tracé sur la carte continuait vers Doncaster et Pontefract, jusqu'à Leeds, mais nous avons changé de direction pour entrer dans une ville endormie du sud du Yorkshire : une banale artère de banlieue divisée par deux voies de circulation et flanquée de concessions automobiles. Il s'est rangé sur un arrêt de bus, a éteint l'autoradio. « Donne-moi ça une seconde, tu veux ? » Il a pris l'atlas, qu'il a ouvert sur le volant.

« Qu'est-ce que tu cherches ? ai-je demandé.

— T'inquiète. J'ai trouvé. » Il a jeté l'atlas sur mes genoux. Nous avons repris la route, franchi un viaduc au-dessus d'un canal, ses eaux immobiles et miroitantes ; sur les quais, des pêcheurs avec des épuisettes. Puis nous avons débouché dans le village, face au beffroi de l'église qui n'était guère différent de celui que je connaissais chez moi. Les abords de l'église étaient aménagés de la même façon ; une allée en pierre grise ceinturant une pelouse sertie de pierres tombales, une cabine téléphonique près des grilles. « Ça fera parfaitement l'affaire, a décrété mon père. Allons nous dégourdir les jambes une minute. »

Il s'est garé sur le trottoir. Il y avait une petite rangée de boutiques de l'autre côté de la rue bordée d'arbres. « À ton avis, quelle est la probabilité que je trouve des Wintermans chez ce marchand de journaux ? a-t-il demandé en descendant de voiture. « Une petite ville de campagne comme ça, avec des tas de vieux… je crois que j'ai mes chances. » Il est passé devant le capot, comme un nuage devant le soleil. « Tu viens, ou quoi ? »

Je suis descendu à mon tour. Il a passé son bras autour de moi tandis que nous nous dirigions vers le cimetière. Après avoir accompli un demi-tour, nous nous sommes arrêtés devant un monument commémoratif moussu. Je ne parviens pas à me rappeler l'inscription gravée dans la pierre, mais cela aurait très bien pu être : CI-GÎT HARDESTY & HARDESTY. « Écoute, toi, tu restes ici. Va faire un tour dans l'église ou quelque chose. Je dois passer un coup de fil.

— Je ne peux pas attendre dans la voiture ? »

Il m'a ébouriffé les cheveux.

« Tu es un vrai aventurier, toi.

— Je ne veux pas qu'on soit en retard.

— On ne le sera pas, fiston. En fait, c'est pour ça que j'ai besoin du téléphone.

— Tu as dit que tout était organisé.

— C'est le cas. Tout est planifié depuis des mois. Écoute, j'ai juste… » Il s'est avancé vers moi, m'a brusquement pris par le coude. « On va te ramener à la voiture.

— Je pourrai mettre ma cassette ?

— Pas avant qu'on soit repartis. Tu vas vider la batterie. » Il m'a ramené vers la route en me tenant par les épaules. « Tu n'as rien d'autre dans ton sac ?

— Des figurines.

— C'est tout ?

— Des cartes Top Trumps.

— C'est un jeu pour deux.

— Pas forcément… j'ai aussi mon appareil photo.

— Il y a une pellicule dedans ?

— Non.

— Tu ne peux rien en faire, alors. Je t'en achèterai une dans la boutique. Pour plus tard.

— À quelle heure est-ce qu'il faut être là-bas ?

— Ça dépend. On m'a dit treize heures, mais je dois revérifier ça avec mon patron. Le planning de tournage change tout le temps. Et il n'y a rien qui fasse plus chier les gens – je veux dire, *énerve* les gens – sur un plateau de télévision que quelqu'un qui perturbe le planning. C'est pour ça que j'ai besoin du téléphone. Mais ça risque de me prendre un moment pour joindre la personne que je dois contacter. » Il mentait avec une telle facilité. « Tu ferais mieux de sortir tes cartes Top Trumps. »

Je me suis assis dans la voiture avec les fenêtres ouvertes. Le soleil se fragmentait derrière les pare-soleil. J'ai battu mon jeu de cartes Meilleurs Avions du Monde. Mon père est entré dans la cabine et a fermé la porte. J'ai distribué les avions de ligne en deux tas, cartes cachées… un pour moi, un pour lui. Prenant sa pile, j'ai essayé de m'immiscer dans son esprit, de deviner les caractéristiques des avions qu'il privilégierait, son approche tactique, avant de retourner mes cartes dans l'autre tas. J'ai perdu vingt fois d'affilée en jouant à sa place.

Il était toujours dans la cabine, fumant et parlant. Son corps paraissait chanceler. Sa voix était à peine perceptible, plus un bruit sourd qu'un murmure. J'ai également perdu les dix cartes suivantes, réduisant la pile de mon père. Sa voix s'est faite plus forte, plus insistante. La température est montée dans la voiture. J'ai ôté mon sweatshirt. Et si je modifiais ma stratégie ? Au lieu de jouer en faisant comme si j'étais lui, je jouerais *pour* lui, en me fiant à mon propre jugement. Il a gagné la carte suivante, puis celle d'après, et la suivante, et cela m'a consolé, j'ai eu le sentiment que l'équilibre était rétabli. Il a aussi remporté la carte d'après : rien ne peut battre un Concorde. Et puis – *boum boum boum* à l'extérieur, trois coups de poing frappés contre la vitre de la cabine téléphonique. En tournant la tête, j'ai vu que le verre de la porte s'était étoilé, masquant le visage de mon père. Je suis descendu de voiture et suis allé le voir.

« Et c'est précisément ce que je suis en train de te dire, putain ! C'est exactement ce que je... » Il a sursauté, furieux, quand j'ai tiré la porte. Un panache de fumée s'est échappé vers moi. « Bon Dieu, attends une minute, vieux, donne-moi une seconde. » Il a couvert le combiné avec sa paume, un cigarillo coincé entre les doigts. Les jointures de son autre main étaient à vif. « Qu'est-ce que tu fous là, Dan... retourne à la voiture et attends-moi, d'accord ? J'essaye d'arranger les choses pour nous. C'est *sérieux*. Tu piges ? »

J'étais piqué au vif, réduit au silence. Je devais avoir l'air terrifié.

« Écoute, je ne voulais pas t'agresser. Je ne voulais pas te parler comme ça.

— Ça va.

— Non, ça ne va pas. Ce n'était pas juste. Il y a que... » Il ouvrait des yeux ronds et humides, suppliants. « Il faut *vraiment* que j'arrive à régler le problème avec QC avant qu'on arrive à Leeds. Cet abruti s'était mis dans la tête qu'on arrivait demain matin et pas aujourd'hui. J'essaye de rattraper le coup. »

J'ai reconnu le sentiment d'abattement qui s'est emparé de moi à ce moment-là. Le pire effet secondaire de la foi est l'angoisse de la déception qui pointe son nez, la fissure qu'on découvre dans les fondations. J'ai fait tout mon possible pour nier l'évidence. « Tu es blessé ? Tu as cassé la vitre.

— Oh, *ça* ? Ce n'est rien… c'est juste ton père qui faisait l'idiot. Je vais bien. C'était une bêtise. » Il a ri d'un air penaud et a levé la main gauche en ouvrant et fermant le poing. « J'ai les os solides, moi… c'est tout le lait entier que je bois. Allez, file… » Son regard s'est porté sur l'église. « Sois sage et attends dans la voiture. Tu peux mettre ta cassette si tu veux. Ne t'inquiète pas pour la batterie. Je la ferai démarrer avec des câbles s'il le faut. Et, de toute façon, je ne serai pas long.

— D'accord, ai-je dit, et j'ai commencé à m'éloigner à reculons.

— T'es un bon gars.

— On va toujours à Leeds ?

— Bien sûr que oui, fiston. On va à Leeds et je te montre ce canaliseur, même si je dois te porter sur mon dos pour ça.

— Et le compartiment de Cryck.

— Ouais. Avant toute chose. » Il s'est tapoté la tempe.

Je lui ai souri, rasséréné, et suis retourné à la voiture.

« Danno, *attrape*… » J'ai fait volte-face et j'ai aperçu une sorte de scarabée noir voler dans ma direction. L'objet m'a frappé la poitrine avant de tomber par terre en cliquetant. « Tu en auras besoin pour passer la cassette. Ne tourne pas la clé à fond. J'en ai pour une minute. » J'ai ramassé le trousseau et me suis dirigé vers la Volvo. « QC, tu es toujours là ? a demandé mon père dans mon dos. Ne me dis pas que tu as raccroché… Non, il va bien. Un peu contrarié, mais c'est compréhensible… »

La garniture du siège était brûlante sous mes jambes quand je suis monté dans la voiture. L'air était sec et sentait le renfermé. J'ai tendu le bras pour introduire la clé dans le contact, et je l'ai tournée avec précaution, d'un cran. Les grilles d'aération ont craché un souffle chaud. J'ai allumé l'autoradio, et attendu d'entendre Maxine Laidlaw. Pendant ce temps, mon père se balançait sur ses pieds à l'intérieur de la cabine téléphonique, tête baissée, en rage. « Impossible. Il est hors de question que je fasse ça. » Sa voix me parvenait à travers la vitre brisée. « Tu crois que je vais les laisser me faire ça ? À cause de quoi, QC ? Elle n'était même pas dans la pièce, bordel ! »

*

[...] Cryck avait réponse à tout. Quand il lui demanda de décrire Aoxi, elle lui répondit qu'elle se situait à sept millions d'années-lumière de la Terre et qu'elle faisait quarante fois sa taille. Près des trois quarts de sa surface étaient recouverts d'eau, et les terres émergées étaient dispersées en un grand nombre de continents appelés ilphics. Le moindre végétal sur la planète avait son usage ; médicament, combustible, textile, aliment ou matériau de construction. Dans les terres du Sud, le terrain était rocheux et le climat plus sec, mais dans les ilphics du Nord – où elle vivait –, il n'y avait que des marais. L'hiver, il y avait des vents glacés, des tempêtes de neige, des grêlons gros comme des bouchons ; au printemps, une nuée duveteuse tombée des imboks recouvrait la terre ; elle était récoltée par de grosses machines et utilisée comme amadou. Il

n'y avait ni pays ni propriété foncière. Pas de droits de naissance. Les Aoxins n'avaient aucun devoir patriotique les uns envers les autres. Ils étaient libres de se déplacer et de vivre là où ils le souhaitaient. Ils partageaient une monnaie commune : la poignée de main, et son cours était invariable. C'était une planète très étendue et ses ressources tellement abondantes que les besoins de chacun étaient satisfaits. Il existait d'amples variations linguistiques entre les ilphics, chacune de ces langues étant plus complexe et ancienne que n'importe quel idiome terrestre. Une simple histoire pour enfants dans les ilphics du Nord donnait ceci :

> Olfjdyrtridsjkjeofylrsehoildnl'llryhilmyrhrioshrk
> M'loghiahsdkllroshyllyoloryhAlkdrkydrylijnjk
> Pyrpyrllaoksulxektililtrhyrkyiioshrkpindudk
> Bolvckloshrkyyro'shylnargyrTrjilyoxwesxsyroshrk
> Saysdj'iekjyhrypo'shyrtgyrnuh

Cryck prétendait qu'elle avait appris l'anglais toute seule en une demi-journée, en lisant les œuvres complètes de Ralph Waldo Emerson et Harriet Beecher Stowe, la Pears' Cyclopædia et le dictionnaire Webster : quatre « minces » volumes découverts dans la première maison dans laquelle elle s'était abritée à son arrivée. « Une langue extrêmement simple, mais non dénuée de beauté. » Quand il lui demanda de parler aoxin, les phrases s'échappèrent de ses lèvres à toute vitesse, ponctuées d'innombrables claquements de langue et fioritures : la bouche du jeune garçon n'était pas suffisamment élastique pour en prononcer un traître mot. Quand il lui demanda d'écrire quelque chose, elle noircit une page de hiéroglyphes au stylo, la récita à voix haute, d'abord en aoxin, puis en anglais : «Il était une fois une femme dénommée Cryck, qui se retrouva coïncée par accident sur une lune inutile. Elle était très loin de son mari, qu'elle aimait, et de son travail, qu'elle aimait plus encore...» Il lui demanda si c'était vrai, si elle aimait son travail plus que son mari. «Sur Aoxi, les maris aussi aiment leur travail plus que leurs femmes, je t'assure, dit-elle. Mon mari, Sem, est ingénieur. Ingénieur chimiste serait la catégorisation la plus proche. Nous sommes à l'opposé l'un de l'autre dans presque tous les domaines.

Quand il l'interrogea à propos de son travail sur Aoxi, ses yeux blancs oscillèrent. «Il n'y a aucun terme pour ce que je fais en anglais. Le plus proche serait "artifex" – artiste, artisan, mais aussi penseur. J'invente des choses, pour l'essentiel.» Il la poussa à en révéler davantage : quel genre de choses inventait-elle. Et elle répondit : «J'étais une spécialiste dans le domaine des transports. J'ai longtemps été directrice d'une équipe à la pointe de la recherche sur la technologie des canaliseurs... si on veut formuler ça dans ta langue. J'ai inventé ce qu'on pourrait appeler un canaliseur à collecteur.» Et quand il demanda quelle était la fonction d'un canaliseur à collecteur : «Eh bien, c'est difficile d'expliquer ça à un enfant. Pour faire simple, c'est un générateur d'énergie. Capable d'assurer la transsubstantiation matérielle entre un nombre infini de coordonnées spatiales sans déperdition cellulaire ni instabilité paraxiale. C'est une technologie très importante pour mon peuple. Elle nous permet de transporter des matériaux d'une lune à l'autre jusqu'à Aoxi en quelques millièmes de seconde. En théorie, elle pourrait aussi permettre le transport de bétail. En théorie. Sauf que quand nous avons tenté l'expérience...»

Le dysfonctionnement de la machine était la raison de sa présence ici, abandonnée sur une planète à laquelle les Aoxins avaient renoncé il y a longtemps. «Nous envoyions autrefois la lie de nos criminels sur Terre. Meurtriers et voleurs. Si tu sais où regarder tu trouveras leurs vieux compartiments un peu partout... nous nous trouvons dans l'un d'eux, en ce moment même.» Elle tapa au plafond; de la terre tomba en pluie sur elle. «Mais nous n'avons plus de problèmes de criminalité... nous les avons résolus bien avant la naissance de mes ancêtres. Tu veux savoir comment? Par une simple modification de nos gemmules. Je suis la première Aoxin à poser pied sur Terre depuis un siècle. Si je ne rentre pas bientôt chez moi, je serai aussi la dernière à être enterrée ici. C'est pour ça que je ne peux pas me reposer. Viens, je vais te montrer...» Approchant une bougie du mur, elle révéla un dessin complexe gravé dans le métal. «Mon canaliseur. J'ai juste besoin de trouver les bons matériaux pour le faire fonctionner. C'est difficile sur une planète aussi primitive que celle-ci. Je ne voudrais pas te vexer, mais il est vrai que c'est un endroit plutôt arriéré.» Ce qu'elle lui montrait était la représentation d'une tour coiffée d'une sorte d'immense bobine...

«Je ne comprends pas comment ce genre de petites boutiques arrive à survivre», a dit mon père. Son poing ensanglanté était posé sur le caoutchouc moisi de la vitre. Un sac en plastique bleu se balançait dans son autre main. «Pas de Wintermans, pas de pellicule, mais ils avaient du matériel de pêche, tu y crois, toi ? Et tiens… je t'ai pris un Lilt. Mets ça sur PAUSE, tu veux ? »

J'ai arrêté la cassette, pris la canette glacée et l'ai enfoncée dans la fente à côté de mon siège.

« Merci.

— J'ai pensé que tu en aurais envie. Tu n'as pas soif ?

— Je n'aime pas vraiment le Lilt.

— Quoi ? Depuis quand ?

— Depuis la fois où j'en ai goûté.

— Je le boirai, alors. »

Son attitude était sereine à présent. Il a tendu le bras pour ouvrir la boîte à gants, le couvercle effleurant mes genoux. Il en a sorti son tube de Swarfega et a savonné ses jointures à vif avec une bonne dose de pâte nettoyante. Il a plongé ses doigts esquintés dans le sac plastique pour y prendre une bouteille d'eau. Il a dévissé le capuchon avec les dents et a vidé la bouteille sur ses mains. Puis il est allé ouvrir le coffre, a fouillé dans un de ses sacs de vêtements, en a sorti un tee-shirt et a tamponné ses doigts. « Il y a eu un léger changement de plan, fiston », m'a-t-il annoncé. J'ai entendu le tissu se déchirer. Quand je me suis retourné pour lui faire face, il enroulait une bande de tee-shirt autour de sa paume. « Ils ne sont pas encore tout à fait prêts à nous accueillir à Leeds, apparemment. Je te l'ai déjà dit, leur planning n'arrête pas de changer.

— Ah bon, ai-je répliqué en essayant de cacher ma déception. Quand est-ce qu'ils seront prêts ?

— J'en sais rien. À ce stade… » Il serrait un rouleau de ruban à masquer entre ses dents à présent. Il l'a enroulé autour de son bandage improvisé, l'a déchiré d'un coup de dents, et l'a jeté. « À ce stade, c'est un peu flou, mais QC va venir nous chercher. C'est lui qui est au courant des dernières infos.

— Nous chercher ici ? »

Mon père s'est pincé les lèvres et a étudié les alentours comme s'il hésitait à établir le camp au pied de l'église. « Non, je ne pense pas que cet endroit ait beaucoup à offrir. On ne peut même pas y acheter une pauvre pelloche. » Il a refermé le coffre. « Tu aurais vu la tête de la bonne femme dans la boutique ! Je lui dis *Peu importe le type du moment que c'est du 35 mm.* On aurait cru que je lui avais demandé un homard thermidor. »

Tout ce bavardage était une manœuvre de diversion, bien entendu. À ce moment-là, j'avais fini par le comprendre. D'expérience, je savais qu'un état de calme artificiel était toujours préférable à la rage, et je ne voulais pas le troubler. C'est pourquoi je ne lui ai pas précisé que mon appareil était un Kodak Pocket Instamatic qui fonctionnait avec des cartouches au format 110, et non avec du 35 mm ordinaire. Ni que c'était un cadeau d'anniversaire de ma mère et que je l'avais reçu dans un coffret de présentation en plastique avec son flash cube et son étui de transport en similicuir – le même anniversaire que celui au cours duquel son colis imaginaire avait été victime des services postaux irlandais.

« Qu'est-ce que tu as dit ? a-t-il demandé en s'asseyant à côté de moi, mais j'ai juré de ne pas avoir dit un mot. Tu as trafiqué ce siège ?

— Non, pourquoi j'aurais fait ça ?

— J'ai l'impression qu'il n'est pas comme tout à l'heure. » Il l'a ajusté, puis a tourné la clé dans le contact. La voiture a produit un râle d'agonie. Il a appuyé son front sur le volant et a soupiré. « Tu as coupé la ventilation, hein ? S'il te plaît, dis-moi que tu as coupé la ventilation ?

— Je…

— Mais Daniel, bon sang… » Soufflant d'énervement, il a essayé une nouvelle fois.

Le moteur a démarré.

Il l'a fait rugir, euphorique. « Dieu merci ! » Et il l'a fait rugir de plus belle, histoire de fêter ça. « On a un peu de chance, pour une fois.

— Papa », ai-je repris par-dessus le vacarme.

Il a tourné dans Main Street. Le sang avait déjà traversé son bandage grossier : quatre croissants rouges alignés sous le ruban à masquer.

« Ouais ? »

J'ai pris l'atlas sur le tableau de bord.

« Où est-ce qu'on va ? »

Le voyage que ma mère avait approuvé était censé durer deux jours. Il nous avait fallu longtemps pour la convaincre de ses mérites. Conformément à tous les plans que mon père m'ait jamais vendus, celui-ci était présenté sur papier glacé comme une plaquette commerciale, tous les problèmes absents ou passés sous silence, les aspects les plus attrayants soulignés et amplifiés. Nous partirions de bonne heure le mardi, arriverions au studio dans l'après-midi, à temps pour assister à quelques heures de tournage ; il me montrerait le plateau, me présenterait aux acteurs dans leur loge. « Ça dépendra de qui aura des scènes à tourner ce jour-là, mais il est pratiquement certain que Maxine sera là, avait-il dit. Je ne sais pas pour Mike… les enfants ne peuvent travailler qu'un certain nombre d'heures. Mais il y aura probablement Eve et Malik. Certainement Joy. » La nonchalance avec laquelle il appelait les acteurs par leur prénom était exaltante. Nous passerions la nuit à l'hôtel, nous y prendrions « un vrai petit déjeuner », et nous serions de retour dans le Buckinghamshire pour vendredi midi. Ma mère se montra d'emblée sceptique. Des semaines durant, elle subit mes constantes supplications à l'heure des repas («Je vais y réfléchir»), dans la voiture en allant en ville («J'ai dit que j'allais y réfléchir»), quand elle s'arrêtait devant ma porte chaque soir pour me souhaiter de faire de beaux rêves («Maintenant ça suffit, Daniel, ça ne t'avancera à rien»). Pourquoi ne voyait-elle pas qu'il s'efforçait d'être gentil, que *L'Artifex* était la seule chose que j'aie véritablement partagée avec lui et qu'elle était en train de tout gâcher ? Elle résista un mois avant de capituler. Peut-être pensat-elle que si je passais un certain temps seul avec Francis Hardesty cet été-là, je serais vacciné à tout jamais.

Elle posa certaines conditions, qu'elle lui communiqua au téléphone : «L'hôtel doit au moins être un trois-étoiles. Pas de pubs miteux ni de campings. Je veux connaître le nom.»

Il consentit.

«Tu devras me le ramener vendredi au plus tard à dix-huit heures. Je ne veux entendre aucune excuse à propos des bouchons du week-end, d'une crevaison ou d'une grasse matinée involontaire : tu te feras réveiller, ou je le ferai pour toi.»

Il consentit.

«C'est direct jusqu'à Leeds, à l'aller comme au retour, tu oublies tes petits détours. Tu peux t'arrêter dans les stations-service, mais je te connais, Fran... n'essaye pas de combiner des arrêts au stand pour passer voir tes copains en chemin... et tu comprends *parfaitement* ce que je veux dire par *copains*, n'est-ce pas ? Sans trop vouloir insister devant notre fils de douze ans... Ris tant que tu voudras, Fran, je te connais depuis bien trop longtemps.»

Il consentit. Si elle lui avait demandé de signer une déclaration sur l'honneur, je suis sûr que mon père se serait prêté à ce simulacre.

Dans l'excitation des derniers jours précédant notre voyage, elle fit de son mieux pour doucher mes espérances. « Rappelle-toi tous ces jetons de paquets de céréales que tu avais mis de côté. Ce n'est pas parce que ça a l'air beau sur l'image que la qualité sera au rendez-vous. » Sur le moment, la comparaison entre mon père et une reproduction en plastique pitoyable de la navette spatiale *Endeavour* m'avait agacé. Aujourd'hui, sa retenue me paraît pleine de compassion.

*

À sept heures et quart, ce jeudi soir, mon père m'avait abandonné dans l'obscurité d'une salle de réception à l'étage d'un pub de la banlieue de Wakefield. Il m'avait installé à une table ronde poisseuse avec un verre de Coca tiède, face à une petite scène en bois éclairée par une seule lampe sur pied coiffée d'un abat-jour à franges, en me disant qu'il reviendrait avant que la musique commence. Mais vingt minutes au moins s'étaient écoulées sans qu'il donne signe de vie, et un homme bedonnant s'était avancé sur le devant de la scène et s'était présenté en tant qu'hôte remplaçant du White Oak Folk Club. « Simon est barré à Tenerife jusqu'à mardi, alors vous êtes tous coincés avec moi ce soir, a-t-il dit. Pour être plus précis, c'est moi qui suis coincé avec vous. » Après avoir réclamé un *ré* à l'assistance et reçu pour réponse une salve de fredonnements et de pincements de cordes de guitare, il s'est mis à accorder la délicate mandoline accrochée à son cou telle une cloche sur une génisse. J'étais fatigué et nerveux, assis là tout seul, m'imaginant les allées et venues de mon père dehors sur le parking. « C'est sympa de voir un visage jeune dans l'assistance… Il y a un début à tout, a déclaré le patron en m'apercevant. Si tu veux nous jouer un morceau, mon gars, tiens-moi au courant, d'accord ? Ça fait toujours plaisir d'entendre la jeune génération s'exprimer. Tu ne vas pas finir cette pinte tout seul, au moins ? »

Mon cœur a tressauté dans ma poitrine. Les gens me regardaient bouche bée.

« C'est à mon père. Il va revenir dans une minute.

— Alors tu ferais bien de la siffler avant qu'il rapplique, hein ? » L'hôte s'est fendu d'un large sourire et a regardé ailleurs. « Ça, c'est un de mes vieux morceaux préférés que vous ne supportez plus d'entendre. » Il y avait une note de camaraderie dans le rire de l'assistance. La salle était à peine à moitié pleine. Une petite bande d'habitués en cardigan, le regard embué, était éparpillée sur les bancs rembourrés. La plupart semblaient avoir leur propre instrument à portée de main : guitares acoustiques, accordéons, un banjo, un violon, et ce qui ressemblait à un métier à tisser portable. « En tout cas, c'est ma version de "Shenandoah", et ça donne à peu près ceci… »

Tout le monde s'est tu. Il a gratté quelques accords métalliques sur sa mandoline – un son étonnamment mélodieux et chantant pour un homme de sa corpulence –, et puis une voix s'est élevée, si faible et timide que j'ai dû arrêter de boire mon Coca pour l'entendre. «*Oh Shenandoah, I long to hear you far away, you rollin' river. Oh Shenandoah, I long to see you far away, you rollin' river. Away, away across the wide Missouri. Oh Shenandoah, I love your daughter far away, you rollin' river. It was for her I crossed the water. Away, I'm bound away across the wide Missouri…*»

Pendant un moment, j'ai perdu toute notion de l'endroit où je me trouvais. Sa voix était médiocre, mais la mélodie vous transportait.

Une fois la chanson terminée et les applaudissements taris, la porte du fond s'est ouverte, et le brouhaha des conversations du pub s'est engouffré dans la salle. Un vieil homme est passé devant moi avec un luth et s'est assis dans l'obscurité. D'autres retardataires sont arrivés au compte-gouttes, leur pinte et leur gin tonic à la main. Mon père se trouvait parmi eux. Il a pris la chaise à côté de moi, et a attrapé sa bière comme s'il ne s'était pas absenté. Il était fraîchement imprégné de fumée et très rose sur le visage et le cou. Je ne parvenais pas à savoir s'il était épuisé ou contrarié. «J'espère que je n'ai raté aucune chanson de marins, a-t-il dit en se penchant vers moi et en reniflant.

— On peut partir maintenant? ai-je demandé.

— Pas tout de suite.»

Le patron a brusquement tourné la tête dans notre direction.

«On parlera plus tard», a ajouté mon père.

Je me suis avachi sur ma chaise.

« Le morceau suivant est un nouvel arrangement que je suis en train de travailler, a annoncé l'hôte, alors si je me plante, vous savez tous où se trouve la sortie. »

Mon père a scruté la salle sur notre gauche. Il essayait de croiser le regard de la jeune femme que nous avions rencontrée plus tôt – Karen, la blonde décharnée avec la frange tressée et l'air doux. Elle était à la table d'à côté, ses pommettes soulignées par la lumière de la rampe, guitare sur les genoux. Il lui a adressé un discret mouvement de menton, auquel elle a répondu en soulevant lentement les doigts.

« Vous passez quand ? » a demandé mon père, un poil trop fort.

Elle a articulé un *chuut* silencieux, en désignant la scène du menton. Il a fait le geste de se coudre les lèvres.

Le patron a soulevé la tête de sa mandoline, en position. « C'est "Make Me a Pallet on Your Floor", a-t-il annoncé, comme vous ne l'avez jamais entendu massacrer. »

Mon père s'est penché en arrière, les bras croisés, pour apprécier la musique, son verre posé dans le pli du coude. Son visage congestionné avait retrouvé sa pâleur normale. « *Make it soft, make it low, so your woman don't know*, chantait l'hôte, *make me a pallet on your floor…* » J'étais surpris de voir Fran Hardesty aussi apaisé par cet air si simple et si doux.

*

Nous avions roulé vers le nord. Le paysage s'élevait en vallons devant nous, des rangées de maisons mitoyennes épousaient les courbes du terrain comme des clous sur une ceinture, une fumée grise s'élevait des cheminées de la centrale électrique. En quittant Sprotbrough, il avait tenu à éjecter mon livre audio et à le remplacer par une de ses cassettes. « J'ai besoin de réfléchir, avait-il dit, ses phalanges ensanglantées dansant sur la colonne de direction. Un peu de *Treasure*, voilà ce qu'il nous faut. » Mon père ne prétendait pas avoir des goûts sophistiqués en matière de musique, mais il avait une oreille raffinée. Il était devenu un inconditionnel des Cocteau Twins quelque part entre sa vingtième et sa trentième année, et essayait systématiquement de les faire apprécier autour de lui. Personnellement, je ne faisais aucune différence entre leur musique et des bruits de travaux de voirie. Je n'avais pas eu d'autre choix que de m'y soumettre : ces étranges réverbérations de percussions et de synthés, le vacarme des cloches, la respiration staccato, les guitares saturées, une femme qui chante avec la voix d'une petite choriste, marmonnant des paroles sans queue ni tête qui auraient très bien pu être de l'aoxin. Je m'étais consolé en me disant que chaque kilomètre nous rapprochait de Leeds, encore que le détour que nous avions fait par rapport à l'itinéraire prévu me procurait une sensation de malaise.

QC avait donné pour instructions de l'attendre au White Oak Pub à Rothwell. Mon père n'avait pas pu obtenir une heure précise d'arrivée. « C'est un homme occupé, tu sais, et il me fait une fleur en venant ici. Il va falloir être patient. » Le pub était encore fermé à notre arrivée, et nous avons attendu sur le parking désert en mangeant les sandwichs au saumon qui se trouvaient dans la glacière de ma mère. Regarder mon père dévorer sa part m'a rapidement coupé l'appétit.

Garés à l'ombre fraîche du pub, nous avions les yeux tournés vers la route et les cultures de choux au-delà. Des voitures passaient sans discontinuer dans notre champ de vision, et Francis examinait chacune d'elles comme s'il étudiait l'allure d'un cheval de course dans un paddock. La pendule du tableau de bord s'approchait doucement de treize heures trente. « Il roule en BM, une série trois, je crois. Noire ou gris métallisé, je ne me rappelle plus. Elle pourrait même être bleue. Je ne suis monté dedans qu'une seule fois. » Il a sorti la canette de Lilt de l'espace à côté de mon siège et me l'a proposée de nouveau. « C'est maintenant ou jamais », a-t-il dit avant de tirer l'anneau d'ouverture.

Les minutes s'écoulaient lentement et chacune d'elles semblait m'éloigner de lui. Nous aurions déjà dû être à Leeds.

« Tu vois, le problème avec QC, c'est qu'il se comporte comme s'il sortait tout droit d'une cité difficile, alors que je sais très bien qu'il est allé dans une école de riches comme celle où ta mère veut t'envoyer. D'accord, il prétend qu'il a été viré et tout, n'empêche. Ses parents sont avocats. C'est pour ça qu'on l'appelle QC[1]. C'est Barnaby, son vrai nom, mais ce n'est pas moi qui te l'ai dit. » Mon père ricanait à cette pensée. S'il appréciait tant soit peu QC, le ton narquois qu'il employait pour parler de lui semblait suggérer

1. QC est l'abréviation de Queen's Counsel, littéralement « avocat de la reine ». Il s'agit en fait d'un titre honorifique qui distingue d'éminents juristes.

le contraire. «Je ne sais pas trop comment il est entré dans le métier, mais je te parie que papa et maman l'ont bien aidé en cours de route, si tu vois ce que je veux dire. Des outils flambant neufs et son propre petit atelier, histoire de lui mettre le pied à l'étrier. Un apprentissage au Old Vic. Des contacts au Beeb. Du billard.»

Je ne savais pas quoi répondre à cela. Si j'avais la possibilité de lui répondre à nouveau, je lui ferais observer que sa manière de penser était rétrograde : pourquoi des parents se priveraient-ils d'aider leur enfant s'ils en ont les moyens ? Ne pas le faire serait juste de l'égoïsme, non ?

Et les voitures continuaient de passer.

«Je voulais te demander des nouvelles de ton grand-père… comment va-t-il ? Il tient le coup ?»

Mon grand-père avait déclaré un cancer du poumon après avoir fumé comme un pompier jusqu'à l'âge de soixante-quatre ans. La dernière fois que j'étais allé chez lui – une maison de maître de six chambres à Bradenham avec une pelouse ondoyante que les jardiniers devaient tondre avec un engin autoporté –, il n'avait pas pu se lever de la banquette dans le jardin d'hiver pour embrasser ma mère. On ne s'était même pas assis au piano, comme on en avait l'habitude, pour qu'il puisse me jouer des morceaux piochés dans un recueil qu'il appelait «Chopin pour les Nuls». Il avait une bouteille d'oxygène, et un tube translucide dans les narines. Après que je lui eus expliqué cela, mon père a dit : «Oh, ce n'est pas très bon signe, ça… Qui fait tourner la boutique pendant qu'il est cloué au lit, alors… ta mère ?

— Je ne pense pas.

— Elle doit faire tout ce qu'elle peut pour se défiler. » Il m'a regardé le sourcil levé. « Elle se contrefout de ce business de traiteur. Le vieux doit vendre cette boîte tant qu'il a encore toute sa tête. » Il a étouffé un rot dans son poing. « Excuse-moi. » Un chapelet de voitures s'est égrené devant nous. « Elle ressemble à quoi, cette école, à propos ? Celle où ils tiennent tellement à t'envoyer ?

— Je n'y ai passé que quelques heures.

— Toi, tu veux y aller ou quoi ? »

À Berkhamsted School, j'avais parcouru d'un pas rapide l'allée reliant la chapelle et le pavillon de cricket, suivi un long couloir où les noms d'anciens Head Boys étaient peints en lettres d'or sur de hauts panneaux de chêne, et j'étais entré dans une salle de classe donnant sur un bosquet de conifères, jusqu'à un bureau où j'avais planché deux heures sur l'examen d'entrée. Mon expérience se limitait à ça. Je n'avais parlé à personne sinon à un professeur tout sec, en toge, qui m'avait informé que je pourrais partir dès que j'aurais fini. Il y avait un aspect troublant que je ne parvenais pas à oublier : le sentiment que j'avais eu, alors que je repartais sans me presser, d'être une personne bien moins exceptionnelle qu'on me l'avait fait croire.

« Je ne sais pas… c'est maman qui veut, ai-je répondu. Ils m'ont mis sur liste d'attente de toute façon. J'ai eu une mauvaise note en maths.

— Soixante-seize sur cent, d'après ce que j'ai entendu. Si ça, c'est une mauvaise note, c'est quoi une bonne note ?

— C'est mauvais à Berkhamsted.

— Eh bien, il y a des tas d'autres choses plus importantes que l'école dans la vie, crois-moi.

— Comme quoi ? »

Il s'est mis à retirer le pain collé entre ses dents. « Comme faire ce pour quoi tu es doué. Trouver le moyen de faire ce pour quoi tu es doué sans laisser toutes les autres conneries se mettre en travers de ta route.

— Quelles conneries ?

— Tous les trucs auxquels tu ne peux pas échapper quand tu vieillis… les factures, le loyer et les dettes. Tous ces fils à la patte.

— Ah.

— Il faut que tu découvres ce qui est fait pour toi quand tu es jeune, et foncer… Ne perds pas ton temps à te demander comment tu vas faire pour t'en sortir. Fais-le. C'est ce que j'ai appris.

— Comment sait-on qu'on est doué pour quelque chose ? » Je ne pensais pas avoir de don particulier. J'étais fort à Top Trumps, mais je ne considérais pas cela comme un atout précieux, sur le long terme.

« C'est ça qui est difficile. Si j'avais commencé dix ou quinze ans plus tôt, je m'en serais bien mieux sorti.

— À construire des décors et des trucs, tu veux dire ?

— Ouais. Je n'ai jamais été conscient d'être doué pour ça, c'est le problème. Les gens me l'assuraient, mais je croyais que c'était juste ce que font les copains. Tu ne le sais pas vraiment avant d'être dans le bain, et d'un coup, tout te vient naturellement, et le temps file sans que tu t'en rendes compte. J'aurais voulu comprendre ça plus tôt, c'est tout.

— Mais alors tu n'aurais jamais rencontré maman.

— C'est vrai.

— Et tu ne m'aurais jamais eu.

— Non… je suppose que non. »

Il avait le regard vitreux à présent, perdu dans le lointain.

Nous sommes restés silencieux encore un moment, projetant l'arrivée de QC sur le moindre mouvement pénétrant notre champ de vision. Mon père a sorti sa boîte de cigarillos de sa poche de chemise et l'a ouverte d'une chiquenaude : aussi vide que la dernière fois qu'il avait vérifié, une heure auparavant. Une vieille Coccinelle a ralenti, a mis son clignotant gauche, et est entrée sur le parking, retenant notre attention le temps qu'il lui a fallu pour effectuer un demi-tour juste devant nous et rejoindre la route, disparaissant dans la direction opposée. « Oh, putain, mec, t'es où ? » Mon père a rejeté la tête en arrière, faisant trépider l'appui-tête. « Il est presque deux heures.

— Comment ça se fait qu'on ait besoin de QC, d'abord ? ai-je demandé.

— Parce que c'est le type qui sait comment ça se passe, voilà pourquoi. Il peut débloquer des situations.

— Oui, mais tu ne sais rien, toi ? Vous travaillez tous les deux sur la série.

— Ce n'est pas aussi simple que ça, fiston.

— Pourquoi ?

— Parce que rien ne l'est jamais. Il y a toujours une paire de pompes à cirer pour avoir la paix. QC a dix ans de moins que moi, du coup il sait bien mieux s'y prendre. Je suis incapable de jouer le jeu comme lui. C'est censé être une grande famille, la télé, mais il y a quand même une hiérarchie… tu connais ce mot ? Un système de grades.

— Comme dans l'armée ?

— Oui, presque. » Il a secoué le pare-soleil, exaspéré. « Tu vois, QC et moi… on est juste des troufions qui prennent leurs ordres des généraux. Parfois les ordres que tu reçois ne pourront jamais fonctionner en pratique, et ça saute aux yeux, mais tu dois les accepter pour faire plaisir aux généraux. Tout le monde a tellement peur de contrarier tout le monde que le boulot prend six fois plus de temps qu'il ne le devrait. Je me suis rendu compte qu'à la télé, il y avait beaucoup de ça. Qu'il fallait faire plaisir aux généraux. Et aux lieutenants et aux sergents, et à tous ceux qui peuvent vous prendre de haut, c'est-à-dire plus ou moins tout le monde. » Il a vidé la canette de Lilt en la retournant au-dessus de sa bouche. « Regarde ça, a-t-il dit en la tenant par la base dans la paume de sa main droite puis, d'un grand geste, il l'a lancée en direction de la boîte à gants. Elle a rebondi sur le plancher et éclaboussé mes chaussures. « Raté… je t'en ai mis dessus ?

— Un peu, c'est pas grave. » Je les ai essuyées sur le tapis.

« En tout cas, je n'ai pas peur de dire aux généraux ce qu'il en est parfois. Je n'ai jamais eu peur. Ça en irrite quelques-uns à l'occasion, mais ils savent tous que je fais du bon boulot et ils me respectent pour cela. L'inconvénient, c'est que les autres troufions commencent à se dire que tu les court-circuites quand tu fais ça. Ils s'imaginent que tu n'es pas l'un des leurs, et c'est là que les problèmes commencent. Disputes et ressentiment. On t'exclut de certaines conversations. C'est pour ça que j'ai besoin de QC. C'est un allié. Il pige tout ça. Tu comprends ce que je te raconte ?

— Oui, je crois. » Cependant, rien de ce qu'il avait expliqué ne rendait notre situation plus transparente. Soutirer la vérité à mon père revenait à essayer de savoir quel goût avait le dîner en essorant l'éponge de la vaisselle.

Il était deux heures passées quand un homme en débardeur blanc et bermuda a émergé du pub. Il est retourné à l'intérieur, puis est revenu avec une ardoise sur pied affichant la liste des bières à la pression. « Ils ont une table de billard d'après toi ?

— Je ne sais pas y jouer.

— N'importe quoi… je t'ai appris l'autre fois à Amersham.

— C'était du snooker.

— C'est du pareil au même. Le billard, c'est du snooker pour débiles. » Il a tiré la poignée, a entrebâillé la porte d'un petit coup de genou. « Allez, pas la peine de rester plantés là toute la journée. Quand QC décidera de se pointer, il saura nous trouver.

— Il y a un téléphone à l'intérieur pour appeler maman, tu crois ?

— Je peux demander. » (Plus tard, il m'apporterait la mauvaise nouvelle : « Il y a bien un téléphone, mais il est derrière le bar. Et le patron dit qu'il est réservé au personnel. J'ai essayé de le raisonner, mais il n'a rien voulu savoir. Ce vieux radin. »)

À l'intérieur, le White Oak était obscur et convenable. Il n'y avait pas de table de billard, mais tout un tas d'objets sur le thème du cheval, un jukebox fixé au mur, ainsi qu'une machine à sous. J'avais besoin d'aller aux toilettes, pourtant je ne me sentais pas capable d'y aller seul, et je ne voulais pas demander à mon père de m'accompagner, comme un petit enfant. Il m'a laissé à une table près de l'entrée pendant qu'il allait commander au bar. En regardant le parking dehors, j'ai essayé d'y superposer l'image d'une BMW gris argenté arrivant cérémonieusement sur le bitume, QC en descendant pour sauver la situation, tel Joe Durango, le jeune héros effronté de mon roman d'aventures préféré, de petite taille et tout de jean vêtu, les cheveux luisants de brillantine. Mais personne ne vint. Nous sommes restés les seuls clients pendant un certain temps. Je n'entendais que mon père en train de bavarder avec le patron et le refrain de fête foraine de la machine à sous.

Plus nous attendions QC, plus sa venue paraissait improbable. Je sais que mon père avait le même sentiment, mais il a continué à se montrer outrageusement positif. « Tu as pris tes cartes Top Trumps ? » Nous avons joué une partie pendant laquelle il a montré un enthousiasme inédit et suspect. Après m'être emparé de sa dernière carte – un Hawker-Siddeley Trident –, il a levé les mains en l'air en signe de reddition. « OK, c'est bon, j'ai été suffisamment puni comme ça ! Tu es trop fort ! » Mais c'était juste une façon de me donner envie de disputer encore quelques parties, de détourner mon attention du retard. Tandis que nous continuions à annoncer fièrement les statistiques de nos cartes, le pub s'est peu à peu rempli autour de nous, les minutes se sont accumulées, la lumière du soleil a grisé et, curieusement, j'ai oublié de penser à *L'Artifex* et à toutes les promesses de mon père.

Quand je n'ai plus été capable d'ignorer ma vessie plus longtemps, il m'a conduit aux toilettes, et nous nous sommes plantés devant des urinoirs adjacents; lui, sifflotant le thème de l'émission de sport *Grandstand* et pissant bruyamment; moi, faisant durer un jet maigrelet en m'efforçant de ne pas regarder les détritus dans la bonde, les poils pubiens et les taches jaunes visqueuses. Quand j'ai eu fini, il s'était déjà lavé et séché les mains, et il lorgnait son reflet dans le miroir. « Regarde-moi ça », a-t-il dit en montrant une éruption de petites taches de peinture sur la surface. Il s'est penché tout près pour les gratter avec l'ongle de son pouce. « Comment peut-on laisser un chantier dans un état pareil ? C'est criminel. » Il m'a tenu la porte et m'a ébouriffé les cheveux quand je suis sorti.

Comme il n'y avait aucune trace de QC ni de sa voiture dehors, nous sommes allés explorer les profondeurs du pub, écartant à petits coups de coude des hommes âgés en bottes en caoutchouc crottées qui lisaient des tabloïds étalés sur le bar, ainsi qu'un fermier tanné par le soleil qui s'appuyait au comptoir de telle manière qu'il arrivait à bloquer le passage. J'ai enjambé ses énormes souliers à semelles cloutées. « Aucun signe du type dont je vous ai parlé ? a demandé mon père en passant.

— Nan, l'ami, désolé, lui a-t-on répondu. Mais j'ai entendu qu'il y avait eu une méchante collision sur la 639. Il est possible que votre pote ait été pris dans le bouchon.

— Vous avez peut-être raison. Merci bien. » Et nous avons continué jusque dans la salle suivante, lambrissée de bois sombre. Il y avait une cheminée sans feu. Une paire de soufflets géants. Une pendule de cheminée ancienne qui avait besoin d'être remontée. Je ne savais pas quelle heure il était et j'avais peur de demander.

« Tu crois vraiment qu'il va venir, papa ? »

Mon père s'est arrêté.

« Quoi ?

— QC.

— J'avais compris. » Ce n'était pas moi qu'il regardait, mais l'espace vide entre nous. « Qu'est-ce qui t'a mis cette idée stupide en tête ? Bien sûr qu'il vient ! Tu les as entendus, non ? Il y a eu un accident sur la route de Leeds. Il doit être coincé dans un embouteillage. C'est un copain, il sera là. » Et il a croisé les bras. « Tu me surprends un peu, fils. Je pensais que tu faisais un peu plus confiance aux gens. »

Il n'y avait pas un problème qu'il ne soit capable de retourner et de présenter comme le résultat de votre propre défaillance. Si vous demandiez s'il risquait de pleuvoir, il s'interrogerait sur votre méfiance à l'égard des nuages. Si vous lui demandiez de vous déposer quelque part en voiture, il s'interrogerait sur vos jambes, la validité de votre abonnement de bus, vos raisons de quitter la maison.

« QC n'est pas parfait, a-t-il poursuivi, mais il est du genre à se mettre en quatre. Tu verras ça quand il se pointera. Et, à propos, à l'avenir, n'agis pas comme ça, d'accord ? Ne sois pas comme ta mère. Ne commence pas à douter de gens qui essayent de t'aider. Je fais de mon mieux pour nous deux, d'accord ? Fais-moi un peu confiance. »

J'ai cédé.

« Mets-toi là, a-t-il lancé en désignant la table d'angle.

— Où est-ce que tu vas ?

— Trouver quelque chose à fumer. Il y a peut-être un distributeur pas loin. » Il m'a montré la fenêtre d'un mouvement de tête. « Continue à ouvrir l'œil. » Et il est parti en quête de Wintermans.

Dans ce silence relatif, j'ai fixé la pendule et pensé à ma mère. Elle devait être au travail à cette heure-là, sa montre-bracelet posée sur son bureau avec le numéro du Leeds Metropole griffonné sur un bout de papier, prête à le composer si l'aiguille des heures atteignait le chiffre six sans qu'elle ait eu de nos nouvelles. Elle devait s'imaginer au téléphone avec le gérant de l'hôtel et s'entendre dire : « Non, madame, il semble qu'ils ne se soient pas encore présentés à la réception. » Ou pire, la vérité : « Navré, madame, cette réservation a été annulée il y a plusieurs jours… souhaitez-vous réserver une autre chambre ? »

J'étais seul et découragé et, chaque fois que j'entendais le claquement d'une portière à l'extérieur, mon cœur s'emballait. Mais il n'y avait toujours aucune BMW sur le parking.

« … alors il fait apparaître une nouvelle fenêtre sur son ordinateur et il tape le… »

La pièce s'est assombrie à la périphérie de ma vision. Deux jeunes femmes apportaient deux demis à la table d'en face.

« … et pendant tout ce temps il n'arrête pas de me dévisager, genre : *Vous ne vous payeriez pas ma tête, ma mignonne ?* Surprise, surprise, il n'y a rien de disponible. Alors il retourne l'écran pour que je voie. Ha ! Ha ! Comme si je m'attendais à ce qu'il y ait quelque chose ! Et ensuite il me sort : *Il n'y a aucun poste de choriste à pourvoir. Vous allez peut-être devoir revoir vos exigences à la baisse. Travaux d'entretien, centres d'appels, des boulots qui ne requièrent pas la moindre expérience.* C'était tellement gênant. Une perte de temps totale.

— Tu ne trouveras jamais rien si tu es aussi difficile, a observé la plus blonde des deux.

— Tant mieux ! a lancé l'autre. J'en veux surtout pas de leurs boulots ! Tu n'écoutais pas ? » Sa teinture était sept tons plus subtils que celle de son amie. Elle était jolie dans le genre hippie : des traits fins, quasiment émaciés, le teint pâle, des sourcils à peine dessinés. Sa frange s'ornait d'une tresse, une jolie cordelette sur le front.

« Alors tu vas juste rester au chômage jusqu'à la fin de tes jours, c'est ça ? C'est super, comme plan.

— Non, je te l'ai dit, a rétorqué la fille à la tresse. Gary me prête ce qu'il faut pour faire une démo, et ensuite on voit ce que ça donne. J'ai tout planifié. »

Son amie a ricané grassement.

« Sans déconner. Tu places tous tes espoirs dans la musique, c'est ça ? Je n'appelle pas ça un plan. »

Après tant de temps passé dans la voiture, la mélodie d'une autre conversation était bienvenue.

« Et toi, c'est quoi ton plan, Vee ? Moi, au moins, j'ai de l'ambition.

— Je n'ai pas besoin de plan. J'ai des diplômes.

— Ouais, c'est ça, avec ton BTEC, ils vont te nommer Premier ministre.

— Ferme-la. C'est un début. » Vee a levé son verre. « Enfin… *santé*. C'est sympa de voir du monde.

— Ouais, à la tienne. » Alors qu'elles trinquaient, la jeune femme à la tresse m'a remarqué. « Est-ce que ça va, petit ? »

Je lui ai souri.

« Il y a quelqu'un avec toi ? Tu m'as l'air un peu perdu.

— Laisse-le, Karen… tout va bien.

— Ça va. Je suis avec mon père. Il est allé… » Je me suis avisé que la vérité le ferait mal voir. « Il est sorti pour aller à la voiture, je crois.

— Ah, a dit Karen en inclinant la tête. Tu es en vacances ? À t'entendre, tu ne m'as pas l'air du coin.

— On est censés aller à Leeds.

— Censés ? »

J'ai haussé les épaules.

Elle a bu une gorgée de bière.

« D'où est-ce qu'il sort l'argent pour tout ça, Gary, à propos ? a demandé Vee. Je croyais qu'il était fauché.

— Il a touché cette indemnisation… du travail.

— Oui, mais je pensais qu'il aurait déjà tout claqué. C'est ce que j'aurais fait à sa place.

— Je sais. » L'attention de Karen était toujours braquée sur moi. « Leeds, a-t-elle repris, pourquoi Leeds ? Tu as de la famille là-bas ? » Elle avait des manières douces, un ton bienveillant.

« Vous avez déjà regardé *L'Artifex* ? ai-je demandé.

— Euh… oui, a-t-elle répondu en ouvrant de grands yeux. C'est super. »

Vee lui a jeté un regard noir.
« C'est quoi, ça ?
— *L'Artifex*. Ça passe à la télé.
— Une série pour gamins ?
— Ouais, mais c'est bizarre. Beaucoup de gens la regardent. Gary la regarde.
— C'est quel jour ?
— Je ne sais plus.
— Le mercredi à cinq heures, ai-je dit.
— Sur quelle chaîne ?
— ITV.
— Il y a plein de pubs, alors.
— Oui, mais ça ne passe pas en ce moment, de toute façon. Ils sont encore en train de tourner les prochains épisodes.
Karen m'a adressé un sourire radieux.
« Il connaît son affaire, le petit. »
J'ai à nouveau haussé les épaules.
« Qui est chez lui le mercredi à cinq heures de l'après-midi ? a observé Vee. Je suis encore à la boutique à cette heure. Je ne finis pas avant dix-neuf heures. Tu es vraiment une glandeuse.
— Ce n'est pas de ma faute si je travaille de chez moi.
— Ouais, c'est ça. Tu *travailles*. » Vee s'est alors tournée vers moi. « Elle se prend pour une musicienne. Mais tout ce qu'elle fait, c'est rester assise à rien foutre en écoutant les Bee Gees. Je ne pense pas que ce soit la même chose.
— D'où tu sors que j'aime les Bee Gees ? a rétorqué Karen en lui donnant un coup de coude. Boucle-la.
— Fais gaffe à mon verre. Tu vas le renverser. »

Karen s'est calmée. Elle semblait réfléchir intensément à ma situation. Elle battait convulsivement des cils. « Je ne vois toujours pas ce que *L'Artifex* a à voir avec Leeds.

— C'est là que c'est tourné. Enfin, la plus grande partie.

— Sans blague ! J'ignorais ça.

— Ça ne peut pas être si bien que ça, alors », a persiflé Vee.

J'ai laissé un ange passer.

« Vous savez, mon père…

— Oui ?

— Mon père fait partie de l'équipe.

— Sans blague.

— Si, il m'emmène voir le studio.

— C'est incroyable. Il a l'air vraiment cool, ton père. Le mien est laveur de carreaux. Il ne m'a jamais laissée monter à son échelle. » Je n'ai pas réagi, et elle a sans doute pris mon silence pour un encouragement. « Eh bien, a-t-elle continué, tu n'es plus très loin maintenant. Il y en a pour combien de temps, Vee, dix minutes ?

— Pour Leeds ? Je dirais un quart d'heure.

— Tu dois être vachement excité, a repris Karen en se frottant les paumes. Je suis excitée pour toi. Jalouse, pour être honnête.

— Mais ça prend une éternité. Pour arriver jusqu'ici.

— C'est souvent le cas des bonnes choses.

— Je suppose. »

Vee a toussé.

« Alors, tu l'enregistres où cette démo ? Je croyais que l'endroit que tu avais trouvé était trop cher. » Et

Karen s'est tournée pour lui répondre, me laissant poursuivre ma surveillance du parking.

Elles discutaient toujours quand mon père est revenu, les mains vides. Le bandage entourant ses phalanges couvertes de croûtes avait disparu, mais elles étaient encore plus enflées, et elles avaient jauni. Il s'est assis à côté de moi. « Je suis allé voir tout le monde dans le pub, et personne ne fume. Décidément, j'ai vraiment pas de bol aujourd'hui. » Il s'adressait à moi, mais il faisait face aux deux jeunes femmes. « Un rade rempli de fermiers, et pas une pipe ou une clope roulée à l'horizon. Non mais, c'est quoi cette ville ?

— Le genre merdique, lui a répondu Karen.

— On fume, *nous*, a ajouté Vee avec un peu trop d'empressement. Il vous en faut une ?

— Oui, a répondu mon père, mais je suis difficile. »

Elle a humecté ses lèvres.

« Et c'est quoi votre genre ?

Il m'a donné un petit coup de genou.

« Dis-lui, toi.

— Les Wintermans. »

Vee a eu un petit rire amusé.

« Qu'est-ce que c'est que ça ?

— C'est comme des cigares miniatures, a expliqué Karen. C'est ce que mon grand-père fume. Crème Brûlée, un truc dans le genre.

— Café Crème », a rectifié mon père.

Vee a ricané à nouveau.

« Je peux vous offrir une Silk Cut, a enchaîné Karen. Sinon vous allez devoir marcher cinq kilomètres jusqu'au tabac le plus proche.

— Je crois être suffisamment désespéré pour accepter. Merci. » Mon père a tendu le bras par-dessus mon dossier en soupirant.

Karen a fouillé dans son sac à main. Elle en a sorti un paquet encore dans sa Cellophane, qu'elle a arrachée. « Vous pouvez prendre la première.

— C'est censé porter chance ?

— Je ne sais pas. Je ne pense pas, non.

— Dommage. » Avec des gestes très lents, il s'est penché suffisamment près pour extraire deux cigarettes du paquet. Il en a enfermé une dans son poing, a coincé l'autre derrière son oreille, en dévisageant Karen pendant toute l'opération. Elle a soutenu son regard. « Vous n'en voulez pas une ? a-t-il demandé.

— Plus tard, peut-être. » Et sur son visage est apparu ce sourire interrogateur, à peine une ride.

Qu'il lui a rendu.

« C'est un gentil gamin que vous avez là, a-t-elle ajouté en me désignant d'un geste. Il nous a parlé de votre voyage.

— Ah, oui ? a interrogé mon père en passant son bras autour de mes épaules. Les choses ne se déroulent pas tout à fait comme prévu pour le moment, mais ça va finir par s'arranger, hein, fiston ? »

Vee s'est interposée avant que j'aie pu répondre.

« Il a dit que vous travaillez à la télé. Vous devez connaître des tas de célébrités.

— Une ou deux.

— Oh, mon Dieu, vous avez rencontré Noel Edmonds ?

— Elle a un faible pour Noel Edmonds, a précisé Karen. Il ne faut pas chercher à comprendre.

— Mince alors. C'est toujours ceux auxquels on s'attend le moins. »

Vee a piqué un fard.

« Ce n'est pas si étrange que ça, quand on y pense. Vous l'avez vraiment rencontré ?

— Oui, ça ne se voit pas ? a demandé mon père en faisant un clin d'œil. Ne suis-je pas nimbé de son aura ?

— Ça va, vous n'êtes pas obligé de me chambrer. »

Karen riait à présent. « Je n'arrive pas à croire que vous travaillez sur *L'Artifex*. Enfin, je sais que c'est pour les enfants, mais ça reste de la bonne télé. » Elle a joué avec sa tresse, bu une petite gorgée, soudain agitée.

« Merci. Le livre est meilleur, à ce qu'on m'a dit.

— C'était un livre ? Je l'ignorais.

— Oui, on l'écoutait justement dans la voiture. Personnellement, je ne le trouve pas aussi étrange que la série. » Il a alors saisi sa chance. « Vous voulez un autre verre, les filles ? C'est le moins que je puisse offrir pour lui avoir tenu compagnie. » Il m'a ébouriffé les cheveux à nouveau, ses ongles brutalisant mon cuir chevelu.

« Je suis censée conduire, a répondu Vee. Mais allons-y, je vais reprendre un demi.

— Ça serait gentil, oui, merci, a dit Karen.

— La même chose ? »

Elle a hoché la tête.

Il s'est levé et s'est dirigé vers le bar, puis il a marqué un temps d'arrêt dans l'embrasure de la porte. « Désolé, je n'ai pas saisi vos noms. » Il n'en regardait qu'une.

« Moi, c'est Karen.

— Moi, Vee.

— Je m'appelle Fran. Et voici Daniel. » Il a pris la cigarette derrière son oreille. « Vous n'auriez pas un briquet dans votre sac ? Je vais sortir. Je préfère fumer au grand air.

— Oui, je vois ce que vous voulez dire. » Karen a commencé à fourrager dans son sac, mais une meilleure idée lui est venue à l'esprit. « Vous savez quoi, je crois que je vais vous accompagner. Il y a un banc derrière. Il ne pleut pas au moins ?

— Je ne pense pas…

— Et moi, alors ? a demandé Vee, estomaquée.

— Eh bien, tu nous accompagnes, évidemment.

— Évidemment, a renchéri mon père, qui m'a chuchoté : "Ça va aller si je te laisse là un moment, Danno ?" »

Je m'y attendais.

« Je ne peux pas venir avec vous ?

— Je ne veux pas que tu respires toute notre fumée. Regarde ce qui est arrivé à ton grand-père. C'est vraiment mauvais pour toi. » Pour Karen et Vee, qui ne le connaissaient pas, cela a dû passer pour de la sollicitude paternelle. La vérité est que Fran Hardesty n'hésitait jamais à m'évincer si une aubaine se présentait. « Hé, voilà ce que je te propose… » Il s'est approché, a sorti de sa poche une poignée de petite monnaie qu'il a comptée sur la table. « Il y a trois livres. Voyons si tu peux en gagner cinquante avant qu'on revienne.

— Comment ?

— Je vais te montrer. » Il a hoché la tête en direction de la porte. Karen et Vee étaient en train de rassembler leurs affaires.

« Et si QC arrive ? ai-je demandé en mettant quand même les pièces dans ma main. Je ne sais même pas à quoi il ressemble.

— Qui ça ? a demandé Vee à mon père.

— Personne. Un copain à moi.

— Il est célibataire ?

— Vee. Franchement ! » Karen lui a donné une petite tape sur le bras. « Ne fais pas attention à elle. »

Mon père a ricané. « Oui, il est célibataire. Mais il n'arrive pas à la cheville de Noel Edmonds.

— Ha, ha ! Peu y arrivent, chéri, peu y arrivent », a répliqué Vee.

Je les ai suivis tous les trois à travers le pub, jusque dans la salle que nous avions quittée plus tôt, et qui était animée à présent, grondante de conversations. Mon père a tiré un tabouret jusqu'à la machine à sous et m'a soulevé pour m'asseoir dessus. « Allez dehors, les filles, a-t-il lancé par-dessus son épaule. Je vous rejoins. » Ce qu'elles ont fait.

Quand elles ont été hors de portée de voix, il m'a saisi par l'épaule. « OK, fiston, mets tes pièces dedans. » Les lumières de la machine sont devenues plus intenses quand j'ai laissé tomber une pièce dans ses entrailles ; elle a produit des sons inédits, plus aigus. Seulement, je ne trouvais pas le moindre intérêt à ce jeu. « Si quelqu'un vient te dire que tu n'as pas le droit d'y jouer, tu cours me chercher, d'accord ? Je reviens dans cinq minutes.

— Mais, papa…

— Je sais, je sais. QC. Ne t'inquiète pas. » Il a regardé dans l'entrée, en essayant de tendre suffisamment le cou pour embrasser tout le parking. « Si tu vois quelqu'un avec des baskets rouge pétard et un haut à capuche, c'est lui. Dis-lui que tu es mon gamin, et il n'y aura pas de problème. Tu lui montres où me trouver.

— Quand est-ce qu'on va partir ?

— Bientôt, je te le promets. On repart dès qu'il arrive. » Et il s'est éloigné à reculons, avec deux doigts pointés vers moi en guise de revolver. « Gagne-moi ce jackpot, hein ? »

Je suis resté assis là à jouer à la machine à sous jusqu'à ce que l'image résiduelle des cerises s'imprime sur ma rétine et que j'aie dépensé presque toute ma monnaie. Le bac à pièces n'a pas cliqueté une seule fois pour moi. À chaque tentative infructueuse, j'essayais, par la volonté, de provoquer l'arrivée d'un inconnu en baskets rouges et haut à capuche. Je priais pour que QC, qui qu'il soit, nous conduise à Leeds à temps pour que je puisse appeler ma mère du Metropole Hotel – dans l'intérêt de mon père, autant que dans le mien. Il était évident que si nous n'arrivions pas au Metropole ce soir-là, nous n'aurions plus le droit de nous voir. La dernière fibre de tissu conjonctif serait sectionnée. Nos vies ne s'en remettraient pas. À partir de là, si jamais je prononçais le nom de Fran Hardesty, ma mère le percevrait comme un affront à la complétude de son éducation. Elle serait différente sans en avoir conscience : sur ses gardes, possessive, portée au ressentiment. Je le voyais venir. J'avais douze ans, mais j'étais mieux outillé pour comprendre ça que pour apprécier le fonctionnement d'une machine à sous.

Il me restait trois pièces.

Au bar, une rangée de clients penchés et perchés. Un homme a sifflé la serveuse en brandissant un billet de dix. Un couple âgé mangeait de la daube avec des dumplings, en discutant avec le patron du temps prévu le lendemain. J'ai grimpé sur un tabouret vacant et attendu qu'on me remarque.

C'est la serveuse qui m'a aperçu. « Je peux faire quelque chose pour toi ? a-t-elle voulu savoir en posant un lot de verres sales. Tu ne devrais pas être assis au bar, tu sais.

— Mon père m'a envoyé pour un renseignement.

— C'est lequel, ton père ? a-t-elle demandé en scrutant la salle.

— Il est sorti.

— Bon, tu as besoin de quoi ? »

Je lui ai montré les pièces dans ma main. « J'ai soixante pence. Je me demandais, si je vous les donnais, est-ce que ça vous dérangerait que j'utilise votre téléphone ? »

Son expression m'a fait espérer. « Laisse-moi demander au patron. Une minute. » Elle est allée tout droit lui poser la question. Celui-ci est venu vers moi d'un pas sautillant. « C'est une urgence ?

— Non, j'ai juste... ma mère attend mon appel. »

Le patron du pub a croisé les bras.

« Elle n'est pas en Nouvelle-Zélande, au moins ?

— Non, à Little Missenden.

— C'est où ça ?

— Dans le Sud.

— D'accord. Je ne peux pas te laisser passer par le bar, j'en ai peur. C'est contraire à la loi. Fais le tour par le côté et...

— Ah, le voilà ! Harry Houdini, s'est exclamé mon père. Je t'ai cherché partout. » Sa main s'est posée sur mon épaule, l'a serrée. « Je pensais t'avoir demandé de rester à l'écart. » Il m'a fait descendre du tabouret en me soulevant par les aisselles. Je lui ai donné des coups de talon dans les tibias, mais il n'a pas lâché prise. « Désolé, j'avais des rênes pour lui autrefois, seulement il a réussi à les ronger. » La serveuse a gloussé. Il m'a conduit vers le couloir en me poussant dans le dos. Mes jambes n'étaient pas assez rapides.

« Ils ont un téléphone, ai-je fait remarquer en me retournant.

— Chhhut.

— On peut s'en servir tout de suite si on veut. Il vient de le dire.

— Dan, tais-toi, tu veux. Les gens nous regardent.

— Il faut qu'on téléphone à maman.

— Pas tout de suite, pas tout de suite. On pourra l'appeler de notre chambre, plus tard. »

Une vieille dame est sortie des toilettes et s'est faufilée pour passer, l'air penaud. Puis le couloir a été à nous.

« On s'en va ? ai-je demandé.

— Pas encore.

— Il arrive quand, QC ?

— Je ne sais pas, mais il va falloir qu'on soit sages jusqu'à son arrivée.

— Combien de temps encore ? »

Il a pris une brusque inspiration puis, d'une main aussi désinvolte que celle d'un homme chassant une mouche à viande de son assiette, il m'a giflé. Le coup n'était pas violent, mais il m'a fait mal. J'ai pensé à pleurer. Les larmes me sont montées aux yeux sans déborder. « Écoute-moi, tu veux ? Tu te comportes en enfant gâté. Tu sais que je ne peux pas t'emmener sur le plateau sans QC. On n'a pas d'autre choix que d'attendre. Et si on appelle ta mère maintenant, elle ne va pas comprendre ce changement de plan. Tu la connais. Elle va paniquer. Elle va m'obliger à te ramener, et après, hein ? Tout ce voyage aura été pour rien. Je ne veux pas te laisser tomber une nouvelle fois. Hors de question de lui donner un autre prétexte pour remuer le couteau dans la plaie pendant le restant de mes jours. Alors ça va se faire. Crois-moi. » Il s'est détendu. « On n'arrivera peut-être pas à Leeds exactement au moment où je le pensais, mais je t'y conduirai… je le jure sur ma vie et la sainte Bible… et au bout du compte, toute cette attente te paraîtra sans importance. » Comme il se rapprochait, j'ai senti une odeur différente sur lui, une odeur de fumée meilleur marché et plus agréable. Je me suis tamponné les yeux sur sa chemise. « Écoute, ne pleure pas, d'accord ? Je n'aurais pas dû te talocher l'oreille comme ça, je sais. »

Je n'ai rien dit.

« Mais il faut qu'on t'endurcisse un peu avant que tu ailles dans cette nouvelle école. Tu ne voudrais pas que tous ces gosses de riches te cherchent des noises ? Parfois il faut donner des coups, parfois il faut savoir encaisser. Le monde est ainsi fait. Pour l'instant, on prend plus de coups qu'on devrait en recevoir, mais ça va changer, tout ça. Il le faut. » Il a marqué une pause. « Ça va aller ? »

J'ai hoché la tête.

« À la bonne heure, je savais que tu avais du Hardesty en toi quelque part. »

Il m'a ramené vers la salle lambrissée de bois sombre où nous avions fait la connaissance des jeunes femmes. Elles avaient récupéré la même table mais ne l'occupaient pas. Karen était debout, une guitare acoustique sanglée à l'envers dans le dos, tandis que Vee examinait un bloc-notes en disant : « Je ne sais pas, Karen, moi et la poésie, ça fait deux. Elle m'a l'air bien.

— Mais tu comprends de quoi ça parle ?

— Pas vraiment… de Gary, je suppose.

— Tais-toi. » Elle lui a arraché le bloc des mains. « Comme si j'avais pu écrire *ça* à propos de Gary.

— Ce n'est pas une chanson d'amour, alors.

— Non, pauvre tache. C'est une chanson engagée. Contre la guerre.

— Quelle guerre ?

— Pas *la* guerre. Contre toutes les guerres.

— Ah, a dit Vee en me faisant une grimace. Eh bien, ça pourra servir, dès qu'il y en aura une qui éclatera. »

En s'approchant, mon père s'est cogné à la guitare de Karen. Elle s'est vivement retournée. « Hé, tu es de retour. » Son sourire m'a paru très beau. Il adoucissait les parties les plus anguleuses de son visage, lui conférant plis et lignes de force.

« Alors, à quelle heure ça démarre ? a-t-il demandé.

— Ils vont commencer à faire monter les gens vers sept heures. La première partie passe normalement à la demie. » Elle a baissé les yeux sur moi. « Tu vas venir me voir jouer, Dan ?

— Elle donne un concert, a précisé Vee.

— Pas vraiment… c'est juste une scène ouverte dans un pub. N'importe qui peut s'inscrire. Mais c'est régulier et on me laisse jouer mes propres compos.

— C'est formateur», a commenté mon père.

Nous nous sommes attablés avec elles pendant qu'elles finissaient leurs verres. J'ai aidé Karen à accorder sa guitare en tenant un boîtier électronique devant l'ouïe pendant qu'elle pinçait les cordes avec l'ongle du pouce. Elle et Vee ont expliqué à mon père les tribulations de la vie à Rothwell, et il a offert en échange quelques détails sur sa propre existence. Il leur a posé des questions voilées sur ce qu'elles pensaient avoir manqué à l'école, si elles avaient le sentiment qu'elles auraient eu de meilleures chances dans la vie si elles étaient parties vivre dans un endroit «plus chic». Ils bavardaient comme si leur vie scolaire était encore toute fraîche dans leurs souvenirs. Karen est restée évasive : «Ça ne sert à rien de voir les choses sous cet angle. On fait avec ce qu'on a, non ?»

Pendant ce temps-là, j'observais la pendule statique de la cheminée. Je nous imaginais arrivant dans le lobby luxueux et brillamment éclairé du Metropole Hôtel. À ce moment précis, je me suis promis de faire exactement ce que ma mère estimerait être le mieux pour moi.

Pour finir, les gens ont quitté peu à peu la salle. Karen a pris sa guitare et annoncé qu'il était temps de monter. Mon père est allé se chercher une lager et un Coca pour moi, dont je n'avais pas envie et que je n'avais pas demandé. Quand il est revenu, il m'a guidé jusqu'à l'étage et, à contrecœur, a sorti son portefeuille pour s'acquitter des cinq livres de droit d'entrée.

La salle baignait dans une lumière crasseuse, une impression d'humidité. Nous nous sommes approchés à petits pas de la table la plus proche de celle de Karen et Vee. Mon père a posé nos boissons. Nous nous sommes assis. Il y avait un silence plein de nervosité. J'ai regardé un homme à l'autre bout de la pièce frotter l'archet de son violon à la colophane. J'ai croqué les glaçons de mon Coca. *L'important, c'est que vous passiez du temps ensemble*, avait dit ma mère dans notre allée ce matin-là. *Alors, profites-en bien.* J'ai tenté de cerner ce que j'avais apprécié de ce voyage jusque-là, et je me suis rendu compte que les moments vécus loin de lui avaient été ceux où je m'étais senti le plus à mon aise ; dans l'univers d'Albert Bloor et de Cryck, ensorcelé par Maxine Laidlaw.

Puis, soudain, j'ai senti un poids à côté de moi. Deux baskets rouge vif foulaient la moquette près de ma chaise. « On m'a dit que je te trouverais là, Francis. »

Il n'était pas du tout tel que je me l'étais imaginé. Un crâne rasé de près, masquant sa calvitie. Un teint bronzé qu'on n'obtenait qu'avec une lotion artificielle. Une chaîne de cou en or aussi épaisse que le câble de frein de mon vélo.

« Je me demande bien pourquoi je dois aller te chercher dans un putain de pub où on joue du folk au milieu de nulle part. Mais me voilà.

— C'est pas trop tôt. Qu'est-ce que t'as foutu ?

— Je ne discute pas ici. En bas. Parking. Deux minutes. Ou tu te démerdes tout seul.

— QC, attends, j'arrive », a dit mon père, et il s'est dépêché de le rattraper.

Les vies de nos parents, avant notre naissance, sont de simples fantômes, aussi impensables que ce qu'il advient d'eux après leur disparition. Je ne te conseille pas la lecture du journal intime de ta mère adolescente si rien ne t'y oblige. Il y a certains détails de la vie d'une femme qu'il vaut mieux perdre à jamais. Ma mère a beaucoup écrit sur les débuts de sa relation avec Fran Hardesty, ou plutôt, sur ce qu'elle appelait son « appétit dévorant » pour lui. Au moins trente pages (des passages datés du 10 juin au 14 juillet 1982) sont consacrées à la transcription d'expériences sexuelles prolongées dans des chambres d'hôtel du Buckinghamshire. Fais-moi confiance quand je dis qu'il y a une limite au nombre de fois où un fils peut lire les épithètes que sa mère utilise pour décrire l'organe viril masculin avant que son malaise ne se transforme en nausée, en sentiment de honte et de désarroi. D'un autre côté, il n'est pas inutile de comprendre la force de leur attirance physique, parce que c'est l'unique aspect de leurs existences pour lequel ils étaient compatibles, et qu'il fournit la seule explication valide au fait qu'ils aient un jour noué une relation.

J'ai entendu ma mère s'en justifier de nombreuses fois quand, après une dispute, des amies venaient s'asseoir avec elle à la table de notre cuisine et lui demandaient, pendant qu'elle sanglotait, ce qu'elle avait bien pu trouver à ce salaud. Elle se défendait en expliquant qu'ils avaient été réunis par une malheureuse coïncidence. Elle avait dix-huit ans, devait commencer des études de finance à l'université d'Exeter cet automne-là, et était au milieu d'un stage d'été à Tyler Graves, un cabinet d'expertise comptable de Beaconsfield. Qu'elle soit occupée à des tâches de secrétariat subalternes au lieu de voyager en Afrique comme elle l'avait prévu était la faute de son grand-père. Celui-ci avait fait la connaissance de Malcolm Tyler à son club de golf, et ce stage avait été décidé de façon improvisée, autour de quelques verres, et à l'insu de ma mère. Elle n'avait pas eu d'autre choix que d'accepter l'arrangement. Je suppose que mon grand-père s'était entremis de la sorte avec les meilleures intentions, mais sans cette intervention dans sa vie, qui sait ce qu'elle aurait pu devenir, les meilleures expériences qu'elle aurait pu faire ?

Un matin, elle arriva à Tyler Graves et constata que le fond des bureaux avait été séparé du reste du cabinet par des panneaux d'aggloméré et des bâches en plastique. Un entrepreneur avait été engagé pour agrandir l'espace de réunion : E. E. Flagg Construction Ltd. Cet après-midi-là, en allant réchauffer une boîte de soupe pour son déjeuner, elle tomba sur un homme (mon père) occupé à mesurer le couloir. Elle relate cette rencontre dans son journal :

Il griffonnait tous ces calculs au crayon sur le mur. J'ai dû lui demander de s'écarter, et il s'est contenté de me regarder en plissant les yeux. Il n'était pas grossier, juste extrêmement sûr de lui. Il m'a dit non, vous allez devoir attendre que je finisse à moins que vous partagiez cette soupe avec moi. Je lui ai répondu que je préférais manger seule, et il m'a dit de faire à ma guise. Alors je suis restée plantée là quelque chose comme une minute pendant qu'il continuait à prendre ses mesures et à gribouiller sur les murs et j'avais l'impression qu'il savait que je le regardais. Il avait des bras vraiment incroyables. Du genre musclés, plutôt par le travail manuel que par la gonflette. Et ses cheveux étaient assez bluffants. Longs, noirs et attachés avec un élastique pour qu'ils ne lui aillent pas dans les yeux. Il ne m'a pas regardée une seule fois. Il a fini par s'écarter pour me laisser passer et a sorti un petit étui à cigarettes de son jean et il m'a fait voilà c'est fini est-ce qu'il y a un endroit où je pourrais fumer sans me faire gronder ? On avait l'impression qu'il parlait en chuchotant, mais il n'y avait rien de calme chez lui, si ça veut dire quelque chose. Du coup, on l'écoutait vraiment même si ce qu'il disait n'avait rien de bien intéressant. La plus belle voix que j'aie jamais entendue et j'ai eu le sentiment qu'il en avait plus sous le crâne qu'il ne le laissait paraître. Ce n'est pas évident à expliquer. Je lui ai dit on n'est pas à l'école, vous savez, tout le monde fume, vous n'avez pas à vous cacher, et il a ri et il a dit qu'il aimait fumer au grand air. Je lui ai parlé de la terrasse sur le toit et il a dit merci pour l'info et il est parti tout de suite et je ne l'ai pas revu de toute la journée. Je ne sais pas s'il reviendra demain mais au moins c'est une perspective réjouissante.

Cela a dû être l'une des rares fois de son existence où elle a parlé de Francis Hardesty de façon positive.

Ils se marièrent huit mois plus tard, et je devais naître quatre mois seulement après ça ; et toutes leurs différences allaient s'avérer des problèmes insurmontables. Ce que montre cette seule entrée du mois de juin 1982, c'est cet étrange effet que mon père produisait sur les femmes. Il semblait les magnétiser avec des attitudes on ne peut plus routinières : une façon de s'appuyer des deux mains sur un linteau, un index passé sur sa lèvre inférieure, un regard lancé au loin. Il ne les éblouissait pas avec son esprit, ne les charmait pas avec son humour ; en fait, j'ai souvent senti une certaine agressivité dans sa manière d'être. (« Hé, Nadine, tu m'as pris trop cher, il n'y avait que quarante balles dans mon seau. On les a comptées, hein, Danno ? Tu me rembourseras la prochaine fois. Avec intérêt… ») Ses approches étaient relativement subtiles (« C'est mignon votre écriture… regardez-moi ça. Vous mettez encore des petits cœurs sur vos *i*. Vous avez quel âge ? »), parfois culottées (« Pourquoi vous ne le ramassez pas pour moi ? Le plus lentement possible. Je veux garder l'image mentale de ce derrière »). Et je suppose que pour chaque femme qui tombait immédiatement sous son charme, il devait y en avoir mille autres qui étaient immunisées contre ses ruses ou qui ne s'en laissaient pas conter. Cela suffit pourtant à faire fondre ma mère, une femme intelligente, perspicace et difficilement impressionnable, dès l'instant de leur rencontre.

Et il se peut que cette curieuse faculté qui lui avait permis de gagner son affection ait aussi opéré sur moi. J'entends par là que tout ce que mon père a fait ou dit pendant ce voyage relevait du même processus de séduction. Que les qualités qui le rendaient si désirable aux yeux des femmes étaient aussi séduisantes pour moi, d'une façon différente ou abstraite. Que j'avais confiance en lui pour les mêmes raisons qu'elles. Que je me persuadais de sa bonté dans l'espoir similaire d'une intimité partagée. Qu'il comptait là-dessus, en usait à son avantage, comme il le faisait avec elles.

*

J'ignore ce qu'il est advenu de Karen après sa rencontre avec mon père, mais je sais qu'elle a fait une déposition à la police avant l'enquête du coroner[1], pour rendre compte de ses faits et gestes dans la soirée du 17 août et donner son sentiment sur « l'état d'esprit » de mon père. Souvent, je m'interroge sur les détails qu'elle a omis dans son témoignage. Est-ce la honte ou le dégoût qui l'a poussée à nier la nature de leur relation ? Craignait-elle pour sa réputation ? J'espère simplement qu'elle n'a jamais renoncé à chanter, ou si c'est le cas, j'espère que cela n'a pas été à cause de lui.

Ce soir-là au White Oak, elle a chanté avec tout son cœur, avec un plaisant vibrato dans les aigus. Elle possédait un volume vocal et une clarté stupéfiants. Il y avait quelque chose de sincère dans son jeu, dans cette façon de se tenir sur scène, voûtée

1. Dans le système juridique de la Common Law, le coroner est un officier de police judiciaire chargé, au nom de la Couronne, de réunir des informations (*Inquest*), éventuellement avec l'assistance d'un jury (*coroner's jury*), sur les causes de toute espèce de mort violente, non naturelle ou mystérieuse.

sur sa guitare. Même si sa technique instrumentale n'était pas à la hauteur de son chant (chaque accord était charcuté, maladroit, un peu hors tempo), je sentais que son talent serait peut-être un jour trop grand pour la grisaille alcoolisée de son « club folk » local.

Son set a reçu une ovation modérée, à l'exception de Vee et de mon père, lequel a applaudi en levant ses grosses mains au-dessus de sa tête. Elle est revenue s'asseoir, rouge de gêne. L'hôte est remonté sur scène pour présenter un autre artiste, le vieux violoneux, et nous avons subi son répertoire de *jigs* grinçantes jusqu'à la pause. Alors que la salle se vidait, mon père a dit à Karen : « Je me doutais que tu serais bonne, mais là, c'était vraiment quelque chose. »

Elle lui a adressé un sourire radieux.

« Tu le penses vraiment ?

— Oui, ça m'a rappelé Laura Nyro. »

Elle a secoué la tête en dévisageant Vee.

« Jamais entendu parler.

— Renseigne-toi sur elle. Elle était très populaire, il y a longtemps… ta voix est similaire. En mieux. » Il s'est levé et s'est étiré.

« Papa », ai-je dit en le tirant par la manche.

Il m'a ignoré.

« Ce talent-là va t'emmener très loin, crois-moi. Tu peux oublier de pointer au chômage.

— Oh, merci, Fran.

— *Papa.* »

Il a baissé le menton.

« Quoi ? Tu ne vois pas que je suis en train de parler, fiston ? »

Je n'arrêtais pas de penser à QC et à ses baskets rouges, à l'urgence dans sa voix. Je ne comprenais pas pourquoi nous étions encore là à attendre.

« Tu lui as parlé ?

— Ouais, on a trouvé une solution. » Sa sincérité avait l'air incontestable.

« Alors, on peut partir maintenant ?

— C'est aussi ce que j'allais demander, a dit Vee, qui m'avait entendu. Cette musique folk, ça va bien cinq minutes. »

J'ai levé les yeux sur mon père.

Il a tapoté ses dents du bas avec sa langue.

« On décollera demain à la première heure.

— *Quoi ?* Mais non… tu avais dit que… »

Il a levé la main pour me faire taire. « Ne te fatigue pas, Daniel. Je sais ce que tu vas dire, et je ne veux pas l'entendre. J'ai pratiquement dû donner un rein à QC pour qu'on puisse aller sur ce plateau demain. On va passer la nuit ici.

— Ici ?

— Oui, je nous ai pris une chambre.

— Mais tu as dit… dès qu'il arrivera… tu avais promis. » Je criais presque.

« Je sais ce que j'ai dit, et je te le répète : On ira. Demain. » Il s'est tourné vers Karen en levant les yeux au ciel, comme s'il était habitué à ce genre de comportement. Il m'a lancé ensuite son regard le plus sévère. « Tout est organisé. Onze heures et demie devant les grilles du studio. Il m'a donné sa parole.

— Onze heures et demie ?

— Onze heures et demie tapantes, a-t-il promis, la main sur le cœur. Et on aura quand même le temps de prendre ce petit déjeuner complet si on fait une bonne nuit de sommeil.

— D'accord, ai-je soupiré. Demain, alors.

— Ça veut dire que vous allez rester un peu plus longtemps ? a demandé Vee en s'approchant de lui. Elle m'oblige toujours à rester pour la seconde partie par politesse, mais je vais peut-être bien filer maintenant, et vous retrouver en bas après.

— Tu vas rester en bas toute seule ? a demandé Karen. Tu ne bois même pas.

— Et qu'est-ce qu'il y a de mal à ça ? Ça a l'air de convenir à Daniel. » Vee était plus perspicace que je ne l'avais cru. « Peut-être qu'un gentil garçon me paiera un jus d'orange.

— Rentre, si tu es fatiguée. Je prendrai un taxi, a proposé Karen. Ça ne me dérange pas. »

Nous avons rejoint sa table après la pause. Pour commencer, elle a établi une distance modeste entre elle et mon père sur la banquette. La seconde partie fut consacrée à la vedette de la soirée, un accordéoniste de Whitby. Même si je n'étais pas habitué à la sonorité de l'accordéon, j'ai trouvé agréablement divertissant d'observer un moment la respiration de l'instrument, ses soufflets qui se gonflaient et se fermaient, le cliquetis des touches qu'on entendait derrière le flonflon. Mon père a fait mine d'apprécier le spectacle aussi longtemps que Karen a paru sensible à l'accueil qu'il lui faisait. Il n'empêche, quarante minutes de sombre musique circassienne russe mettraient à l'épreuve la détermination de n'importe qui : je me suis endormi sur l'épaule de mon père. Il a dû ensuite m'allonger à côté de lui sur la banquette, parce que j'ai été réveillé par la lumière blanche des néons qui clignotaient au-dessus de moi. Quand j'ai levé les yeux, il était en train de me tapoter l'épaule avec deux doigts, comme si j'étais un vagabond tombé ivre mort sous un abribus. Karen lui enlaçait la taille, et il portait sa guitare en bandoulière sur son épaule droite. « Il est temps de te mettre au lit, trésor. Tu as été courageux de résister à ce vacarme aussi longtemps. Moi au moins j'avais la bière pour tenir le coup.

— Oui, je suppose que tu as eu bien raison de dormir », a ajouté Karen. Elle avalait un peu ses mots, ses paupières paraissaient plus lourdes. « Je pensais qu'il finirait par chanter. Ses lèvres n'arrêtaient pas de remuer, mais rien n'en sortait. C'était interminable.

— Je ne vois pas pourquoi tu n'aurais pas pu jouer quelques morceaux en plus, a dit mon père. Tu aurais dû être la tête d'affiche.

— Je *sais*. Chaque fois, je n'ai que deux chansons. Bande de rats.

— Bon, allez, viens, j'ai la clé de la chambre. » Il a extirpé de son jean une clé Chubb attachée à un porte-clés en bois gros comme une salière. « Ça n'a rien de luxueux, mais ça ira pour cette nuit. »

C'était exactement le genre de chambre que ma mère avait défendu. Deux lits simples avec des parures florales assorties aux rideaux. Une salle de bains attenante dont la robinetterie, verdâtre et moisie, semblait avoir été repêchée au fond d'un canal. Il n'y avait pas de téléphone pour lui rendre compte de tout cela, et j'ai donc dû faire avec.

Mon père m'a demandé quel lit avait ma préférence, et j'ai choisi celui qui était le plus près de la fenêtre.

En m'agenouillant au niveau de la tête de lit, je pouvais apercevoir la lueur des réverbères sur le parking. C'est de là que je l'ai regardé traverser le bitume d'un pas tranquille pour aller récupérer mon sac et sa valise dans la Volvo. Le retour lui a pris deux fois plus longtemps. Il a frappé cinq petits coups à la porte et je suis allé lui ouvrir. Il a déposé nos sacs au pied de son lit en grognant. Puis, passant la main sous sa chemise, il a décroché un objet de sa ceinture et a démêlé le cordon de plastique et de métal qui l'accompagnait. « Un petit cadeau de la part de Karen. Plutôt un prêt, en fait. Tiens. »

C'était un Walkman orange bon marché. « Merci. » Je l'ai ouvert. Il n'y avait pas de cassette à l'intérieur.

« Oups… j'ai failli oublier le plus important. » Il a sorti une cassette de sa poche de derrière. « Comme je ne savais pas trop jusqu'où tu étais allé, je t'ai apporté la troisième du coffret. J'espère que ça ira. Tu devrais vérifier si les piles marchent dans ce machin. »

J'ai appuyé sur PLAY et j'ai senti le mécanisme du baladeur s'enclencher. Il s'est penché pour insérer la cassette et placer l'arceau reliant les écouteurs sur ma tête. « Au cas où tu n'arriverais pas à te rendormir ». Ces petites attentions ne me convainquaient plus. Je savais qu'il s'agissait d'un stratagème pour rendre son départ de la chambre moins pénible. Il était inutile d'essayer de l'empêcher de descendre au bar reprendre les choses où il les avait laissées avec Karen. Je serais à nouveau livré à moi-même, dans un autre endroit inconnu, avec une lampe de chevet miteuse projetant sa lumière jaune sur les motifs en relief du papier peint. Avec la tristesse qui envahissait peu à peu mes pensées, et le tintement régulier des verres dans le pub en bas, et le tumulte agaçant des voix qui se répandait sous ma fenêtre à l'heure de la fermeture. L'appréhension des autres désillusions qui m'attendaient le lendemain, et le sentiment que ma mère serait en colère quand je rentrerais à la maison, à cause de lui.

*

[…] Il en viendrait à chérir ces journées passées avec Cryck, à examiner les accidents de terrain à la recherche de signes. Ensemble, ils parcoururent des hectares et des hectares, tête baissée, à scruter la terre et l'herbe, s'arrêtant chaque fois qu'il pensait avoir repéré quelque chose. Les marques tracées à la main par les Aoxins étaient difficiles à identifier : ce qu'il prenait pour des caractères n'étaient très souvent que des griffures de pattes d'oiseaux, des empreintes de sabots de cerfs ou des souillures de lapins, mais il prit rapidement le coup, et Cryck lui était reconnaissante de son aide.

Les marques les plus compliquées n'avaient ni taille ni forme régulière. Un jour, il la vit se pencher au-dessus d'une trace dans la boue, près d'un fossé, et sauter de joie : « Là, tu la vois. Là ! » Elle pointait du doigt une empreinte circulaire peu profonde, pas plus grande qu'une pièce de six pence. Un autre jour, elle s'arrêta près d'un carré gravé superficiellement dans les racines de l'arbre à ses pieds. « C'est un indograf… ces bois en sont truffés, l'informa-t-elle. Celui-ci dit d'être attentif aux armes. Il se pourrait que cette piste réserve de bonnes surprises. »

Elle lui apprit à repérer les marques les plus simples sur le sol : les losanges dont le tracé était d'abord épais, puis s'affinait en ligne pointillée signalaient les conduits d'aération d'un compartiment en dessous. En général, une pierre située tout près portait une série d'incisions, fournissant des détails en aoxin : dates d'occupation, durée de la peine, nom du prisonnier, profondeur sous la surface. « Plus de deux mille ans pour celui-là. Pas la peine de creuser », disait Cryck, ou alors : « Celui-là est beaucoup plus récent. Ouvrons-le. » Chaque découverte s'accompagnait du même rituel : Cryck s'allongeait à plat ventre sur les marques, l'oreille plaquée sur la terre, qu'elle auscultait en la frappant avec sa paume. « C'est bon, fais une croix », disait-elle, et il barbouillait un X de peinture jaune sur le sol, une cible pour sa hache. Alors il s'écartait et la regardait briser la couche de surface, puis mettre au jour un trou d'homme en grattant la terre.

Elle ne lui permettait pas d'explorer les compartiments avec elle. « Trop dangereux. Il pourrait y avoir une infestation ou une maladie. Et puis, tu ne saurais pas quoi chercher. » Elle y descendait et reparaissait peu de temps après avec un sac plein d'objets récupérés et un grand sourire de satisfaction. Après quoi, il attendait qu'elle ait ajouté l'emplacement de l'ancien compartiment sur sa carte. Elle estimait leur position en braquant un instrument étrange vers les étoiles : un ovale en métal percé de fentes, qu'on appelait un khav, et qu'elle conservait sur une ficelle noire autour de son cou et plaçait dans son orbite droite. Elle finit par le laisser s'occuper de sa lanterne ; il la faisait descendre à l'intérieur du trou d'homme au bout d'une corde, éclairant les compartiments obscurs pendant qu'elle cherchait des matériaux à récupérer.

Elle lui expliqua le processus consistant à démonter les panneaux abritant les tiges de puissance, et lui montra comment découper les câbles zhoori et déconnecter une batterie d'un underjar sans perdre de fluide vital. La journée qu'ils passèrent sous une pluie battante, à vidanger l'espace de stockage d'un vieux compartiment avec un tuyau, fut la plus dure journée de travail de sa vie, mais elle porta ses fruits : l'exhumation d'un électroaimant quorh dans un renfoncement du mur. D'après Cryck, il était encore fonctionnel, et elle le lui montra avec fierté : un petit bouquet de pièces ternies pareilles à des bougies de camion. « On dirait que ce vieux compartiment a été modifié. Il n'y en a pas beaucoup qui ont ce type de quorh. Ce modèle est bien plus récent. Ça devait être un prisonnier spécial, c'est tout ce que je peux dire. Si on pouvait en trouver dix autres comme ça, ce canaliseur serait bientôt prêt à fonctionner, ou au moins un prototype. »

Pendant tout le temps qu'il passa à battre la campagne avec Cryck, personne ne les vit. Il croyait que son sang aoxin le rendait invisible, lui aussi. Mais certaines fois, en traversant un champ, il crut voir un fermier se lever au volant de son tracteur, la main en visière, comme s'il l'avait repéré, lui, l'intrus. Par une soirée sombre, alors qu'il rejoignait une petite route de campagne, il était tombé sur une voiture de police garée sur le bas-côté ; et il était certain qu'un agent s'était retourné pour le regarder, mais personne ne l'avait suivi. D'après ce qu'il pouvait se rappeler des cartes illustrées de Cryck, ils parcoururent une grande distance. Ils franchirent cinq limites de comtés à pied, établissant de nouveaux campements à proximité des compartiments qu'ils mettaient au jour. Il en vint à se sentir plus aoxin qu'humain. Il ne se lassait ni ne se fatiguait jamais d'apprendre, il n'éprouvait ni peur ni mélancolie. Son cœur et son esprit lui semblaient grandis, rassasiés. Ces journées passées avec Cryck furent les meilleures de son existence.

*

Karen et mon père sont revenus dans la chambre bien après minuit. Parce que j'avais mes écouteurs et que je demeurais immobile dans le lit, ils avaient dû penser que je n'avais pas eu conscience de la lumière du couloir balayant le sol, du tourbillon de leurs ombres sur la moquette, de leurs apartés échangés. « Chuut, baisse d'un ton, tu vas le réveiller.

— Désolée ! »

Mais j'ai entendu et vu toute la scène.

Les paupières mi-closes, je les ai entrevus tituber jusqu'à la salle de bains. J'ai entendu les maigres protestations de Karen : « Attends, attends une minute, il va nous voir, arrête », pendant que les mains de mon père défaisaient la fine fermeture Éclair à la taille de sa jupe et, d'un coup sec, réduisait celle-ci à un bête cerceau de daim autour de ses chevilles.

Le miroir de l'entrée était orienté de telle façon qu'il me les montrait. C'était un spectacle que je n'étais pas censé voir mais que je me sentais poussé à regarder, à comprendre. D'une main traînante, elle a tenté de fermer la porte derrière eux, mais celle-ci a rebondi sur le loquet et est restée entrebâillée. Au début, leurs corps se sont agités dans la minuscule salle de bains comme deux homards dans un vivier. Ils se sont touchés avec douceur. Ils se sont embrassés. Puis les attouchements se sont faits passionnés, agressifs. Il a enfoncé son pouce dans sa bouche et elle l'a mordu en souriant. Je l'ai regardé s'agenouiller et fourrer son nez dans le renflement de son entrejambe, lui enlever sa culotte et la soulever par les cuisses pour l'asseoir sur la vasque comme s'il posait une brouette. Puis il a défait sa ceinture, baissé son jean, sorti ce déconcertant et mystérieux morceau de chair auquel ma mère a consacré des paragraphes entiers, une chose distendue que j'arrivais à peine à rapprocher des schémas en couleur de mon cours de biologie ou de mon propre équipement.

Il a tenté d'atténuer ses halètements de plaisir en couvrant sa bouche, mais il n'y avait rien qu'il puisse faire pour étouffer le cognement des épaules de Karen contre la mince cloison chaque fois qu'il s'enfonçait en elle. Il a approché son avant-bras de sa gorge, a appuyé son pouce sous sa mâchoire. « Hé, *non*, l'ai-je entendue protester. *Non*. C'est trop. Arrête. » Et elle a repoussé son bras d'une tape. « D'accord, d'accord. » Il avait l'air de respirer douloureusement.

Après, ils sont restés là, enlacés et sculpturaux. Ils ont haleté et gloussé. J'ai vu Karen sauter au bas du lavabo, chercher sa culotte sur le lino, essoufflée. « Combien de fois tu as… je ne sais même pas quoi dire… je n'ai jamais… enfin, ça n'a jamais été comme ça… avec personne », a-t-elle avoué pendant que mon père se rinçait les mains et le visage sous les robinets qui couinaient. « Je peux dormir ici ? Il est tard et je suis… enfin, *tu sais*.

— Reste si tu veux, mais tu devras être partie avant qu'il se réveille… ça ne ferait que l'embrouiller. Il est déjà assez en rogne contre moi.
— Je vais marcher jusqu'à la station de taxis, alors.
— Comme tu voudras.
— Oui… Oui, c'est probablement mieux. Je ne voudrais pas qu'il ait une mauvaise image de moi.
— Entendu. Fais comme tu le sens. »

Après avoir trouvé sa jupe, Karen lui a demandé : « Il y a un numéro où je peux te joindre ? Ce serait bien de te revoir un de ces jours. » Il lui a rappelé qu'elle était censée avoir un petit ami. « Je sais, je sais, mais s'il y a un numéro ? » et, sur la table de chevet à côté de moi, il le lui a noté sur un bout de papier. Je ne suis pas arrivé à distinguer les numéros, mais je doute qu'il se soit agi des bons.

« Et ton Walkman ? Je peux essayer de le lui enlever. » Elle lui a répondu que je pouvais le garder, que ça me ferait un souvenir, et il ne l'a même pas remerciée. Elle a récupéré sa guitare et elle est partie.

Mon père est resté un certain temps torse nu au pied de mon lit. Il a fumé une cigarette en chassant la fumée par la fenêtre. Un courant d'air froid me chatouillait la nuque. Je savais qu'il me regardait fixement, mais je n'osais pas lui montrer que j'étais conscient de sa présence. Feindre le sommeil me protégeait. J'ai compté chaque inspiration, chaque expiration, jusqu'à ce qu'il s'allonge sur le lit en face du mien et éteigne la lumière. Et, pendant ce qui m'a paru des heures, je l'ai écouté s'agiter dans ses draps tandis qu'il se débattait avec ses rêves.

Face deux

SA CONSTANCE

Nous avons traversé des silhouettes de ponts routiers, franchi des ronds-points, sommes passés à toute vitesse devant des pylônes et de simples talus herbeux, des maisons couvertes de stuc, avons plongé sous des piles de ponts, laissé derrière nous les prés et les champs pour rejoindre la ville de béton. La musique jouait fort, les enceintes crachotant du Cocteau Twins, un écho épais dans lequel mon père se cachait de moi. Il a fallu seize minutes pour arriver à Leeds. J'ai passé tout le trajet assis sur mes mains. Un nid d'immeubles au loin s'est transformé en réseau de rues à sens unique bordées d'un patchwork architectural : immeubles des années soixante couleur de boue humide, entrepôts en brique, viaducs, complexes d'immeubles de bureaux, HLM en grès, verre miroir de tours flambant neuves, splendeur à colonnades de l'hôtel de ville, flèches des tribunaux poudrées de suie. Je m'attendais à ce que Leeds soit aussi tentaculaire et mystérieuse que Londres, mais elle était plus petite, plus sombre, moins dévorante. Les rues étaient plus vides ; les nuages plus bas dans le ciel ; la lumière du soleil avait quelque chose de triste quand elle frappait la chaussée, comme filtrée par du papier crépon.

J'ignore si mon père remarquait aussi ces détails. Il était plus silencieux qu'à l'accoutumée tandis que nous traversions le centre-ville à une allure d'escargot. Il a baissé la musique jusqu'à ce qu'elle ne soit plus qu'un murmure et m'a laissé absorber ce que la ville avait à offrir. Le fait que je la voyais pour la première fois a dû lui traverser l'esprit. «Personne n'est pressé ici, s'est-il contenté de dire. Regarde-les, tous ces lambins. Ils n'en ont absolument rien à secouer.» Je n'aurais pas pu déceler si c'était une louange ou une condamnation.

Dans le silence, le tic-tac du clignotant me hérissait, le compte à rebours de quelque chose que je n'arrivais pas tout à fait à interpréter. J'étais tellement anxieux à l'idée de ce qui nous attendait ce matin-là que j'étais incapable de parler, et le goût des saucisses mal cuites que nous avions prises au White Oak me restait dans la bouche. Nous ne sommes pas passés devant le Metropole, mais en traversant la grand-place, nous avons longé le Queens Hotel dont l'entrée s'ornait d'une somptueuse moquette rouge et de mains courantes en or. «Tu vois cet hôtel de luxe, a-t-il dit à ce moment-là, la prochaine fois qu'on fait ce voyage, je te promets que c'est ici qu'on dormira. C'est fini les saucisses douteuses au petit déj'. C'est fini les toasts et la confiture rances. Le traitement royal, c'est ce qu'on mérite, pas vrai ?

— Oui», ai-je répondu, mais j'ai senti un coup au ventre à cette idée.

Il a soupiré en remarquant ma réticence. À partir de ce moment-là, il a enclenché chaque vitesse avec une brusquerie exaspérée, jusqu'à ce que nous arrivions sur Kirkstall Road, où il a retiré sa main couverte de croûtes du levier. « Tu veux bien me rendre service et sortir le paracétamol ? a-t-il dit. Ça commence vraiment à faire mal. » Il a désigné la boîte à gants. J'ai fouillé à l'intérieur, posé les yeux sur la boîte d'Anadin jaune. « Il en reste ? a-t-il demandé.

— Quelques-uns.

— Sors-en-moi deux, tu veux ? »

Je me suis exécuté et les lui ai tendus : une paire de cachets blancs sur ma paume comme des dents de lait que je me serais arrachées. Il les a pris et les a avalés sans eau. « Bon, alors… comment tu te sens ? Tu es prêt à voir quelques compartiments ou quoi ?

— Je suppose.

— Tu n'as pas l'air très enthousiaste. Tu n'as pas arrêté de nous bassiner avec Leeds, Leeds, Leeds, et maintenant qu'on est là, on a l'impression que ça ne te fait ni chaud ni froid.

— Si, si… c'est juste que… je ne sais pas. Je suis fatigué.

— Hum. » Mon père croyait me connaître suffisamment bien pour lire dans mes pensées. « Écoute, j'arrangerai les choses avec ta mère plus tard, ne t'en fais pas. Une fois que je lui aurai tout expliqué, elle ne trouvera rien à redire. C'est moi qui vais me faire remonter les bretelles, pas toi.

— Ce n'est pas ça, me suis-je défendu, même si elle occupait mes pensées.

— Qu'est-ce que tu as, alors ? C'est la soupe à la grimace depuis ce matin. C'est censé te faire plaisir. »

Je n'avais pas les mots pour exprimer ma désillusion. Je ne pouvais que la sentir au plus profond de mon corps. Quelque chose avait pris fin cette nuit-là, m'avait quitté. Peu importe que les choses se déroulent comme prévu ou mieux encore : nous pourrions passer l'après-midi sur le plateau avec Maxine Laidlaw en costume, le réalisateur pourrait m'inviter à jouer la guest-star dans un épisode que cela ne changerait rien à ma désaffection pour mon père. Je voulais le voyage qu'il avait promis. Je voulais, pour une fois, qu'il fasse la preuve de sa constance. Mais il semblait occuper chaque nouvelle journée de sa vie à organiser des réparations pour celle de la veille.

Un peu plus loin, la circulation s'est fluidifiée et nous avons croisé la cheminée en métal fumante d'une usine. Tous les immeubles de part et d'autre de la route ont commencé à paraître moins résidentiels, arborant de brillants monogrammes et logos d'entreprise. Il a fait un salut militaire. « Voilà la bête, a-t-il déclaré, avec un tel entrain que cela en était suspect, Yorkshire Television. »

On aurait dit un hôpital de banlieue. Un ensemble de bâtiments marron peu élevés bordés par une pelouse mal entretenue. Des fenêtres étroites et sombres enchâssées dans la brique à intervalles réguliers. Une antenne parabolique de la taille d'une roue d'avion sur le toit le plus éloigné.

« Ce n'est pas très spectaculaire vu d'ici, mais attends d'avoir passé la porte. Toute la magie est à l'intérieur.

— Tu l'as dépassée, ai-je observé.

— On ne peut pas entrer de ce côté. Il faut faire le tour. »

Il a roulé encore quelques centaines de mètres sur la voie rapide et a tourné plus haut, en direction de ce qui ressemblait à un parc de logements sociaux. Il y a eu une longue procession de maisons mitoyennes avec des pancartes À VENDRE, puis les studios sont apparus de nouveau. Les bâtiments paraissaient plus larges vus de l'arrière, et plus ordinaires. Sur le vaste parking, clôturé d'acier, une flotte de camions blancs attendait d'être chargée. Nous avons pris à droite au croisement. « Hé, regarde ça, a-t-il lancé en repérant quelque chose à la périphérie de son champ de vision. Onze heures et demie tapantes. » Et juste au moment où nous nous rapprochions de la barrière d'entrée, il a freiné et s'est rangé sur la double ligne jaune. Il a désigné la pendule d'un geste. « Homme de peu de foi, Danno. Homme de peu de foi. »

J'ai jeté un coup d'œil dans le rétroviseur extérieur, plein d'espoir.

QC marchait à notre rencontre à grandes enjambées : ses chaussures rouge vif étaient reconnaissables entre toutes, sa démarche penchée inhabituelle. Ses bras étaient accrochés à son torse comme des pinces de crabe, presque immobiles. La portière arrière s'est ouverte avec un bruit sourd. Il s'est laissé choir de tout son poids sur le siège.

« Tu te sens bien, Fran ? Tu es à l'heure pour une fois.

— Bonjour à toi aussi, mon pote.

— Ouais, ouais. Ça ne me plaît toujours pas ce qu'on fait là.

— Oh, tu sais que je ferais la même chose pour toi. Arrête de râler.

— Si seulement c'était vrai. » QC a saisi mon appui-tête et s'est penché en avant. Il m'a offert de serrer son autre main. « Alors, ton père raconte que tu es un vrai fan. » Ses ongles étaient bizarrement immaculés, lustrés. « On fera un quiz un peu plus tard. Je t'interrogerai pour voir si tu es un vrai FexHead.

— Il n'aime pas qu'on l'appelle comme ça.

— Quoi ?

— Je te demande de ne pas l'appeler comme ça.

— Oh, c'est bon, excuse-moi de respirer. » QC s'est laissé retomber sur la banquette.

« Ça ne me dérange pas, en fait », ai-je dit.

Mon père a toussoté.

« Ah, je vois… c'est comme ça, hein ? Une règle pour lui, une autre pour moi.

— On peut changer de sujet ? a demandé QC à l'arrière. On a un horaire à respecter, au cas où tu l'aurais oublié. »

Nous avons encore roulé une centaine de mètres, jusqu'à la grille d'entrée. Il y avait là des barrières automatisées et un Interphone. Mon père a arrêté la voiture, baissé sa vitre. Il a appuyé sur le bouton de l'Interphone et attendu.

La barrière ne s'est pas soulevée mais, au bout d'un certain temps, un homme vêtu d'un uniforme blanc est sorti de la guérite. « Bonne nouvelle, c'est Foz… on ne devrait pas avoir de problème, a assuré QC à l'arrière. Il ne m'aime pas des masses, mais je peux le gérer.

— Fais juste ce que tu as à faire.

— N'oublie pas de sourire », a mentionné QC en me tapotant l'épaule. L'odeur de bâtonnet d'encens de son eau de toilette était écœurante.

L'agent de sécurité s'est placé côté conducteur et a jeté un coup d'œil à mon père.

« Vous avez une carte d'accès ?

— C'est à lui qu'il faut demander », a déclaré mon père en désignant la banquette arrière avec son pouce.

QC a extirpé son portefeuille de son jean. Il en a sorti une petite carte plastifiée et il s'est penché en avant pour la présenter.

« Oh, je t'avais pas vu là derrière, lui a dit le gardien.

— Y a pas de mal, Foz. Comment ça va aujourd'hui ?

— On peut pas se plaindre. » Le garde a rapidement examiné la carte. « Barnaby, a-t-il dit en souriant. C'est quoi ce nom ?

— C'étaient les années soixante. Faut demander à mon vieux, a répondu QC. Ma sœur a eu pire.

— Comment ils l'ont appelée ?

— Ophelia.

— Ouille ! Pauvre petite. » Le gardien a restitué la carte à mon père en riant. « Ces deux-là sont ici comme invités ?

— C'est l'idée », a répondu mon père.

Le vigile lui a lancé un regard docile, mais dénué de toute chaleur.

« Vous devez être sur ma liste, alors ? »

QC a rangé la carte dans son portefeuille.

« Oui, je les ai inscrits hier.

— Faut que je vérifie, pour être sûr. Tu sais comment ils sont dans cette boîte.

— Ne m'en parle pas, vieux. »

Le vigile m'a désigné d'un coup de menton.

« Il s'appelle comment, le petit gars ? »

J'ai senti QC tapoter le dossier de mon siège, alors j'ai fait un grand sourire au gardien.

« Daniel, a répondu mon père.

— Daniel comment ?

— Jarrett. »

J'ai tressailli.

Mon père a continué sur sa lancée.

« Avec deux *r* et deux *t*.

— Et vous êtes…

— Philip Jarrett. Un seul *l*.

— Ça va, je n'ai pas besoin d'un cours d'orthographe.

— *Papa*, c'est grand-père qui…

— Chut, tout va bien, fiston. On verra ton grand-père plus tard. » Il a incliné la tête vers le vigile. « Il est un peu excité. »

L'agent de sécurité a tiré sur sa ceinture pour remonter son pantalon.

« Je vais aller chercher mon bloc-notes.

— Tu ne veux pas nous laisser passer, Foz ? a demandé QC. Tu me connais. Et on doit être sur le plateau avant midi.

— Si ça ne tenait qu'à moi, je ne bougerais pas de ma chaise de toute la journée, mais j'ai un boss comme tout le monde. Et il aime que la paperasse soit faite dans les règles.

— Je comprends, a dit mon père.

— Très bien, fais ce que tu as à faire. »

Le vigile s'est éloigné sans se presser. Nous l'avons regardé entrer dans sa guérite.

« Connard, a soufflé QC.

— Il aime ça, causer, hein ? Nom d'un chien, il y a combien de temps qu'il est à l'entrée, lui ?

— Depuis un peu après le départ de Sid. Quand il s'agit de s'en griller une avec lui, ça peut aller, mais sitôt la pause terminée, le balai retrouve le chemin de son cul.

— En tout cas... pour l'instant, ça va. »

J'avais l'impression d'être agrafé à mon siège.

« Pourquoi est-ce que tu lui as menti ? »

Personne n'a répondu.

« Pourquoi est-ce que tu as menti ? ai-je répété.

— Je ne mens pas, a répliqué mon père les yeux sur la barrière. Qui ment ?

— Tu viens de lui donner le prénom de grand-père. Et tu as dit que je m'appelais Jarrett.

— Eh bien, tu seras un Jarrett si un jour ta mère arrive à ses fins. Autant que je commence à m'habituer. » Ses ongles labouraient sa barbe naissante par petites touches. « Et je ne mentais pas, je faisais semblant... il y a une différence. C'est comme de s'enregistrer à la réception d'un hôtel sous un faux nom. » Il a posé son regard sur moi, l'air déterminé. « Tu veux aller sur ce plateau ou pas ?

— Oui, mais pourquoi on ne pourrait pas être nous-mêmes ?

— C'est compliqué, Dan. Tu vas devoir me croire.

— Mais tu dis toujours ça. »

Sur la banquette arrière, QC a ricané.

« Et, de toute façon, ai-je continué, tu travailles ici... pourquoi tu ne peux pas te servir de ta propre carte ?

— Parce que.

— Mais parce que quoi ? »

QC est intervenu, amusé.

« Oh, Fran, mon pote, c'est ridicule. Dis-lui simplement quel est le problème, bon sang. Pas la peine de te fatiguer. »

Mon père a joué avec le bouton du frein à main. « Merci pour ta contribution, oncle Barnaby. Je te remercie.

— Je pense en avoir assez fait pour aujourd'hui, a déclaré QC en reniflant. En vrai, c'est la dernière faveur que tu obtiendras de moi avant un bout de temps, t'inquiète. On est quittes. »

Les yeux de mon père étaient fixés sur la guérite à présent. « Qu'est-ce qui lui prend aussi longtemps là-dedans ?

— J'en sais foutre rien, a lâché QC.

— Surveille ton langage.

— Désolé.

— Tu ne m'as toujours pas dit *pourquoi*. » J'ai dû me pencher en avant pour capter son attention. « *Papa*.

— Pourquoi quoi ?

— La carte, a repris QC. Pour commencer. » Il a dû avoir un petit sourire narquois, parce que mon père lui a jeté un regard mauvais dans le rétroviseur.

« Ça t'amuse, hein ?

— Peut-être bien, ouais. Un tout petit peu. Ah, ah, ah ! »

L'explication qu'on m'a donnée n'était pas celle que j'espérais entendre : « Si tu veux tout savoir, ma propre carte ne fonctionne pas, là, tout de suite. Voilà pourquoi.

— Comment ça se fait ?

— Je… elle ne marche pas, c'est tout.

— Pourquoi ?

— Écoute, Dan, si c'est interrogatoire, il faut me le dire, parce que tous ces *pourquoi ceci, pourquoi cela*, ça me casse la tête. » Il a écarté sa mèche d'un mouvement de tête. « Franchement, je ne pensais pas que ça poserait problème. C'est comme la fois où on n'a pas pu louer de voiture pendant les vacances. Rappelle-toi, on a été obligés de prendre le bus parce que le permis de ta mère avait expiré. C'était au Portugal, je crois.

— Non.

— Eh bien, tu étais peut-être trop petit. Mais c'est pareil : ma carte n'est plus valide, et je m'en suis rendu compte hier seulement. C'est tout un cirque pour en avoir une nouvelle. Alors QC nous fait entrer avec la sienne, c'est juste plus facile comme ça. On serait obligés de remettre la visite à plus tard autrement.

— Mais c'est mal, ai-je observé. C'est malhonnête. »

J'ai entendu QC se remettre à glousser à l'arrière.

« Arrête de pleurnicher. Je travaille ici, je te rappelle. On n'entre pas par effraction. On contourne les règles. »

Sauf que l'on était toujours du mauvais côté de la barrière et que le gardien mettait bien longtemps à consulter sa liste de noms. Une partie de moi-même espérait qu'il était au téléphone avec ma mère. Une douleur acide mijotait dans mon estomac en l'imaginant morte d'inquiétude. J'avais l'arrière des genoux en sueur.

Mon père, lui, était tranquillement assis à côté de moi. Il examinait ses articulations, jouait à la marelle sur ses croûtes avec les doigts de son autre main. Sa poitrine se soulevait et retombait sous sa ceinture de sécurité. Il s'est mis à siffloter le générique de *Grandstand*. « Arrête ça, a dit QC. Tu veux me foutre en rogne ? »

L'attente semblait interminable.

« Papa, on devrait laisser tomber. »

Il m'a lancé un regard furieux.

« Quoi ?

— Rentrons à la maison. Si on ne peut pas entrer, ce n'est pas grave… vraiment, ça m'est égal. » Si je m'étais abstenu de poursuivre, il m'aurait peut-être écouté. Il se serait peut-être éloigné de la barrière. « Maman m'avait prévenu que ça pourrait finir comme ça, alors ce n'est pas grave. Franchement. Ça ne me dérange même pas. »

QC a fait entendre une sorte de gémissement.

Mon père n'a pas réagi. Il a fermé et rouvert les yeux. Il n'y avait presque aucun mouvement sur le parking. Je voyais sa langue s'agiter derrière ses dents. Le moteur trépidait sous nos pieds. « Tu sais, je viens d'avoir une sensation de déjà-vu vraiment bizarre, a-t-il fini par dire. Ça ne t'arrive jamais ?

— Non, et je n'y crois pas, a rétorqué QC.

— Ce n'est pas à toi que je parlais, mec. » Sa voix semblait grésiller. « Ce n'est peut-être pas exactement une impression de déjà-vu… plus une sensation familière qui me revient. Je pensais à ce type, Tom Pascoe, qui travaillait avec nous à la ferme.

— Désolé de te dire ça, mais ça ne rime pas à grand-chose ce que tu racontes, Fran.

— Tu veux bien la fermer ? Je parle à mon fils. » Mon père s'est adressé à moi sans me regarder en face.

« Pascoe travaillait pour nous quand j'étais petit… un type de Newcastle avec une drôle de tête que mon père avait embauché. Les gens racontaient qu'il avait mutilé deux agneaux dans les pâtures de quelqu'un d'autre, mais je n'ai jamais vraiment gobé cette histoire, personnellement.

— C'est quoi, mutiler ? ai-je demandé.

— Blesser, maltraiter.

— Ah.

— Il n'y avait aucune preuve contre lui, pas la moindre, on lui a quand même collé le crime sur le dos juste parce qu'il avait une sale tête. On l'avait envoyé en maison de correction – c'est le nom qu'on donnait aux prisons pour les gamins de ton âge – et quand les gens apprenaient ça, ils ne lui faisaient plus confiance. Je ne peux pas dire que je l'appréciais beaucoup. Il était du genre grincheux, mais il bossait dur à la ferme, surtout pendant la saison de la tonte, et mon père ne lui trouvait aucun défaut. »

Il nous a fait languir, s'humectant les lèvres, et je me rends compte maintenant, parce que je suis convaincu que c'est la seule histoire digne de foi qu'il ait racontée de tout le voyage, qu'il résistait à l'envie de la reconstruire.

« Le problème, a-t-il continué, c'est qu'une fois que ce genre d'accusations commence à se répandre, ça vous colle à la peau. Les gens s'étaient tous persuadés que Pascoe était coupable. On le montrait du doigt. Et parce qu'il travaillait pour nous, on montrait aussi mon père du doigt. Nous avons perdu beaucoup d'argent cette année-là. On est bien obligé de réagir à ce genre de situation, non ? Prendre position, d'un côté ou de l'autre… on ne peut pas laisser les choses s'éterniser. Alors mon père a viré Pascoe. Je suppose qu'il n'a jamais eu le choix. Il lui a donné quelques mois de salaire et lui a déniché un boulot dans une laiterie dans le Devon ou ailleurs, j'ai oublié où exactement. Et tu sais quoi, je n'avais jamais vu mon vieux aussi tourneboulé. Il n'a pas versé une larme quand j'ai quitté la maison, mais quand Tom Pascoe est parti, *oh là*, il a été d'une humeur de chien pendant des semaines. » Mon père s'est alors agrippé au volant, et s'est tourné pour me regarder.

Je savais qu'il voulait que je demande ce que Pascoe était devenu, et je l'ai fait.

« Il s'est probablement foutu en l'air, a proposé QC à l'arrière.

— C'est presque ça… Il s'est avéré que ces agneaux avaient été blessés par quelqu'un d'autre : deux gars d'une autre ferme, avec une arbalète, qui tiraient sur des trucs pour passer le temps. Ils l'avaient achetée sur catalogue, figure-toi. Et on les a pris sur le fait alors qu'ils remettaient ça. Deux crétins. Alors mon père a tout de suite appelé son copain à la laiterie pour que Pascoe revienne chez nous, mais non… trop tard. Bien trop tard. Pascoe était en prison. Il avait pris huit ans pour avoir braqué un bureau de poste environ un mois après avoir quitté notre ferme, et on n'en avait rien su. Mon vieux n'en revenait pas. Il était tellement soulagé, bon sang. Lui, il se disait : *Pfiou, on l'a échappé belle, hein ? Ce Pascoe était pourri depuis le début. Bon débarras.* Moi, ce n'est comme ça que je voyais les choses à l'époque, et ça ne l'est toujours pas. »

Une autre voiture attendait derrière nous à présent, moteur tournant.

« À sa décharge, il semblerait qu'il ait bien fait de s'en débarrasser », a commenté QC.

Mon père s'est tourné vers lui.

« Cette liste qu'il est censé vérifier, elle est où, mec, en Alaska ? »

Je réfléchissais toujours à son sermon.

« Attends, je ne comprends pas… Pascoe était quelqu'un de mauvais. Il n'a pas fait de mal aux moutons, mais il a *braqué* une poste. Ce qui fait de lui quelqu'un de mauvais.

— Dan, allons, tu ne vas pas t'y mettre toi aussi, fiston. Je pensais que tu avais plus de jugeote.

— C'est pourtant évident.

— Eh bien, je ne dirais pas ça. C'est une question de point de vue. » Il a pressé les points douloureux de ses articulations. « Tu peux supposer qu'il était pourri depuis le début, mais aussi que ce sont les circonstances qui l'ont rendu comme ça. C'est ce que je pense. Mon vieux l'a carrément laissé tomber. »

La voiture derrière nous a klaxonné. Il l'a ignorée.

« Je ne sais pas. Peut-être. »

Elle a klaxonné encore.

« C'est quoi, ça ?… » Il s'est retourné vivement. « Vous l'entendez ?

— Oui. Regarde devant toi, a dit QC en désignant le pare-brise d'un hochement de tête. Il y a du mouvement. »

L'agent de sécurité approchait, et il avait de la compagnie : un autre vigile en pull bleu marine avec un talkie-walkie.

« Merde, a dit mon père. L'autre type me connaît.

— Pas de panique. Attendons de voir. »

Ils se sont approchés de la voiture et se sont plantés devant la vitre de mon père.

« Alors, vous avez pu régler ça ? a demandé celui-ci sur un ton sec. Il y a des gens qui attendent derrière moi. »

Le vigile en pull a parlé le premier.

« Désolé, mais il va nous falloir une pièce d'identité pour vous et le garçon. »

QC a baissé sa vitre.

« C'est quoi le problème, Foz ? »

Le vigile a tapoté son porte-bloc.

« Les noms sont bien là, comme tu as dit. J'ai juste besoin de voir leurs pièces d'identité avant de vous laisser passer.

— Allons, ce n'est pas normal. Je travaille ici, a fait valoir QC. J'ai le droit d'amener tous les invités que je veux.

— Sans pièce d'identité, non, a rétorqué l'autre gardien. C'est la procédure. »

Mon père l'a regardé fixement.

« Je n'en ai pas. Ni pour moi ni pour lui.

— Alors vous allez devoir reculer. Je vais faire avancer la voiture derrière vous.

— Non, non, allez. C'est dingue. Je bosse ici ! » a plaidé QC.

Le vigile en chemise blanche a plaqué ses mains sur le toit. « On nous a demandé de ne laisser entrer personne sans pièce d'identité, désolé, vieux. À moins que vous ayez un permis de conduire ou un passeport ?

— Papa, allons-y. Je veux rentrer à la maison. »

Mais il s'est contenté de fusiller les vigiles du regard.

« *Qui ?* Qui vous a donné l'ordre de ne pas nous faire entrer ?

— C'est la procédure, c'est tout.

— Ouais, c'est ça. Il travaille ici, nous sommes ses invités et nous sommes sur la liste… je ne vois pas où est le problème. »

Cela n'a pas eu l'air de les émouvoir.

« Écoutez, si vous ne bougez pas votre voiture, il va falloir attendre que la police s'en charge.

— La police ! La police maintenant ! Non, mais je rêve, c'est quoi ça ?

— Tu ferais mieux de te calmer, vieux, a conseillé QC.

— Papa, allons-y. *Partons.*

— En quoi ça regarde la police, *putain !?*

— Vous devriez écouter votre gamin, a suggéré le vigile en pull. Il a l'air d'avoir la tête sur les épaules.

— Ah ouais ?

— *Ouais.*

— Allez, papa, on s'en va.

— Tout ça, c'est elle, tu sais, a dit mon père à QC. Elle ne s'arrêtera pas avant de m'avoir humilié. Je te l'ai dit, non ? Je ne te l'ai pas dit ? ! La première fois, c'était déjà lamentable, mais ça, c'est totalement injustifié.

— Fran, calme-toi maintenant. Sérieusement. Tu vas m'attirer des ennuis, là.

— Je n'arrive pas à y croire. Ça dépasse les bornes, oui ou non ? »

Le vigile en pull s'est penché, une expression de fermeté sur le visage. « Maintenant, écoutez-moi bien, je passe pas mal de temps à manœuvrer cette barrière, et je sais qui est qui, d'accord ? Pas la peine d'en dire plus. Vous ne trompez personne. J'ai une assez bonne mémoire des visages. Ce n'est pas de cette manière que vous allez récupérer votre accès, compris ?

— Ouais, ouais, tête de nœud, j'ai pigé, c'est bon. » Mon père a écrasé la pédale d'embrayage et secoué le levier de vitesse. « Vous m'humiliez devant mon fils. Merci beaucoup. Beau travail.

— C'est vous qui vous humiliez tout seul, mon pote. Que je ne vous revoie plus ici ou ça va barder !

— *Papa*.

— Recule, Fran, ou tu vas me mettre dans la merde.

— Tu y es déjà, mec. Tu es débile ?

— Ça veut dire quoi, ça ?

— Tu le sais.

— Tirons-nous avant que tu me fasses virer. »

Mon père a soufflé, hors de lui :

« Ouais, et puis merde ! » Il a fait rugir le moteur. Voyant nos feux de recul, la voiture derrière s'est éloignée en décrivant un arc de cercle. Tout en manœuvrant, il a adressé un doigt d'honneur aux vigiles de sa main gauche contusionnée. Ça n'a pas semblé les déranger. L'un d'eux a parlé dans son talkie-walkie, l'autre a lissé ses manches. Nos roues ont tournoyé et crissé.

QC a voulu ouvrir la portière, mais mon père avait enclenché la sécurité enfant.

« T'as pété un câble, mec. Je me tire. » Il a secoué la poignée.

Mon père a retiré son pied de l'accélérateur. Nous avons continué à reculer sur notre lancée, et tout est devenu calme et silencieux, comme si nous nous étions libérés de l'attraction terrestre. Puis il est repassé en prise. Mon estomac s'est noué. Les pneus ont hurlé sous nos pieds. Nous descendions la rue à toute vitesse : les nuages défilaient derrière le pare-brise et QC était cloué à son siège. Mon père agrippait le volant des deux mains. J'ai eu envie de pleurer juste à ce moment-là, mais je me suis retenu, craignant que cela n'aggrave son comportement, qu'il voie mes larmes comme une honte, une provocation supplémentaire. À l'approche du carrefour, nous avons encore pris de la vitesse. Il a ignoré le feu, est passé à l'orange, prenant le virage si vite que QC a chancelé derrière nous. Sa grosse main a heurté la vitre avec un bruit sourd. « Bon sang, Fran, qu'est-ce qui te prend ? Ralentis, ducon. Ce n'est pas drôle. » Mais mon père n'écoutait pas.

J'avais déjà vu une autre sorte de rage en lui quand je l'observais à travers les montants de notre rampe d'escalier. Il allait et venait dans le périmètre de notre entrée tandis que les insultes de ma mère pleuvaient sur lui. Égoïste, bon à rien, feignant, crétin, sans cœur, dégueulasse, lâche. Elle exhumait toutes ses erreurs et fredaines passées, crachant les prénoms d'autres femmes comme des obscénités, lui rappelant qu'il ne l'avait jamais vraiment aimée de toute façon, lui disant qu'il n'était même pas capable de faire les choses toutes simples qu'elle lui demandait, que toutes ses amies le détestaient, et que même son fils ne le respectait plus. Une heure ou deux de ce traitement, et il craquait.

Il défonçait le flanc du buffet avec sa chaussure, arrachait des morceaux de la porte sous l'escalier à coups de pied. Des photos et des bibelots étaient projetés sur les lambris du couloir, balayés sur les murs, piétinés. Plus tard, une fois qu'il était parti, les débris étaient emballés dans du papier journal; ma mère à genoux, une loque. « Sors l'aspirateur, Daniel, s'il te plaît. Ne dis rien. Je sais, d'accord ? *Je sais.* » (Les enfants des mariages malheureux deviennent très doués pour passer l'aspirateur. Nous nous habituons à les sortir au petit matin, et à nous en servir au lieu de réparer ce que nous ne pouvons pas réparer. Une moquette correctement aspirée est un équilibre.)

Pour autant que je le sache, il n'a jamais levé la main sur ma mère tant qu'il vivait avec nous. Nos encadrements de porte en revanche ressemblaient à des peaux d'avocat, nos meubles étaient rafistolés et branlants, les cadres de la plupart des photos de famille n'avaient plus de verre. Il me semble aujourd'hui effrayant de l'avoir autrefois admiré pour sa retenue, comme si ne pas la frapper demandait un acte de volonté extraordinaire.

Je ne prétends pas comprendre le motif de toutes leurs disputes, ni à qui il fallait reprocher de les avoir commencées. Avec le recul, il serait facile de lier tous leurs problèmes conjugaux à mon père, mais c'est peut-être une interprétation trop simpliste, parce qu'en dépit de ce qui s'est passé à la fin, et de toute sa cruauté, peut-il réellement être tenu responsable de chaque raté de leur mariage ?

Je sais ce que ma mémoire a enregistré. Et je me rappelle que quand ils se disputaient, il restait là, sans rien faire, pendant qu'elle le rouait de coups, encore et encore, tant et si bien qu'on aurait pu croire qu'il lui reconnaissait le droit de le frapper, encaissant ses petits coups dérisoires comme un arbre accepte les oiseaux. Cela signifie à mon avis qu'il était conscient de la méchanceté tapie en lui et qu'il voulait la réprimer. Un homme meilleur que lui y serait parvenu, je suppose.

*

Quand il s'est rendu compte que les voitures devant lui n'avançaient pas, il a écrasé la pédale de frein. Le châssis tout entier a semblé se dérober sous nos pieds. Les pneus ont produit un bruit de déchirement. La ceinture de sécurité a mordu ma clavicule. J'ai fermé les yeux, m'attendant à être englouti par le métal, sous une pluie de bris de verre, mais il n'y a pas eu d'impact, seulement un silence pur, remarquable.

En levant les yeux, j'ai vu que nous avions stoppé à un mètre du pare-chocs arrière d'un utilitaire. Un labrador nous regardait en haletant d'un air idiot par la lunette arrière. Cela sentait le caoutchouc brûlé. Mon père était tout rouge, comme s'il avait pris un coup de soleil. Il avait l'air de suffoquer. « Allez, bouge de là ! Dégage, bordel ! » Il a enfoncé le klaxon des deux poings. « C'est vert, abrutis !

— Arrête de klaxonner, nom de Dieu ! a crié QC à l'arrière. Où est-ce que tu veux qu'ils aillent ?

— N'importe où, qu'ils se poussent, je m'en fous. » Il a klaxonné de nouveau et, dans un instant d'accalmie, il s'est tourné vers moi et il a vu que j'étais terrifié et que je tamponnais mes larmes avec mes manches. « Ne pleure pas, putain… ce n'est pas ma faute, OK ? Tu ne vas pas te mettre à chialer à cause de moi ? !

— Ce n'est jamais ta faute, Fran, a lancé QC. Bordel de merde, laisse-moi descendre. Tout de suite. »

Mon père ne lui a pas prêté attention. Il a avancé doucement quand la file de voitures a commencé à tourner à gauche. Nous retournions vers Kirkstall

Road, dans la direction opposée. « Tu sais, je n'arrête pas de me refaire le film, et je n'aime pas la conclusion à laquelle j'arrive. » J'ai bredouillé indistinctement et il m'a également ignoré : il m'a lancé un regard noir, vaguement dégoûté, le genre de regard que je pensais réservé aux inconnus. « Tu veux bien te taire ? Il va falloir t'endurcir, bonhomme. J'ai fait de mon mieux pour toi, vraiment. J'ai tout essayé. D'accord, j'ai merdé. Je sais, je sais. Je n'ai pas pu te faire entrer comme j'avais promis, mais je te le dis tout de suite, tout l'univers est contre moi à cette minute. Je jure que c'est vrai et je ne peux pas rivaliser avec ça. Personne ne le peut.

— Tu ne t'arrêtes jamais de raconter des conneries ? a dit QC. Fous-lui la paix au gamin. Il est effrayé, mec. Tu es con ou quoi ? Tu te comportes comme un dingue.

— Ah, oui, vraiment ? Combien tu as d'enfants, Barn ? Tu ne sais pas de quoi tu parles.

— Arrête-toi.

— Pas question.

— Arrête-toi, Fran. Je ne joue plus. »

Mon père a fixé la route du regard. Nous roulions à la vitesse autorisée, nous traînant derrière des gens normaux qui avaient ce que j'espérais être d'agréables interactions avec les voix sortant de leurs autoradios, mais je sentais qu'il se retenait pour ne pas les doubler à toute vitesse. Il n'arrêtait pas de changer de voie, se rapprochant lentement de la voiture de devant, comme pour essayer de s'atteler à sa barre de remorquage. Nous sommes repassés devant Yorkshire Television sans qu'il y jette un œil. J'ai regardé les bâtiments glisser peu à peu dans l'obscurité derrière mon épaule. «Je la fermerais, si j'étais toi, mec», a-t-il répliqué à QC, qui essayait de déverrouiller la sécurité enfant, penché sur la banquette arrière. «Parce que, comme je l'ai dit, quand on réfléchit deux secondes, tout porte à croire que tu m'as monté un bateau là-bas. En fait, plus j'y pense, plus je suis persuadé que tu es derrière ça.»

QC n'a pas réagi. Il s'escrimait sur la poignée de la portière, en vain.

«Tu les as avertis, hein? Pas Foz... il n'était pas au courant, lui. Tu as dû te débrouiller pour signaler mon nom à l'autre gars.

— Arrête ta paranoïa. Tu aggraves ton cas.»

J'essayais encore d'empêcher ma mâchoire de claquer. J'avais les paupières lourdes et les yeux me piquaient. Je voulais entendre des sirènes, voir les gyrophares de la police approcher, même si je savais qu'ils ne viendraient pas à la rescousse. Au lieu de cela, les bâtiments d'entreprise insipides devant lesquels nous étions passés moins d'une heure auparavant s'éloignaient à nouveau, et j'étais tellement détaché d'eux, tellement déconnecté de leur normalité, que de la bile m'est montée dans la bouche et m'a tapissé l'œsophage. Un goût que je ne connaissais que trop bien.

«Je ne t'entends pas démentir, a repris mon père. Tu les avais prévenus de notre arrivée, hein? Sale con.

— Hé, attention à ce que tu dis. Je n'ai fait que te rendre un service, tu te rappelles?

— Ouais, tu parles d'un service.

— Ne t'en prends pas à moi. Tu avais un plan. Ça n'a pas marché. C'est aussi simple que ça.

— Ouais, parce que tu m'as balancé. Tu es allé parler à Palmer.

— *Palmer.* Palmer ! Tu perds la boule, mon pote. Reprends-toi.

— Tu n'as toujours pas nié.

— Ce n'était pas moi, ce n'était pas moi, ce n'était pas moi. C'est bon ? C'est ce que tu voulais entendre ?

— Ouais, mais je ne te crois toujours pas.

— Arrête-toi.

— Non.

— Arrête-toi.

— Non. »

Sur quoi, QC a bondi. Il a empoigné le haut de la ceinture de sécurité de mon père et a tiré dessus comme sur un cordage de bateau. Et il lui a comprimé la trachée avec son autre bras. « Arrête-toi. Maintenant ! » Et même si je me suis entendu dire d'une petite voix : « Ne faites pas ça, QC ! Lâchez-le », je suis resté cloué à mon siège. Je voulais que ça se termine. Je voulais qu'il serre juste assez fort pour que mon père s'évanouisse, que nous foncions sur le terre-plein central et fracassions la barrière de sécurité. Avec un peu de chance, je me réveillerais à l'hôpital et trouverais ma mère à mon chevet.

Mais à ce moment-là j'ai senti la voiture ralentir. Nous avons pris une contre-allée et nous sommes arrêtés sur le parking désaffecté d'un magasin de moquette en faillite. Les vitrines avaient été badigeonnées de blanc. Mon père, pour une raison ou une autre, s'est rangé sur une place de stationnement juste devant l'entrée, touchant les orties au bord du trottoir. Je voyais nos reflets muets dans la devanture. « Si tu enlèves ton putain de bras, dit-il à moitié étranglé, je te laisse descendre.

— Ne fais pas de bêtise, hein ?

— Comme quoi ?

— J'en sais rien. Ne tente rien, c'est tout.

— Franchement, je ne saurais pas quoi tenter.

— Ouais, c'est ça. »

QC a relâché son étreinte. Mon père est descendu et, pendant un moment, il est resté à côté de la voiture. Je voyais son ventre, ses mains roses sur ses hanches.

« Hé, réveille-toi », a dit QC en tapotant à la vitre. Je m'attendais à ce qu'il détale sitôt la portière ouverte, mais il ne l'a pas fait. Il est resté là, à me regarder en clignant des yeux, tandis que mon père lui tenait la portière ouverte, à la manière d'un chauffeur. Le soleil de Leeds s'est invité dans la voiture, une faible clarté. « Il allait bien ton père avant, tu sais. Il allait bien. » Et il a poussé un soupir d'irrévocabilité, pivotant sur la banquette pour descendre. « Fais attention à toi, Dan, hein ? » Je me suis dit que lui aussi allait m'abandonner. Vouloir le retenir semblait sans espoir, mais à peine avait-il posé ses baskets sur le bitume qu'il se ravisait. « Une minute, je ne le sens pas. Je veux savoir ce que tu as l'intention de faire, Fran.

— Je croyais que tu voulais descendre », a rétorqué mon père, impassiblement.

QC s'est reculé sur la banquette.

« Oui, mais d'abord je veux savoir où tu vas.

— Je ne le sais pas encore.

— Eh bien, dans ce cas, en très bonne conscience, je ne pense pas pouvoir le laisser avec toi.

— Ah bon ? » Fran Hardesty riait. « Tu parles de mon fils, là. Tu n'es pas son assistante sociale.

— Il faut bien que quelqu'un s'occupe de lui, non ?

— Tu insinues que je ne le fais pas ?

— Je dis que là, tout de suite, tu n'as pas les idées claires.

— Tu n'es pas mon assistante sociale, non plus. »

L'ombre de mon père vacillait dans la vitrine. Par un étrange effet de lumière, et avec la façon dont la portière le masquait, on aurait presque cru qu'il lévitait. Un immeuble se réfléchissait derrière lui, au loin. Un nouveau complexe bardé d'échafaudages. J'aurais pu l'atteindre, si j'avais pensé à m'enfuir. J'aurais pu arriver jusqu'au Metropole, mais je n'ai pas compris que c'était maintenant ou jamais.

« Tes combats personnels ne me concernent pas, Fran, a dit QC.

— Est-ce que j'ai l'air de me battre avec qui que ce soit ?

— Peut-être pas encore, mais je sais où tu vas.

— Et où donc ?

— Chez Chloe.

— Sors de la voiture. Tu m'emmerdes maintenant.

— Nan, je crois que je vais rester.

— Bon, comme tu voudras. Mais tu vas où on va.

— Très bien. »

Mon père a claqué la portière. Quand il s'est laissé tomber sur le siège conducteur, il a saisi le rétroviseur et l'a repositionné de façon qu'il soit uniquement braqué sur QC. « À propos, petit génie, on dit en *toute* bonne conscience, pas en *très* bonne conscience. Et j'ai remis la sécurité enfant.

— Roule, lui a dit QC, j'en ai ras le bol de tout ton cinoche.

— Ouais, ouais. » Mon père n'a pas mis sa ceinture. « Garde tes mains où je peux les voir, cette fois. »

Au moment où il a démarré le moteur, j'ai demandé :

« C'est qui, Chloe ? »

Ma question a semblé l'encourager.

« Chloe est la raison pour laquelle nous sommes assis dans cette voiture, a-t-il déclaré en tendant la main vers la boîte à gants. Et j'en ai marre d'être assis, pas toi, Dan ? »

Certaines maisons sont plus vulnérables que d'autres. Celle que louait Chloe Cargill était située au sommet d'une avenue en pente. Elle était mitoyenne d'un côté, avec un grand bow-window au rez-de-chaussée et un toit à deux pans, et elle était contiguë à ce qui semblait être sa jumelle mieux parée : la maison d'à côté était revêtue d'une couche de peinture blanc mat, ses gouttières étaient noires et impeccables et ses troènes taillés. La maison de Chloe avait un crépi beigeasse, des gouttières branlantes, une pelouse en mauvais état. Et elle présentait l'inconvénient d'être la première de la rangée. Son pignon sud donnait sur un petit chemin qui la séparait d'une autre rangée de constructions mitoyennes. Il s'agissait pour la plupart d'appartements dont les fenêtres donnant sur l'arrière étaient toutes munies de barreaux et s'ouvraient sur des abris en bois, des cours dallées et des garages. Le chemin était bordé d'arbres et de haies. Un unique réverbère couvrait la jonction entre ce chemin de traverse et l'avenue, mais le capot était brisé et l'ampoule manquait. Le chemin lui-même était gravillonné, et disparaissait, plus loin, sous les mauvaises herbes et la boue. On avait du mal à imaginer qu'il puisse servir de raccourci, étant donné qu'il ne permettait pas d'aller où que ce soit plus rapidement mais, comme des bacs à ordures y étaient alignés, les camions poubelles devaient l'emprunter. Bien entendu, rien de tout cela n'avait attiré mon attention sur le moment. Depuis, j'ai examiné les images dans les reportages, et je le répète : certaines maisons sont plus vulnérables que d'autres. En voyant un pavillon familial dans une rue tranquille de banlieue, la plupart des gens s'y projettent, imaginent la disposition des meubles, la façon dont ils habilleraient les fenêtres, planteraient le jardin, peindraient la brique. L'époque où je pouvais regarder une maison sans me demander de quelle manière ses faiblesses pourraient être exploitées est révolue depuis longtemps. À présent, n'importe quelle maison est potentiellement la maison de Chloe.

*

À notre arrivée, toutes les promesses de l'été avaient déserté le ciel et une petite pluie s'était agglomérée sur le pare-brise. Mon père s'est garé juste devant le portillon, sur le gravier du chemin. Il était difficile de dire s'il y avait quelqu'un ; des stores en bambou étaient baissés sous le porche et les rideaux étaient encore tirés dans le bow-window.

« Comment vas-tu la jouer au juste ? lui a demandé QC, dans le silence qui a suivi l'arrêt du moteur. Et si elle n'est pas là ?

— Elle est là.

— Qu'est-ce que tu en sais ?

— Tous les rideaux sont tirés. Elle ne les ouvre que quand elle sort. » Il a tiré sur la poignée de la portière d'un coup sec. « Et de toute façon, tu restes dans la voiture. Tu voulais jouer à la petite famille ? Très bien. Tu es le baby-sitter. » Il est descendu avant que QC ait pu répondre.

Nous l'avons regardé pivoter lentement sur le bitume, balayant la maison du regard. Debout devant le capot, il a rentré ses pans de chemise dans son pantalon de velours. « Qu'est-ce qu'il trafique ? » a murmuré QC à mon attention. À moi non plus, ça ne me disait rien qui vaille. Je ne savais ce qui se tramait, mais cela ne me plaissait pas. Il y avait quelque chose d'altéré dans sa démarche, une fébrilité. Il n'arrêtait pas de frotter ses phalanges meurtries. Je l'ai entendu dire : « Purée, j'ai besoin de m'en griller une », et je l'ai vu cracher par terre. Au bout d'un moment, il est allé ouvrir le hayon en passant de mon côté. QC s'est agenouillé sur le siège pour le voir. Je l'ai imité. Mon père s'est mis à fourrager dans les sacs-poubelle.

« Qu'est-ce que tu cherches là-dedans ? a demandé QC.

— Ma veste. Si ça ne te dérange pas. »

Il a continué à sortir des vêtements et à les mettre de côté. Le coffre a commencé à déborder de jeans, de chemises et de pulls froissés.

« Pourquoi tu aurais besoin d'une veste ? a insisté QC. Il pleut trois gouttes. »

Mon père a continué. Il y avait une salopette de travail au fond d'un sac, et il l'a considérée une demi-seconde avant de la lâcher sur la pile. « Merde, où est-ce qu'elle est ?

— Il y a deux vestes juste là, a dit QC en pointant le doigt.

— Ce n'est pas celle que je cherche. Je veux celle qu'elle m'a donnée.

— Ah. » QC s'est tourné pour jeter un coup d'œil à la maison, comme si les murs avaient des oreilles. « Pourquoi ?

— Elle veut la récupérer.

— Mais tu vas la porter ?

— Ouais.

— Pourquoi ?

— Pour faire comprendre mon point de vue. » Mon père a éventré un autre sac et a laissé son contenu tomber dans ses mains. « Trouvée. » Il a pris le vêtement – une chose flasque en denim avec un col en peau de mouton –, nous l'a montré rapidement, comme une cape de matador. Après quoi, il a claqué le hayon. En contournant à nouveau la voiture, il s'est arrêté à ma hauteur et a enfilé la veste. Mon sac était à ses pieds.

« Hé, c'est *mon* sac », ai-je répliqué instinctivement.

QC s'est penché pour l'interpeller.

« C'est pour quoi faire, le sac, Fran ? »

Mon père a ouvert ma portière.

« J'ai changé d'avis. C'est mieux que tu viennes avec moi.

— Laisse-moi sortir, alors.

— Pas toi. *Lui.* » Mon père m'a saisi par l'aisselle. « Enlève-moi cette ceinture. Dépêche-toi. Je veux que Chloe fasse ta connaissance. »

Je l'ai détachée.

Mais QC m'a retenu par le coude au moment où j'essayais de sortir. « Attends, attends, je ne pense pas…

— Ne bouge pas, lui a ordonné mon père. Ça ne sera pas long. Promis. Je vous déposerai tous les deux juste après. » Et QC s'est sans doute fié au ton égal de sa voix, parce qu'il m'a laissé descendre.

Mon père s'est penché pour ramasser mon sac, puis j'ai senti sa main dans mon dos. Il m'a guidé vers le portillon en me donnant des petits coups sur la colonne. Mes jambes lui ont obéi. J'ai ouvert le loquet et suis entré dans le jardin de devant. La marche du porche était couronnée de pissenlits. « Allez, sonne. » Alors j'ai appuyé sur la sonnette qui a fait entendre un bourdonnement strident, presque industriel. Un instant, j'ai cru que personne n'allait répondre, et la patience de mon père était limitée. Il s'est avancé à grands pas et a maintenu le bouton enfoncé. C'est alors que j'ai vu quelque chose gonfler la poche arrière de son pantalon.

Je pourrais prétendre ne pas avoir eu la moindre idée de ce que c'était avant qu'il le sorte et s'en serve. Mais je savais… je devais savoir. Je n'en voyais peut-être que la forme sous le velours côtelé, mais je savais d'où il venait. Il l'avait pris dans un seau dans le coffre.

*

Chloe a mis un certain temps à déverrouiller la porte. L'après-midi était déjà bien entamé, et elle avait le pas traînant et la fragilité de quelqu'un qui vient d'émerger après une soirée alcoolisée. Ses cheveux noirs étaient ternes et attachés mollement. Elle était vêtue d'une salopette, dont une bretelle pendait sur sa hanche, et d'un débardeur blanc. Elle était pieds nus et portait à la cheville un bracelet de perles aux couleurs de l'arc-en-ciel. La lumière bruineuse a semblé affecter sa constitution tout entière ; elle s'est flétrie. En nous voyant sur le pas de sa porte, elle a réagi par une sorte de rire incrédule : un *Ha, ha, ha !* voilé. « Jamais, jamais de la vie, a-t-elle déclaré d'une voix rêche. Tu n'écoutes pas ce qu'on te dit, hein, Francis ? »

Cela ne l'a pas découragé. Il m'a rapproché de lui. Ma tête a épousé le creux de son aisselle. « Un bonjour poli aurait été le bienvenu. Étant donné qu'on a fait tout ce chemin pour te voir. Enfin, pas *toi* exactement, mais tu comprends ce que je veux dire. On vient de loin, c'est certain. »

Elle a posé les yeux sur moi en plissant le front, mais est restée silencieuse.

« Tu n'es pas obligée de le regarder comme ça. Il n'a rien fait de mal. »

À ce moment-là, elle a eu l'air de se rendre compte que l'échange était en train de prendre un tour inattendu. Je voyais bien qu'elle était perturbée, voire effrayée. Son bras, appuyé sur le montant, s'est rapproché du verrou. Elle a reculé d'un pas. « Écoute, laisse-moi tranquille, d'accord ? J'ai dit tout ce que j'avais à te dire.

— Eh bien, non. Je pense que tu dois des excuses à mon fils.

— Qui ? »

Il a passé la main dans mes cheveux.

« Il s'appelle Daniel, à propos. Mais ça, tu le savais déjà. »

Elle ne m'a pas adressé un regard.

« Écoute, si tu ne t'en vas pas, je vais devoir…

— Quoi ? Allez, c'est Dan qui veut te parler, pas moi, a insisté mon père en se rapprochant. Il se pose des questions à propos de ce qui s'est passé. Tout ce ramdam et cette attente. Tu comprends, on n'a pas pu aller sur le plateau aujourd'hui. Ni hier d'ailleurs. Après toutes les promesses que je lui ai faites. Alors je me disais que tu lui expliquerais le pourquoi du comment. »

Chloe s'est essuyé la bouche et a jeté un coup d'œil vers l'intérieur de la maison. Le silence était entrecoupé de cris d'oiseaux. J'ai remarqué à quel point elle était maigre, comparée à Karen ou à ma mère, surtout : ses épaules saillaient de son débardeur comme des œufs durs, son sternum était creusé comme une assiette. Elle cherchait quelque chose à me dire. Et puis je suppose que l'idée lui est venue d'un coup : elle a dû décider que ma présence était bénigne, protectrice même. Elle a dû penser que j'étais une garantie. Posant enfin les yeux sur moi, elle a déclaré : « Je ne sais pas quoi te dire, Daniel. Ton père a pris de très mauvaises décisions.

— OK.

— Non. Pas *OK*, a-t-il lâché en me poussant devant lui. Ce n'est pas OK du tout. On peut entrer te parler ?

— Désolée, tu n'entreras pas », et elle a essayé de nous claquer la porte au nez. Mais mon père s'était préparé à cette éventualité : il a jeté mon sac en travers du seuil, bloquant la porte, et avant qu'elle ait pu le retirer, il a encore insisté : « Laisse-le au moins utiliser tes toilettes.

— Non, papa, ça va.

— Chut. Ça ne dérange pas Chloe. »

Elle a réfléchi un instant, les yeux plissés.

« Et après ? Après tu partiras ?

— Oui, absolument. »

Sans baisser les yeux, elle a poussé mon sac dans le couloir avec son pied. « Tu ne le récupéreras pas avant d'être sorti d'ici. Je monterai à l'étage et je le balancerai par la fenêtre.

— Ne te mets pas en rogne. Je voulais que tu le regardes en face, c'est tout. Maintenant, je me sens mieux. Je pense m'être fait comprendre. » Il est resté là à gratter sa barbe naissante. « Oh, et tiens, je t'ai aussi apporté ça. Tu as dit que tu la voulais. » Il a retiré sa veste en jean et la lui a jetée fort courtoisement. Elle l'a rattrapée, d'une main.

« Je ne te l'avais jamais prêtée, pour commencer.

— C'est exact. Simplement j'ai du mal à me défaire des choses. Tu sais ce que c'est. » Il a attendu. « Alors, on peut utiliser tes toilettes, ou pas ?

— *Lui*, oui, a-t-elle répondu en me désignant d'un mouvement de tête. Toi, tu restes ici.

— Allez, vas-y, Danno. »

Je n'ai pas bougé.

« Ne me fais pas le coup du trac. »

J'ai commencé à m'avancer.

« Ça lui a vraiment fait de la peine, a repris mon père. Tu le vois peut-être. Regarde ses yeux. Il a pleuré pendant tout le trajet. »

Elle n'a pas réagi.

Si je n'avais pas bu deux tasses de thé au petit déjeuner, j'aurais peut-être pu résister plus longtemps, mais Chloe m'a fait signe d'approcher, comme si j'étais un avion sur la piste d'atterrissage, et j'ai fait ce que je pensais être le mieux. Elle a ouvert la porte en grand sans quitter mon père des yeux. « C'est au bout du couloir, après la cuisine, sur ta gauche. Ne touche à rien. »

Il n'y avait pas une seule lumière allumée dans la maison, juste une clarté qui se répandait depuis la cuisine. De la musique passait : des trompettes qui hurlaient sur un rythme de danse syncopé. Une sorte de jazz. L'aggloméré du couloir avait été repeint en bleu dauphin. Ce n'était pas mon père qui s'était chargé de la décoration : la peinture des murs était irrégulière, mal finie. L'évier de la cuisine débordait de vaisselle. La fenêtre donnait sur des chaises de jardin en plastique renversées dans l'herbe négligée. Une poêle géante refroidissait sur la cuisinière. Imagine-toi marchant dans la rue et entrant directement dans la maison d'une inconnue : car c'est exactement ce que j'étais en train de faire, et l'impression que j'éprouvais.

Dans les toilettes du bas, elle avait accroché un vieux miroir de loge de théâtre. Les ampoules qui l'entouraient ne fonctionnaient pas. Et il y avait des photos d'elle partout dans des cadres en Plexiglas accrochés de travers, où elle posait tout sourires avec d'autres femmes – des amies, ai-je supposé – à des mariages, dans des hôtels ensoleillés à l'étranger, sur des pistes enneigées. Je les ai examinés pendant que ma vessie se vidait, y cherchant le visage de mon père. Il n'était pas photographié. Peut-être, ai-je pensé, peut-être que tout va bien à présent. Peut-être qu'il va me ramener à la maison.

Je me suis lavé les mains et les ai séchées sur la serviette orange humide. En sortant, il m'est venu à l'esprit que Chloe devait avoir un téléphone. Je n'en avais pas vu dans le couloir, mais sans doute étais-je passé à côté dans la cuisine. Je l'ai repéré, fixé au mur à côté du frigo. Il était muni d'un de ces longs cordons, dont les spires en plastique étaient totalement distendues. J'ai composé le numéro de la maison et j'ai attendu. Les boucles mélodiques, gentiment dansantes, continuaient de pulser dans le salon, un saxophone remplissant les blancs. Quand j'ai entendu la voix un peu compassée de ma mère, ma bonne humeur m'a abandonné : *Bonjour, vous êtes sur le répondeur de Kathleen Jarrett. Après le bip, laissez votre nom et votre numéro, et je vous rappellerai. Merci beaucoup !*

Combien de fois étais-je resté allongé sur la moquette du salon avec la télévision allumée pendant qu'elle relevait ses messages, assise derrière moi ? Combien de fois avais-je écouté et ri bêtement des petits discours maladroits que les gens laissaient à son attention ? Mais au moment de laisser moi-même un message, je suis devenu tellement conscient de ce que je faisais, tellement soucieux de le formuler correctement que j'ai déblatéré comme un enfant racontant l'intrigue du dernier film qu'il avait vu.

Je lui ai dit de ne pas s'inquiéter, que j'allais bien. Je lui ai dit que j'étais toujours à Leeds… est-ce qu'elle connaissait une amie de papa qui s'appelait Chloe ? Nous étions chez elle. Je ne savais pas où ça se situait exactement, mais nous étions passés devant le stade de cricket pour y aller. Je lui ai dit que nous n'étions jamais arrivés jusqu'au plateau de tournage, contrairement à ce qu'il avait promis. Je lui ai parlé du pub à Rothwell. Je lui ai dit que je ne savais pas au juste pour quelle raison nous n'avions pas eu accès au studio, mais que cela avait un rapport avec Chloe. J'ai dédramatisé. Je lui ai dit que je pensais qu'on rentrerait peut-être bientôt, que je lui téléphonerais si l'occasion se présentait, mais que je ne savais pas encore vraiment quand. Je lui ai dit que je voulais passer le reste de l'été avec elle à Little Missenden. Je lui ai dit que je voulais voir grand-père. Je lui ai dit qu'elle me manquait et que je l'aimais, et j'ai raccroché quand j'ai senti que le répondeur allait me couper la parole.

Puis, l'instant d'après, j'étais là, dans une cuisine inconnue. Parler au répondeur m'avait transporté ailleurs. Je m'étais imaginé ma propre maison, le bras râpé du canapé où ma mère se perchait pour écouter ses messages, et voilà que je me retrouvais seul à nouveau. Les rythmes sur la chaîne hi-fi s'étaient adoucis pour faire place à un crépitement de caisse claire. Je suis sorti dans le couloir. Chloe n'était pas là. La porte était grande ouverte à l'endroit où elle aurait dû se trouver : je pouvais voir l'autre côté de la rue. La maison d'en face avait des draps suspendus à des cordes à linge en plastique en guise de rideaux. « Papa, ai-je appelé. Où es-tu ? » J'ai jeté un coup d'œil dans le salon en passant, mais il n'y avait là qu'un canapé gris sur lequel on avait jeté des couvertures, et une pochette de disque abandonnée sur le meuble vitrine : *Boulevard : St Germain*. « Ohé ? Où êtes-vous ? » Mon sac était à cheval sur le seuil et la marche du porche. Il m'a paru plus léger quand je l'ai soulevé. Je me rappelle avoir espéré qu'ils soient partis sans moi, et que mon soulagement avait eu l'effet d'un médicament. Alors je suis sorti dans le jardin en pensant qu'aucune Volvo n'attendrait sur le gravier, mais j'ai aperçu le bleu rouillé du capot, et mes jambes sont devenues de plomb.

Quelque chose avait changé. Je le savais.

QC était sur le siège conducteur, les mains sur le volant, les bras raides. En franchissant le portillon, j'ai croisé son regard sans rien obtenir en retour, pas un clignement, pas une contraction du visage, pas un regard en coin. Figé n'est pas le mot adéquat pour décrire son apparence. C'était comme si on l'avait plongé dans du formol.

En passant devant le pare-brise, j'ai aperçu mon père sur la banquette arrière avec Chloe. Ils étaient collés l'un contre l'autre, d'une drôle de façon, m'a-t-il semblé. Quand j'ai ouvert la portière pour monter, j'ai pu mieux les voir. Elle se tenait très droite, calée dans le creux du bras gauche de mon père. Elle serrait tellement les lèvres que celles-ci étaient translucides, et elle respirait seulement par le nez, par petites saccades. Je crois qu'elle tremblait. Mon père avait croisé son bras droit sur son ventre de sorte que son poing pouvait atteindre le creux entre la hanche et les côtes de la jeune femme. « Et tu disais que tu n'avais pas besoin d'y aller ? Combien de litres de thé tu as bus au juste ? »

Je ne savais pas quoi répondre.

« Eh bien, ne reste pas planté là, Danno. Monte.

— Mon sac. Il est…

— Fourre-le par terre. Il y a plein de place. »

Je me suis exécuté et j'ai attaché ma ceinture. QC avait déjà bouclé la sienne. Après que j'ai été installé à côté de lui, il a fini par se tourner pour me regarder. Son visage tout entier était une excuse. « On va où maintenant ?

— C'est à Daniel de décider. »

Chloe respirait toujours aussi vite.

« Est-ce que ça va ? » lui ai-je demandé en me retournant sur mon siège.

Mon père a eu un mouvement de recul, l'attirant brusquement contre lui. « Elle ne s'est jamais sentie mieux. N'est-ce pas, Chloe ? » Comme elle ne répondait pas, il l'a secouée à nouveau. « N'est-ce pas ? »

Et sur une seule note brisée, elle articulé : « Non. »

QC a démarré le moteur.

« Vas-y mollo, a dit mon père, ou tu sais ce qui arrivera. »

La voiture a reculé en faisant craquer les graviers. Nous faisions face à la longue pente abrupte de la route. « Alors, c'est à toi de décider, Daniel, est intervenu QC. Dis-moi où aller, et on ira. »

Je ne comprenais pas.

Aucune destination ne me venait à l'esprit.

« À la maison ? » Ma réponse était assortie d'un point d'interrogation.

QC a jeté un regard mauvais dans le rétroviseur.

« Tu as entendu ça ?

— Ouais, je l'ai entendu », a dit mon père. Avant cet instant, je n'aurais jamais cru que sa voix puisse être aussi sourde. Son simulacre de gentillesse s'était dégonflé. J'étais face à ce qu'il y avait de plus extérieur chez lui, et rien de plus.

« Alors, C'est quoi le plan ? Je fais quoi, moi ? a demandé QC.

— On ne retourne pas tout de suite à la maison. Repose-lui la question. Hé, Danno… » Mon père a donné un coup de pied dans le dossier de mon siège. « Danno. » Il a recommencé et je me suis tourné. Il avait le cutter cette fois, qu'il brandissait dans son poing comme un Drifter qu'il m'aurait acheté et qu'il voulait ouvrir. « Tu vois ça ? Tu vois ce qu'on m'a poussé à faire ? » Chloe a gémi, essayant d'éloigner sa pommette de la lame. « Je pensais qu'on roulerait vers le nord un moment. Voir un peu de verdure. Qu'est-ce que vous en dites, tous ? Ça vous va ? »

Je pleurais déjà. « *Papa, papa. Qu'est-ce que tu fais ?* »

Pour toute réponse, il m'a lancé : « Sors l'atlas, fiston. Allez, détends-toi et montre à QC quel bon copilote tu es. »

Bien entendu, les histoires racontées sous la menace d'une arme blanche sont peu fiables, et je serais malavisé de reproduire les paroles qu'elle a prononcées sous la contrainte cet après-midi-là sans d'abord préciser que je sais à quel point elle s'est autocensurée. Dans son intérêt, et le mien. Sauf que le sentiment a grandi en moi – plus nous roulions, plus il l'obligeait à parler – que Chloe me racontait une version des événements dont je saurais extraire la vérité, peut-être pas immédiatement, mais à l'avenir. Elle misait là-dessus, je suppose. C'est pourquoi il est important que je relaie les choses qu'elle m'a dites dans la voiture… pour que tu comprennes à quel point elle était maligne, et courageuse. Je veux que tu saches tout.

Pendant un moment, nous avons roulé sans nous parler, juste le sifflotement abject de mon père, et moi qui indiquais à QC quand tourner, quelle sortie prendre. Nous nous dirigions vers les Pennines. « Quelque part là-haut. N'importe où, je m'en tape », étaient les instructions de mon père. Chloe a continué à respirer de manière convulsive jusqu'à ce que nous trouvions le chemin de la A660. J'avais le doigt sur la veine qu'elle dessinait sans savoir à quel endroit j'étais censé arrêter de suivre l'itinéraire. À l'extérieur, il y avait des rangées de maisons avec de jolies corbeilles suspendues, des murs de pierres sèches et des arrêts de bus, des petites épiceries, des opticiens, des bacs à sel jaunes pour les routes : des choses civilisées, des choses convenables. À l'intérieur, il y avait mon père et son cutter.

Nous étions parvenus jusqu'à Ilkley quand QC l'a ouvert. Je suppose que c'était plus fort que lui.

« Je peux te poser une question, Francis ? »

Mon père s'est éclairci la gorge, comme s'il émergeait d'une sieste.

« Je crois que tu viens de le faire, non ?

— Écoute, la moindre des choses, c'est de nous expliquer ce que tu espères obtenir.

— Je ne le sais pas encore vraiment.

— Tu ne le sais pas encore, a répété QC. C'est génial. C'est génial, putain.

— Une preuve, je suppose. Ce serait un début, non ?

— Une preuve de quoi, exactement ?

— Que je me suis fait royalement baiser par l'univers.

— C'est tout ? Bordel, mec. Bienvenue au club.

— Tu n'as aucune idée de ce dont je parle.

— Ben voyons.

— Non, aucune idée. On ne vous apprend pas ça dans les écoles chics.

— J'ai été viré de la mienne, mais si tu le dis.

— Ouais, mec, tu en as bavé.

— Ça n'a pas été un long fleuve tranquille, crois-moi. Et ça, tu appelles ça comment, à propos… un pique-nique ? »

Je savais que ce genre de provocation ne ferait que redoubler la détermination de mon père. J'espérais que QC allait la fermer.

« Je pense que tu devrais rendre service à cette fille et rester en dehors de ça, a dit mon père. Je ne suis pas là pour me faire psychanalyser. Et surtout pas par toi. »

QC s'est tu.

J'ai tenté mon propre plaidoyer.

« Papa, il faut que tu nous dises pourquoi tu fais ça.

— C'est assez évident, je pense.

— Mais ça ne te ressemble pas, ai-je insisté sans y croire.

— Je ne sais pas si tu as raison à ce sujet, fiston. »

Chloe a pris une brusque inspiration, comme s'il avait approché la lame.

« Je ne comprends pas, ai-je insisté. Je n'y comprends rien du tout.

— Je sais. C'est en partie pour cette raison que je le fais, Dan. » Et j'ai entendu le frottement de son coude sur la banquette quand il a ramené Chloe contre lui. Je me suis retourné. Il lui tenait le menton de la main gauche, lui pressait les joues comme un enfant avec sa poupée, et elle s'efforçait de ne pas résister. « Dis-lui. Dis-lui ce que tu m'as fait.

— Elle ne peut pas parler si tu lui tiens la figure comme ça, a ajouté QC en jetant un coup d'œil dans le rétroviseur.

— On ne t'a pas sonné, Barnie.

— Alors lâche-la.

— Tu veux vraiment que je lui fasse mal ? Ferme ta gueule. »

QC s'est tu à nouveau.

Je continuais à tendre le cou pour les regarder. Sa main a glissé jusqu'à son épaule, et elle a poussé un soupir de soulagement, ou de dégoût, ou les deux. « Tourne-toi, m'a-t-il ordonné, tu as une carte à lire. Et de toute façon, je veux que tu écoutes, pas que tu la regardes bêtement. C'est la conversation la plus importante que tu entendras jamais, crois-moi, alors contente-toi d'obéir aux ordres. »

J'avais peur de faire quoi que ce soit d'autre.

« Allez, l'a-t-il exhortée. Et n'oublie pas le passage où tu m'as complètement baisé.

— D'accord, d'accord... », a-t-elle lâché au bout d'un moment. Sa voix, comme ses lèvres, s'était asséchée. « Je ne sais pas... ce que tu veux... que je dise.

— Commence par la façon dont on s'est rencontrés. Le reste suivra.

— Ça, je peux lui raconter, a glissé QC.

— Je t'ai demandé de la fermer.

— Je suis sérieux.

— Je veux qu'il l'entende de sa bouche à elle, crétin. Contente-toi de conduire cette putain de voiture. »

Elle est parvenue à rassembler suffisamment ses idées pour parler, malgré tout. Elle m'impressionnait. Il y avait chez Chloe quelque chose de l'attitude de ma mère, une profonde force de caractère. On pouvait douter qu'elles seraient un jour devenues amies, mais n'empêche : si on les avait mises toutes les deux dans une pièce sans mon père, elles auraient très bien pu se découvrir d'autres points communs. J'aime imaginer leurs conversations parfois. Je préfère inventer des mots qu'elle n'a pas prononcés que penser à ceux que mon père l'a obligée à dire.

*

LUI : Dis-lui quel est ton boulot sur la série. Vas-y. C'est un bon point de départ.

ELLE : Je suis maquilleuse.

MOI : Papa, s'il te plaît. Ce n'est pas bien.

LUI : Ne te déprécie pas, Chlo. Tu es une artiste.

ELLE : Assistante.

LUI : Elle est maquilleuse assistante. Dis-lui qui tu maquilles.

ELLE : Tout le monde.

LUI : Allez, ne fais pas ta modeste.

ELLE : Maxine.

LUI : Elle maquille Maxine Laidlaw. Enfin, elle aide. Tu fais ses cicatrices et tout, n'est-ce pas, Chlo ?

ELLE : Oui, et ses yeux.

LUI : Et ses mains, non ?

ELLE : Et ses mains.

LUI : Qu'est-ce que tu penses de ça, Dan ?

MOI : C'est chouette.

LUI : Chouette ? Tu peux faire mieux que ça.

MOI : C'est cool.

LUI : C'est cool, en effet. Maintenant raconte-lui comment on s'est rencontrés. Qui a couru après qui ?

ELLE : Sur le plateau. Je t'ai vu.

LUI : Où ça ?

ELLE : Dans la queue. Pour le café.

LUI : Et qui d'autre était dans cette queue ?

ELLE : D'autres personnes.

LUI : Tu ne te rappelles pas ?

ELLE : Non.

LUI : Declan Palmer.

ELLE : Tu as raison. Declan Palmer.

QC : C'est un des producteurs.

MOI : Je sais.

LUI : Comment tu sais ça ?

MOI : Je regarde le générique de fin toutes les semaines.

LUI : Tu vois, Chloe, tu vois à quel point il est fan, mon gamin ? Tu pensais que j'exagérais.

MOI : Papa, il faut que tu arrêtes. Tu lui fais mal.

LUI : Tais-toi. Ce n'est qu'un échauffement. Répète ce que tu as dit dans la queue pour le café.

ELLE : J'ai dit que j'aimais ta façon de travailler.

LUI : Et qu'est-ce que tu entendais par là exactement ?

ELLE : Ils t'avaient demandé de construire quelque chose rapidement, et tu l'as fait.

LUI : Qu'est-ce que c'était ? Cette chose que je devais construire ?

ELLE : Je ne m'en souviens plus.

LUI : Bien sûr que si.

ELLE : [...]

QC : Une marche dans le compartiment de Cryck. Pour que Maxine puisse atteindre des choses placées en hauteur.

LUI : Ferme-la. C'est elle qui raconte.

ELLE : J'attendais qu'il rééclaire le décor.

LUI : Eh bien tu vois, ce n'est pas si difficile.

ELLE : Je t'ai trouvé gentil. J'aimais cette assurance que tu avais.

LUI : Ça te revient maintenant. C'est bien.

ELLE : Tu étais beau.

LUI : C'est bon, je ne cherche pas les compliments. Tiens-t'en aux faits. Qui a couru après qui ?

ELLE : C'est moi.

LUI : C'est important de s'en souvenir, Daniel. C'est elle qui m'a couru après.

QC : Ouais, passe directement à l'épisode où tu la trompes.

LUI : Je te jure que si tu ne la fermes pas…

MOI : S'il vous plaît. Arrêtez. Restez en dehors de ça.

QC : […]

LUI : Pendant combien de temps est-on sortis ensemble après ça, Chloe ?

ELLE : Cinq mois.

LUI : Non, essaye encore.

ELLE : On n'a jamais vraiment été…

LUI : Qu'est-ce que tu dis ? Parle plus fort pour que tout le monde t'entende.

ELLE : On n'a jamais vraiment été ensemble.

LUI : Répète-moi ça.

ELLE : On n'a jamais été ensemble.

LUI : Ouah, tu l'admets tellement facilement tout à coup.

ELLE : J'ai pensé qu'on l'était, mais on ne l'était pas.

LUI : Tu voulais quelque chose de sérieux.

ELLE : Oui.

LUI : Mais pas moi. J'ai été on ne peut plus franc sur la question, n'est-ce pas ?

ELLE : Oui.

LUI : Alors, qu'est-ce qu'on était l'un pour l'autre… des amis ?

ELLE : Je ne sais pas.

LUI : Bien sûr que tu sais.

ELLE : Je ne peux pas le dire devant…

LUI : Dan est un grand garçon. Et il est curieux des choses, n'est-ce pas, Dan ?

MOI : […]

ELLE : On a couché ensemble.

LUI : Combien de fois ?

ELLE : Plusieurs fois.

LUI : Huit fois. C'est beaucoup, ça ?

ELLE : Oui.

LUI : Non, sérieusement ?

ELLE : Non.

LUI : Tu ne dirais donc pas qu'on était ensemble ?

ELLE : […]

LUI : Ne m'oblige pas à me répéter.

ELLE : Non. Je l'ai dit, nous n'étions pas ensemble.

LUI : Et rien ne t'autorisait à penser le contraire, n'est-ce pas ? Nous n'étions pas un couple.

ELLE : Non.

LUI : Alors explique à Daniel pour quelle raison on n'a pas pu accéder au plateau aujourd'hui.

ELLE : […]

QC : Tu as oublié environ dix étapes, là, Fran.

LUI : Ta gueule.

ELLE : C'est Palmer qui a voulu, pas moi. Je…

LUI : Retourne-toi, fiston. Garde tes yeux sur la carte.

ELLE : J'ai fait une erreur.

LUI : Tu as fait une erreur. Quel genre d'erreur ?

ELLE : Je t'ai accusé de quelque chose.

LUI : Qu'est-ce qui t'a convaincue que j'avais fait ce dont tu m'accusais ?

ELLE : Hein ?

LUI : Simple question.

ELLE : Je n'en sais rien. Parce que je t'ai vu.

LUI : Tu as fait contrôler ta vue récemment ?

ELLE : Quoi ?

LUI : Est-ce que tu es venue me parler de ce que tu avais vu ? Ou est-ce que tu es allée directement voir Palmer ?

ELLE : Non, non. Je…

LUI : Quoi ?

ELLE : À toi, je n'ai rien dit. Je l'ai juste dit à Palmer.

LUI : Ouais, tu es plutôt douée pour raconter des craques.

ELLE : […]

LUI : Alors ne reste pas dans le vague. Explique à Daniel ce que je suis censé avoir fait. Si tu es si sûre de toi, tu peux maintenir tes accusations, non ? Fais-lui un dessin.

ELLE : […]

LUI : Je vais planter le décor, si tu veux… C'était au mois de mars. Aux studios.

ELLE : Oui. C'est ça.

LUI : Qu'est-ce que je faisais là ?

ELLE : Je n'en sais rien.

LUI : J'étais là pour sortir la maison des Bloor des réserves et la remonter.

ELLE : D'accord. Très bien.

LUI : On a refait certaines scènes. Tout le monde avait été rappelé sauf Maxine.

ELLE : Oui. D'accord. C'était en mars. On retournait des scènes.

LUI : QC… ce serait le moment idéal pour que tu prennes la parole.

QC : Qu'est-ce que tu veux que je dise ?

LUI : Que tu étais là avec moi.

QC : J'étais là avec lui.

LUI : Toute la journée ?

QC : Toute la journée.

LUI : Pourquoi ?

QC : C'est important ?

LUI : Assez, oui.

QC : Quelqu'un avait égaré le plus gros élément de la maison. On a dû en construire un autre, fabriquer un habillage de cheminée et y loger le foyer. Mais les décorateurs n'arrivaient pas à retrouver le foyer avec les ornements d'époque et tout ça. Alors, ça nous a pris la journée, à attendre qu'ils envoient deux assistants en chercher un qui lui ressemble et que les peintres corrigent la teinte. On était assis à rien foutre. Énorme gaspillage d'argent. Declan était carrément furax. Ce genre de choses arrive à la télé.

LUI : Et tu ne m'as pas quitté de la journée ?

QC : Eh bien, je ne suis pas allé jusqu'à te suivre aux chiottes, mais ouais, je dirais qu'on a passé l'essentiel de la journée ensemble. Je crois que tu m'as déposé chez moi ce soir-là.

LUI : Ce qui est amusant, quand on y pense. Parce que ce n'est pas ce que Chloe disait, non ?

QC : Non, mec.

ELLE : […]

MOI : […]

LUI : Dis-lui ce que tu as raconté à Declan Palmer, alors. Allez, qu'il entende ça.

ELLE : Je t'ai vu avec quelqu'un d'autre.

LUI : Allez, *qui* ça ? N'oublie pas l'information importante.

ELLE : Eve Quilter.

LUI : Eve Quilter, on parle bien de l'actrice de la série ?

ELLE : Oui.

LUI : Quel rôle joue Eve Quilter, Daniel ?

MOI : Charlotte.

LUI : C'est mignon, hein ? Il connaît toute la distribution, y compris les personnages secondaires.

ELLE : D'accord. C'est mignon. Très mignon.

LUI : Et si tu devais deviner, Dan, tu lui donnerais quel âge à Charlotte dans la série ?

MOI : Je ne sais pas. C'est la sœur aînée.

LUI : Devine.

MOI : Elle est censée avoir seize ans, je crois.

LUI : Oui, je dirais que c'est à peu près ça. Seize ans. Alors, vas-y, Chloe. C'est l'occasion ou jamais. Raconte-lui ce que tu as dit que je lui avais fait. Raconte-lui ce que tu penses avoir vu.

ELLE : Oh, je *sais* ce que j'ai vu.

LUI : Tu sais que dalle.

ELLE : Tu avais les mains sous sa jupe.

LUI : Ça, Dan, ce ne sont rien que des mensonges.

ELLE : Eve était sur le plan de travail dans sa loge. Elle avait enroulé ses jambes autour de lui.

LUI : Elle délire totalement. Et laisse-moi te dire comment je…

ELLE : Il avait les mains sous sa jupe. Il l'embrassait dans le cou, juste là.

LUI : Tiens-toi tranquille. Je n'ai pas dit que tu pouvais bouger.

ELLE : [...]

MOI : [...]

QC : [...]

LUI : Tu vois, Dan, c'est ce qu'elle s'imagine. À toi de me dire si tu considères que ça se tient, et si c'est le cas, on arrête la voiture, et chacun repart de son côté... Elle s'imagine que je suis allé dans la loge d'Eve Quilter... que je m'y suis aventuré tout seul et que je l'ai tripotée en plein jour, alors que tous les acteurs et l'équipe n'avaient rien d'autre à foutre que d'attendre sur le plateau. Et elle pense qu'elle a vu tout ça au moment où elle passait dans ce putain de couloir noir de monde, parce qu'en plus de me trouver dans la loge d'une jeune fille, les mains dans sa culotte, j'ai été assez con pour faire ça la porte grande ouverte pour que n'importe quelle petite maquilleuse prétentieuse qui viendrait à passer par là puisse me voir. Voilà ce qu'elle s'imagine.

ELLE : Je n'ai pas dit culotte. J'ai dit jupe.

LUI : C'est du pareil au même.

ELLE : C'est vrai que c'est ton rayon.

LUI : Ferme-la maintenant. Il est temps pour lui de parler. À toi de me dire si ça te paraît sensé, Dan.

MOI : [...]

LUI : Daniel ?

ELLE : [...]

MOI : C'est sûr que tu ne l'as pas fait, papa ?

LUI : Je n'arrive même pas à croire que tu poses la question. Bien sûr que je ne l'ai pas fait, putain. Cette fille a seize ans. *Seize ans*. Je suis peut-être des tas de trucs, fiston, mais pas ça. Je ne suis pas ça. Quel genre de personne cela ferait de moi, hein ? Si tu devais me croire une dernière fois, écoute bien ça : je n'ai jamais touché à Eve Quilter. Pas une seule fois. Jamais. C'est la vérité pure et simple. Dis-lui, QC. Tu m'as vu rôder près des loges ce jour-là ?

QC : Oui, je t'ai vu, en réalité.

LUI : C'est vrai, tu m'as vu, parce qu'on y est allés *ensemble*. Et est-ce que j'ai été dans la loge d'Eve Quilter ?

QC : Oui, mais elle n'y était pas.

LUI : Exact. Pour la bonne raison qu'elle n'était même pas sur le plateau ce jour-là.

QC : Non, si je me souviens bien, elle n'était pas là.

LUI : Pas la peine de t'en souvenir. Vérifie la feuille de service, tu verras.

QC : Ouais, quelqu'un devrait le faire.

LUI : Alors qu'est-ce qu'on est allés foutre dans sa loge, si elle n'y était pas ?

QC : Elle t'avait demandé de la retrouver là. Chloe, j'entends.

LUI : Ah, *Chloe m'avait demandé de la retrouver là*. Et tu es venu avec moi. Notons bien ce détail. Que Daniel sache. Redis-lui. Redis-lui pourquoi.

QC : Ouais, je l'ai accompagné, parce que…

LUI : Continue. Va jusqu'au bout.

QC : Tu trouvais qu'elle commençait à faire une fixation sur toi, qu'elle devenait collante. Tu essayais de la larguer en douceur. J'étais là pour… je ne sais pas. Comme soutien moral, je suppose.

LUI : Ça me semble correct. Et toi, Chloe, ça te semble correct ?

ELLE : […]

LUI : Chloe ?

ELLE : Oui.

LUI : Et que s'est-il passé dans cette loge, QC ? Est-ce que tu m'as vu faire quoi que ce soit ?

QC : Non, il ne s'est rien passé. Elle a insisté pour que tu ailles boire des coups avec elle à la fin de la journée, et tu as refusé.

LUI : Est-ce qu'elle a accepté ce refus ?

QC : Pas au début. Elle s'est un peu énervée contre toi.

LUI : Tu vois. Et où était Eve Quilter pendant ce temps ?

QC : Aucune idée.

LUI : On n'en sait foutre rien. Probablement à l'école.

MOI : […]

LUI : Maintenant, répète à Dan ce que tu m'as dit la veille. La veille du jour où je t'ai retrouvée dans la loge d'Eve Quilter.

ELLE : […]

LUI : Tu sais de quoi je parle.

ELLE : […]

QC : Ne fais pas ça, Fran. Allez, elle a avoué. Arrête maintenant. Inutile de…

ELLE : J'ai dit que je t'aimais.

LUI : Plus que tout. C'est ce que tu as dit. Plus que tout.

ELLE : Oui, plus que tout.

LUI : Tu as dit que tu n'arrivais plus à te concentrer sur rien.

ELLE : Oui, c'est ce que j'ai dit.

LUI : Et qu'est-ce que je t'ai répondu ?

ELLE : […]

QC : Arrête, Fran, tu l'as assez bousculée comme ça.

Lui : Ce n'est pas la moitié de ce qu'elle m'a fait subir. On est même très loin du compte.

Moi : Papa, elle est terrifiée. S'il te plaît.

Lui : Je veux simplement l'entendre de sa bouche, fiston. Dis-lui.

Elle : […]

Lui : Dis-lui, bordel, ou je te coupe l'oreille.

Elle : Tu as dit…

Lui : J'ai dit quoi… ?

Elle : Que tu ne m'aimais pas.

Lui : J'ai dit que tu n'étais rien pour moi, en fait.

Elle : Oui, c'est ce que tu as dit.

Lui : Je t'ai dit de tourner la page, n'est-ce pas ? De te dépêcher de passer à autre chose.

Elle : Oui.

Lui : Et qu'est-ce que tu as fait ?

Elle : J'étais déjà passée à autre chose.

Lui : Non.

QC : Fran, Fran, allez, laisse tomber.

Lui : Tu es allée voir Palmer avec ta petite histoire inventée de toutes pièces, c'est ça ?

Elle : Oui.

Lui : Pour m'attirer des ennuis.

Elle : Oui, oui. Oui.

Lui : Ta parole contre la mienne.

Elle : Oui.

Lui : Et ils ont choisi quel camp ?

Elle : Le mien.

Lui : Le tien.

QC : Laisse-la, mec. Allez.

Lui : Tu vois que c'était facile ? J'aurais dû faire ça il y a des mois. On aurait dû faire ça devant Palmer. Arrête de bouger. Tu vas arrêter de bouger, oui ?

Moi : J'ai compris, papa. Elle t'a fait virer. Tu n'as rien fait. J'ai compris.

Lui : Évidemment que je n'ai rien fait. Alors si tu dois en vouloir à quelqu'un pour tout ça, c'est à elle. Pas à moi.

Moi : Tu aurais dû me le dire avant.

Lui : Je ne pouvais pas.

Elle : […]

Lui : Excuse-toi, alors. Présente des excuses à mon fils.

Elle : Je suis désolée.

Lui : Je suis désolée *qui* ?

Elle : Je suis désolée, Daniel.

Lui : Pour avoir tout foutu en l'air.

Elle : Pour avoir tout foutu en l'air.

Moi : Ça ne fait rien.

Lui : Quoi ?

Moi : Tu aurais dû me le dire.

Lui : […]

Elle : […]

QC : Alors, on fait quoi maintenant, Fran ?

Lui : Tu vas t'arrêter.

QC : Ici ?

Lui : Non, je te dirai.

QC : Tu vas la laisser partir, hein ?

Lui : […]

QC : Fran, tu la laisses partir, hein ?

Lui : Ferme-la. Je réfléchis.

La route s'est mise à onduler. Quelques kilomètres auparavant, nous avions commencé à croiser des véhicules agricoles : des tracteurs équipés de fraises rotatives qui engloutissaient la voie, bloquaient le trafic et poussaient les gens à doubler dans des virages sans visibilité. Le paysage consistait pour l'essentiel en champs constellés de moutons. De temps à autre, une zone boisée se dressait et disparaissait, et nous avons laissé dernière nous tant de petites maisons en brique grise et de fermes que je ne les remarquais déjà plus quand nous sommes arrivés à Giggleswick. Il y avait une gare, à l'écart de la route principale, invisible. J'ai vu les rails en acier rouillé émerger des haies vives quand nous sommes passés, et je les ai suivis du regard dans les prairies grasses jusqu'à ce qu'ils disparaissent. Il y avait un panneau « P » bleu clair sur le bas-côté juste un peu plus loin, et mon père a dit : « Tu te gareras là-bas. » La petite aire de stationnement est apparue quelques centaines de mètres plus loin : longue comme une piscine, large comme une allée de supermarché. QC a ralenti et s'y est rangé. Nous sommes restés un moment sur le parking désert, à attendre.

Des voitures sont passées à toute vitesse, vers le sud, vers le nord. « On va la laisser là, a sorti mon père. Elle peut marcher jusqu'à la gare qu'on vient de dépasser.

— OK, c'est bien, a acquiescé QC. C'est bien.

— Je n'ai pas un sou, a fait remarquer Chloe.

— Quoi ?

— Pour le train.

— Je lui en donnerai », a dit QC, qui a commencé à fouiller dans son jean.

Mon père l'a arrêté.

« Les mains sur le volant.

— Je sors juste mon portefeuille.

— Elle n'a pas besoin de ton argent.

— J'en ai, moi, ai-je bafouillé. Dans ma chaussure. Un billet de vingt.

— Ah, oui, a dit mon père avec un petit rire narquois, et depuis quand ? »

C'était ce que ma mère appelait mon Argent de Secours, une petite assurance en cas de besoin. Un an auparavant, elle avait écrit sur le billet – MONNAIE D'AOXI – pour m'empêcher de le dépenser en confiserie et, de temps à autre, elle vérifiait qu'il était toujours en ma possession. Je n'ai jamais eu le courage de lui dire que la seule devise ayant cours sur Aoxi était la poignée de main. Elle aimait ce genre d'astuces parentales, censées me préparer aux choses sérieuses de la vie sans même que je m'en rende compte. Elle devait penser que je l'utiliserais dans des circonstances moins dramatiques ; de quoi payer le taxi pour aller chez mes grands-parents après l'école si elle était coincée au travail. Au lieu de quoi cet argent allait payer le billet de train d'une jeune femme que mon propre père avait prise en otage.

« Alors, vas-y, a-t-il ordonné, voyons voir. » J'ai dû l'extirper de sous ma semelle. Quand j'ai présenté le billet à mon père, il l'a examiné très longuement. « Balance-le sur le tapis », et je l'ai laissé tomber à ses pieds. « C'est un gros magot pour un petit garçon. » Il n'avait pas quitté le billet des yeux. « On aurait pu le dépenser avant. » Il a laissé la coupure de vingt livres là où elle était. « Très bien, j'ai changé d'avis. QC, tu descends.

— Quoi ?

— Tu vas laisser la clé sur le contact et descendre de voiture. Ensuite, tu vas marcher dans ce champ jusqu'à l'arbre là-bas… tu le vois ? » QC s'est penché pour regarder par ma vitre. Là où la ligne d'horizon bosselée rencontrait les nuages bas se dressait un chêne enclos de pierres grises. « Dès que tu l'auras atteint, je la laisserai partir, elle aussi. Elle ira te rejoindre. Tu lui achèteras un billet de train pour où elle voudra. Je me fous de ce que vous ferez après ça, mais si tu ne fais pas exactement ce que je viens de dire, tu seras responsable des blessures que je vais lui infliger. C'est bien compris ? »

QC a reniflé et envoyé un regard résigné dans ma direction. « Ouais. Et lui, alors ?

— Lui, il va rentrer à la maison. »

J'ai tenté d'évaluer la distance jusqu'au chêne. Il y avait quelque chose comme cinq cents mètres, à peu près la distance qui séparait mon jardin de la nef de St John. Je pouvais la relier en six minutes, un peu moins de trois en courant.

« Après ce que tu as fait, j'ai du mal à te faire confiance, Fran. Qu'est-ce qui me prouve que tu vas respecter ta part du marché ?

— Tu trouveras bien quelque chose. »

QC a agité les pieds près des pédales.

« Non, désolé, tu vas devoir me donner plus que ça. Je veux le cutter. Je ne les laisse pas ici avec toi et ce cutter.

— Je le donnerai à Daniel. Tu sors de la voiture, je le lui donne, tu marches jusqu'à l'arbre. Ça te va ? »

QC a réfléchi.

« D'accord. »

Chloe s'est débattue en soufflant violemment par le nez.

« Chuuut. » Il l'a embrassée sur le dessus de la tête alors qu'elle se cabrait. « Chuuut, calme-toi. » On aurait pu prendre ça pour un geste de tendresse. « On ne va pas y passer la journée, hein ? »

QC a détaché sa ceinture qui s'est enroulée au-dessus de son épaule. Il a tapoté la colonne de direction et m'a jeté un coup d'œil. « Bonne chance pour le reste de ta vie, mon gars. » Puis il a ouvert la portière, posé un pied sur le bitume. Il s'est planté devant la vitre arrière et a frappé au carreau.

Mon père a éloigné le cutter du flanc de Chloe, l'enserrant de son autre bras. « Dan, donne ta main », et j'ai vu le cutter approcher la plate-forme de ma paume presque au ralenti. Il était chaud, lourd, trempé de sueur. Après quoi, il a montré ses doigts vides à la vitre, et QC s'est mis en marche.

Je l'ai regardé enjamber la glissière en acier au milieu des chardons et des ronces. Il s'est hissé sur la clôture à moutons en barbelés et l'a franchie maladroitement. Ensuite, après un rapide coup d'œil en arrière, il s'est éloigné d'un pas lourd dans l'herbe haute.

«Il a oublié la sécurité enfant, a dit mon père. Tu vas devoir nous ouvrir.»

Les odeurs corporelles dans l'habitacle étaient plus présentes que jamais : transpiration et haleine aigres. J'ai pensé que ma mère avait peut-être déjà écouté mon message. Je me suis demandé si elle saurait deviner la situation dans laquelle je me trouvais à l'abattement perceptible dans ma voix. J'ai toujours pensé qu'elle était capable de lire mes pensées avant qu'elles me soient présentes à l'esprit, elle était donc peut-être déjà en route avec la police.

Il avait resserré son étreinte sur le cou de Chloe, qui gémissait. Des petits bruits si doux et si graves. J'aurais voulu la réconforter, mais je ne savais pas comment m'y prendre. J'ai examiné la lame du cutter : aucune trace de sang. Je me suis tourné vers elle et j'ai vu de la fatigue dans ses yeux, une altération de leur couleur. «Peu importe ce que vous avez fait, ça n'est pas grave», lui ai-je dit. J'essayais de lui remonter le moral, mais elle s'est mise à pleurer. «Ça va aller.

— On n'aurait pas dû en arriver là», a déclaré mon père.

Je l'ai ignoré.

QC continuait à marcher vers l'arbre à grandes enjambées.

«Ce qui est vraiment dommage, c'est que j'adorais ce boulot. Et j'étais bon, a continué mon père, j'étais super bon dans ce que je faisais. Palmer n'a même pas pris la peine de me parler, il m'a juste effacé. *Il n'est même pas sous contrat? Alors, c'est simple, il dégage.* Je parie même qu'il n'en a jamais parlé à Eve non plus. S'il était simplement venu voir l'un d'entre nous pour dire *J'ai entendu une rumeur*, on aurait pu lui expliquer ce qui se passait réellement. J'aurais pu retourner faire ce que je fais le mieux. Mais qu'aurait valu ma parole contre la sienne ? Regarde-la. Regarde comment elle se comporte. On lui donnerait le bon Dieu sans confession, non ? La mignonne petite maquilleuse qui s'occupe de ses affaires. Mais en vrai, non. En vrai, elle n'est pas comme ça, elle est mesquine et rancunière et elle est… » Il s'est interrompu. J'ignore s'il avait surpris son reflet dans la vitre et y avait vu ce que je voyais : l'absurdité d'un homme qui retient une femme sur le siège arrière d'une voiture contre sa volonté et essaye de lui faire la morale sur la rancune. J'étais soulagé qu'il ait terminé. Il a pourtant continué en changeant d'approche : « Tu as raison, j'aurais dû simplement t'en parler et accepter la situation. Plus tu prends de coups pour rien, plus c'est dur de ne rien ressentir. Ils s'additionnent. C'est comme si l'univers était contre toi, qu'il te refusait constamment les choses que tu veux. C'est difficile de se relever encore et encore et de continuer. Je ne suis pas idiot. Je sais que je suis responsable de ça. Mais c'est fait maintenant, et j'aimerais pouvoir dire que ça ne m'a pas aidé à me sentir beaucoup mieux.

— Je ne te crois pas, papa.

— Toi et le reste du monde, hein ? »

Ce goût acide dans ma gorge à nouveau.

Mon père a jeté un coup d'œil au vert des champs. « Je ne peux pas la laisser partir maintenant… tu le sais, n'est-ce pas ? Si je la laisse sortir de cette voiture, elle va aller directement à la police, baver encore sur moi, et ils viendront m'arrêter. Et ce sera la fin. Eh bien, je ne prendrai plus de coups. Je ne finirai pas comme Pascoe, qu'on a foutu en taule parce que personne n'a jamais pris la peine de lui demander *Est-ce que tu l'as fait ?* Je vais aller jusqu'au bout. Il le faut.

— Tu dois la laisser partir, papa.

— Non, je ne peux pas.

— Fais-le pour moi.

— Désolé. Impossible. »

Chloe se mordait la lèvre pour ne pas parler. Elle devait avoir tant de choses sur le cœur, mais QC était à vingt pas de lui assurer la sécurité. Dix-neuf, dix-huit. Sa mâchoire tremblait.

J'ai tenté autre chose.

« Mais papa, ce n'est pas juste. Ce n'est pas juste. Même si tu n'as pas fait les choses qu'elle a dites, tout *ça*, ce que tu fais là maintenant, c'est *mal*. »

Douze, onze, dix.

Mon père s'est raclé la gorge et a avalé ses mucosités.

« Dès que QC sera arrivé à cet arbre, tu vas descendre et le suivre. Tu comprends ce que je dis ? Tu sors et tu marches. Sans te retourner. »

Il n'était peut-être pas impassible. Peut-être y avait-il dans un recoin de son esprit des regrets, de la douleur et de la tristesse, mais il l'avait si bien cloisonné qu'il n'en subsistait qu'un signe infime : une contraction du visage, comme s'il essayait de remonter une paire de lunettes sur son nez.

« Je ne te laisse pas seul avec elle.

— Alors tu as intérêt à apprendre à conduire dans les trente prochaines secondes, parce que je ne la laisserai pas sortir. »

Parvenu à l'arbre, QC s'est retourné et a commencé à faire de grands gestes. Il n'était qu'une silhouette lointaine agitant les bras, invisible pour quiconque ne le cherchait pas du regard. J'aurais voulu qu'il continue à marcher sans jamais s'arrêter, dans un entre-deux permanent entre ici et là-bas.

« On te voit, Barnaby, on te voit, a dit mon père. Tout ce fric englouti dans son éducation et pas un brin de jugeote. »

C'est la seule idée qui m'est venue à l'esprit : je me suis penché et j'ai pressé le klaxon. Des oiseaux cachés dans l'herbe se sont envolés brusquement. J'ai mis les feux de détresse.

« Qu'est-ce que tu fous ? ! » a-t-il crié.

QC a arrêté ses signaux.

« Éteins-moi ces putains de lumières. »

Des voitures sont passées sans ralentir.

QC a commencé à rebrousser chemin, grandissant de manière quasi imperceptible.

J'ai senti un grand coup dans le dossier de mon siège.

Un autre.

Les pieds de Chloe.

Il était en train de l'étouffer. Elle était recroquevillée dans le creux de son bras, et sa main droite couvrait sa bouche et lui pinçait le nez. « À toi de voir, Dan », m'a-t-il lancé. Je continuais à klaxonner et elle à donner de violents coups de pied. « Tu peux t'enfuir ou essayer de m'arrêter, mais tu ne peux pas faire les deux. »

Je suis descendu de voiture.

« QC ! ai-je crié vers les champs. QC ! »

Il courait mais n'avançait pas.

Mon père avait la nuque calée par la vitre devant moi. J'ai ouvert la portière et il a manqué tomber. Il a réussi à se redresser, tandis que Chloe continuait à se débattre.

« Lâche-la », ai-je dit, les mâchoires serrées.

L'indifférence qu'il m'a montrée à cet instant était tellement familière ; c'était l'attitude qu'il prenait quand ma mère lui martelait la poitrine pendant leurs disputes. Il avait vu le cutter dans ma main, mais il était sûr de ne pas avoir à s'en inquiéter. Son front s'est à peine contracté.

« QC ! » ai-je crié à nouveau.

Le visage de Chloe bleuissait.

« Je ne crois pas qu'il va y arriver, Dan. La course à pied n'a jamais été son fort. » Il a serré. Fort. Chloe s'est brusquement ramollie comme du papier plongé dans l'eau. « Quand on y pense, il a toujours été un peu… »

Je l'ai frappé avec le cutter. Je n'avais pas le choix. Sur le haut du bras. Et tout dans ce geste m'a procuré un sentiment de honte : la facilité avec laquelle la lame a entaillé la chair, la plaie qui s'est mise à saigner immédiatement (rien à voir avec la piqûre d'une pointe de compas), la façon dont il a réagi à la douleur sans presque broncher. Personne ne s'attend à voir un pull en laine s'imprégner de sang aussi rapidement.

« Oh, putain de merde ! » Mon père bouillonnait. « Dan, espèce de… tu m'as planté ! » Pendant qu'il plaquait sa main sur la blessure, Chloe a pris une brusque inspiration et a rempli ses poumons. Elle a réussi à plus ou moins s'extraire par la portière, ses mains touchant le trottoir juste à mes pieds. Mais il l'a soulevée pour la ramener à l'intérieur, malgré la douleur. Il a mis du sang partout sur elle. Elle a tendu le bras vers l'autre portière, a trouvé la poignée, mais elle ne s'est pas ouverte. La voiture tanguait.

« QC ! » ai-je appelé. Il était encore trop loin.

Des voitures passaient en rafales, indifférentes aux feux de détresse et au roulis des suspensions. Si j'avais eu les idées claires, je leur aurais fait signe de s'arrêter.

Mon père s'est agenouillé sur elle, lui immobilisant les épaules. Mais elle était forte, et elle s'est suffisamment débattue pour le faire chanceler. Elle lui a mordu l'intérieur de la cuisse. Elle a vraiment dû planter les dents, parce qu'il a poussé un hurlement de douleur strident. Cela l'a mis en rage. Il l'a plaquée à nouveau. Ses mains se sont refermées sur sa trachée. Du sang coulait de son pull, dégoulinant du poignet.

J'ai essayé de lui sauter sur le dos. Je ne voulais plus le taillader, alors je l'ai frappé avec le manche du cutter. Quelque part au milieu de sa colonne vertébrale. Il a rejeté sa tête en arrière pour me résister. Je l'ai frappé à nouveau, mais rien.

« QC ! » Il se rapprochait. « Vite ! »

J'ai enfoncé le manche du cutter dans la blessure béante. Il a grimacé et s'est écroulé sur le plancher. Mes doigts en sont ressortis tachés de son sang. Chloe se débattait à coups de pied. Il s'est redressé sur ses genoux et m'a repoussé sur le trottoir. Il y avait un objet dans son poing. Et il m'a regardé, haletant, raffermissant sa prise. Alors qu'elle tentait de se redresser, il s'est jeté sur Chloe et l'a frappée trois fois avec. Le premier impact a produit un bruit sourd, le suivant un éclatement, le dernier un bruit de vêtements mouillés qu'on laisse tomber. J'ai vu ses pieds être agités de convulsions, puis s'immobiliser.

J'ai dû hurler quelque chose, je ne sais pas quoi. Mes jambes se sont dérobées sous moi. Je suis resté là, pétrifié.

Mon père est descendu de voiture, l'objet encore en main. Quand il l'a jeté sur le siège, j'ai compris ce que c'était : le cendrier qu'il avait piqué au Little Chef.

Il est allé éteindre les feux, trempé de sueur et en sang. Des voitures continuaient de passer devant nous à toute allure : les problèmes d'autrui sont invisibles à cent kilomètres à l'heure.

QC approchait, il était au niveau de la clôture de barbelés. Je l'entendais crier. « Fran ! Fran ! Fran ! » J'aurais dû courir jusqu'à lui, au lieu de quoi j'ai jeté le cutter sur le bas-côté, aussi loin que j'ai pu. Il est tombé quelque part dans les chardons. Mon père a ricané. Il est allé ouvrir le coffre. Je l'ai entendu fouiller dans le seau. Il était si froid et nonchalant. Le coffre a claqué avec un bruit sourd, et il est reparu avec un autre cutter et un rouleau de ruban adhésif. Il a retiré son pull et a bandé sa blessure avec une vieille chemise noire. À ce moment-là, j'ai vomi un mucus acide. Il m'a empoigné par le col, m'a attiré à lui. Nous étions dos à la route, nos mouvements dissimulés par la masse de la voiture.

Qu'ai-je ressenti pendant que cela se produisait ? Une peur indicible. Mais davantage que cela, je crois : un sentiment de dépravation. Le sentiment d'être malfaisant par association.

QC est arrivé en courant à travers les ronces et a sauté la barrière. « Fran, laisse-le tranquille. Qu'est-ce que tu as fait, bon Dieu ? » Voyant la manière dont mon père me tenait, il s'est arrêté. Il était plié en deux à cause de la course et crachait ses poumons. « Qu'est-ce que tu fous, bordel ? »

Mon père a remonté la lame du cutter. Il l'a passée doucement sur le cartilage de mon oreille. « Voilà ce que tu vas faire maintenant », a-t-il dit, et le souffle du trafic nous a fait trembler.

FACE TROIS

CAMPION GHYLL

Tu veux savoir à quel moment c'est arrivé ? Juste après que la jauge s'est enfoncée dans le rouge alors que nous continuions sur la A590. J'ai dit : « On va bientôt tomber en panne d'essence. On devrait s'arrêter, non ? » Comme mon père ne réagissait pas, je me suis un peu penché en avant pour capter son attention, me balançant pour détendre le ruban adhésif qui m'entravait la taille. Ça s'est passé à ce moment-là : j'ai vu l'apathie dans son expression. Il paraissait totalement détaché ; de moi, de lui-même, de la raison. J'ai entraperçu des capacités que je n'avais jamais soupçonnées chez lui. Il n'était plus rien qu'une brute et semblait très bien s'en accommoder. Et quand je l'ai entendu dire, tellement décontracté et impassible : « De diesel ? On en a plein », j'ai compris qu'il avait cessé d'être mon père, comme il avait cessé d'être un mari, et un menuisier de théâtre, et un peintre-décorateur, et un agent d'entretien, et un manœuvre, et un cueilleur de tomates, et un étudiant, et un éleveur de moutons, et un fils. Sa sérénité m'a glacé, comme si c'était sa position de repos, son réglage d'usine, d'être ainsi délivré des gens qu'il était censé aimer, de chaque relation mûrie lentement, de chaque aspiration, de chaque grande et petite responsabilité qui font que la vie mérite d'être vécue.

*

Nous étions dans les South Lakes, roulant vers l'ouest dans un paysage que je n'avais jamais vu auparavant : des collines rocheuses gris cendré cernées de conifères et d'hépatiques, des pâturages rugueux et des prairies de fauche, de grandes masses de rhododendrons, des étables à l'abandon, des granges ruinées, et des feux au loin : un entre-deux pastoral. J'avais vu les vallons du Yorkshire se fondre dans les collines brun pâle du Lancashire et se réconcilier avec le comté de Cumbria. À Newby Bridge, il s'était saisi de l'atlas routier et l'avait balancé dans l'espace silencieux derrière nous. « À partir d'ici, je connais le chemin, ne t'en fais pas. » La voie rapide avait rejoint un pont franchissant une rivière scintillante. Je n'arrêtais pas de frissonner. « Je te l'ai dit… *arrête ça*, tu es pitoyable. » Il y avait une station essence dans la prochaine petite ville (Greenodd. Comment pourrais-je oublier un nom pareil ?), mais les pompes étaient occupées (deux Land Rover et une moto. Pourquoi est-ce que je me souviens aussi de ce détail ?) et mon père a continué. La route montait. La couverture des arbres s'est épaissie et la lumière est devenue spasmodique, produisant un effet stroboscopique sur le bitume. Nous avons émergé sur une étroite route en plateau. Il y avait là une rangée de cottages usés par les éléments, ainsi qu'une ferme où des petits groupes de frisonnes se prélassaient dans l'herbe. Le ciel était vaste et nu, les collines quadrillées par une centaine de murets de pierres sèches et des haies d'épineux. En d'autres circonstances, tout cela aurait pu me couper le souffle, mais aucun paysage ne pouvait m'aider à oublier ce qu'il avait fait.

Derrière moi, sur le plancher, le corps de Chloe gisait sous un monceau de housses de protection.

QC était inconscient sur la banquette arrière, bâillonné, poignets et chevilles entravés.

J'avais l'impression que nous avions quitté l'aire de stationnement depuis des heures, mais la pendule indiquait le contraire. Chaque seconde dans cette voiture était une torture. Mon père n'était ni dévasté ni hagard ; il n'avait même pas l'air ébranlé. Rien de ce qu'il avait fait ne semblait l'affecter. Rien de ce qu'il s'était résolu à faire ne pesait sur lui non plus. Il était dans un état d'étrange quiétude. Quinze minutes plus tôt, il avait forcé un autre homme, censé être son ami, à monter à l'arrière de sa voiture et à attacher ses propres chevilles avec du ruban adhésif. Il avait claqué et verrouillé la portière. Il avait poussé son propre fils jusqu'au coffre sous la menace d'un cutter, l'avait contraint à chercher une bouteille en plastique sans étiquette et imbiber un chiffon de produits chimiques à l'odeur âcre. Il avait obligé l'homme à baisser sa vitre à moitié de façon qu'il puisse prendre le chiffon, le fourrer dans sa bouche et enrouler l'adhésif autour de sa tête. *Non, plus serré que ça, plus serré*. Il avait attendu que l'homme soit pris de haut-le-cœur, que le vomi lui coule par le nez. Il avait regardé l'homme tomber dans les vapes. Il avait poussé le garçon sur le siège passager, avait enroulé l'adhésif autour de son ventre, un tour à la fois, jusqu'à épuiser le rouleau. Il était sorti pour détacher les chutes de bois de la galerie de la voiture, les avait jetées sur le trottoir. Il s'était servi des câbles élastiques pour lier les mains de l'homme derrière son dos et attacher celles-ci à ses chevilles. Il avait fait tomber le corps de la jeune femme sur le plancher, l'avait recouvert de housses de protection en coton épais tachetées d'émulsion blanche, de rognures de papier peint, de minuscules grumeaux d'enduit. Il s'était mis au volant et, bizarrement, avait pensé à boucler ma ceinture. Il avait mis le moteur en route et dit : « Ne m'oblige pas à te bâillonner, toi aussi. Pas un mot, c'est compris ? Pas un putain de mot. »

*

Un jour, peut-être, tu verras le Lake District. Je n'y suis allé qu'une fois, mais je crois pouvoir prétendre que j'ai cette région dans le sang. Il y a un coin en particulier, un paysage que je me rappelle, à ma grande honte, comme s'il s'agissait d'une carte postale envoyée par quelqu'un d'autre. Je m'efforce d'y penser parfois hors contexte. C'est le moment où, quand on quitte les rivières et les ruisseaux d'Ulpha, au débouché du col décharné de Santon Bridge, les arbres soudain se dispersent et, droit devant, se dresse un congrès de hautes collines, au nombre desquelles, Scafell Pike, le point culminant de l'Angleterre, dont la paroi présente autant de nuances de vert qu'il y a d'étoiles dans le ciel. Ces rochers réfléchissent une certaine qualité de lumière que je n'ai vue nulle part ailleurs. Que quelqu'un né dans un endroit tel que celui-ci finisse avec un cœur si sombre est inconcevable. Je ne me suis jamais senti plus proche de Dieu qu'en découvrant pour la première fois ce paysage, encadré par le pare-brise sale de mon père. C'est seulement en nous rapprochant, en sillonnant les routes bordées de murets en pierre et en traversant la lande, que je me suis rendu compte que ce pays escarpé ne faisait pas uniquement partie de lui, mais de *moi*, et que nous ne nous étions pas montrés à sa hauteur. Nous étions en train de le modifier à chaque tour de roue, le rendant complice.

*

Mon père conduisait de mémoire. Ses yeux étaient lourds, son regard chancelant. Ses mains sans force tournaient négligemment le volant pour nous conduire au-delà de Nether Wesdale où, d'un côté, la route boisée a commencé à longer un ravin. La masse sombre des collines du Lake District se dressait derrière les troncs des pins. Il a fallu que la route plonge soudainement, offrant une vue plus dégagée, pour que je me rende compte que le ravin était en fait un lac. L'eau était glauque, trouble. Elle baignait les éboulis qui s'inclinaient presque à pic, une accumulation de rochers noirs et de mousse qui semblait sur le point de s'effondrer. Nous avons suivi la rive, presque au niveau du lac. D'étranges moutons gris vagabondaient dans la pâture escarpée de mon côté. C'étaient des herdwicks semblables à ceux qu'élevait mon grand-père, mais je ne le savais pas encore. Ce n'était pas le moment d'avoir une conversation plaisante sur la faune locale. Pour une fois, mon père n'a pas profité de l'occasion pour me faire profiter de ses connaissances. Je suppose qu'il avait dû reconnaître l'insignifiance de son savoir.

Je l'ai regardé fixement, son profil, le bulbe hérissé de poils de sa pomme d'Adam. Il empestait le white spirit. Sa peau était luisante, et comme à vif dans ses replis. S'il se sentait ici chez lui, il n'en laissait rien paraître. Il n'y avait même pas l'ombre d'un remords dans son attitude. Où que nous allions, quoi qu'il se passe ensuite, seule la carte était dans sa tête.

Il semblait vouloir le silence et il n'était pas difficile à observer. Il y a un certain état d'esprit qui étouffe tous les sons. Tu en as peut-être déjà fait l'expérience. Je ne parle pas de méditation. Je parle d'un état de découragement tel qu'il recouvre même les cognements de ton cœur. QC avait commencé à gémir sur la banquette arrière au moment où nous quittions Grizebeck, donnant des coups de talon, se tortillant, mais je m'étais déconnecté. Parce que je ne pouvais rien pour lui. Je ne pouvais même pas lever les bras. Alors j'ai dû faire abstraction du bruit.

Plus loin, nous avons commencé à croiser des gens. Quelques randonneurs au bord de la route se sont écartés pour nous laisser passer. J'ai espéré qu'ils m'apercevraient peut-être, ainsi que notre cargaison, mais ils nous tournaient le dos quand nous les avons dépassés à vive allure. Plus tard, nous nous sommes approchés d'une voiture à hayon garée dans l'herbe près d'un promontoire. Une vieille femme en short et chaussures de montagne nettoyait les reliefs d'un pique-nique tandis qu'une autre femme observait le Scafell à la jumelle. Elles n'ont même pas jeté un regard dans notre direction.

La route se déroulait, épousant la rive, le réservoir se vidait, les collines s'élevaient, régnant sur nous. Un cycliste gravissait la pente alors que nous la descendions, le visage défait et empourpré. J'ai retenu mon souffle quand il est passé devant la vitre où les jambes de QC étaient repliées, flageolantes, et je me suis dit que c'était ma meilleure et unique chance. J'ai hurlé à m'en faire mal aux poumons.

Le cycliste a tourné la tête, mais il devait être trop exténué pour comprendre ce qu'il voyait, et nous roulions si vite que je suis sûr qu'il n'a pas pu rassembler ses idées à temps. Mon père a giflé le bouton de l'autoradio, qui a hurlé la fin d'une chanson. La musique des Cocteau Twins était tellement discordante que le cycliste a fait une embardée. Il a dû penser que c'était une blague – des gamins idiots et frimeurs qui se comportaient mal –, et il a continué à pédaler.

Mon père a laissé la musique jusqu'à ce que le lac disparaisse de notre champ de vision. Il a ralenti au passage d'une barrière canadienne, éteint le poste. « Recommence, et tu finis derrière avec eux », a-t-il dit. Il avait appuyé sur le dernier mot, pour m'effrayer.

Les collines étaient à présent réunies dans le pare-brise. Une rangée de voitures immobiles est apparue – des places de stationnement improvisées sur les marges gravillonnées de la route –, mais pas âme qui vive. Là, nous avons pris à droite, traversé un pont en fer au-dessus de la rivière pierreuse. Le revêtement de la route s'est fait plus incertain. Le lac s'étalait à nouveau devant nous, léchant les éboulis. Mon père a suivi son contour en arc de cercle jusqu'à un chemin presque trop étroit pour la voiture. Il s'agissait moins d'une route que de deux longues traces de pneu creusées dans l'herbe.

Une ferme basse était posée à flanc de coteau devant nous, cheminée fumante. Il y avait en fait plusieurs bâtiments : diverses dépendances biscornues avec des machines agricoles rouillées, une grange à foin remplie de balles jaunes. Nous nous sommes approchés en roulant au pas. La voiture cahotait sur des ornières de boue durcie imprimées par les tracteurs. J'ai entendu QC qui se débattait sur la banquette arrière, soufflant bruyamment par les narines.

Mon père a tourné dans l'allée. CAMPION GHYLL, indiquait la plaque en bois gravée sur le pilier. « Arrête tes jérémiades derrière, Barnie. Personne ne t'entend. » La ferme faisait face à la pente. Il s'est arrêté suffisamment près pour qu'on puisse nous voir traverser la cour depuis les fenêtres donnant sur l'arrière, et suffisamment loin pour que personne ne puisse s'intéresser au fatras humain sur notre banquette arrière.

« Où est-ce qu'on est ? » ai-je réussi à demander. C'était une confirmation que je cherchais, pas une explication.

Il m'a jeté un regard nerveux. « Ne pose pas de questions dont tu connais déjà la réponse. On pourrait croire que tu es en mal d'affection. » Il a retiré la clé de contact d'un coup sec avant de descendre de voiture. Une odeur instantanée d'air pur gâtée par le crottin de mouton m'a assailli. Des chiens jappaient non loin.

Il est venu m'ouvrir la portière. « Tiens-toi tranquille », m'a-t-il ordonné, et il s'est penché avec son cutter pour couper l'adhésif autour du siège. J'ai senti un peu de chaleur revenir dans mes bras. « Tu vas faire exactement ce que je te dirai. » Il a arraché l'adhésif et l'a laissé pendre. « Si tu fais des histoires, tu vas juste me faciliter la tâche. Je n'ai pas besoin d'une bonne excuse pour faire du mal à ton grand-père. Tu comprends ce que je te dis ? »

J'ai hoché la tête.

« Et pas de larmes non plus. Tu ne vaux pas mieux que lui. » Il a montré QC d'un geste.

Je me suis essuyé les yeux et mordu la lèvre.

Quand je suis descendu, un vieux chien noir a traîné la patte jusqu'à nous, grognant et aboyant, suivi d'un autre. Mon père a formé un cercle avec ses doigts, l'a porté à ses lèvres : un sifflement frémissant comme un cri d'oiseau. Les chiens se sont arrêtés, ont hésité un instant, puis se sont assis. « Tu vois, prends exemple sur eux et tout ira bien. »

*

Nous ne sommes pas entrés par la porte. Il m'a fait passer par-derrière, où un portillon conduisait à un porche aux vitres noires de crasse. Le paillasson en caoutchouc semblait être couché là depuis un siècle. Soulevant un coin avec sa chaussure, mon père a révélé l'empreinte d'une clé dans la poussière. Il a quand même essayé d'ouvrir la porte, mais elle était verrouillée. « Très bien, réfléchissons. » Les chiens nous avaient suivis. Ils reniflaient mes chevilles. Je les ai caressés. « J'éviterais, si j'étais toi. » Puis il a agité son index : une idée lui avait soudain traversé l'esprit. Il est monté sur le rebord de fenêtre délabré et a tendu le bras pour déloger une tuile. Il a sauté à terre, une clé à la main. Elle s'est insérée et a tourné facilement. Il a poussé la porte. « Après toi », a-t-il dit en m'invitant à entrer avec un geste du pouce.

Il était évident que personne n'était venu là depuis un moment. J'ai dû piétiner des liasses de journaux, des cartons remplis de boîtes de conserve vides, des cannes à pêche et des paniers en osier disloqués. La porte opposée était ouverte sur une cuisine miteuse. Le fourneau dégageait de la chaleur, mais la seule lumière provenait du couloir. Une miche de pain à moitié tranchée était posée sur la table avec un bocal de cornichons et un reste de fromage blanc durci. Il y avait aussi une radio portative, une grille de mots croisés à moitié terminée, et une boîte de Wintermans laissée sans surveillance. Les chiens grattaient à la porte du porche en gémissant.

Mon père est entré derrière moi, balayant la pièce du regard. « Reste ici. Je veux bien dire : ici. » Il m'a frôlé, s'approchant à grands pas d'un cellier à l'autre bout de la cuisine. Il a tiré sur le cordon et une ampoule s'est allumée en clignotant. Il a ramassé un sac d'aliments pour chien et une grande écuelle en métal par terre, qu'il a remplie jusqu'à ce qu'elle déborde de croquettes pâles. Sur une étagère haute, il a pris une bouteille de rhum Old Navy qu'il a presque entièrement vidée dans l'écuelle. Les boulettes sèches ont épongé l'alcool. Des croquettes renversées ont craqué sous ses chaussures quand il est retourné dans la cuisine. Il est passé devant moi sans un mot, puis il est sorti par la porte du porche, guidant les chiens de sa jambe tendue, et a posé la nourriture par terre. « Qu'est-ce que tu penses de cet endroit ? » a-t-il demandé en revenant vers moi. Comme je ne répondais pas, il a ajouté : « Ouais, ça a été beaucoup plus accueillant, plus propre en tout cas. » Il est retourné dans le cellier, a tiré un marchepied en bois de sous une étagère, il est monté dessus et, après quelques tâtonnements, a décroché un panneau au plafond. Il l'a écarté et a glissé un bras dans le renfoncement, fouillant à l'intérieur comme quelqu'un pourrait explorer l'arrière des coussins d'un canapé : les yeux baissés, tâtonnant à l'aveugle. Dès que sa main a eu trouvé ce qu'il cherchait, son expression a changé. Moins un sourire qu'un rictus de satisfaction. J'ai cru entendre un cliquetis de vis, mais quand sa main est ressortie, elle tenait un long étui en cuir muni de poignées, pareil à un étui de queue de billard.

« T'es qui, toi, petit fumier ? a éructé une voix rauque derrière moi. Fous-moi le camp avant que je t'étripe. »

Je me suis retourné et me suis retrouvé face à un vieil homme vêtu d'un pull informe en haillons. L'encolure en laine était parsemée de croûtes de pain. Il avançait vers moi en brandissant la poignée de sa canne. « Il n'y a pas d'argent ici, si c'est ce que tu cherches. Qu'est-ce que tu as fait à mes chiens ? Où sont-ils ?

— Rien. Je suis juste… je suis… » J'ai reculé en chancelant contre le plan de travail.

« Tu es le gamin d'Aiden ?

— Non.

— Si, je t'ai déjà vu. Tu es un des beaux-fils. Fous-moi le camp. »

Mon père a émergé du cellier. « Laisse-le tranquille, vieux fou. C'est ton petit-fils. C'est Daniel. » Il portait la housse de queue de billard sur son épaule gauche comme une bêche avec laquelle il s'apprêtait à creuser. Et en bandoulière, sur la droite, une sacoche en toile. « Bon, où est-ce que tu mets les cartouches ? Il n'en restait que deux dans la gibecière. Tu as dû faire quelques grouses depuis la dernière fois.

— *Fran*. J'avais le pressentiment que tu viendrais.

— Ah, oui ?

— Ouais, un sale goût m'est venu dans la bouche pendant que je mangeais.

— Ah, ça fait tellement plaisir d'être à la maison. »

Le vieil homme a semblé perdre l'équilibre. Il a baissé sa canne et s'y est appuyé des deux mains. « C'était donc une perte de temps de te dire de ne pas revenir ? Autant parler aux brebis.

— Oui, mais cette fois j'ai amené Daniel pour faire passer la pilule. » Mon père a posé la paume sur ma tête et m'a légèrement tiré les cheveux. « Il y a énormément de Hardesty en lui, tu ne trouves pas ? Il a ton air renfrogné, regarde. Pauvre petit. On espère que ça lui passera. » Il a posé la housse sur le plan de travail. « Dis-lui bonjour, enfin. Serre-le dans tes bras comme tu sais si bien le faire. »

Le vieil homme m'a regardé, sans animosité.

« Salut, petit. » Puis il a ajouté à l'attention de mon père : « Tu t'es foutu dans la merde. Ça se voit.

— Rien ne t'échappe, papa.

— Tu as le bras en compote, et tu trimbales ce truc comme si tu avais l'intention de t'en servir... pas besoin d'être grand clerc. » Mon grand-père s'est tourné vers moi, le visage tourmenté. C'était la première fois que je le voyais en dehors d'une photographie. À la maison, il y avait un unique cliché de lui dans un album taché d'humidité, posant devant une cheminée avec mon père adolescent. On m'avait répété au moins trois fois qu'il était mort, si bien que sa présence massive dans la cuisine était pour moi à la fois déconcertante et miraculeuse. J'apprendrais son nom dans le journal : Paul Martin Hardesty. Il offrait une version frêle et tannée de l'homme sur la photo, à peine reconnaissable. La peau de ses pommettes était sèche et terne, et son cou d'un brun inégal était recuit par une vie d'étés passés dans les collines. « Qu'est-ce qu'il fait ici ? » m'a demandé le vieil homme. Sa voix avait quelque chose de murmurant qui n'était pas sans rappeler le timbre de mon père. « Ne me dis pas que tu es venu pour me voir. » Il a laissé échapper un rire de reproche.

« On était censés être à Leeds », ai-je précisé.

Mon père m'a lancé un regard furieux.

« Hé, qu'est-ce que je t'ai expliqué dans la voiture ?

— Qu'est-ce qu'il y a donc à Leeds ? a demandé le vieil homme.

— Rien qui t'intéresserait.

— C'est à *lui* que je posais la question.

— Tu m'as entendu dire que tu pouvais commencer une conversation ? Non, alors assieds-toi. » Mon père a soulevé une chaise de sous la table et l'a poussée sur les tomettes. « Tu m'as l'air un peu flageolant, papa. Tes genoux ont fini par te lâcher ou quoi ? »

Le vieil homme l'a dévisagé.

« Qu'est-ce que tu fais ici, Francis ?

— Soit tu t'assieds, soit je t'y oblige. C'est toi qui vois. »

Après un moment de réflexion, mon grand-père s'est affalé sur la chaise : un mouvement lent et indigné.

Mon père a ouvert l'extrémité inférieure de la housse. « Tu n'as pas répondu à ma question au sujet des cartouches. » Il en a extirpé un fusil de chasse luisant comme un marron. J'ai eu le souffle coupé en le voyant, mais mon grand-père a à peine battu des cils. « Tu prends soin de tes affaires, papa. Je te reconnais ça. » Il a admiré le vernis sombre de la crosse avant d'ouvrir l'arme d'un geste sec. Le canon a basculé. Il a pris deux cartouches orange dans l'étui et les a insérées dans l'arme avec l'indifférence d'un homme mettant des piles neuves dans une télécommande, puis il a refermé le canon, qu'il a pointé sur le front du vieil homme.

« Cartouches ?

— Tu vas devoir me tuer pour les avoir.

— Si c'est ce que tu veux. »

Le vieil homme a relevé le menton. Il a tendu le bras au-dessus de la table pour prendre la boîte de Wintermans et le briquet. Sa façon d'ouvrir le couvercle d'une pichenette du pouce était tellement familière. Sa façon d'allumer le cigarillo en mettant la main en coupe autour du briquet ne l'était pas. Un nuage a englouti sa tête, une odeur de fond de cafetière brûlé. « Tu en veux un ? » a-t-il demandé.

Mon père a baissé le fusil, posé la crosse sur ses orteils. Il s'est saisi de la boîte et l'a empochée, puis il a pris le cigarillo de la bouche de mon grand-père et a tiré dessus. « Cartouches », a-t-il répété en soufflant la fumée par le nez.

Le vieil homme m'a considéré avec une compassion manifeste. « Un jour, a-t-il commencé en se rapprochant doucement sur sa chaise, un jour j'espère que toi et moi on aura l'occasion de faire ça comme il faut. Par expérience, je sais qu'il y a beaucoup de choses dans la vie qui sont plus agréables quand ton père n'est pas dans les parages.

— Je ne peux pas te donner tort. Tu vas me dire où elles sont ou est-ce que je vais devoir mettre la maison à sac ? » Il a brandi le fusil à nouveau, coinçant le cigarillo entre ses doigts croûteux. Le canon touchait presque la joue du vieil homme.

J'ai crachoté, pleurniché.

« Tu vas m'expliquer pourquoi tu en as besoin ? a demandé mon grand-père. Tu n'en as pas assez de deux, si je comprends bien. »

Mon père a tiré une bouffée, sereinement.

« Ça a toujours été le problème avec toi, Fran. Tu es persuadé que tous tes plans sont bons.

— Vraiment ?

— J'ai l'impression, oui.

— Je ne suis pas sûr que tu aies choisi le bon moment pour me faire la morale, papa. Elle est confortable, cette chaise ?

— Pas vraiment.

— Eh bien, si j'étais toi, je commencerais à sympathiser avec elle. »

Le vieil homme a ricané, penché la tête vers moi. « Qu'est-ce qui est arrivé à son bras ?

— Il m'a planté avec un cutter, a expliqué mon père.

— C'est vrai ? »

J'ai haussé les épaules.

« Tu devais avoir tes raisons, en a conclu le vieil homme. Tu ne m'as pas l'air du genre à découper les gens au hasard. J'ai connu quelques mauvaises graines et tu n'en es même pas la moitié d'une.

— Cartouches, a répété mon père. Maintenant.

— Il ne nous a même pas dit que tu étais né, tu sais. Neuf ans, il a fallu. Neuf ans. Il a laissé sa mère mourir sans qu'elle le sache. Quel genre d'homme agit comme ça ? »

Mon père faisait les cent pas devant lui avec le fusil.

« Je veux ces putains de cartouches. »

À ces mots, Paul Hardesty s'est agacé. « Je n'en ai peut-être plus, va savoir ?

— Tu ne te retrouverais jamais à court de munitions.

— J'ai soixante-quatorze ans. J'ai oublié plus de choses que tu ne t'en souviens.

— Ouais, c'est ça. » Mon père a alors dû surprendre un bref mouvement dans le regard du vieil homme, parce qu'il a baissé le fusil et s'est retourné pour scruter l'espace au-dessus du meuble d'angle de la cuisine. « Quoi ? Là-haut, c'est ça ? C'est une nouvelle cachette. » Tenant fermement le fusil, il s'est agenouillé sur le plan de travail, et a passé la main au-dessus du placard. « Bon sang, heureusement que les Allemands n'ont jamais pris de tes nouvelles, hein ? Tu leur aurais balancé nos secrets d'État en dix minutes. » Je l'ai entendu secouer la boîte. « Ça fera l'affaire. » Il a sauté à terre, a renversé les cartouches au culot en laiton sur le plan de travail et en a rempli la housse à pleines poignées.

« Tu as du sang plein ton pantalon », a observé mon grand-père.

Je me suis penché pour regarder.

« Oui, je sais.

— Lui aussi.

— Je sais.

— Très bien, ça suffit », a lâché mon père. Il est venu m'attraper par l'aisselle. « On va téléphoner à ta mère. » Cette pensée m'a réjoui le cœur. Il a donné un petit coup de coude au vieil homme. « Tu as toujours ce vieux bigo dans le couloir ?

— Non, j'ai mis un sans-fil.

— Voyez-vous ça, tu es entré dans le XXIe siècle.

— C'est que je ne peux pas monter et descendre l'escalier pour répondre toute la journée. C'est ces terres qui finissent par t'user, tu ne pourrais pas comprendre ce que ça fait. »

Mon père m'a brusquement poussé en avant. « Va le chercher. »

Je suis parti précipitamment, puis me suis arrêté.

« Où ça ?

— Il est dans le salon, fiston, a dit Paul Hardesty. Sur le sofa.

— C'est quoi, un sofa ?

— Tu plaisantes ?

— C'est un pur-sang, celui-là. » Mon père a ri et m'a précisé : « Le canapé. » Il a sauté sur le plan de travail, se cognant les genoux aux meubles en dessous. Un peu de cendre grise est tombé sur les tomettes. Puis, mettant mon grand-père en joue, il a dit sur un ton écrasant : « Pas d'insubordination, Dan. Tu te rappelles ? »

J'ai traversé le couloir, ne sachant pas trop où j'allais. Il y avait une lampe sur le buffet avec des traces de brûlures sur l'abat-jour et, au-dessus, sur le papier peint vert olive qui se décollait, une galerie de petites peintures à l'huile du lac et des collines dans des cadres en bois tout simples. Parmi elles se trouvait le portrait d'une femme, cheveux noirs et lunettes carrées, que j'ai supposé être ma grand-mère. Elle avait le même nez osseux que mon père. Je suis arrivé à la jonction de deux portes et j'ai pris celle de droite, qui ouvrait dans le salon. Un feu modeste brûlait dans l'âtre. Le petit poste de télévision avait une mauvaise réception et le volume était baissé : un vétérinaire en blouse était en train d'ausculter un hérisson sur une table d'examen. J'ai pris le téléphone sur le bras du canapé et suis reparti.

Mon père n'a pas quitté son perchoir. Il a simplement tendu la main pour prendre le téléphone et m'a dit de m'asseoir. Il m'avait préparé une chaise à côté de son père. Pendant qu'il composait le numéro, mon grand-père m'a chuchoté :

« C'est sérieux, ses ennuis ? »

Je lui ai rapidement montré mes dix doigts, il a hoché la tête d'un air grave.

« Ça sonne », a dit mon père en collant le téléphone à son oreille. Le fusil était pointé quelque part sur l'espace séparant la chaise de mon grand-père de la mienne. « Kath, c'est Fran, je venais juste te donner des nouvelles. Avant que tu nous fasses une crise. Je... alors qui est à l'appareil ? » Il a écouté, la bouche en cul de poule. « Écoute, tu vas me faire le plaisir de te calmer, Janet, d'accord ? Tu n'as même pas entendu ce que j'ai à... Attends, c'est vraiment obligatoire ? » Il riait à présent. « Je parle de ton attitude. Relax. Tu ne me connais même pas, ma jolie. J'essaye juste de joindre Kathleen et je me fais engueuler. Où est-elle ? »

Elle était à notre poursuite. Cette pensée m'a donné du courage jusqu'à ce que le message que je lui avais laissé me revienne en mémoire. Mon père n'allait pas être content d'apprendre ça.

« Non, dis-lui juste que j'ai appelé, Janet, d'accord ? Je n'appellerai pas sur ce machin, ça va me coûter un bras. Je rappellerai plus tard... Non, on ne va pas rester ici longtemps. Ce n'est pas la peine. Elle se stresse pour rien, comme d'habitude. » Il y a eu une violente réaction dans le combiné : il l'a écarté de son oreille pour laisser son interlocutrice lui hurler dessus. Après quoi : « Mais qu'est-ce que tu racontes ? Daniel est ici avec moi. On passe un super-moment. » Il a plissé les yeux. « Ah oui, vraiment ? Je vois. Eh bien... C'était il y a longtemps. Tu as des enfants, Janet ? C'est pas évident de suivre leurs changements d'humeur parfois... » Il a jeté le mégot de son Wintermans, qui a grésillé dans la bassine à vaisselle de l'évier. « Tu sais quoi, je vais te le passer. Tu pourras lui demander toi-même. » Il agitait le bras, me faisant signe d'approcher.

« Fais ce qu'il te dit, m'a soufflé Paul Hardesty. N'aie pas peur. »

Je me suis approché. Mon père s'est laissé tomber du plan de travail et s'est agenouillé pour tenir le téléphone contre mon oreille gauche, ses lèvres sèches me grattant la droite. L'odeur amère du cigarillo était fraîche sur lui. Janet avait tendance à parler aux enfants comme s'ils étaient tous sourds ou lents d'esprit. C'était une amie proche mais relativement récente de ma mère qui, parfois, débarquait à la maison vers six heures et demie du soir avec du vin rouge et une vidéo, sa coiffure aussi ouvragée qu'une sculpture en sucre filé et son rire tonitruant, ce qui rendait la conversation plus facile à diriger pour mon père. Improviser des mensonges au téléphone était sa spécialité. Il m'a murmuré le script à l'oreille, et je l'ai suivi.

*

LUI : Dis bonjour.

MOI : Bonjour.

ELLE : *Dan ? Est-ce que ça va ?*

LUI : Tu vas très bien. Pourquoi ?

MOI : Très bien. Pourquoi ?

ELLE : *Parce que ta maman est dans tous ses états. Elle va être tellement soulagée que tu aies appelé.*

LUI : Dis-lui de ne pas s'inquiéter, tu vas bien.

MOI : Ne t'inquiète pas. Je vais bien.

ELLE : *Il y a un petit retard quand tu me réponds, Dan. Est-ce que ton papa est sur la ligne avec nous ?*

MOI : Non. Il n'y a que moi.

LUI : C'est bien.

ELLE : *Tu promets qu'il ne te souffle pas ce qu'il faut dire ?*

MOI : Oui, juré.

ELLE : *Jure sur la vie de ta maman.*

MOI : [...]

LUI : Elle n'aime pas que tu fasses ça.

MOI : Elle n'aime pas que je fasse ça. C'est tenter le sort.

ELLE : *D'accord, tu as raison. Mais je dois être sûre qu'il n'est pas là à te souffler ce que tu dois me dire.*

MOI : Non, Janet, promis. Pourquoi est-ce qu'il ferait ça ?

ELLE : *Je ne te trouve pas très convaincant.*

LUI : Dis-lui que tu vas bien mais que tu en as marre de moi. Tu veux rentrer à la maison.

MOI : Pour être honnête, je vais bien, mais je m'ennuie un peu, quoi. Mon père peut être casse-pieds des fois. Je veux rentrer.

ELLE : *Ah, oui ? Comment ça ?*

LUI : Il ne s'intéresse qu'à lui.

MOI : Il ne s'intéresse qu'à lui.

ELLE : *Oui, on ne fait pas plus égoïste. On le sait bien.*

LUI : Pour lui, s'amuser c'est jouer au billard. Tu détestes le billard.

MOI : Pour lui, s'amuser c'est jouer au billard. Je déteste le billard.

ELLE : *Où est-ce que tu as joué à ça, Dan ? Dans un pub ?*

LUI : Oui.

MOI : Oui. C'était plus un genre d'hôtel, en fait. Ce n'était pas si pénible. Ils avaient un bon jukebox.

LUI : Bien. Continue comme ça.

ELLE : *Où ?*

LUI : À la campagne quelque part. Tu ne sais pas trop.

MOI : Quelque part à la campagne.

ELLE : *Où ça à la campagne, Dan ? Je vais demander à ta maman d'aller te chercher.*

LUI : Tu n'y es plus, là, tout de suite.

MOI : On n'est plus là. C'était hier.

ELLE : *Alors où es-tu maintenant ? D'où est-ce que tu appelles ?*

LUI : De chez quelqu'un.

MOI : De chez quelqu'un.

ELLE : *Ah oui ? Qui ça ?*

LUI : Maxine Laidlaw.

MOI : [...]

LUI : Continue.

MOI : Maxine. Tu sais... l'actrice de la série ?

LUI : Bien.

ELLE : *Qu'est-ce que tu fais là-bas ?*

LUI : Elle a invité toute l'équipe. Pour regarder le premier montage et faire la fête.

MOI : Elle nous a invités à regarder le premier montage. Et à faire la fête.

ELLE : *Le premier quoi ?*

LUI : Le premier montage du premier épisode.

MOI : Le premier montage du premier épisode.

ELLE : *Ah... Et où se trouve cette maison exactement ? Je le dirai à ta maman.*

LUI : Berwick-upon-Tweed.

MOI : Berrick-on-Tweed.

ELLE : *Mince alors. Ce n'est pas en Écosse, ça ?*

LUI : Tu penses que oui.

MOI : Je crois, oui.

ELLE : *Tu as l'adresse, alors ?*

LUI : Non. Pourquoi ?

MOI : Non. Pourquoi?

ELLE : *Parce que tu avais l'air bizarre, Dan, tout à l'heure. Ta maman m'a fait écouter le message.*

MOI : Ah, ça. C'est juste que… je m'ennuyais.

ELLE : *Elle s'arrache les cheveux depuis qu'elle l'a écouté. Elle est en route pour Leeds en ce moment. Elle a pris le portable de ton grand-père au cas où. Je vais te donner le numéro, que tu puisses l'appeler. Ne t'en fais pas pour le prix de l'appel, on s'arrangera.*

LUI : Prends le numéro.

MOI : D'accord. Laisse-moi prendre un stylo.

LUI : Bien vu.

ELLE : *[…]*

MOI : C'est bon. Je suis prêt.

ELLE : *C'est le 0958… 256… 457. C'est noté ?*

MOI : Oui. 0958 256 457.

ELLE : *Je suis restée ici à côté du téléphone au cas où tu appellerais, mais maintenant que tu as le portable, tu peux l'appeler n'importe quand. Mais tu me jures que tu vas bien ?*

LUI : Dis-lui oui.

MOI : Oui. Je vais bien, Janet, c'est la vérité. Mais je suis prêt à rentrer à la maison.

ELLE : *OK. Tu appelleras ta maman à ce numéro, alors ?*

MOI : Oui. Promis.

ELLE : *Bon, très bien. Repasse-moi ton père. Je veux lui dire quelque chose.*

MOI : OK. Au revoir, Janet.

ELLE : *Au revoir, Dan.*

LUI : [...]

ELLE : *[...]*

LUI : Salut, Janet. Alors, satisfaite ? ... Nan, ne t'embête pas... Eh bien, je pourrais, mais pourquoi ? ... Oui, mais pourquoi elle aurait besoin que je le fasse ? ... Dans une dizaine de minutes, je suppose... Juste un pub. Et c'était seulement pour la nuit... Le fait est qu'on a besoin de moi au pays de Galles demain sur un tournage. C'est un truc de dernière minute, alors je vais devoir emmener Dan avec moi, à moins qu'elle veuille venir le chercher... Eh bien, je ne sais pas, on pourrait se retrouver quelque part à mi-chemin. Elle s'est mise en route il y a combien de temps ? Je l'appellerai sur le portable, en cas de besoin. C'est quoi le numéro ?

Il m'a d'abord confié certaines tâches. J'ai reçu l'ordre d'aller chercher la trousse de secours dans le placard sous l'escalier. C'était une boîte en bois avec un couvercle portant une croix rouge peinte à la main, assez fournie pour soigner dix ans de bobos. Certains tubes de pommade croûtés devaient être là avant même la naissance de mon père. Il a rincé son bras sous le robinet de la cuisine, en gardant le fusil braqué sur mon grand-père, puis il m'a fait tamponner la plaie avec de l'essuie-tout, appliquer une noix de Germolene et deux compresses en coton carrées, puis faire un bandage bien serré et maintenir le tout avec un pansement géant. J'ai dû aller prendre un des cardigans du vieil homme dans la penderie et aider mon père à l'enfiler, un bras à la fois, pendant qu'il tenait le fusil. Après quoi il m'a demandé de débrancher toutes les prises téléphoniques, ce que j'ai fait : je suis retourné dans le salon où des publicités sur les accidents du travail passaient à la télévision, j'ai retiré les câbles de la base du téléphone sans fil et, simplement pour prouver ma détermination à exécuter ses ordres, j'ai détaché son adaptateur neuf volts, tout chaud, de la prise principale. Quand je suis revenu, il pressait le canon sur la tempe de mon grand-père. Celui-ci se penchait autant qu'il était possible pour diminuer la pression. Mon père m'a jeté un rouleau d'adhésif pour cartons et m'a ordonné de faire vingt tours autour de ses chevilles et des pieds de la chaise, un pied après l'autre. J'ai regardé mon grand-père pour m'excuser, et il m'a adressé un clignement d'œil appuyé en signe d'acceptation. Une fois ses pieds immobilisés, il a mis les deux mains derrière le dos et j'ai dû lui attacher les poignets.

« Ne discute pas, Daniel, a dit mon grand-père. J'ai toujours su que ça finirait par arriver. Sa mère me contredisait à chaque fois, mais je savais. » Cette remarque lui a valu un grand coup de canon en acier dans l'oreille. « Aïe, va te faire foutre, Francis, espèce de salopard ingrat. Je retire ce que j'ai dit. Elle n'a jamais parlé de toi. Pas une seule fois. » Cette remarque lui a valu un coup de crosse en plein visage. La tête du vieil homme s'est affaissée.

« Arrête, papa ! Laisse-le ! S'il te plaît ! »

Quand mon grand-père s'est redressé, sa bouche était un amas de chairs sanguinolentes. Il a craché une dent. Mon père a shooté dedans pour la faire glisser jusqu'à la plinthe. « Il n'est jamais rien sorti de ce crâne qui vaille un sou », a-t-il lâché. Il a baissé son fusil, une main sur le fût du canon, et est allé piller les placards. Sous l'évier, il a trouvé une corde à linge en plastique bleu. « Ça devrait faire l'affaire. » Elle était encore emballée avec l'étiquette du prix. Il a déchiré l'emballage avec ses dents et a ligoté son père à la chaise, serrant si fort qu'elle s'incrustait dans sa poitrine et ses bras comme une ficelle à rôti. « C'est à qui ce foin dans la grange ? a demandé mon père. Ne me raconte pas que tu as fauché et mis en balles tout ça tout seul ? »

Paul Hardesty lui a lancé un regard noir.

« C'est à moi pour le moment, a-t-il répondu.

— Alors personne ne va venir le déplacer ?

— Pas que je sache.

— Tu as vendu les moutons mais pas le foin ?

— Je n'avais pas le foin quand j'ai vendu les moutons.

— Alors pourquoi faucher ?

— Parce qu'il le fallait. » Mon grand-père a craché un caillot de sang en grimaçant. Il a essayé de se redresser sur sa chaise. « Si tu crois que je laisserais gâcher du bon foin, tu es encore plus stupide que je ne pensais. Ça ne fait qu'ajouter de la valeur à la ferme. Tu ne croirais pas le prix que j'obtiens de ces étrangers. C'est plus du double de ce que… » L'extrémité du canon lui a fracassé le nez. Un bruit guttural est monté de son ventre, un rugissement déchirant.

« Tu n'étais jamais aussi bavard avant, a dit mon père. Je te préférais ainsi. »

*

Quand nous sommes sortis, les chiens étaient couchés en boule sur le chemin. J'ai dû les enjamber. Il m'a fait marcher deux mètres devant lui, en me dirigeant. Le fusil de chasse avait regagné sa housse et il le portait comme une brassée de petit bois. J'entendais les fermetures Éclair tinter sur le cuir au rythme de ses pas. Lorsque nous avons atteint l'allée où se trouvait la Volvo, vitres embuées, il m'a demandé de m'arrêter. Il a tracé une ligne dans les graviers avec sa chaussure. « C'est ta marque. Tu te mets là et tu ne bouges pas. Je vais aller voir Barnaby. » J'ai attendu pendant qu'il marchait sans se presser vers la voiture et jetait un coup d'œil à travers la lunette arrière, le nez collé à la vitre, les mains en œillère. Il est passé côté conducteur et a regardé à travers la fenêtre arrière pour faire bonne mesure. Il avait l'air satisfait. Il est revenu d'un pas décidé sur le gravier. « Suis-moi », a-t-il dit sans s'arrêter, et lorsque je l'ai eu rattrapé, il m'a poussé doucement vers le haut de la pente.

Il m'a fait contourner deux dépendances ; de grandes remises en pierre, qui étaient vides à part un reste de paille et de sciure, et des barrières et portillons en métal qui ne contenaient aucun animal. Le bâtiment suivant ressemblait davantage à un hangar en tôle ondulée, plein de matériel mécanisé : hampes de métal rouillées, lames spiralées, remorques sur roues, appareils fourchus hérissés de dents courbes. Nous les avons laissés derrière nous, en passant par un petit pré à l'herbe fatiguée incliné vers la colline, en direction d'un long mur de pierre bordé de fleurs à capitule rose. La terre était sèche et solide sous nos pas, mais elle s'accrochait aux fers de mes chaussures. « Continue, a-t-il ordonné. On va jusqu'à ce mur. »

Quand nous sommes arrivés, les mollets me brûlaient. Le mur était à peine plus bas que ma ligne de vision. Il m'a fait asseoir à côté, puis m'a imité, posant l'étui de l'arme sur l'herbe. « Je voulais que tu voies ça avant qu'on s'en aille.

— Tu me ramènes à la maison ? »

Il a ignoré ma question et mon empressement. « Regarde d'abord ça. » Il a effleuré la face d'une pierre du mur, grise et moussue, l'a frottée avec son pouce. Un ancien badigeon de peinture rouge était encore visible sous la crasse. Les pierres au-dessus et en dessous présentaient toutes la même marque. Je lui ai dit que je ne comprenais pas, et il a rétorqué : « Ça devient ton slogan. » Je ne savais pas ce que cela signifiait non plus.

Il s'est adossé au mur et a soufflé bruyamment. La boîte de Wintermans est apparue. Il en a allumé un, a tiré dessus d'un air songeur, la brise a emporté la fumée. « Quand je vivais ici, ta grand-mère aimait peindre. C'était juste un passe-temps, pas quelque chose qu'elle songeait un jour à faire à plein temps ou quoi. J'aimais la regarder. Tout ce qu'elle peignait était devant sa fenêtre, tu comprends… elle n'a jamais eu à chercher l'inspiration bien loin. Le lac ou un petit torrent quelconque. La vue sur le Scafell ou le Great Gable. Elle n'avait besoin que de cet endroit. Elle avait l'habitude de cueillir des silènes et d'en remplir la maison, mais les digitales étaient ses préférées. » Il a tiré sur son cigarillo, a soupiré en regardant le paysage devant nous. « En tout cas, je ne me suis jamais vraiment senti à ma place ici, je ne sais pas pourquoi. C'est comme ces gens qui racontent qu'ils sont nés dans le mauvais corps ou quoi, ou qu'ils sont nés hommes alors que ce sont des femmes, mais dans mon cas, je ne sais pas, j'avais juste l'impression d'être appelé ailleurs. Tout le temps. Ça m'embêtait, cette petite voix dans mon oreille toute la journée.

J'ai essayé de l'ignorer, de passer outre, mais impossible. Elle ne voulait pas me foutre la paix. Et je n'étais pas très doué pour ce que l'autre me demandait de faire pour lui. Je merdais tout le temps, je cafouillais ou je faisais de la casse. Tu connais cette impression ? J'espère sincèrement que non. Parce que c'est horrible. Tu finis par faire… comment on appelle ça… tu sais, un *complexe*. Rien de ce que tu entreprends n'est assez bien. Rien ne marche. J'étais nul avec les moutons, pas foutu de les rassembler même si ma vie en avait dépendu. J'étais même pas foutu d'enlever leur fumier correctement. J'ai mis du diesel dans l'élévateur et il a explosé. C'était comme une malédiction. Je détestais tellement cet endroit, et je n'arrêtais pas d'aller me plaindre à elle. Et au bout d'un moment, ma mère, Dieu la bénisse, n'a plus supporté mes jérémiades… elle a dû commencer à se dire que je me plaignais d'*elle*, de ce qu'elle faisait pour moi. Mais ce n'était pas ça. Je suis allé la voir un jour pour râler à propos d'un truc que m'avait balancé le vieux. Ce devait être pendant la saison de la tonte, quand il était particulièrement de mauvais poil. Je crois qu'il m'avait traité de bon à rien, ou quelque chose comme ça. Au bout d'un moment, on finit plus ou moins par oublier les insultes exactes. Alors… » Il a laissé son doigt en l'air, m'invitant à attendre qu'il ait tapoté les cendres de son cigarillo. « Alors au début, elle ne dit rien, elle prend juste un tube d'huile rouge dans sa boîte de peinture et me le tend, et je lui demande ce que je suis censé en faire. Et tu sais ce qu'elle me dit ? Elle dit *Tu vois ce mur là-bas ? C'est ton arrière-grand-père qui a monté ce mur, tu le savais ?* Et j'ai répondu que oui, même si je ne devais pas trop le savoir. Et elle me sort : *Voilà ce que je veux que tu* fasses, *Fran. Au lieu de courir me voir chaque fois que tu te mets en tête que tu n'as rien à* faire *ici, que tu as envie d'être ailleurs, je veux que tu ailles mettre une tache rouge sur une de ces pierres. Ce sera comme écrire ton nom dessus. Et quand tu en seras à me réclamer un autre tube, alors on aura une sérieuse conversation, et on verra ce que tu ressens par rapport à ce mur. Est-ce que ça te paraît juste ?* » Mon père a écrasé le Wintermans sur la semelle de sa chaussure et a jeté le mégot d'une pichenette. « Alors je me suis exécuté. Je suppose qu'elle voulait que je me sente lié à cet endroit d'une manière ou d'une autre, et c'est le moyen qu'elle a trouvé. C'était une façon de marquer mon territoire, j'imagine. Mais tu veux savoir à quelle vitesse j'ai fini ce tube ? » Il a montré tout le mur d'un geste. « J'ai peint les pierres tout du long avant la saison de tonte suivante. Si tu ne me crois pas, tu n'as qu'à vérifier. »

Je me suis levé, parce que je ne croyais pas un mot de ce qu'il m'avait raconté et que je voulais avoir raison, mais il n'y avait aucun doute possible. Chaque face de chaque pierre portait le même disque de peinture rouge, délavé mais encore discernable. Il y en avait des centaines, des milliers même. J'ai dû inspecter la moitié de la longueur du pré avant qu'il ne siffle pour me rappeler. Quand je me suis retourné, il avait l'étui du fusil sur son épaule. Le soleil s'empourprait sur les rochers escarpés derrière lui, et il était le Fran Hardesty de toujours. Je suis revenu vers lui, et il m'a demandé : « Alors, tu me crois ?

— Ouais. » Je comprenais aussi que ces marques de peinture n'étaient qu'une illusion de perspective supplémentaire, une chose qu'il s'était appropriée pour donner le change. Il s'était menti à lui-même tant de fois qu'il n'arrivait peut-être plus à faire la différence.

Il a regardé fixement au bas de la colline. « Le problème, c'est qu'on n'a jamais eu cette conversation comme elle l'avait promis, et que je ne me sens toujours pas lié à cette ferme ni à quoi que ce soit d'autre dans le coin. Mais ce n'est pas ça, l'important. L'important, c'est qu'elle le *voulait*. Ça comptait pour elle. Par contre, pour mon vieux, ça n'a jamais compté, ce que je voulais ou non. Il a vendu sans même me consulter… enfin, ça ne me fait ni chaud ni froid, parce que je m'y attendais, mais c'est comme si l'univers m'avait envoyé une énième motte de merde, un autre truc que j'ai probablement foiré quelque part en cours de route. Alors, voilà. » Il s'est éclairci la gorge. « Je ne peux plus rien te donner, fiston. C'est comme ça.

— Ça m'est égal.

— Ouais, eh bien moi, non. »

Nous sommes repassés par le champ sans dire un mot. Je n'avais rien avalé depuis ce mauvais petit déjeuner au White Oak. J'avais faim et honte d'avoir faim. Il a dû penser en me voyant descendre la colline en marchant de travers que j'avais besoin de me soulager, parce qu'il m'a lancé : « Hé, tu ferais bien de profiter de tout cet espace pendant que tu le peux encore. Va te mettre là, contre cette barrière. Je t'attends.

— Je n'ai pas envie.

— Fais-moi confiance. »

Je l'ai regardé fixement.

« Allez, je ne te demande pas ton avis. »

Il est resté à rôder derrière moi pendant cinq bonnes minutes jusqu'à ce qu'un cordon de terre sèche ne grossisse sous mes pieds, fumant. « Tu vois. Il y a toujours quelque chose dans le réservoir. Je le savais. »

Nous sommes passés derrière la remise. Un des chiens chancelait sur le chemin, rebondissant du flanc d'une dépendance à l'autre comme une mouche pourvue d'une moitié d'aile. « Attends, on va prendre un autre chemin », a-t-il dit quand j'ai pris à droite.

Nous avons traversé la cour de devant. Les vêtements du vieil homme séchaient sur un étendoir parapluie et une congrégation de vieilles bottes en caoutchouc étaient retournées sur un porte-chaussures près de la porte. J'apercevais la lueur vacillante de la télé dans le salon. La grange à foin se trouvait sur le côté de la maison, en face d'un chemin de gravier. Mon père m'a poussé en avant, sous la vaste entrée ouverte.

C'est là que je vais te dire quelque chose que je n'avais encore jamais laissé sortir de mon esprit. Il n'y a pas beaucoup de gens qui ont entendu mon explication de ce qui s'est produit à la ferme ce jour-là : cinq ou six agents de police, trois assistantes sociales, dix psychiatres différents, un ami proche et une petite amie avec laquelle je suis resté suffisamment intime pour aborder mon passé. Tous m'ont posé la même question : est-ce que j'ai cru qu'il allait me tuer moi aussi ? J'ai pris l'habitude de répondre que non. J'ai toujours affirmé que s'il avait eu l'intention de me faire du mal, il l'aurait fait plus tôt, sur la petite aire de stationnement où il en a fini avec Chloe. Mais si je m'en suis tenu à cette réponse aussi longtemps, c'est je crois uniquement parce que l'inspecteur de police a eu l'air d'en être extrêmement satisfait quand je l'ai énoncée la première fois. Rien ne justifie jamais d'exposer les méandres de son esprit à un regard extérieur plus qu'il n'est nécessaire.

Si tu veux la vérité, j'ai cru qu'il allait me tuer dans cette grange à foin. J'en ai eu la prémonition. Au moment où il a déclaré : « Tu vois ce gros convoyeur sur roues ? Tu vas le démarrer pour moi. » J'ai vu ce vieil élévateur à foin et j'ai cru que ma dernière heure avait sonné. Je me suis imaginé qu'il allait me faire grimper en haut du tapis à lattes pour que je tombe sur le béton six mètres plus bas, et m'obliger à recommencer encore et encore jusqu'à ce que je ne puisse plus me relever. Qu'un garçon bien élevé de cet âge conçoive une telle chose est ce qui m'a empêché de l'admettre pendant toutes ces années. J'espère que tu comprendras exactement ce que j'entends par là. D'où vient l'anticipation d'une telle violence sinon d'une sorte de capacité naturelle que j'ai en moi et qui me permet de l'envisager, quelque chose d'inhérent à mon caractère ? Il est important que tu réfléchisses à cela, le moment venu.

« Ne me regarde pas comme ça, c'est du gâteau pour toi, a-t-il lancé. Avant, il fallait le démarrer comme une tondeuse. Maintenant, il y a un vrai moteur dessus. » Il m'a demandé de brancher le câble poussiéreux sur la prise. Il ne s'est rien passé. « Très bien, appuie sur ce bouton vert et bouche-toi les oreilles. »

Chaque soir, le fracas monotone de cette vieille machine s'insinue dans mon sommeil. Ce sont les vibrations qu'on ressent en passant à côté d'un groupe électrogène sur un chantier, ce grondement grave et continu. C'est le frottement des roues d'un train sur les rails quand il freine pour entrer en gare. Ce sont ces deux bruits simultanément, pour toujours. Je l'entends souvent gronder faiblement toute la nuit. Tacataca *clang*. Comme si quelqu'un continuait à faire fonctionner cette machine sans que je puisse la voir. Tacataca *clang*. Tacataca *clang*. Tacataca *clang*. Dans la cuisine, la tête de mon grand-père ballottait sur sa poitrine. Il y avait une traînée de sang sirupeuse sur le devant de son pull. Tacataca *clang*. Tacataca *clang*. « C'est ici que tu descends, Dan. J'ai des choses à régler tout seul. » Tacataca *clang*. Tacataca *clang*. Fran Hardesty a posé une main forte sur mon épaule et m'a fait passer devant l'évier. « Il y a un seau là-dedans, en cas de besoin. Et plein de bouffe sur les étagères. Il y a même quelques canettes de Coca… bois-les toutes d'un coup si ça te chante. Personne ne le saura. » Il m'a guidé jusqu'au cellier ouvert. Tacataca *clang*. Tacataca *clang*. « Assieds-toi là. » Il m'a poussé sur un carton de tomates en conserve, a retiré l'escabeau. « Je reviens dans une minute. » Il a tiré sur un cordon et la lumière s'est éteinte. Il a fermé la porte. « Papa, où est-ce que tu vas ? » Il a fait cliqueter la clé dans la serrure, et j'ai entendu le claquement sec du verrou. Tacataca *clang*. Tacataca *clang*. J'ai attendu dans une obscurité presque totale.

« Tu ne risques rien là-dedans, gamin… garde la tête baissée », m'a dit mon grand-père d'une voix pâteuse. Tacataca *clang*. Tacataca *clang*. Tacataca *clang*.

« Et toi ? » ai-je répondu.

Tacataca *clang.*

« Ne t'en fais donc pas pour moi… je n'ai pas peur de lui… j'ai vu bien pire. »

Tacataca *clang.* Tacataca *clang.* Tacataca *clang.* Tacataca *clang.* J'ai crié, mais il n'a pas répondu. Puis l'obscurité s'est épaissie quand la clé s'est glissée à nouveau dans la serrure. La porte s'est entrouverte. Tacataca *clang.* Tacataca *clang.* Mon père se tenait dans la lumière déclinante avec mon sac. Il me l'a mis dans les bras comme s'il déposait une gerbe. Tacataca *clang.* Tacataca *clang.* « Tu peux rallumer la lumière si tu veux, tu sais, a-t-il dit tout sucre. Le cordon est juste là, regarde. » Tacataca *clang.* Tacataca *clang.*

Je me suis cramponné à ce sac comme à un ami. « Je croyais que tu me ramenais à la maison. »

Il se tenait là, à hocher la tête, les yeux baissés. Tacataca *clang.* Tacataca *clang.* « Tu es mieux ici, crois-moi, fiston, crois-moi. » Cela aura été sa requête jusqu'à la fin : crois-moi, crois-moi, crois-moi, *crois-moi.* Tacataca *clang.* Tacataca *clang.* Il a reniflé. « Désolé, Dan. Je n'ai jamais voulu tout ça. » Tacataca *clang.* Tacataca *clang.* Et il s'est éloigné après m'avoir enfermé. Tacataca *clang.* Tacataca *clang*. Tacataca *clang*. Tacataca *clang*. À travers l'interstice sous la porte, j'ai vu la forme de ses pieds se dissoudre. Tacataca *clang*. Tacataca *clang*. Tacataca *clang*. Tacataca *clang*. Tacataca *clang*. Tacataca *clang*. Tacataca *clang*. Tacataca *clang*. Tacataca *clang*. Tacataca *clang*. « Je suis né dans cette cuisine. » Tacataca *clang*. « Tu crois que je ne le sais pas ? » Tacataca *clang*. « Ça vient de me traverser l'esprit. » Tacataca *clang*. Tacataca *clang*. Tacataca *clang*. « Alors, fais-le, si tu dois le faire. » Tacataca *clang*. Tacataca *clang*.

Tacataca *clang*. Tacataca *clang*. Tacataca *clang*. Tacataca *clang*. Tacataca *clang*. « Qu'est-ce que tu attends ? Achève-nous. Fais comme si j'étais un chien, si ça peut t'aider. » Tacataca *clang*. Tacataca *clang*. Tacataca *clang*. Tacataca *clang*. Tacataca *clang*. « Ce n'est pas aussi facile que tu l'imaginais, hein ? Ça ne m'étonne pas de toi.

— Ferme-la, je réfléchis, c'est tout. » Tacataca *clang*.

Tacataca *clang*. « Qu'est-ce qu'il y a de drôle ? » Tacataca *clang*. Tacataca *clang*. « Mais, putain ! » Tacataca *clang*. Tacataca *clang*. « J'ai dit, qu'est-ce qui te fait rire, bordel ? ! » Tacataca *clang*. « Rien, tu es juste… oh, je n'en sais rien, Francis. C'est un peu tard pour réfléchir. » Tacataca *clang*. Tacataca *clang*. Tacataca *clang*. « Même ça, tu ne peux pas le faire correctement. » Tacataca *clang*. Tacataca *clang*. Tacataca *clang*. « Eh bien, tu sais quoi, j'en ai ras le bol de réfléchir. J'en ai aussi ras le bol d'écouter. » Tacataca *clang*. Tacataca *clang*. « Je ne te remercie pas, papa. Je ne te remercie vraiment pas. » Tacataca *clang*. Tacataca clang. Tacataca *clang*. Tacataca *clang*. « Ouvre la bouche. J'ai dit *ouvre la bouche*. Mords-moi les doigts et je vais rendre ça dix fois plus pénible pour toi. » Tacataca *clang*. Tacataca *clang*. Tacataca *clang*. Tacataca *clang*. Tacataca *clang*. Tacataca *clang*. Tacataca *clang*. Tacataca *clang*. Tacataca *clang*. Tacataca *clang*. Tacataca *clang*. Tacataca *clang*. Tacataca *clang*. Tacataca *clang*. Tacataca *clang*…

Les gens du coin s'étaient faits au vacarme de l'élévateur du vieil homme pendant l'été et étaient habitués à entendre son tracteur pétarader de temps à autre. Mon grand-père avait également la réputation de manquer de patience quand les renards venaient à rôder dans son potager ; il lui arrivait de tirer en l'air pour les effaroucher. Les coups de feu n'étaient pas inhabituels dans cette région d'élevage, où les agneaux devenus boiteux à cause du piétin ou du fourchet devaient être euthanasiés humainement : la plupart des fermiers de Wasdale Head préféraient le fusil de chasse à l'étourdissement électrique ou à l'injection, et possédaient des armes à cette seule fin. Si bien que les tirs qui ont tué mon grand-père et QC n'ont inquiété personne. Cela aurait très bien pu être deux rochers s'éboulant.

Si j'ai été le seul à les remarquer, c'est parce que j'attendais, l'oreille collée au trou de serrure de la porte du cellier. Quand ils ont retenti, ils m'ont semblé lointains ; deux claquements brefs, sans écho, à dix secondes d'intervalle, absorbés par le tacataca *clang* de la machine. Je me rappelle être tombé à genoux après les avoir entendus. Un sentiment de certitude s'est emparé de moi : il l'avait fait. Je supposais qu'il les avait tous les deux abattus à bout pourtant, d'une balle dans le front : d'abord QC et ensuite mon grand-père. C'est tout ce que je pouvais m'imaginer : le moment qui avait précédé l'acte. Les néons qui palpitaient, le canon braqué dans les mains de mon père, le baiser de l'acier sur leurs fronts contractés, son doigt sur la détente, mais rien d'autre, rien de ce qui s'est passé après. Parce que je n'avais aucun précédent à partir duquel imaginer une telle violence. J'avais lu des romans d'aventures pour adolescents. C'est à peine si j'avais vu un film autorisé aux plus de douze ans. Je ne savais rien des dégâts qu'un fusil de chasse causait à un crâne humain à bout portant, qu'il le disloquait en une multitude de petits bouts d'os irréguliers – des particules si petites qu'il faudrait les extraire des balles de foin à l'autre bout de la grange à la pince à épiler. Je ne savais pas que la déflagration était assez puissante pour projeter un homme assis sur une chaise à cinq mètres de distance. Ce genre de détail serait porté à ma connaissance après coup, et je ne l'oublierais plus.

*

Bien entendu, j'ai cherché des issues, mais on ne s'échappait pas facilement de ce cellier. Il faisait environ cinq mètres carrés avec des étagères sur trois côtés démarrant à hauteur de mon nez et s'élevant jusqu'à l'enduit et aux poutres de la ferme. En dessous, des produits achetés en gros : des bidons d'huile de friture, des caisses de vin, d'énormes sacs en papier de croquettes pour chien et de pommes de terre, des cartons de jus d'orange, des bouteilles en plastique géantes de sirop de cassis et de vinaigre de malt, des paquets de sel et de sucre, du riz, des lentilles, de l'orge, des pâtes, une bassine de saindoux, des boîtes de fruits et légumes en conserve, des filets d'oignons rouges. Divers articles de cuisine et denrées finissaient d'encombrer l'espace : papier d'aluminium, plaques de cuisson, un plateau à couverts, des mixeurs, des Tupperware, des céréales de petit déjeuner sans marque, des bocaux de cornichons, de mayonnaise et de piccalilli, des piles de plats et d'assiettes, des bols, des vases et des corbeilles. J'ai essayé de casser le bouton de porte avec une boîte de tomates pelées, pensant que cela améliorerait mes chances avec la serrure, mais la conserve s'est déformée et s'est percée, répandant du jus partout sur moi. J'ai tenté de faire levier avec un couteau à poisson, puis une brochette, puis le manche d'une petite cuillère enfoncés contre le montant de la porte, mais je me suis fait des ampoules et des cals aux mains, sans que le pêne à l'intérieur de la gâche bouge d'un centimètre.

Toutes mes tentatives pour atteindre la trappe du plafond n'ont servi à rien : il me manquait plusieurs dizaines de centimètres pour toucher le panneau du bout des doigts, et quand j'ai essayé de grimper sur une étagère, elle s'est effondrée sous mon poids. Je suis tombé et me suis cassé le coude sur le carrelage. (Plus tard, à l'hôpital, un médecin me parlerait de l'olécrane, la saillie osseuse que je m'étais fracturée, et ses explications ont brièvement détourné mon attention de la douleur.) J'ai passé ce qui m'a semblé des heures à donner des coups de pied dans la porte pour voir si j'arrivais à la fragiliser, à la dégonder, à la défoncer, en pure perte. J'étais résolu à persévérer, mais j'étais trop épuisé pour continuer. Ma frustration m'a assommée. Et c'est au moment où je me suis adossé aux caisses et aux cartons pour reprendre mon souffle que je me suis rendu compte que le tacataca *clang* avait cessé. Il n'y avait plus aucun bruit derrière le trou de la serrure. Je n'entendais que le frottement de ma joue contre le bois, des bruits fortuits provenant de mon propre corps. Il ne revenait pas me chercher – je comprenais au moins cela –, mais je ne savais pas ce qu'il attendait de moi. Que je patiente jusqu'à ce que l'on me découvre ? Que je survive en me nourrissant de conserves et de Coca ? Que j'apaise mes tripes frémissantes en déféquant dans un seau ?... Jusqu'à quand, exactement ? La seule possibilité, semblait-il, était de tenir le coup.

Quand j'ai éteint la lumière, je me suis retrouvé dans une obscurité totale, sans même une pâle lueur de lune sous la porte. Pour la première fois de mon existence, je me suis senti absolument seul. Ce n'était pas simplement le genre de solitude auquel je m'étais accoutumé en tant que petit garçon, quand le samedi se présentait et que je n'avais d'autres perspectives de compagnie que celle de ma mère et des gamins sportifs et brutaux du voisinage, mais d'une séparation totale d'avec tous ceux et tout ce que j'aimais. Il faisait de plus en plus froid dans la pièce, et la faim me rendait nauséeux. Alors, j'ai rallumé la lumière et fouillé dans mon sac à la recherche d'un sweatshirt et d'un jean plus propre. J'ai tiré sur la manche d'un vêtement en laine, et le Walkman de Karen est tombé avec lui. Les écouteurs étaient toujours branchés mais disparaissaient dans le chaos du sac. J'ai trouvé le coffret de cassettes tout au fond, les quatre cassettes à l'intérieur, rangées dans le désordre. Et pendant que je mangeais de bon cœur tout un paquet de corn-flakes rassis, une poignée après l'autre, en les faisant passer avec du jus d'orange, je me suis rendu compte que la voix de Maxine Laidlaw était mon talisman : elle pouvait m'aider à traverser cette épreuve. J'ai essayé de calculer combien de temps les piles allaient durer, si je devais me rationner ou si je devais tout écouter d'une traite jusqu'à ce qu'elles s'épuisent. Le sucre avait contenté et irrité mes boyaux en même temps. J'allais bientôt avoir besoin du seau. Mon coude m'élançait. Je n'aimais pas le silence, je n'aimais ni la lumière vive ni l'obscurité, je n'aimais pas le froid, je ne voulais pas penser à mon père, à ce qu'il avait fait, où il irait ensuite. Les cassettes, le Walkman, mes cartes d'avions Top Trumps, un appareil photo sans pellicule, trois livres de la série Joe Durango et six figurines de soldats en plastique moulé que j'avais reçues en m'abonnant à une collection de fascicules intitulée *Men of Glory* ; voilà ce qui me reliait au monde, à la vie à laquelle je voulais revenir. J'ai décidé d'écouter une partie de l'histoire et puis d'arrêter, pour préserver les piles. Mais aussitôt après avoir mis les écouteurs et appuyé sur PLAY, j'ai éprouvé le sentiment d'être parmi des amis et je ne voulais pas les laisser.

*

[…] un tapis d'ail des ours avait poussé au-dessus du site du canaliseur depuis leur dernière visite. Avec sa hachette, Cryck avait ménagé un sentier à travers la broussaille et les aubépines pendant la nuit, mais pas une seule fleur ne semblait avoir été piétinée entre la lisière de la forêt et la clairière où il la trouva. Elle avait travaillé là douze heures d'affilée. « Quand tu as la chance de quitter un endroit tel que celui-ci, lui avait-elle dit en sortant du campement, à quoi bon dormir ? » Après tout ce temps passé avec elle, il avait encore du mal à savoir quand elle était fatiguée ; l'effort physique ne l'affaiblissait pas. Le seul moment où il avait vu Cryck en proie à ce qui pouvait ressembler à de la fatigue fut la fois où il lui avait préparé un bol de ce qu'il pensait être du goade sans l'avoir préalablement lavé. Quelques heures plus tard, son ventre avait commencé à gronder et sa peau avait pris une teinte laiteuse. « J'ai l'impression, avait-elle déclaré en se frottant le ventre, que la plus grande partie du goade que tu as fait cuire était ce que tes semblables appellent du chou des chiens… qui, ingéré en quantité suffisante, peut tuer un cheval. Je comprendrais que tu aies pu confondre ça avec une herbe – la véronique des ruisseaux, disons, qui a au moins l'avantage d'être inoffensive, quoique infecte à manger, mais avec du goade ? Quelle affreuse boulette. Parfois, je me dis que tu n'es pas un malagh finalement. »

Le matin du départ elle se tenait face au canaliseur avec son vieux khav tenu comme un monocle. L'état du ciel la plongeait dans une grande consternation. Il supposait qu'elle était simplement en train d'étalonner l'appareil par rapport à la position de la fenêtre d'échappement. Mais quand il s'approcha, elle déclara d'un air sombre :

« Quelque chose ne va pas ici, quelque chose est désynchronisé. Les paraxiaux fonctionnent de manière régulière et tous les relevés sont dans la norme, mais je n'obtiens aucune permanence des quorhs. Les deux derniers ne sont peut-être pas aussi stables que je l'espérais. Il va peut-être nous en falloir d'autres.

— Où est-ce qu'on va les trouver ? » Ils avaient déjà écumé la plus grande partie du pays, c'est du moins l'impression qu'il avait. Il ferait volontiers autant de kilomètres qu'elle le jugerait nécessaire, mais il commençait à croire que les objets qu'ils récupéraient ne lui permettraient pas de retourner sur Aoxi. Si les matériaux qu'ils avaient laissés sur Terre n'y suffisaient pas, alors Cryck serait définitivement abandonnée ici. Elle mourrait dans son compartiment comme une prisonnière, et il ne pourrait jamais voir Aoxi, comme elle l'avait promis. Comment pourrait-il faire comprendre à son père son besoin d'atteindre Aoxi sans Cryck ? Il y aurait trop de choses à expliquer. Il vaudrait mieux pour lui qu'il vive dans les bois.

« On va peut-être devoir tenter notre chance en bateau et nous éloigner, dit Cryck avec résignation, mais ce serait en dernier recours. Il y a trop de gens. Trop d'interférences. Sans parler du fait que je déteste votre eau de mer. Tes semblables détruisent même les océans. Les océans ! » Elle lui passa le khav et l'encouragea à évaluer lui-même la configuration de la fenêtre d'échappement. « Je ne suis pas sûre que tu seras invisible au milieu de tous ces gens. Dernièrement, j'ai eu l'impression que ton humanité ressortait. Ce qui

me ralentirait. Et j'ai suffisamment de soucis comme ça.»

Cela l'inquiéta aussi. Il ne se sentait pourtant pas plus humain qu'avant, à part qu'il avait encore du mal à distinguer le goade du chou des chiens et de la véronique des ruisseaux. «Je suis un malagh, tu le sais.

— Oui, eh bien, on devra peut-être te faire passer un autre examen avant même d'envisager d'aller au port. Histoire d'en avoir le cœur net.

— Et je le réussirai, dit-il. Facilement.

— J'espère bien. Sinon, je serai obligée de te laisser là.

— Mais, alors…» Il piégea le soleil dans le viseur et décrivit un arc descendant pour trouver le parfait liminal, comme elle le lui avait appris : un vague amas d'hexagones verts. «Comment je saurai que tu es bien arrivée ?

— Je t'enverrai un message. Quelque chose que tu seras le seul à remarquer.» Elle s'adossa à l'enveloppe du canaliseur, examinant le sol. «Pas aussi transparente qu'elle ne l'était hier. La fenêtre d'échappement, je veux dire.

— Moi, je trouve qu'elle est pareille.

— Ton regard n'est pas exercé.» Elle prit le khav et l'enfonça dans sa poche. «Tu penses vraiment qu'elle se maintient, ou tu fais juste ce truc que tu fais souvent ?

— Quel truc ?

— De jouer les lèche-bottes.

— Non.» Il répéta ce qu'il pensait : si tout ce qu'elle lui avait appris était exact, sa fenêtre d'échappement se présentait bien.

Elle parut rassérénée. «Je suppose que je pourrais tenter un dernier processus de diagnostic, dit-elle. Et peut-être qu'en refaisant l'étamage des soudures sur les lingots, on pourrait obtenir un meilleur rendement. Le dernier remonte à plusieurs semaines. Mais après ça, on sera à court d'options. Toi et moi sommes bons pour repartir à la chasse au trésor, mon petit. Cette fenêtre ne se maintiendra pas indéfiniment. »

*

C'était l'été partout sauf dans le cellier. Les tomettes absorbaient le froid et le diffusaient dans mes os. J'ai dû stopper la cassette pour enfiler toutes les couches de vêtements que j'ai pu trouver dans mon sac. Quand j'ai eu fini, j'étais rembourré comme un matelas sans me sentir réchauffé pour autant. J'ai déplié un carton sur le sol en guise d'isolation. J'ai courageusement avalé deux gorgées de brandy de supermarché, ce qui m'a rappelé ma grand-mère qui disait qu'il réchauffait l'âme. Je me suis souvenu qu'au moment de Noël, on en remplissait les tonnelets accrochés aux colliers des saint-bernard. Mais rien ne pouvait remédier à cette sensation de froid. Il m'avait pénétré trop profondément. C'était un courant d'air dans ma moelle. C'était tout le chagrin qui me guettait, gelé dans les tuyaux. J'ai grimpé sur une caisse et entouré l'ampoule de mes mains pour sentir la chaleur sur ma peau ; et je suppose que c'est ce qui m'a fait tenir. La chaleur ressentie au bout de mes doigts s'est propagée jusqu'à mon cœur et m'a désengourdi, suffisamment pour croire que si je restais patient, occupé, on me trouverait. La seule chose qui a empêché mon esprit de sombrer a pourtant été *L'Artifex*. Si je n'avais pas eu ces cassettes et la possibilité de les écouter, j'aurais sans doute perdu ce qui compte le plus : la faculté de me rappeler qui j'étais avant que mon père ne m'abandonne ici.

*

[...] Le canaliseur à collecteur était un appareil silencieux, mais il résonnait à une fréquence qui, la nuit, attirait les chauves-souris. Cryck préférait les appeler les rats volants, ce qui le faisait toujours rire. Albert ne les avait jamais considérées comme des nuisibles mais, le soir du départ, la cime des arbres grouillait de ces créatures et, leurs piqués et chamailleries incessantes, si près de l'appareil, le rendaient nerveux. L'engin avait beau être très grand, il restait sensible aux vibrations de ses pas, dont Cryck disait qu'ils étaient étrangement lourds pour ceux d'un si jeune garçon, et chaque fois qu'elle l'autorisait à pénétrer dans la chambre interne, elle l'obligeait à enfiler des tennis spéciales qui étaient trois tailles trop grandes pour lui. Ce soir-là, elle était évidemment consciente des rats volants dans le ciel, mais elle n'avait pas le temps de s'en inquiéter. À son arrivée, elle se trouvait déjà dans la chambre, occupée à dérouler son ultime check-list. Elle l'aperçut qui attendait sur le seuil et lui fit signe d'entrer. « Chaussures », dit-elle. Et il enfila les tennis.

« Tu as vu ce qui se passe dehors ? demanda-t-il.

— Tant qu'elles restent dans les arbres, elles ne devraient pas trop perturber les réglages, répondit-elle. On va quand même les surveiller de près. Plus il y en a, plus ça m'inquiète.

— Et si elles entraient ici ?

— Ça n'arrivera pas.

— Et si cela arrivait quand même ?

— Elles détruiraient tout. Maintenant s'il te plaît… tu me déconcentres. »

Il n'avait jamais rien vu d'aussi remarquable qu'un canaliseur à collecteur en parfait état de marche. Les quorhs étaient amorcés et diffusaient une lumière très agréable. Le mécanisme extérieur était bleu-vert avec des cordons qui s'allumaient par impulsion et parcouraient tout l'instrument du sol à la coque, de la tour aux goulottes de câblage et aux supports paraxiaux. L'émerveillement qu'il lui inspirait, quand il se tenait à l'intérieur, était encore plus grand que le jour où il avait visité la cathédrale St Paul avec son père et ses sœurs, et qu'il avait levé les yeux vers la flèche juste au moment où les cloches du matin commençaient de sonner. « Magnifique », avait dit son père à ce moment-là. « Une véritable merveille, avaient renchéri ses sœurs, et elles l'avaient soulevé jusqu'en haut des marches, un bras chacune. Elles allaient lui manquer quand il arriverait à Aoxi, mais il écrirait pour expliquer ses raisons. Il savait qu'elles seraient heureuses pour lui.

Cryck dit qu'elle ne pourrait pas manger le repas spécial qu'il avait préparé. Il était servi et les attendait dans leur compartiment, son plat favori : grish et soupe de faisan avec des flatcakes. « Je t'ai expliqué… le ventre vide.

— Tu ne peux pas voyager sans manger. Tu vas tomber malade.

— Ce n'est pas un voyage, Albert. Il ne s'agit pas d'aller d'un endroit à un autre.

— C'est quoi, alors ?

— Tu verras.» Elle ouvrit une console sur la paroi, inspecta ses entrailles. «Voilà, c'est comme ça que je vais réparer», et elle tira un court faisceau de fils jusqu'à la console, une section de câblage qu'il reconnut ; ils l'avaient récupérée dans un compartiment près du réservoir l'hiver précédent. Elle avait indiqué que c'était parmi les câbles les plus chers à être fabriqués et qu'il était rare qu'on en découvre dans une unité aussi basique. Elle y avait vu un signe positif. À ce moment-là, son regard se fixa sur l'évidement de la tour au-dessus de leurs têtes. Les pulsations des quorhs cernaient son rebord métallique comme des billes transparentes tournant sans fin à l'intérieur d'une tasse. «Imagine-toi t'endormir les yeux ouverts et te réveiller les yeux fermés, lui dit-elle. C'est à cela que tu dois t'attendre.» Il ne réussissait pas à se représenter la chose. Les billes continuaient à tournoyer au-dessus de leurs têtes, mais leur mouvement de plus en plus frénétique n'était pas du goût de Cryck. Elle paraissait tendue. «Les relevés que j'obtiens de ma jonction ne me plaisent pas. La coque encaisse trop de puissance.

— Tu peux arranger ça ?

— Il nous reste dix minutes avant qu'elle cède. Douze au plus. On ne peut pas attendre plus longtemps. Il est temps de partir.

— Maintenant ?

— Bien sûr, maintenant.

— Et le…

— Pas le temps. Exécute la procédure comme on l'a répétée. Va.»

Il n'eut même pas le temps de retirer ses tennis. Dehors, dans la cuvette de la forêt, les arbres ondoyaient de chauves-souris, le ciel nocturne en était infesté. En retournant au compartiment, il dut baisser la tête sous leurs nuées – il les chassait de la main avant qu'elles ne se prennent dans ses cheveux – deux frôlèrent ses épaules, et d'autres lui firent entendre le souffle de leurs ailes en passant près de ses oreilles. Il faisait attention à ne pas courir, pour ne pas trébucher. Un faux pas serait capable de réduire à néant tout ce qu'ils avaient planifié. Quand ils avaient répété leur départ, Cryck le suivait de près. Ils avaient traversé le champ en ligne droite pour rejoindre la partie tortueuse des bois où ils avaient établi leur campement. Ils avaient pris place sur les croix que Cryck avait tracées à la peinture sur le toit couvert du compartiment. Cryck avait claqué des doigts et dit « Whoosh ! Et voilà ! On sera partis ! » Mais à présent que cela arrivait enfin pour de bon, il se sentait bien mal préparé. Il était presque parvenu au milieu du champ quand il s'avisa que Cryck ne le suivait pas. Où était-elle ? Était-elle tombée ? Les rats volants l'avaient-ils assommée ?

Il se hâta en direction du campement. Le problème de l'obscurité s'amplifiait à mesure qu'il s'éloignait du canaliseur, et bientôt ses pieds rencontraient la résistance des cultures qui bordaient le champ ; les épis fouettaient ses mains, mais il parvint à la lisière des bois sans accroc. À partir de là, il aurait pu se repérer les yeux fermés. Se faufilant à travers les arbres, il aperçut la faible lueur des lanternes du campement et s'autorisa à prendre une longue inspiration. Puis il s'élança en haut de la pente jusqu'au toit couvert de leur compartiment. Mais où était Cryck ? Il n'y avait personne sur sa croix jaune, à portée de main de la sienne. Il se plaça sur sa croix et attendit, espéra. Elle avait précisé dix minutes. Pas plus de douze. Combien de temps s'était-il écoulé depuis qu'il était parti ? Il regarda les lumières lointaines du canaliseur, son léger halo au-dessus des arbres, une brillance que seuls les vrais Aoxins pouvaient observer d'après Cryck. Comme il était fier de la voir. Il se mit à songer aux autres merveilles qui l'attendaient. Les paysages d'une planète entièrement nouvelle. Des plantes et des animaux d'une étrangeté et d'une variété inouïes. Une forme de beauté qu'il ne connaissait pas encore. Une différente sorte de symétrie.

Iill entendiiiit uuun bruiii ■

◀◀

▶

[…] pas encore. Une différente sorte de symétrie. Il entendit un bruit de bottes à côté de lui dans l'obscurité. Cryck se tenait sur sa marque. « Je veux que tu te rappelles que j'ai fait tout ce que j'ai pu avec ce que j'avais, dit-elle. Si j'ai commis une erreur, je suis désolée. Tu comprends ?

— Je crois, oui.

— Surtout, n'oublie pas. La connaissance est tout. Rappelle-toi ce que je t'ai appris. » Elle fiiiiiit un paaas suuuur laa gauuuuche eeeeeet luiii donnaaaa ■

◀◀

▶

[…] ce que je t'ai appris. » Elle fit un pas sur la gauche et lui donna quelque chose. « Tu vas en avoir besoin. » C'était le vieux khav. « Tu as intérêt à en prendre soin. Je veux le léguer à mon premier-né un jour.

— Tu peux compter sur moi. » Il le serra dans son poing.

— D'accord. La tête levée, les bras plaqués le long du corps, dit-elle. N'oublie pas de souffler profondément. »

Il gardait les yeux rivés sur le site du canaliseur.

Au bout d'un moment, une brume d'un bleu pur commença de s'élever de la cime des arbres au loin. Un éclat intermittent, un bruit pareil à des cris d'oiseaux, de plus en plus brillant, de plus en plus fort. La lueur d'une torche dansait au milieu des arbres. Il entendit un sifflet. Des silhouettes qui couraient dans les bois. Et il se tenait toujours debout sur sa marque de peinture, toujours sur Terre. « Que s'est-il passé ? » demanda-t-il en se tournant vers Cryck. « Ça a cassé ? » Mais il ne vit que le sol nu à l'endroit où elle s'était tenue, et puis la tache mouvante de ses épaules voûtées tandis qu'elle essayait de fuir dans le noir. Elle marmonnait entre ses dents : « Des délégués, des délégués, cours, cours. »

*

Un garçon à l'école m'avait dit qu'on pouvait ressusciter les piles en les frottant quand elles s'épuisaient. Si bien que lorsque la voix de Maxine Laidlaw a commencé à se déformer et à devenir plus grave, j'ai arrêté la bande. J'ai retiré les piles défaillantes du Walkman et j'ai frictionné leurs pôles sur mes cuisses. Au début, ça ne m'a donné que quelques secondes de charge supplémentaire, et je me suis dit qu'il faudrait que j'ajoute le nom de ce garçon à la liste des gens auxquels je ne ferais jamais plus confiance. Mais ensuite, je me suis demandé si l'effet attendu n'avait pas plus à voir avec la chaleur qu'avec la friction. J'ai donc gardé les piles dans mon poing jusqu'à ce que les enveloppes en métal ne soient plus froides quand je les portais à mes lèvres. Je manquais de chaleur corporelle, si bien qu'il m'a fallu un moment pour les réchauffer, et je sentais déjà mon esprit commencer à dériver vers d'autres lieux, d'autres gens auxquels je ne voulais pas penser. Le changement de température a suffi : la voix de Maxine Laidlaw est redevenue normale et a tenu jusqu'à la fin de la troisième cassette. Quand le Walkman s'est arrêté après le départ avorté de Cryck, j'ai su que j'avais un choix à faire. Si j'écoutais la dernière cassette depuis le début, je n'entendrais peut-être jamais la fin. Si je l'avançais, jusqu'à la moitié de l'autre face, j'atteindrais peut-être la résolution de l'histoire avec la charge restante, mais qu'est-ce que je manquerais d'autre ?

Si le dilemme peut sembler insignifiant, au vu de ma situation, je t'assure que j'en suis venu à le considérer comme un des choix les plus importants de mon existence. Parce que plus j'arrivais à faire durer ces piles, moins j'avais à être seul avec mes pensées. Tant que j'avais ces paroles, j'avais leur bienveillance. J'avais la paix. J'avais la normalité. Je pouvais garder ma vie intacte. Sans elles, j'avais des souvenirs de parkings en bord de route, de crânes brisés, et de sang. Mon cerveau entrait en ébullition quand j'imaginais la direction qu'avait pu prendre Fran Hardesty en voiture. J'éprouvais cette espèce d'impuissance qui vous étouffe.

Alors j'ai sorti la dernière cassette du coffret et j'ai avancé la bande en utilisant mon petit doigt. Voici ce que j'ai pu entendre :

[...] certain, mais quand le médecin posa la photographie sur la table, Albert ne put empêcher sa voix de

trembler. Il sentit la pièce se refermer autour de lui. « Non, bafouilla-t-il, ce n'est pas elle. Vous vous êtes trompée de personne. » La femme sur la photo avait beau être aussi mastoc et voûtée que Cryck, avoir les mêmes iris pâles, le même cou court et massif, les narines épatées, et ce sillon au-dessus de la lèvre, il subsistait un grand nombre de différences. Il pourrait même appeler ça des doutes. Pour commencer, cette femme possédait une rangée complète de dents blanches. Ses cheveux étaient bien plus propres, plus raides, tirés en arrière. Ses pommettes étaient légèrement moins saillantes. Ses lèvres étaient plus pleines et le lobe de ses oreilles plus court. Et puis il y avait sa peau : immaculée. Aucune cicatrice sur son front, ni de dartres ou de cloques autour du nez.

« Regarde encore, dit le docteur Wendell. Elle doit avoir vingt ans de moins sur cette photo.

— Ce n'est pas la peine.

— Tu es absolument certain que ce n'est pas elle ? »

Albert hocha la tête d'un air sévère, puis se tourna vers la fenêtre. Dans le parc de la propriété de son père, les jardiniers s'occupaient des pelouses et des parterres. Le vent agitait les arbres dans les bois. Il pouvait tout juste distinguer la voûte du plus haut sycomore vers lequel il avait l'habitude de courir avec ses sœurs. Et quelque part dans ces bois, sous une butte, se trouvait le premier compartiment que Cryck lui avait montré – le seul à l'intérieur duquel il avait été autorisé à pénétrer. Il préférerait renoncer à respirer plutôt que d'en révéler l'existence au Dr Wendell et à son équipe de lèche-bottes en blouse blanche.

« Tu veux connaître son nom ? » demanda le médecin. Il n'aimait pas cette manie qu'elle avait de retirer

ses lunettes à monture métallique pour cracher sur les verres et les nettoyer. Elle s'interrompait au milieu d'une phrase pour les essuyer avec sa manche. On avait l'impression qu'elle faisait cela pour donner le change, convaincre les gens qu'elle était une personne ordinaire.

« Non, merci.

— Allons, Albert », insista son père. Celui-ci avait renoncé à raviver le feu et se tenait à présent adossé au manteau de la cheminée. « Il n'y a pas lieu de te braquer. »

Le médecin ne parut pas apprécier cette interruption. « Nous y viendrons en temps voulu, dit-elle avant de regarder Albert droit dans les yeux. C'est une situation difficile à accepter, n'est-ce pas ? Cette femme était ton amie. Elle t'a sauvé. Elle s'est occupée de toi. Il n'est pas facile d'accepter l'idée qu'elle n'était pas ce qu'elle prétendait être. Je comprends que tu veuilles la protéger. » Il y avait plus de fausseté dans le sourire du docteur qu'il n'en avait jamais décelé chez Cryck. Il n'avait pas encore d'avis définitif à son sujet : si le Dr Wendell était une déléguée, elle cachait bien son jeu. Et même s'il s'agissait d'un vrai médecin, soucieux de son intérêt, il ne lui donnerait jamais ce qu'elle voulait. Il ne lui donnerait jamais Cryck.

« Ce n'est pas elle », répéta-t-il.

Le Dr Wendell se frotta les mains. « Très bien. » Elle retourna la photographiiiie, siiii biiiiiiien. ■

◀◀

▶

[…] retourna la photographie, si bien qu'Albert ne vit plus que le dos brillant et une étiquette tapée à la machine

dans le coin gauche : MARION PATEMAN, *13* JANVIER *1934,* BETHLEM ROYAL HOSPITAL. *« Veux-tu que je te laisse son dossier, comme ça, tu pourraaaaaaaasyyyyy* ■

◀◀

▶

[…] comme ça, tu pourras y jeter un coup d'œil et me dire si tu reconnais quelque chose. En attenndannnnnt ■

▶▶ ▶▶

▶

[…] parce que Cryck l'avait prévenu qu'un jour comme celui-ci viendrait peut-être. Cet après-midi pluvieux, il y avait de nombreuses semaines de cela, après qu'ils avaient vidé le compartiment modifié, elle avait paru perturbée par le quorh, plus lourd, qu'ils avaient récupéré. Elle avait passé la plus grande partie de la soirée à le démonter et à le remonter près du feu de camp en marmonnant nerveusement. « Tu sais, je commence à croire que ce n'est pas un des nôtres, avait-elle avoué. Tu vois ces trous filetés là… » Elle enfonça l'extrémité de son poinçon dans l'appareil. « Le filetage est beaucoup trop fin. Et ça, ce sont des platines, regarde. On n'utilise jamais de platines dans nos assemblages de quorh. Elles sont instables à haute pression. Il y a une subtile différence dans la mécanique des quorhs… ce qui m'a donné à réfléchir. » S'adossant à la souche de l'arbre, Cryck avait planté le poinçon dans ses racines. « Le compartiment a peut-être été inondé volontairement.

— Qui ferait une chose pareille ?

— Quelqu'un qui essaye de brouiller les pistes.

— Un prisonnier, tu veux dire ? » Il avait imaginé des hordes de fugitifs en train d'errer dans la campagne, et cette idée l'avait fait frissonner.

« Je dis simplement qu'il y a de bonnes chances que nous ne soyons pas la seule espèce à avoir trouvé votre planète utile. »

Elle lui avait mis en tête des images de délégués mal intentionnés venant de mondes plus lointains qu'Aoxi. Ses ancêtres lui avaient raconté des histoires de vaisseaux qui sillonnaient ce couloir spatial pour épier les mouvements des Aoxins et venir ensuite piller les planètes autrefois occupées pour y découvrir des ressources et de nouvelles technologies. Quand il demanda à quoi ressemblaient ces délégués, elle répondit : « Ce sont juste des histoires, Albert. Je n'ai aucune certitude, mais à partir de maintenant, il va falloir nous montrer plus vigilants… plus question de t'aventurer hors du campement sans moi, compris ? »

Il avait accepté de faire plus attention.

« Il va aussi falloir trouver l'emplacement adéquat pour le canaliseur. Un endroit à l'abri des regards. »

L'idée était venue à Albert que ces délégués d'autres planètes pourraient avoir forme humaine. Quand il l'avait suggéré à Cryyyyyck, elllllllllle aaaavvvvvvv ■

◀◀

▶

[…] forme humaine. Quand il l'avait suggéré à Cryck, elle avait envisagé cette éventualité en claquant ses gencives. « C'est possible. Il va falloir rester prudents. Certaines espèces sont expertes dans l'art du camouflage, mais tu sauras reconnaître un délégué quand tu en verras un, je pense.

— Comment ? » Il craignait de ne pas être capable de les distinguer le moment venu.

« Fie-toi simplement à ton instinct. » Elle éteignit les braises du feu de camp avec l'eau de sa gourde. « Il

y aura certainement chez eux quelque chose dont tu te méfieras. Ils viendront probablement fouiner en posant des tas de questions sur mon compte, essayer d'obtenir des informations sur ce que je suis en train de construire.

— Ne t'inquiète pas. Je ne le dirai jamais.

— Bien sûr que non, mon garçon.» Elle lui avait tapoté l'épauuuuuuuuuule ■

◀◀

▶

[...] lui avait tapoté l'épaule. «Toi et moi. Nous sommes dans le mêêêêêêêmmme ■

◀◀

▶

[...] nous sooooommmeeesssdansleeeeeeemêêêêêmmme ■

◀◀

▶

[...] nous sooooommmeeesssdansleeeeeeemêêêêêmmmebaaaaattteau

Certains soirs, il rentrait si tard que ma mère finissait par capituler. Elle abandonnait sa vigile au pied de l'escalier et allait se coucher, laissant la lumière du couloir allumée à son intention, et quand elle passait me voir dans ma chambre, arrangeant ma couette, écartant ma frange avec son pouce, je l'interrogeais, comme si je ne le savais pas : « Quelle heure est-il ? Il n'est pas encore rentré ? » Les bons soirs, elle me faisait chut, tout va bien, rendors-toi. Les mauvais, elle se juchait près de moi, ce qui déformait le matelas, et me demandait de lui raconter précisément ce que je savais des faits et gestes de mon père avant qu'il ne quitte la maison : ce qu'il portait, s'il avait mangé, s'il avait pris ses clés, s'il avait mis de l'after-shave, s'il avait piqué l'argent du laveur de carreaux dans le tiroir. Elle ne me laissait pas en paix tant que je n'avais pas répondu à toutes ses questions. Puis je l'entendais faire du bruit dans la salle de bains pour couvrir ses sanglots, entrechoquant des flacons de lotion dans l'armoire de toilette, ouvrant les robinets, et je restais éveillé à m'imaginer ce qu'il fabriquait dehors dans le monde sans nous.

À cet âge, j'ignorais à quoi ressemblaient les écarts de conduite des adultes. Alors je me le représentais dans des pubs enfumés où des gros buveurs se rassemblaient autour de lui pour l'entendre raconter des histoires ; il les captivait par son sens de la repartie et sa faconde. Dans mon esprit, c'était un homme qu'on appréciait pour des sophistications et des traits de caractère que ma mère ignorait. Je suppose que je ne pouvais m'empêcher d'attacher mes propres désirs aux situations que je créais pour lui. J'avais besoin d'inventer des circonstances atténuantes aux déceptions qu'il provoquait, de quoi le racheter aux yeux de ma mère. Et donc je l'imaginais roulant dans la nuit pour aller chercher un collier commandé spécialement à un joaillier dont la boutique se situait à des kilomètres de là. Je l'imaginais en train de cueillir des tulipes dans un jardin du quartier et devant s'expliquer auprès des membres mécontents de la maisonnée qui l'avaient pris sur le fait. Je l'imaginais perché sur son échelle de peintre à la fenêtre éclairée d'un cottage dans un village lointain ; une maison délabrée qu'il restaurerait en secret. Je l'imaginais avec deux pneus à plat sur une route de campagne sombre. Je l'imaginais aux urgences avec un inconnu qu'il avait découvert gisant dans la rue en rentrant à la maison, un épileptique ou une femme sans abri. Je l'imaginais assis dans la salle de consultation d'un vétérinaire avec le chat qu'il avait renversé. Je l'imaginais coincé dans un ascenseur. Je l'imaginais gardien de nuit dans un immeuble de bureaux luxueux, un travail d'appoint qu'il nous avait caché par fierté.

Toutes ces pensées étaient fort éloignées de la vérité et ne faisaient que révéler à quel point je le connaissais mal, mais je m'étais tellement habitué à imaginer ses déplacements que cela compensait presque son absence. L'esprit est capable de projeter ce dont il ne peut faire l'expérience. Je suis certain que tu le comprendras toi-même un jour. On veut vivre des vies plus heureuses en dehors de la réalité. Non pas dans les rêves ou les hallucinations, mais dans les reflets plus brillants des choses passées, dans les scénarios que nous inventons parce que les faits seuls sont trop douloureux. Si nous mangeons la chair plus douce c'est parce que nous ne pouvons pas avaler le noyau noir et pointu.

*

Par exemple, le vendredi 18 août, vers dix-sept heures quarante-cinq. Je suis dans le cellier en train de me soulager dans le seau. L'ammoniaque de ma pisse enfantine devenant écume. C'est tout ce jus d'orange qui s'échappe de moi. Les piles du Walkman sont HS et je n'arrive pas à tenir en place, mais mon coude est toujours électrique, la douleur grésillant sur mon côté. Je lève les yeux sur la trappe du plafond. Les étagères ne supporteront pas mon poids. Peut-être qu'en empilant les caisses et le reste du bric-à-brac, je pourrai construire une plate-forme suffisamment haute pour tenter à nouveau de l'atteindre. Il faudrait juste qu'elle me porte dix secondes, vingt au maximum. Alors, je forme une base avec les cartons de boîtes de conserve, les bidons d'huile et les caisses. J'y ajoute les corbeilles et les Tupperware, le bol du mixer. Puis les sacs de croquettes, le plateau en bois, les bouteilles en plastique et les bocaux. C'est stable mais ça manque de lest. J'aperçois un petit paquet marron sur l'étagère du milieu, derrière un paquet de sucre roux durci, suffisamment carré pour caler les bocaux. Je le descends, mais quelque chose sur la tranche accroche la lumière.

De l'encre argentée.

Mon nom et mon adresse.

Les pattes de mouche verticales de mon père.

Daniel Owen Hardesty, Campion Ghyll Farm, Wasdale Head, Cumbria, England.

Cinq timbres dans le coin montrant la même image : une femme en bonnet entrant dans un petit bois avec des oies. Un mot imprimé dans le ciel au-dessus d'elle : EIRE. Un tampon circulaire qui a bavé : Dublin 13 février 93.

Le papier ne se déchire pas. Je dois mordre les bords pour ouvrir le colis. Une boîte à bijoux. En velours gris. Mince et carrée. Le motif doré s'est effacé. Je soulève le couvercle.

Une clé ternie.

Je l'approche de mon œil droit, la pointe vers l'ampoule nue. On dirait qu'elle a la taille parfaite. Je l'essaye dans la porte du cellier. Elle s'ouvre sur une soirée différente, une lumière plus éclatante. Mon père fait frire des saucisses et des œufs sur le fourneau de la cuisine. Deux chiens quémandent à ses pieds. Il se tourne vers moi, ambivalent. « Je pensais que tu n'y arriverais jamais, dit-il. Va chercher ton assiette. C'est presque prêt. » Il désigne d'un geste la table vide où une place m'est réservée à côté de mon grand-père, de QC et de Chloe Cargill. « On ne peut pas rester jusqu'au matin, alors on va prendre notre petit déjeuner à la place du dîner. Je t'avais promis le traitement royal la prochaine fois, non ? »

*

Par exemple, le vendredi 18 août, aux environs de dix-huit heures trente. Il roule vers le sud, seul, épuisé. Il a refait le plein de la Volvo en vidant jusqu'à la dernière goutte les jerrycans de diesel trouvés dans la remise. Le crépuscule s'attarde au-dessus de Nether Wasdale, un chatoiement pourpre orangé sur les coteaux. Le lac s'estompe peu à peu dans le rétroviseur. Un autre Wintermans lui roussit les doigts. Une fumée blanche tourbillonne dans l'habitacle. Une odeur de café brûlé. Il ne parvient pas à capter la radio. Il met de la musique à fond pour rester éveillé. *Garlands*, Cocteau Twins. Basse fretless et synthétiseurs. Chants subaquatiques. Il respecte la limite de vitesse. Eskdale, Ulpha, Grizebeck. Des empreintes de pouce sanglantes sur l'atlas. Gawthwaite et Lowick Green, Spark Bridge et Penny Bridge. De retour sur le giratoire de Greenodd. La A590 tout du long jusqu'à Kendal, puis la M6. Il roule avec un objectif personnel en tête. Vers le sud. Et elle roule avec un objectif différent. Vers le nord. Ils se rencontrent à mi-parcours, dans un endroit déterminé au téléphone malgré une mauvaise liaison. Une heure plus tôt.

« Non, *Fran… Rugby.* » Elle appelait de son portable dans sa voiture.

« Rugby ? Tu es encore à des kilomètres de là. » Il était sur le téléphone sans fil de la ferme.

« *Où vas-tu exactement ?*

— C'est pour un tournage. Un truc de dernière minute.

— *Non, je t'ai demandé où. Quel coin du pays de Galles ?*

— C'est dans le sud. Près d'Abergavenny. Écoute, tu devrais quitter la M1.

— *Je sais ça, Fran.*

— Prends tout de suite la M6.

— *Ne commence pas à me donner des ordres. Ce sont tes conneries que je suis en train d'arranger, pas les miennes.*

— Quoi qu'il en soit, tu ferais bien de prendre la M6. Il y a une aire de repos à Sandbach. Tu la connais ?

— *Et pourquoi je la connaîtrais ?*

— Bon, trouve-la sur la carte, alors. C'est à mi-chemin. Et c'est facile d'accès.

— *Très bien.*

— Tu as une carte correcte ?

— *J'ai une carte. Je ne sais pas si elle est "correcte".*

— Je suis sûr qu'elle fera l'affaire.

— *Maintenant passe-le-moi, tu veux ?*

— Je te l'ai dit, il dort.

— *Va le réveiller.*

— Qu'est-ce que tu attends de moi, que je jette une brique ? Il est dans la voiture. Je suis dans une cabine de l'autre côté de la route.

— *Eh bien, raccroche. Réveille-le et rappelle-moi.*

— Je n'ai presque plus de monnaie.

— *Je vais te rappeler, alors. C'est quoi le numéro ?*

— Aucune idée. Il n'est pas écrit.

— *Putain, Fran. Tu es nul.*

— En quoi je suis nul ?

— *Oh, si seulement on avait le temps de faire la liste.*

— Je te dis que le gamin a passé la meilleure journée de sa vie, et tu me traites de nul. C'est typique.

— *Tu n'as pas intérêt à me mentir.*

— À quel sujet ?

— *Je ne sais pas. Je te trouve bizarre, c'est tout.*

— Je t'assure, il a vraiment accroché avec Maxine. Il a eu des photos signées, des babioles de la série. Tu verrais le butin qu'il rapporte.

— *Moi, je n'ai pas eu l'impression qu'il s'amusait.*

— Oui, enfin, tu connais Danno. Il n'est jamais très expansif.

— *Je suis tellement en colère après toi. Qu'est-ce qui t'est passé par la tête.*

— Calme-toi. Tu te comportes comme si je l'avais emmené visiter Wormwood Scrubs[1].

— *Ce n'est pas la question et tu le sais. Tu aurais dû téléphoner.*

— Ouais, d'accord.

— *Enfin, Berwick, nom de nom ! C'est ridicule, merde. Ce n'est pas ce dont nous étions convenus, Fran. Tant s'en faut.*

— Oui, mais enfin, il faut être un peu spontané parfois, non ? Maxine a une salle de projection dans sa maison. Elle a beaucoup insisté, et Dan voulait y aller. Qu'est-ce que j'étais censé faire, dire non ? À une personnalité distinguée par la reine ?

— *Qu'est-ce que tu viens de dire ? Je t'ai perdu une seconde.*

---

1. Prison de l'ouest de Londres.

— La ligne est mauvaise. J'ai dit que je n'avais pas eu le choix. Dan voulait y aller.

— *Je ne t'entends pas très bien. C'est quoi ce claquement que j'entends ?*

— Un camion qui se gare.

— *Ta voix est devenue toute nasillarde.*

— Je veux juste qu'on se mette d'accord, sinon…

— *L'aire de Sandbach, tu as dit. Quelle heure ?*

— Vers vingt et une heures.

— *Vingt et une heures ?*

— Oui.

— *OK. C'est noté.*

— À plus tard, alors.

— *N'oublie pas d'attacher sa ceinture.*

— Oui, oui. »

La nuit est tombée quand il traverse Lancaster. Ses phares percent l'obscurité, l'éclat intermittent des réverbères sur l'autoroute. Pas tout à fait assez puissant pour lire l'atlas, ouvert sur le fauteuil passager. Il allume le plafonnier. Son doigt suit la gorge de la M6. C'est quelle sortie ?

La radio commence à crachoter. Des voix bien trop joviales et satisfaites. Toutes les chansons sont cucul. Il opte pour le silence, le cantique des pneus sur le bitume. Il est épuisé. Difficile de différencier les passerelles en béton. C'est quelle sortie ? Ponts routiers et passages pour piétons. Difficile de garder les paupières ouvertes. Ce sont des phares ou bien des yeux de chat ? Les bas-côtés deviennent des rails de sécurité deviennent des cônes de signalisation. Où sont passés les marquages au sol ? C'est quelle sortie ? Ses roues se déportent lentement sur la voie de gauche, la bande d'arrêt d'urgence. Une vibration soudaine le réveille. Le cadran de la pendule tressaute dans le tableau de bord, complètement flou. Le fusil glisse sur la banquette arrière.

Il rallume la radio. Cherche une station. Talk-show. Opéra. Reggae. Électro. Pubs. Infos. Infos. Météo. Infos. Pubs. Pubs. Infos. Pubs. Classique. Infos. Stop.

Le cantique des pneus sur le bitume. Il tend le bras pour ouvrir la boîte à gants. Un peu de *Treasure*, peut-être. Le fusil glisse sur la banquette arrière. Il cherche les cassettes. La main droite sur le volant. Il jette un coup d'œil au-dessus du tableau de bord. La route est dégagée. Pas d'humeur pour *Blue Bell Knoll*. Pas d'humeur pour *Louder than Bombs*. Fatigué de *Garlands*. Fatigué. Il aurait dû emporter plus de cassettes.

La voiture dévie lentement vers la gauche sur la bande d'arrêt d'urgence. Fatigué. Ce grondement soudain. Fatigué.

La boîte à gants se ferme. Trop tard pour corriger la trajectoire. Ses yeux chavirent. Il ne pense pas à la grange à foin. Il ne pense pas au cellier. Il ne pense qu'à lui.

La voiture racle le remblai, se retourne, retombe comme une cassette qu'on a laissée échapper, traverse les trois voies vides et gifle le terre-plein central. Le fusil heurte le plafond, et le coup part. Des vitres volent en éclats. Il heurte le sol et un autre coup part. Le toit est écrasé. Il est suspendu, pris au piège de sa propre ceinture de sécurité. Il respire encore. Il respire encore. Les voitures à l'arrêt attendent qu'il ait fini.

*

Par exemple, aire de Sandbach. 18 août, dix-neuf heures dix. L'endroit est un temple de la vie en transit. Son image en miroir. Ma mère arrive par le nord avec l'impression déconcertante que les mêmes installations sont offertes des deux côtés. Il n'a pas dit lequel : vers le nord ou le sud ?

Il y a une station Esso et un bâtiment bas en brique promettant fast-food et sanitaires. Une passerelle pareille à un train en carafe enjambe l'autoroute. Futuriste, sans doute, à l'époque de sa construction. Le reste est un parking. Un système cloisonné. D'abord, les poids lourds avec leurs containers bariolés, les cars, les camions et les caravanes. Ensuite les voitures et les motos. Il n'y a plus beaucoup de places. Elle tourne un peu, guettant un emplacement vide, en repère un près de la clôture, où le passage incessant des véhicules fait trembler le grillage, où les phares qui passent saturent les haies. Elle se gare, entre deux fourgonnettes : un plombier et un poseur de moquette.

Elle pose pied sur le bitume, verrouille la voiture. Odeur d'huile de friture, odeur d'essence. Une soirée d'été froide, de la pluie sur le trajet. Il n'y a quasiment personne dehors. Un routier sous un réverbère avec le journal. Des adolescents devant l'atrium avec des cigarettes. Les portes coulissantes s'ouvrent automatiquement. Un ronronnement de sèche-mains provenant des toilettes. Des heures à tuer dans cet endroit infernal. Elle voudrait un thé au citron, mais ils n'en ont pas. Juste du thé normal servi dans du polystyrène. Elle l'emporte dans un coin bien éclairé. Un poste d'observation d'où surveiller le parking. Elle pose le téléphone portable de son père sur la table, sort le livre de son sac à main, *La neige tombait sur les cèdres*. Difficile de se concentrer avec ce chœur de sèche-mains. Difficile de faire taire ses pensées. Elle s'assoit.

Elle lit cinq chapitres sans assimiler le moindre mot. Elle boit trois tasses de thé médiocre pour se réconforter, va deux fois aux toilettes et feuillette des revues dans la boutique. À vingt heures cinquante, elle se tient dans l'atrium, observant les entrées. Au quart, elle est dehors sous le crachin, les bras croisés, marchant sur le trottoir, scrutant chaque rangée de voitures au cas où elle ne l'aurait pas vu se garer. À vingt et une heures vingt, elle aperçoit une vieille Volvo bleue et se sent revivre. Mais l'immatriculation n'est pas la même. Sa conductrice est une femme aux cheveux blancs. Il y a de petits chiens dans une cage à l'intérieur de son coffre. Toujours aucun signe de lui à la demie. Elle se dit qu'elle est du mauvais côté de l'aire de repos. Elle lève les yeux vers la passerelle couverte, avec ses sinistres hublots, et comprend qu'elle va devoir la traverser.

L'escalier métallique est moucheté de mégots. Un parfum qu'elle n'arrive pas à identifier. Odeur corporelle ? Pisse de renard ? Mais elle est seule dans le long tunnel, à marcher au-dessus de la circulation. Cette rumeur océanique sous ses pieds. Ses pas ne font aucun bruit.

Elle émerge côté sud. Le bâtiment est une copie conforme. Le même atrium en verre teinté. Les mêmes promesses de fast-food. Le panneau Esso se dresse au-dessus du toit. Mais pas de ronron de sèche-mains. Aucun son d'aucune sorte. Même la pluie s'est calmée. Et la première vision qu'elle a du parking la cloue sur place. Elle manque trébucher.

Toutes les places sont vides à l'exception d'une seule. Des lampadaires éclairent tout autour.

Un vieux break Volvo bleu.

Seul sur le parking.

Elle connaît l'immatriculation par cœur.

De ce côté, tout est fermé. Les portes automatiques sont immobiles. Il n'y a pas âme qui vive.

Elle se dirige vers la voiture, essayant de les apercevoir derrière le pare-brise. On dirait un guet-apens. La voiture a quelque chose de bizarre. A-t-elle été lavée ? La peinture est brillante, fraîche. Les pare-chocs sont rutilants. Pas un point de rouille. C'est une nouvelle galerie de toit ? Plus elle s'approche, plus son intuition est forte. Il n'y a personne dans la voiture. Elle jette un coup d'œil par la vitre côté conducteur. Vide.

La garniture grise est impeccable. *L'Atlas routier de Grande-Bretagne* est posé sur le siège passager. Ce n'est pas possible. La voiture a l'air en meilleur état que le jour où elle l'a achetée. Elle essaye la poignée, sachant que cela ne sert à rien, mais elle produit un bruit sec, la portière s'ouvre. Elle monte à l'intérieur. Une odeur de neuf. Quasiment rien au compteur. La clé dans le contact, avec le porte-clés du concessionnaire. Qu'est-ce que cela veut dire ? Où sont-ils ? Elle reste là à réfléchir. Elle s'émerveille de la passerelle. Elle écoute ce bruit océanique.

L'odeur de voiture neuve la fait larmoyer. Elle est allergique aux produits chimiques. Ses yeux commencent à piquer. Elle a du mascara sur les doigts. Elle abaisse le pare-soleil. Pas de miroir. À la place, elle remarque un défaut sur le vinyle beige. Quelqu'un a écrit dessus au stylo Bic. Des caractères verticaux en vert. *Chère Kath. Changement de plan. Suis la carte jusqu'à Vicarage Lane. Nous t'attendrons.* Signé *Francis*, avec trois baisers.

L'atlas s'ouvre à la page qu'il a cornée pour elle. Un itinéraire est surligné en jaune : il lui fait quitter l'autoroute, et se termine dans un endroit appelé Audlem. Cheshire. Non mais qu'est-ce qu'il croit ?

Elle laisse sa propre voiture côté nord et prend la Volvo en direction du sud. Elle reste sur la route qu'il a tracée. Sur la A500. Ouest. En passant par Barthomley, Chorlton. Sur la carte, des toponymes au charme désuet qu'elle croise pour la première fois : Hough, Walgherton, Hankelow. Trente kilomètres au compteur à présent. Il est vingt et une heures cinquante-cinq ou à peu près. Elle est presque arrivée. Il a entouré l'intersection. C'est là qu'ils attendront. Au bout de cette longue rue de village.

Trois routes confluent devant elle. Un lampadaire en fonte est planté sur le bord, diffusant une lumière douce et chaude. Une église médiévale sur une colline : St James the Great. Une croix anglicane qu'on devine dans le cimetière. Des cottages et des boutiques des deux côtés. Un pub sur sa droite… peut-être là ? Non. Sur sa gauche, il y a une plaque de rue sous une fenêtre : Vicarage Lane. Elle la suit.

Le chemin la fait passer devant des jardins ouvriers et des bâtiments condamnés avec des planches, des clôtures couvertes de lierre et des jardins. Puis, d'un coup, il apparaît dans la lumière des phares. Fran

Hardesty. Perché sur une barrière à bétail en bois. En bleu de travail. En train de fumer. Il y a un chapiteau de mariage dans l'enclos derrière lui. En toile blanche sale. Sans tendeurs. Il jette son Wintermans, saute à terre. Un geste de la main nonchalant. Un geste qui signifie *Baisse la vitre, Kath.* Si bien qu'elle s'exécute dès qu'elle s'arrête à sa hauteur et avant qu'il ait pu se pencher en avant et prononcer un seul mot, elle lui demande des explications : « C'est quoi cette chasse au trésor, Francis ? Où est-il ? »

Il lui sourit en plaquant les mains sur le toit. Son visage est pareil à une énigme qu'il veut qu'elle résolve. Ses cheveux bruns lui descendent maintenant dans le cou, retenus pas un élastique. Sa peau est plus tendue dans l'obscurité. Il ressemble davantage à l'homme qu'elle connaissait avant. À l'homme qu'elle a rencontré. « Tu peux te garer là, devant la maison des vieux. » Même sa voix est rajeunie ; chaude et plus grave. Cette voix qui pouvait la persuader de n'importe quoi autrefois.

« *Fran*, dit-elle.

— Quoi ?

— Tu sais quoi. »

Il continue à lui sourire. « Patiente encore quelques minutes. Tu le verras bientôt. » Il s'éloigne à reculons, un doigt sur les lèvres. C'est comme ça qu'il était, c'est comme ça qu'il parvenait à l'influencer, c'est ce qu'il lui a manqué. Cette douce autorité. Ses pensées impénétrables. La confiance qu'elle avait en lui. « Laisse la voiture ici, je vais te faire entrer.

— Entrer où ? »

Il montre le chapiteau d'un mouvement de tête.

Cela fait longtemps qu'elle n'a pas ressenti aussi peu de colère en sa compagnie. Elle n'est plus à quelques minutes près. Elle avance la voiture de dix mètres sur le chemin. Il y a un accotement herbeux où se garer. Une vieille bâtisse en brique de l'autre côté du chemin, des fenêtres à vitraux sont éclairées aux étages inférieurs. Quand elle descend de voiture, l'air est dense et chaud. Un autre climat.

Il lui fait signe depuis la barrière, sous un réverbère, lui demande de se dépêcher. Elle se hâte sur le chemin. Il a les poings dans les poches de son bleu de travail. Il n'est pas lui-même, ce soir-là, tant mieux. La fidélité est revenue. La gentillesse qu'il avait égarée lui a été rendue. C'est dans sa posture, l'inclinaison partielle de sa tête chaque fois qu'il la regarde. Le Francis côté sud. Tellement mieux que le Francis côté nord.

Dans l'enclos, une lueur orangée illumine le chapiteau de l'intérieur. La nuit est parfaite. Les étoiles sont limpides. Comment s'est-il débrouillé pour créer ça ? Ces illusions de perspective. Tout est fait pour paraître réel de loin. Il lui tend la main. « Le spectacle ne commencera pas tant qu'on ne sera pas entrés, dit-il. Tout va bien. Fais-moi confiance. C'est quelque chose dont tu te souviendras toute ta vie. » Sa paume se referme sur son pouce. Ce n'est pas une erreur. Elle se laisse guider. Il referme la clôture qui produit un grincement grave agréable. Il l'entraîne comme un enfant sur la vieille herbe bosselée. Jusqu'au cœur du champ. La tente s'illumine à leur approche. Il écarte l'entrée en toile. Elle entre, confiante. Plus de déceptions à partir de maintenant.

Quand j'ai entendu l'appel d'une voix de femme derrière la porte, j'ai cru que c'était la sienne. « Daniel ? Daniel, si tu es là, dis quelque chose. » Elle a secoué la poignée à nouveau. Ma mère était enfin arrivée, si calme et distinguée. Elle avait exactement la même douceur dans la voix. J'avais vu les rais de lumière apparaître et disparaître à trois reprises sous la porte. Je n'arrivais pas à plier le coude et j'avais des crampes d'estomac, mais elle était là, qui m'appelait, égale à elle-même. J'ai répondu : « Maman. Maman. » Un cri de joie dans la cuisine : « Là ! Je l'ai ! Il est là ! » C'est à ce moment-là que j'ai remarqué la différence. Un autre accent. « Ça va aller, mon petit, sois patient. » Il y a eu un grésillement et un pépiement. Des bruits de radio. « Est-ce que tu es blessé, Daniel ? Est-ce que ça va là-dedans ?

— J'ai renversé le seau.

— Ne t'en fais pas pour ça. On nettoiera.

— Je crois que je me suis cassé le bras.

— Tu peux bouger ?

— Oui, j'ai froid, c'est tout. Je n'arrête pas de grelotter.

— On va te sortir de là, mon petit. Ça va, tu peux respirer normalement ?

— Oui, mais ça pue. J'ai renversé le seau.

— D'accord, Daniel. Ce n'est pas grave. » Sa radio a gazouillé à nouveau. Elle a eu une conversation à voix basse avec quelqu'un d'autre à l'extérieur. « Tu es toujours là, mon petit ? » m'a-t-elle demandé en se rapprochant. Un fragment de visage est apparu sous la porte.

« Oui.

— Je suis l'agent Millen. De la police de Cumbria. Ça va aller maintenant, Daniel, je te le promets. On va ouvrir cette porte et on va s'occuper de ton bras. Tout va bien se passer, je te le promets. »

Ils ont forcé le verrou au pied-de-biche. La porte s'est ouverte en grand. La lumière éclatante de l'après-midi est entrée à flots, m'a traversé. Et c'est l'agent Millen que j'ai vue en premier, son corps vif et déterminé accourant avec une couverture. Elle m'a enveloppé et m'a soulevé du carton trempé. Je baignais dans ma propre pisse. Ça ne l'a pas dérangée. Je sentais la sécurité de son uniforme contre ma joue, son rembourrage et sa chaleur. La radio crachotait près de mon oreille. Elle ne disait rien, se contentait de me porter. J'ai regardé son visage par en dessous, la tension de sa mâchoire. Elle avait une marque de naissance pareille à une tache de thé à la limite des cheveux. Sa force était extraordinaire. Plus elle me tenait, plus j'avais l'impression d'absorber son énergie. Elle n'était pas ma mère mais, à cet instant précis, je n'en demandais pas plus.

*

On ne m'a pas laissé sortir avant que le périmètre de la grange à foin ne soit bouclé. L'agent Millen m'a fait asseoir au pied de l'escalier et elle a attendu à côté de la rampe en examinant les tableaux de ma grand-mère. « L'urgentiste va venir te voir dans une seconde, m'a-t-elle dit. Ils cherchent juste un endroit où garer l'ambulance. C'est un peu l'embouteillage, là dehors. »

J'ai hoché la tête.

« De toute façon, il ne m'a pas l'air cassé, mais ma vision à rayons X ne marche pas là tout de suite, alors on ne sait jamais. Hé, ce serait cool, non ? Des yeux capables de voir à travers les objets. J'avais ces lunettes à rayons X quand j'avais ton âge. Tu n'en as jamais eu ? »

J'ai secoué la tête.

« On en avait tous une paire de mon temps. Il fallait les commander sur catalogue. C'était juste du papier avec un bout de plastique teinté. De la camelote. »

J'ai failli sourire.

« Si tu réussis à le plier un peu, c'est bon signe, je suppose… moi, je me suis cassé la clavicule une fois et ça a guéri en quelques semaines. J'étais tombée de cheval, alors ça aurait pu être pire. Je ne suis plus jamais remontée sur un canasson, quand j'y pense… »

Je savais que ce bavardage était destiné à me protéger. Elle s'efforçait de maintenir un semblant de normalité, et je lui en étais reconnaissant, mais il m'en fallait davantage. Quand je lui ai demandé ce qui était arrivé à ma mère, elle a tiré à plusieurs reprises sur le garde-corps. « Je ne sais pas trop, mon petit. On ne m'a rien dit. Il va falloir attendre ici une minute ou deux, d'accord ? » Elle a reniflé et dégluti. « Ils vont vouloir t'emmener à l'hôpital, vérifier que tout va bien. Ils mettront peut-être la sirène pour toi, si on leur demande.»

J'ai essayé de me lever mais mes jambes ne me portaient pas.

«Hou là, hou là, doucement, a-t-elle dit avant de venir s'asseoir à côté de moi. On va attendre là.

— Il allait la retrouver.

— Qui ça ?

— Mon père. Ils l'ont trouvé ?

— Franchement, Daniel, on ne me donne pas tous les détails. Il y a une enquête en cours, c'est tout ce que je peux te dire, mais je vais me renseigner pour toi, d'accord ? Je vais demander à mon sergent.

— Il allait l'appeler sur son portable et arranger un rendez-vous.

— Ça aussi, je ne manquerai pas de le dire à mon sergent.

— Mais on ne pourrait pas juste lui téléphoner d'ici ? J'ai le numéro en tête. Il faut que je sache si elle va bien. Il faut que je sache si elle est… »

L'agent Millen m'a pressé le genou.

«Pour l'instant, mon petit, il vaut mieux qu'on reste ici et qu'on laisse les collègues faire leur travail, d'accord ? Laisse-nous faire pour le moment.»

Les secouristes n'avaient aucune réponse à m'apporter non plus. Ils ont contrôlé mes organes vitaux, examiné mes blessures et m'ont demandé si je me sentais d'attaque pour marcher jusqu'à l'ambulance, et j'ai dit non. Mais ils ont détourné toutes mes questions («Oh, je suis seulement qualifié pour te mettre ton écharpe, mon beau») et s'en remettaient aux forces de l'ordre. («La police s'en occupe, je suis sûr.») On m'a assis dans un fauteuil roulant et poussé dans le couloir, jusqu'à la porte d'entrée, puis sur le sentier gravillonné entre les dépendances. Les chiens étaient morts, la langue pendante, des plots numérotés posés à leurs pieds. On m'a fait passer juste devant eux. Un agent en uniforme était occupé à mettre du ruban autour des niches. D'autres, en combinaison bleue, se dirigeaient vers la grange avec d'énormes appareils photo. Des hommes chauves en bras de chemise m'ont regardé passer en fauteuil. L'allée était vide, mais une rangée de voitures de police formait un cordon de sécurité au portail, gyrophares bleus clignotants. Derrière, l'ambulance. « Je vais te laisser avec les ambulanciers une minute, Daniel, a dit l'agent Millen, mais je te suivrai en voiture, d'accord ? Je vais d'abord voir ce que je peux apprendre. » Elle a caressé mon épaule et est allée rejoindre ses collègues en tenue.

Je l'ai revue une heure plus tard, à l'hôpital. Elle est entrée dans mon box, dans le sillage d'un homme mince à lunettes. Il portait son blazer sur l'épaule, crocheté à son index, comme un collégien se présentant à une colle. Il s'est assis au pied de mon lit et s'est présenté comme étant le commissaire principal Barber, de la police de Cumbria. « Mais tu peux m'appeler Graham, a-t-il précisé en souriant. Et tu connais déjà l'agent Millen. » Il lui a souri à elle aussi. « Pourquoi vous ne vous asseyez pas, vous aussi, Daisy ? Ça me rend nerveux quand les gens sont au-dessus de moi. »

Alors qu'elle allait se chercher une chaise, elle a montré mon plâtre du doigt.

« Ils t'ont dit que tu allais devoir le garder combien de temps ?

— Six semaines.

— Ah, ce n'est pas si terrible. » Elle m'a fait un clin d'œil. « Tu pourras remonter à cheval. »

Barber l'a regardée prendre place sur sa chaise. Il a croisé ses grandes jambes et s'est frotté le menton. « Bien, a-t-il commencé en croisant mon regard. *Bien.* » Et alors on aurait dit qu'il perdait toute confiance en lui. Il a toussoté. « Bien, je devrais commencer par préciser que je suis l'inspecteur qui dirige l'enquête sur ton père… ce qui signifie que je suis celui qu'on a chargé de débrouiller ce gâchis. Et jusqu'à maintenant, il y a beaucoup de choses que l'on sait et encore plus que l'on ne sait pas et, pour être franc avec toi, Daniel… c'est Daniel ou tu préfères Dan ? »

J'ai haussé les épaules.

« Pour être franc avec toi, Dan, les choses que nous savons sont plutôt pénibles, et difficilement compréhensibles, alors je vais vraiment avoir besoin de ton aide pour tout le reste. » Il a détourné le regard, considérant mon box, le cadre du lit, le mobilier en mélaminé, tout sauf moi. « J'ai parlé aux médecins. Il semble que tu sois un peu déshydraté et tu t'es manifestement fait une microfracture au coude, mais rien de méchant. C'est un grand soulagement pour nous tous. Beaucoup de gens se sont inquiétés pour toi. Je crois que ta grand-mère est en route. Et nous aimerions vraiment te renvoyer chez toi le plus rapidement possible, mais l'agent Millen a l'air de penser… » Il a marqué un temps d'arrêt, le nez sur ses chaussures. Ses yeux sont devenus vitreux. « L'agent Millen me dit que tu as demandé où était ta maman, et je… » Il a soupiré, passé ses doigts sous ses verres de lunettes. « Je suis désolé, Dan. Dans la police, nous sommes formés pour ce genre de choses, mais il est parfois difficile de dissimuler toutes nos émotions… pardonne-moi. C'est la part la plus pénible de mon métier. » Il a essuyé ses lunettes avec son mouchoir, puis les a replacées sur son nez. L'agent Millen le regardait en secouant la tête, les lèvres pincées. « Quoi qu'il en soit, il faut que je te dise que ta maman et ton papa ont été retrouvés à Audlem hier dans la soirée. C'est à pas mal de kilomètres au sud d'ici, dans le Cheshire. Un agent d'entretien d'une maison de retraite a appelé les urgences. Il les avait vus dans le champ de l'autre côté de la route, et a entendu des bruits. Aux alentours de vingt-deux heures trente, d'après ses dires. Quand la police locale est arrivée, eh bien, c'est deux corps qu'ils ont découverts dans ce champ. Je suis très triste d'avoir à t'apprendre ça, Dan… ta maman et ton papa ne sont plus là, petit. Ils ont été tous les deux retrouvés morts. Je suis vraiment désolé. » Puis il s'est tu, comme s'il m'accordait un moment pour hurler mon angoisse d'un seul jet, mais rien ne m'est venu. Ce n'était pas que je n'avais pas assimilé ce qu'il m'avait révélé… J'avais su dès qu'il s'était assis. Je pense que je voulais m'approprier la douleur et l'isoler, la garder au fond de moi de sorte qu'elle ne contamine pas d'autres gens. L'étouffer avant qu'elle ne se répande. « Dan, est-ce que ça va, mon petit ? a demandé l'agent Millen. Tu comprends ce qui est arrivé ? » J'aurais dû la laisser sortir, à cet instant précis, mais je ne l'ai pas fait.

*

Tout ce que mon obsession des détails m'a apporté, c'est la compréhension que quantité de choses ne peuvent être annulées. Il y a eu un moment à la fin de mon adolescence où j'étais obsédé par l'enquête, où je passais au crible la transcription du rapport du coroner, à la recherche d'une consolation. À cette époque, j'éprouvais un ressentiment persistant à l'égard de mes grands-parents qui ne m'avaient pas laissé assister à l'audience. Je croyais qu'ils m'avaient volé quelque chose, mais je n'aurais pas su dire quoi exactement. Peut-être le besoin de mettre un terme à tout ça pour tourner la page. L'occasion d'entendre mon père être démasqué pour ce qu'il était : un homme d'une cruauté sans frein. J'ai donc réclamé tous les documents auxquels je pouvais avoir accès. Je suis revenu sur les conclusions présentées par la police (deux comtés distincts étaient compétents dans cette affaire mais l'enquête judiciaire s'était déroulée dans le Cumbria – le partage des responsabilités dépendait du nombre de cadavres). J'ai épluché tous les témoignages oraux et les dépositions écrites, y compris la mienne, laquelle, reformulée en langage procédural, dans un registre adulte que je ne reconnaissais pas, semblait appartenir à quelqu'un d'autre, et les comptes rendus d'autres témoins étaient tout aussi ardus à lire. Declan Palmer avait beaucoup de choses à dire sur le fait que mon père travaillait sur *L'Artifex* « sans contrat » et sur le motif de son renvoi, mais une bonne partie de ses déclarations était fallacieuse. Kelly, notre serveuse au Little Chef, a confirmé l'endroit où il s'était procuré le cendrier. Les deux agents de sécurité de Yorkshire Television ont expliqué l'étrange comportement de mon père et le retrait de sa carte d'accès. Sa « liaison » avec Chloe a été révélée par sa meilleure amie. L'agent d'entretien de la maison de retraite a parlé des coups de feu et des cris qu'il avait entendus, ainsi que de la voiture inconnue garée sur Vicarage Lane. Et il y en avait plusieurs autres. Je me disais qu'en me concentrant sur le où, le quand et le comment, j'arriverais peut-être à comprendre le pourquoi. Mais plus je lisais, plus je prenais conscience que les faits seuls ne peuvent rendre compte des actions d'une personne.

Le corps de ma mère, par exemple, a été découvert à 3,70 mètres de celui de mon père. Il l'a conduite jusqu'au milieu du champ sous la menace, l'a fait s'agenouiller, et lui a tiré en plein front (*pourquoi ?*). Puis, il a reculé de quelques pas (*pourquoi ?*), s'est mis à genoux et s'est tiré une balle sous le menton. Il était encore suffisamment proche d'elle pour que les techniciens de scène de crime prélèvent des éclats de sa pommette dans le hachis du visage de ma mère. Ni l'un ni l'autre n'ont été identifiés sur photographies, comme c'est la procédure habituelle : ma mère l'a été grâce à son dossier dentaire, mon père à partir de ses empreintes. La police des West Midlands les a comparées à des échantillons ante-mortem relevés quand il avait vingt ans, après qu'il avait été placé en garde à vue pour bagarre (*pourquoi ?*) dans le centre de Coventry, en novembre 1979 – la seule arrestation de sa vie. C'est ce genre de vérités que les enquêtes judiciaires vous apprennent. Il n'y a aucune consolation à en tirer.

*

Ce sont les images de la caméra de surveillance que je n'arriverai jamais à effacer. On m'a montré la vidéo le quatrième jour de l'enquête de police. L'inspecteur Barber a fait quatre heures de route jusque chez mes grands-parents, à Bradenham, pour me la passer. Il avait emmené l'agent Millen avec lui, sachant sa présence réconfortante – et comptant sur celle-ci, pourrait-on dire, pour me disposer à parler. J'étais trop anéanti pour parler à quiconque à ce stade, et je m'étais montré particulièrement récalcitrant avec l'agent de liaison auprès des familles qui nous avait été assigné, un homme réservé du nom de Dudgeon, parce qu'il s'habillait avec le même manque de conviction que mon père : chemise, pull à col rond et pantalon en velours. Je ressentais sa présence dans la maison comme un obstacle permanent à l'oubli.

Ma grand-mère a fait entrer l'inspecteur et l'agent dans le salon, et elle leur a servi du thé dans son service en porcelaine fine. Pendant que tout le monde buvait de l'earl grey à petites gorgées en piochant des biscuits à même la boîte, il y a eu quelques bavardages préliminaires sur l'état de santé de mon grand-père. Ma grand-mère a expliqué que j'avais à peine décroché un mot depuis que j'étais à la maison. (Elle a employé ce mot, «maison», comme s'il s'agissait d'une étiquette qu'elle pouvait décoller et recoller à sa guise sur n'importe quoi.) Elle tenait le choc pour moi, a-t-elle ajouté, mais j'entendais la lassitude faire vaciller sa voix.

Peu après, l'inspecteur s'est levé et a demandé où se trouvaient la télévision et le magnétoscope. Debout devant le meuble télé, il m'a expliqué ce que je m'apprêtais à voir : des images des caméras de l'aire d'autoroute de Sandbach, en noir et blanc, muettes. « Ça va sans doute être très pénible à regarder, je suis désolé, mais c'est nécessaire. » Il y a eu un moment d'attente pendant qu'il calait la bande. « Je ne veux pas en dire beaucoup plus, a-t-il continué, tandis que l'image tremblait sur l'écran derrière lui. Je veux juste que tu me dises si je passe à côté de quelque chose.

— Si ça devient trop dur, Dan, tu le dis, et on arrêtera », a ajouté l'agent Millen.

J'ai hoché la tête.

La vidéo a commencé. Une ligne grise fendillait le centre de l'écran. Au début, je n'ai vu que deux rangées de places de parking. Puis j'ai remarqué la galerie de toit de la Volvo près du bord droit du cadre, l'arrière tourné vers la caméra. L'immobilité de ces premières secondes avait quelque chose d'horrible. Je les ai regardées avec un sentiment d'impuissance.

Quelques secondes encore.

Une griffure sur l'écran.

Et ça y est, c'est lui.

L'image grise et sinistre de mon père qui descend de voiture et vient s'appuyer contre le coffre, un talon sur le crochet d'attelage. Il attend trente secondes les poings enfoncés dans sa veste, sans bouger. Aucune trace de bandages. Il a changé tous ses vêtements. Son assurance est terrifiante, bien pire en film. Et, peu de temps après, il la repère. Il lui fait signe de la main comme si elle était un chauffeur de taxi en maraude quelque part, hors champ. Elle arrive brusquement, fantôme grenu en pantalon et chemisier. Sa tenue de travail. Elle se précipite vers lui, en faisant des gestes et encore des gestes.

Il tapote dans le vide : *Calme-toi, Kathleen*. Ils se disputent à un mètre de distance. Elle lui crie au visage. Deux passants se retournent pour regarder, amusés. Elle lui donne un petit coup sur la poitrine. Il reste là, impassible. Elle essaye de regarder derrière lui à présent, à travers la lunette arrière. Elle lui donne un coup de pied dans les tibias. Il ne bouge pas. Elle frappe sa poitrine, quatre fois. Les passants observent la scène, en haut à droite. Il s'écarte pour la laisser passer. Elle frappe la voiture vide, lève les bras en l'air. *Où est-il, Fran ? Qu'est-ce que tu as fait de lui ?* Il s'appuie contre le pare-chocs. Les Wintermans sont sortis. D'une gifle, elle fait tomber la boîte métallique. Les passants se rapprochent. Ils vont peut-être la protéger. Il ne bouge pas. Elle lui crie dessus et s'éloigne. Son visage tourné vers la caméra pour la première fois, bruni par les réverbères, changé. Où va-t-elle ? Elle est pour l'instant hors de vue. Il la laisse partir. Il attend. Continue à attendre. Un peu plus longtemps, puis un trou sombre s'ouvre dans son visage et se referme. Il l'appelle. Deux autres badauds se glissent à l'intérieur du cadre : grosses têtes, bras nus. Elle revient vers lui, en faisant des gestes et encore des gestes. Qu'est-ce qu'il a dit ? Son humeur a changé. Elle est effrayée. Ils se retrouvent à nouveau à moins d'un mètre l'un de l'autre. Sa paume se pose sur son épaule. Elle la repousse. Il recommence. Elle la repousse. Ils se font face. Les secondes passent. Une minute. Puis un mouvement brusque : il met la main dans sa poche. Un cutter, un chiffon imbibé, un cendrier ? Non… qu'est-ce donc ? Quelque chose d'inoffensif qu'il pince entre ses doigts. La caméra parvient tout juste à le saisir. Elle le lui arrache. Le tient en l'air. Qu'est-ce que c'est ? Un papier ?

Les réverbères le blanchissent. Elle l'étouffe dans son poing. Son corps se relâche brusquement. Ils en ont fini. Il lui passe les clés de la voiture. Elle réfléchit à quelque chose à présent, mais quoi ? Il va du côté passager, tapote sa montre. Elle va côté conducteur, se met au volant. Cela paraît presque cordial. Les passants déçus en ont assez vu. Une querelle d'amoureux distrayante, maintenant terminée. La voiture manœuvre en marche arrière. Un arc de cercle fluide. Les phares rayonnent. Et les voilà partis. Jusqu'au bord du cadre, puis plus loin. Et plus loin encore. Jusqu'à ce qu'il ne reste d'eux que ces derniers mouvements capturés sur bande.

« C'est tout. C'est tout ce que nous avons. » Barber a appuyé sur la touche EJECT. La cassette vidéo est sortie de l'appareil en gémissant.

Je n'ai rien dit. Ma grand-mère n'a rien dit. Mon grand-père dans son fauteuil n'a rien dit.

« Nous avons essayé d'identifier ces témoins, mais personne ne s'est encore manifesté, ce qui complique les choses. » L'inspecteur a glissé la cassette dans sa jaquette et a soupiré. « On a vérifié les immatriculations de toutes les voitures aux alentours et interrogé leurs propriétaires. Personne n'a rien vu. » Il est retourné s'asseoir, a rempli sa tasse de thé. Le tintement de sa cuillère contre la soucoupe avait quelque chose d'impertinent. Était-il seulement ici pour nous rappeler à tous qu'elle était bel et bien morte ?

Pour finir, ma grand-mère s'est penchée en avant.

« Je regrette vraiment que vous m'ayez persuadée de faire ça.

— J'aurais préféré ne pas avoir à vous la passer, je vous assure, madame Jarrett, mais, comme vous le savez, j'essaye de rendre ce dossier aussi solide que possible.

— Qu'est-ce qu'on est censés dire au juste ?

— Rien, vous n'êtes rien censés dire. Il y a juste une anomalie dans l'enchaînement des faits, et j'espérais que Daniel serait en mesure d'éclairer ma lanterne. » L'inspecteur m'a dévisagé.

« Comment ça, une anomalie ? » a demandé ma grand-mère.

Barber s'est gratté le front avec l'ongle du pouce. « Eh bien, vous avez vu. Elle est montée dans la voiture de son plein gré. Enfin, c'est l'impression que cela donne. Nous nous attendions à voir une forme ou une autre de coercition. Vous savez, l'usage d'une arme quelconque. Ce qui correspondrait aux précédents… eh bien, ce qui correspondrait au traitement qu'il a fait subir à tous les autres.

— Pourquoi est-ce si important ?

— Parce que le tribunal devra tenir compte de cet enregistrement, et qu'il rend ses actions plus discutables. »

Ma grand-mère a eu un mouvement de recul.

« Vous voulez dire qu'elles ne le sont pas déjà ?

— Veuillez m'excuser, je me suis mal exprimé, a repris l'inspecteur en posant sa tasse. Je voulais parler de ses *intentions*. À regarder ces images on a l'impression que tout ça est un peu improvisé. Vous comprenez ? Le coroner va chercher à établir la préméditation. Je ne veux pas que subsiste le moindre doute à ce sujet. Pour votre fille.

— Elle… elle est morte, a dit mon grand-père d'une voix faible. Qui ça intéresse ? » Il avait retiré le tube de ses narines. Il respirait du gravier.

« Moi, ça m'intéresse, monsieur Jarrett. Et cela intéressera le coroner, je puis vous l'assurer.

— N'ira pas en prison… de toute façon. »

Ma grand-mère s'est levée. « Philip, rebranche ton oxygène, imbécile… je ne veux pas t'enterrer, toi aussi. » Elle est allée tripoter sa bouteille. Elle s'est emportée contre l'inspecteur : « Vous autres, vous auriez dû me dire à quel point ce serait perturbant pour tout le monde. À quoi bon revenir là-dessus ?

— Si nous vous avons fait de la peine, madame Jarrett, nous vous présentons nos excuses, a déclaré l'agent Millen. Notre intention n'était pas d'aggraver les choses. » Elle m'a regardé avec une moue contrite. « Nous pensions simplement que Dan aurait pu nous aider au cas où nous serions passés à côté de quelque chose.

— Qu'est-ce qu'il lui a donné, à la fin ? a demandé Barber en inclinant la tête vers moi. C'est ce qui m'intéresse. Qu'est-ce qu'on doit chercher ? »

Je l'ignorais. J'étais trop hébété pour réfléchir. Il était plus facile de me concentrer sur la tempête de neige silencieuse de l'écran de télévision, ces fluctuations de gris.

« Non et non, est intervenue ma grand-mère. Il vaut mieux que vous partiez. Daniel en a assez vu comme ça. Je veux que vous sortiez d'ici, s'il vous plaît. Mon mari est très malade. Et vous auriez dû m'avertir que vous feriez ça… je ne l'aurais jamais permis.

— Oui, je me rends bien compte que c'était une erreur. Si vous êtes bouleversés à cause de moi, je vous demande pardon à tous. » L'inspecteur s'est levé et a brossé quelques miettes sur sa chemise et sa cravate.

« Merci beaucoup pour le thé, madame Jarrett, on va vous laisser. » Il a pris son blazer et la vidéo. « Je vais juste utiliser vos toilettes, si cela ne vous dérange pas ?

— Au fond du couloir », a indiqué ma grand-mère.

L'agent Millen n'avait pas quitté le bord du canapé. « Je suis désolée pour lui. Il est sous pression et ça le rend un peu… vous comprenez. » Elle s'est levée à son tour et a lissé son uniforme. « La dernière affaire de ce genre sur laquelle il ait travaillé s'est très mal terminée : le coupable s'en est sorti… et croyez bien qu'il met tout en œuvre pour bien faire cette fois-ci. » Elle m'a regardé avec une expression que j'ai prise pour de la pitié. « Si quelque chose te vient à l'esprit, Daniel, n'importe quoi, tu me passes un coup de téléphone, d'accord ? Tu as mon numéro. »

L'après-midi du lendemain a été adoucie par un soleil franc et aguichant que quelqu'un qui essaye de se couper du monde ne veut pas voir projeté sur ses rideaux. Ma grand-mère est apparue à la porte de ma chambre pour me persuader de quitter le lit et de déjeuner avec elle dans le patio. « Juste quelques minutes de bon air, un peu de lumière, Dan, c'est tout ce que je demande. Il faut que tu manges. » Sa voix était la seule à laquelle je prêtais encore attention. Je savais qu'elle me donnait le meilleur de son affection, qu'elle consacrait toute son énergie à s'occuper de moi, et je me sentais coupable de ne pas pouvoir encore lui rendre la pareille. Je n'arrivais même pas à trouver la force de me nourrir ou de me laver. Je ne voulais qu'une chose : rester au lit avec les rideaux tirés et, mes écouteurs sur les oreilles, me laisser hypnotiser par Maxine Laidlaw. « Tu sais quoi, a-t-elle dit en entrant dans la chambre, je vais tout préparer, d'accord ? Je vais te sortir tes vêtements. Tu n'auras plus qu'à les enfiler et à descendre. » Je l'ai laissée fouiller rapidement dans ma commode où étaient rangés les vêtements neufs et tout raides qu'elle m'avait achetés (je ne supportais plus de porter ceux qui remplissaient les tiroirs à la maison). Et puis elle s'est approchée du placard d'angle, faisant glisser des cintres en métal. « Où as-tu mis tes chaussures, Dan ? Je ne les trouve nulle part. Si elles ne te vont pas, on peut toujours les changer. Je ne savais pas lesquelles te plaisaient – toutes les baskets se ressemblent pour moi, mais j'ai cru que je ne pouvais pas me tromper avec des Nike. Mais dis-moi si elles ne te plaisent pas. Ça ne me dérange pas de sortir t'en acheter une autre… oh, tu es levé. C'est merveilleux, Daniel. Je suis tellement contente. »

Mes pieds touchaient les lattes du parquet pour la première fois depuis le petit matin. « Ils les ont prises. La police.

— Oh, non, ça m'étonnerait. Elles doivent être en bas quelque part, dans le placard à chaussures.

— Pas les neuves. Les vieilles. Ils les ont gardées. »

Quand j'avais été admis à l'hôpital, j'avais enfilé un peignoir et un pyjama bleu. La police avait emporté tous mes habits dégoûtants, comme preuves, à la demande de l'inspecteur principal, y compris mes tennis tachées de sang. J'avais vu l'agent Millen les mettre dans des sacs plastique avant de quitter mon box. Elle m'avait précisé que je pourrais les récupérer quand je le voudrais, mais je n'avais pas répondu. Je l'aurais volontiers laissée les brûler sur place.

Ma grand-mère me regardait d'un drôle d'air. Elle est venue me toucher le front avec sa paume. « Je suppose qu'on pourrait demander à Dudgeon s'ils en ont encore besoin.

— Non, je me fiche de ces chaussures. Je les hais.

— Bon, d'accord. Eh bien…

— Il faut que je parle à l'agent Millen.

— Oh, mon chéri, je ne sais pas si c'est une très bonne idée. Peut-être une fois que tu auras mangé quelque chose. Je pourrais lui passer… Daniel ? »

J'étais déjà debout et me dirigeais vers le palier, où le numéro de la ligne directe de Millen était griffonné sur le bloc-notes à côté du téléphone.

Il a fallu plusieurs sonneries avant d'entrer en contact avec elle. Elle a répondu sur un ton las qui a aussitôt changé quand elle a entendu ma voix. « OK, OK, je suis tout ouïe, Dan, tu me dis ce que tu penses savoir, et je ferai en sorte de transmettre le message. »

J'ai expliqué que j'avais gardé un billet de vingt livres sous la semelle intérieure de ma tennis. De l'argent que m'avait donné ma mère, au cas où. S'ils regardaient dans la voiture de mon père, ou fouillaient à nouveau le champ, ils le trouveraient peut-être. *Monnaie d'Aoxi*, lui ai-je dit. C'était ça qu'il avait dû lui montrer sur le parking.

« *D'accord, épelle-moi le dernier mot. Qu'est-ce qu'il y avait écrit dessus, Eyoxi ?*

— A-O-X-I… c'est la planète de Cryck. Dans la série.

— *La série de ton père ?* »

Je n'ai rien dit.

« *Dan… tu es là ?*

— Ce n'est pas *sa* série. Il a juste travaillé dessus. »

Elle s'est interrompue un moment.

« *Oui, tu as raison, mon petit. Je ne sais pas pourquoi je l'ai formulé comme ça. C'était stupide de ma part.*

— Vous le direz à Graham ?

— *Bien sûr, dès qu'on aura raccroché, j'irai le voir.* »

Ma grand-mère se tenait sur le palier. Elle est venue me couvrir les épaules avec une robe de chambre.

« Elle savait que je ne lui aurais pas parlé de l'argent, ai-je assuré. Sauf en cas de problème. C'est pour ça qu'elle est montée dans la voiture.

— *Elle a pensé qu'il t'avait fait du mal, c'est ça ?*

— Je crois, oui. Peut-être. Je ne sais pas. »

Millen a réfléchi. « *Il n'y a pas de son sur la bande, c'est le problème. Nous savons qu'il a dit quelque chose pour la faire changer d'avis, mais si on ne peut pas l'entendre, on ne peut pas le prouver.* »

Six jours plus tard, pendant l'audience, l'inspecteur Barber tiendrait un autre discours. Il exposerait au coroner ce que, d'après lui, les preuves suggéraient : qu'elle était montée dans la voiture et qu'elle avait parcouru trente kilomètres en compagnie de Francis Hardesty jusqu'à Audlem pour la simple raison qu'il lui avait dit que je l'attendais là-bas. J'étais ce qui l'avait encouragée à le suivre, a déclaré Barber. Le billet de banque était l'appât. Il s'agissait d'un plan prémédité, échafaudé par Francis Hardesty avant qu'il n'arrive sur le lieu du rendez-vous. Le fusil n'a été sorti de sa cachette qu'au moment où ils ont quitté l'aire d'autoroute ensemble, une fois que la route a été suffisamment sombre pour qu'il la menace sans se faire remarquer.

Laisse-moi te dire une chose importante que j'ai apprise : la présentation des faits n'est pas l'exposition de la vérité. Il y a des fissures dans la substance de ce que disent les gens. Parler, c'est omettre. C'est parfois intentionnel, un instinct de conservation. À d'autres moments, c'est accidentel, un trou de mémoire, une absence. Dans les deux cas, c'est inévitable. Je me suis efforcé d'être plus franc avec toi dans cette version des événements que je ne l'ai jamais été avec quiconque. Je suis pourtant certain que malgré tous mes efforts de transparence, j'ai laissé de côté des choses qui sont importantes. C'est pourquoi j'ai du mal à en vouloir à Declan Palmer et aux autres qui ont témoigné. Parce que même quand on fait de notre mieux pour que la vérité éclate, il y a toujours un reliquat. Lorsqu'une histoire est racontée, elle est altérée.

Si j'avais assisté à l'audience, j'aurais été la seule personne dans la salle qui aurait été en mesure de dire aux jurés que la déposition de Declan Palmer était inexacte. Rien de ce qu'il a caché n'a eu la moindre incidence sur le verdict (quatre homicides et un suicide), et on pourrait supposer que ça n'a pas d'importance. Ce qu'il a laissé de côté dans son témoignage a pourtant fait de mon père quelque chose qu'il n'était pas. Et cela me tracasse d'être le seul à comprendre cela. La version de Palmer :

«Je ne dirais pas que je l'ai renvoyé, non. Il était payé à l'heure, sans contrat. J'ai simplement décidé de me passer de ses services. Nous avions déjà un menuisier en chef plutôt bien payé, et trois autres intérimaires… Barnie Seddon étant le meilleur d'entre eux. Comme j'avais besoin de dégager une marge de manœuvre dans le budget, je me suis débarrassé de celui qui, d'après mon chef d'équipe, était le moins indispensable, dont le travail laissait à désirer, et cette personne, malheureusement, c'était Fran… Il n'était pas content, c'est sûr. Il y a eu une scène dans mon bureau. Enfin, j'appelle ça un bureau : c'était juste une caravane sur le parking, que les réalisateurs partageaient avec moi… il a renversé un meuble classeur, c'est tout. Des vociférations, surtout… Franchement, je ne pourrais pas l'affirmer. On m'a dit que Chloe et lui étaient sortis ensemble, et que ça ne s'était pas très bien terminé… il est possible qu'il ait été jaloux, oui. Elle avait commencé à voir quelqu'un d'autre, d'après ce que j'ai entendu dire… Si c'est lui dont il s'agit, je vous crois sur parole mais, franchement, je ne m'intéressais pas trop à la vie sentimentale de l'équipe. J'essayais juste de tourner dans les délais et dans le budget imparti. C'est mon boulot de producteur. En revanche, je peux vous affirmer que Chloe avait beaucoup de talent, et qu'elle était très appréciée.»

Et donc la version officielle présente mon père comme un menuisier de second ordre, renvoyé de l'équipe en raison de la piètre qualité de son travail. Je sais que cela est faux, mais je ne peux pas le prouver, et que je m'en soucie encore m'horrifie.

Pendant les auditions, le nom d'Eve Quilter n'a pas été mentionné une seule fois. Pas un mot sur ce qui s'est produit dans sa loge. Aucun témoignage sur d'éventuels ragots échangés sur le plateau au sujet de mon père et elle. Aucune prise en compte des allégations de Chloe Cargill. Au début, je me suis demandé comment cela avait pu passer inaperçu dans le témoignage de Palmer. Même les amies de Chloe n'ont fait aucune remarque sur le sujet quand elles ont évoqué la fin de sa relation avec mon père. Faut-il en déduire qu'elles n'étaient pas au courant ? Ou bien que cette liaison n'a jamais existé ? Tout ce que je sais, quand je parcours mes propres déclarations à la police, c'est que je n'y trouve aucune mention d'Eve Quilter non plus. J'ai vérifié les enregistrements de mes entretiens avec l'inspecteur, espérant m'être trompé, mais ils ont confirmé que c'était ma faute : je n'avais pas abordé le sujet une seule fois. J'avais oublié de communiquer ce détail. Peut-être que j'étais perdu et que le chagrin rendait mon esprit confus. Peut-être que j'essayais encore de protéger sa réputation de façon plus ou moins consciente, je n'en sais rien.

Tu vois ? Omission.

Une omission engendre d'autres omissions.

L'omission conduit à une infinité de peut-être.

Par exemple, Declan Palmer n'avait aucune raison d'admettre la raison pour laquelle il avait renvoyé mon père, dans la mesure où la police ne l'a jamais interrogé spécifiquement sur Eve Quilter. Peut-être agissait-il dans l'intérêt de l'émission. Peut-être agissait-il dans son propre intérêt. Peut-être essayait-il de protéger la réputation d'Eve. Peut-être disait-il la vérité. Peut-être qu'avec les années, j'ai fini par mélanger tout ce que Chloe m'avait dit dans la voiture. Peut-être qu'une sorte de processus involontaire a implanté dans mon cerveau le souvenir d'Eve Quilter a posteriori. Peut-être que je ne peux plus me fier à mes propres souvenirs. Peut-être que tu ne devrais pas t'y fier non plus.

Tu comprends ?

Pour cette raison, il y a d'autres faits que je dois remettre en cause à présent. Tous les documents soumis au tribunal, par exemple. Les papiers de divorce, dont le notaire de ma mère avait rédigé une version préliminaire quatre mois avant notre voyage. Les menaces d'expulsion, découvertes à sa dernière adresse connue, exigeant le paiement d'arriérés de loyer. L'acte de propriété de la ferme de mon grand-père, cédée à une famille d'inconnus. Le testament de mon grand-père, où le nom de Francis Hardesty a été effacé en 1990. Une lettre du médecin traitant de mon père : « M. Hardesty était en bonne condition physique, quoique manifestement déprimé. »

Les implications de ces documents sont convaincantes. Ceux-ci semblent indiquer ses motivations. Sauf que mon père était plus complexe que ce que ces éléments rapportent, et je ne parviens pas à les concilier avec l'homme que j'ai connu, le sang-froid qu'il a montré pendant notre trajet jusqu'à la ferme, son aisance sur la petite aire de stationnement avec son cutter.

Autre bizarrerie : quand la police scientifique a analysé le contenu des bouteilles en plastique trouvées dans sa voiture, ils ont découvert que l'une d'entre elles contenait un mélange d'eau de Javel et d'acétone ; du chloroforme maison, que mon grand-père et QC ont ingéré comme l'ont prouvé les analyses toxicologiques. À quel moment a-t-il décidé de préparer cette mixture ? Après avoir reçu les papiers du divorce, ou avant ? Le jour où mon grand-père a vendu la ferme ? La nuit que nous avons passée au White Oak à Rothwell ? Le jour où il est venu me chercher ? Ou bien était-ce juste une association de produits chimiques qu'il considérait comme efficace pour enlever la colle et le vernis, et qui était en sa possession depuis le départ ?

Dans son verdict, le coroner a évoqué un homme poussé au meurtre par un sentiment de rejet, la jalousie et l'humiliation. Un homme qui, séparé de sa femme et de son enfant, criblé de dettes, frustré dans ses aspirations, en situation d'échec dans ses relations avec les autres, a été conduit, je cite, « au bord du désespoir, puis à sauter dans le vide ». Mais je ne crois pas que ses crimes soient nés d'une quelconque rage refoulée face à toutes les désillusions de son existence. Je crois qu'ils sont nés en même temps que lui. Je crois que ses problèmes n'étaient rien d'autre que des prétextes accumulés au fil du temps pour pouvoir un jour s'en servir.

*

Il serait tout aussi mensonger de prétendre que les faits relatés par les journaux rendent compte de la vie de Chloe Cargill. Ils auraient pu tout aussi bien publier son CV. Vingt-six ans. Maquilleuse assistante (*L'Artifex*, *Singles*, *Demob*, *Stay Lucky*). Diplômée du lycée Pudsey Grangefield. Membre du club de course à pied de Roundhay. Un mètre soixante. Yeux bleus, cheveux châtains. Groupe sanguin : AB. Si tu crois ce qu'ils ont écrit dans les tabloïds, elle et mon père auraient vécu « une idylle tragique », une « liaison pleine de sexe », « cinq mois d'une passade torride ». Pouvait-on réellement borner Chloe à ça ? Pour une raison que j'ignore, je m'attendais à mieux de la part des informations télévisées. Les principales chaînes ont couvert les crimes de mon père pendant une quinzaine de jours, et elles ont régurgité les mêmes détails concernant Chloe. On les a montrés sous forme de graphiques, de listes à puces. On a projeté des diaporamas d'elle, heureuse et vivante, dont une photographie que j'ai reconnue pour l'avoir vue au mur de ses toilettes. Parfois, un journaliste la résumait avec des accents dramatiques, debout dans le demi-jour de Vicarage Lane avec un micro muni d'un logo et les cheveux agités par le vent. Parfois, il était fait mention d'elle dans le commentaire d'un montage d'images : ruban de la police frémissant ; porte d'entrée de sa maison ; agents de police en civil en pleine conversation ; aire de stationnement ; cendrier ; ferme et allée ; le champ d'Audlem avec la tente du coroner. Ils ont repassé la déclaration angoissée de ses parents devant le bâtiment du tribunal. Ils ont tenu des discussions superficielles, en studio, avec des criminologues et d'autres experts, des amis et collègues éplorés de Chloe : la maquilleuse d'une émission sur laquelle elle avait travaillé, un homme qu'elle connaissait de son club de course à pied, une femme avec laquelle elle était allée à l'école. Il m'a fallu tout ce temps pour me rendre compte que je n'avais pas le droit d'en savoir davantage sur Chloe Cargill. Ces quelques heures en sa compagnie sont tout ce que je mérite, ces images sont ce que je peux emporter avec moi. Le reste est pour les gens qui l'ont aimée.

*

Ma mère ne sera pas réduite de la sorte. J'ai douze années heureuses passées avec elle à quoi m'accrocher, le privilège d'avoir été témoin de sa vie en mouvement. J'ai ces petits riens que personne d'autre n'a perçus. J'ai son cœur. À tout moment, je peux me rappeler la structure de son visage et toutes les jolies imperfections qui le définissaient : les pores, les rides, les marques, les grains de beauté. Je peux te dessiner l'alignement serré de ses dents de mémoire, chaque angle, chaque interstice et intersection. Je peux recréer le bruit qu'elle faisait en croquant dans une pomme, la clameur creuse de sa bouche qui se refermait sur elle comme celle d'un cheval. Je peux te décrire la teinte légèrement recuite de sa peau chaque fois qu'elle allait nager, la façon dont le chlore la desséchait. Je peux te dire en quoi sa façon de se tenir devant les grilles de l'école était différente de celle des autres mères : droite comme un piquet, les deux mains croisées sur le ventre. Je pourrais dresser pour toi la liste de tous les bijoux qu'elle a jamais portés, des broches en opale aux pendentifs en nacre, en passant par les lourdes perles bas de gamme qu'elle achetait sur les marchés et les bijoux de famille en or pur qu'elle enfermait dans sa coiffeuse. Je peux expliquer les accroche-cœur que dessinaient les cheveux plaqués sur son front quand elle faisait cuire des pâtes sur la cuisinière. Je peux identifier le moment où sa voix se brisait quand elle se mettait en colère, glissait dans le grave quand je m'étais débarrassé de mes devoirs avec une rapidité suspecte, montait de deux octaves chaque fois que quelque chose lui plaisait. Je peux révéler ses petites habitudes exaspérantes : cette façon de se lécher le pouce avant de tourner une page, de retirer ses boucles d'oreilles à clip et de les glisser dans ses chaussures moites de transpiration avant de s'allonger pour regarder la télévision, la façon dont elle palpait le sac de l'aspirateur avant de le vider pour voir s'il ne contenait pas des pièces de monnaie. Je connais les livres qu'elle a lus deux fois (*Les Cygnes sauvages*, *Captive*, *Hôtel du Lac*, *Le Docteur Jivago*) et ceux qu'elle prétendait avoir finis (*Le Bûcher des vanités*, *Sarah et le lieutenant français*, *La Mer, la mer*). Je peux te dire qu'elle gardait toujours un timbre au tarif prioritaire dans son sac à main. Je me souviens des robes qu'elle portait à mes dixième, onzième et douzième anniversaires (à fleurs, jaune pâle, bleue à rayures). Je peux te dire que l'étendue de ses connaissances ne cessait jamais de me surprendre ; confectionner des rideaux doublés avec deux rouleaux de tissu ordinaire, jouer un accord de *ré* à la guitare, défragmenter un disque dur, réparer une pataugeoire crevée pour enfants. J'arrivais toujours à deviner son humeur en fonction de la lourdeur de son pas dans l'escalier et du mordant de ses talons quand elle mettait la table du dîner. Je pouvais lire dans ses pensées en regardant ce qu'elle griffonnait quand elle parlait à des gens au téléphone : une pyramide ombrée ou un carré signifiait qu'elle en avait assez d'écouter, un petit garçon de dessin animé aux yeux exorbités qu'elle était impatiente à l'idée de partager des nouvelles. Je me rappelle tout d'elle, en bien et en mal. Le précieux et le désagréable. Mais ce que je suis incapable de faire, c'est de saisir toute la splendeur de sa personnalité avec des mots : il n'y en a tout simplement pas assez.

*

Accepter que je ne connaîtrai jamais leurs conversations est un progrès. Les raisons pour lesquelles il l'a tuée se situent quelque part entre l'aire d'autoroute de Sandbach et Audlem, et je n'ai aucun moyen d'accès à ce qui s'est dit. Ce trajet en voiture de trente minutes est un vide. Au cours des semaines qui ont suivi sa mort, j'ai fait tout mon possible pour me le représenter. J'ai essayé de m'y projeter par l'esprit comme une caméra cachée, mais je n'ai vu que du vide et je n'ai entendu que des échos de disputes plus anciennes : *espèce de crétin bon à rien je n'ai pas à me justifier je fais ce que je veux pourquoi tu ne la fermes pas pour changer toujours à accuser quelqu'un d'autre pour tes erreurs ça ne t'arrive jamais d'avoir un plan il est où ton amour-propre tu as toujours voulu que j'échoue tu adores me voir me vautrer hein m'humilier c'est le truc que tu préfères bon sang comme j'aurais aimé ne jamais t'avoir rencontré personne ne peut t'encadrer tu es toujours là à pleurnicher toujours à chialer tu ne sais pas la chance que tu as tes parents se sont débarrassés de toi même ton propre fils n'a aucun respect pour toi je ne supporte plus ta présence je ne t'ai jamais aimé de toutes les façons ah ouais et qu'est-ce que tu vas y faire hein ouais c'est ça c'est bien ce que je pensais que de la gueule.*

Avec le temps, ce trajet en voiture est devenu plus facile à visualiser. Des images non sollicitées surgissaient dans mon esprit quand celui-ci était inoccupé. Quand je sortais mes livres de cours de mon sac, elles se présentaient à moi. Quand je me lavais la figure avec du savon antibactérien au moment d'aller au lit, elles se présentaient à moi. Quand je faisais la queue à la cantine, quand j'attendais le bus sous la pluie, quand j'aidais ma grand-mère à nettoyer l'aquarium, quand je laçais mes chaussures, quand mon adversaire réfléchissait à son prochain mouvement au club d'échecs. Des bribes d'anciennes discussions de mes parents remontaient à la surface, et je laissais leurs voix remplir l'espace informe qui se trouvait en moi.

J'entendais mon père se plaindre au sujet de Pascoe : « Et c'est peut-être la seule fois où j'ai vu mon vieux avoir la larme à l'œil, le jour où il a quitté la ferme, mais quand j'ai abordé le sujet avec lui aujourd'hui, il nie en bloc, il me demande de ne pas déterrer le passé, et il prétend maintenant qu'il n'aurait jamais dû engager Pascoe de toute façon, qu'il salopait son travail, alors moi, je lui dis papa, j'étais là bon sang, je sais à quel point tu l'appréciais, je ne suis pas dupe, moi aussi je sais que c'était un excellent travailleur, surtout au moment des foins, je sais qu'il a réparé le chargeur à foin après qu'il a explosé, sans poser de questions, qu'est-ce que tu voulais de plus ? Et je ne finirai pas comme lui, pas question, je ne serai pas un autre Pascoe qu'il pourra faire disparaître comme de la merde sous sa chaussure et dont il ne voudra plus reparler, alors oui, il y a eu droit. En pleine tronche. Et tu sais quoi ? Ça m'a fait du bien. Ça a été un putain de soulagement. »

Je l'entendais qui essayait de le détourner de son objectif : « Comme ces week-ends en caravane. On était heureux autrefois. Quand tu m'emmenais camper... *incroyable*. Mon père disait qu'on s'encanaillait, tu te rappelles ? Un mobile home en Cornouailles. Tu as rétorqué, *Phil*, si c'est ça s'encanailler, vous devriez sortir davantage. La tête qu'il a faite ! Personne ne lui avait jamais parlé ainsi. Je ne m'étais jamais autant amusée de toute ma vie. Ces premiers temps avec toi... mon Dieu. Tu sais de quoi je parle. Tu sais à quel point c'était bien nous deux. Je t'aimais plus que tout à l'époque. Et ça, on ne l'oublie jamais vraiment. Je veux dire, on peut arranger ça. Quoi que tu aies fait, on peut trouver une solution. »

Je l'entendais lui promettre : « Dis-moi juste où il est, Fran, s'il te plaît, dis-moi où il est. Je jure devant Dieu que je te donnerai tout ce que tu voudras. Tout ce que j'ai. Je viderai mon compte. Je te donnerai tout. La maison. Ma voiture. J'ai des diamants dans le tiroir de ma commode qui valent des milliers de livres. Tu le sais. Tu peux les avoir. Tout ce que tu voudras. Mais je t'en prie, Fran. Dis-moi où il est et on n'en parle plus. »

Je l'imaginais en train de la provoquer : « C'est peut-être maintenant qu'on devrait aller voir ce directeur d'école, non ? Qu'il nous voie sous notre meilleur jour. Je prendrai le fusil avec moi. On pourra bavarder et voir s'il peut ne pas tenir compte de cette note de maths. On pourra parler des meilleures cartouches de chasse à utiliser. Je te parie qu'il a tiré deux ou trois trucs dans sa jeunesse, un type chicos comme lui. Ouais, on pourra parler de ce soixante-seize, voir s'il change d'avis. »

Je l'imaginais en train de le provoquer : « Si tu as l'intention de me tuer, Fran, par pitié, change cette musique, tu veux ? Pas question de mourir dans cet affreux vacarme. »

Je l'entendais échafauder des plans d'évasion : « Tu pourrais me déposer ici et prendre un ferry pour la France. Tu as ton passeport à l'arrière, non ? Toutes tes autres affaires sont là. Je ne dirai pas un mot. Personne ne te poursuivra. Tu auras du temps devant toi. Et une fois que tu seras arrivé, tu continues. Où tu veux. Tu trouves du travail. N'importe quoi. Tu prends un train pour la Bulgarie. Tu as des amis là-bas, non ? Laisse-les t'aider. Vas-y. Travaille dans un vignoble ou quelque chose. Je ne dirai pas un mot. C'est forcément un meilleur plan que ce que tu es en train de faire là, maintenant. Fran, écoute-moi. *Fran*. Tu peux le faire. Tu peux partir. »

J'entendais ses justifications pour le choix de leur destination : « Ma mère a été baptisée à St James, tu savais ça ? Ouaip, c'est là qu'ils lui ont mouillé la tête et lui ont dit qu'elle était sauvée. J'avais toujours vu ça plus grand, à la façon dont elle en parlait. Mais tu sais ce que c'est. Tout est tellement décevant dans la vraie vie» / «Est-ce qu'il faut une raison ? Je regardais l'atlas et ça m'a tapé dans l'œil.» / «Oui, je sais que ça n'a l'air de rien. C'est juste un pré. Avant, j'avais ce grand projet d'acheter le terrain un jour et d'y construire une maison, que ce serait mon point de départ dans la vie, mais mon vieux ne voulait pas me prêter l'argent, alors toute l'idée a fait pschit. J'ai continué à venir en visite, voir si on me l'avait piqué. Et le voilà, regarde. C'est toujours un putain d'enclos. Quel gâchis ! »

Ces conversations tournent en rond et se chevauchent.

Elles commencent mais ne se terminent jamais.

Je n'ai pas encore trouvé le moyen de m'empêcher de les créer.

J'ai passé tant d'années à inventer des explications pour ce qui ne peut s'expliquer que je peux à peine distinguer les voix réelles des fantômes de ma mémoire. Le pire, c'est que je sais que je tiens mon imagination de lui. Mon père était capable de construire un canevas de mensonges en moins de temps qu'il n'en fallait à un homme meilleur que lui pour hausser les épaules, et le fait d'avoir hérité de cette aptitude m'effraie ; leurs conversations surgissent si facilement dans ma tête quand je les y autorise. Je m'occupe du problème. Je l'évite. Je trime suffisamment pour éviter tous les temps morts de la journée. Le soir, je gobe des cachets d'Ambien. Il m'en faut parfois deux pour faire taire le tacataca *clang*. Traitement des symptômes. Cela ne semble pas tenable à long terme, mais je n'ai pas encore trouvé de remède pour soigner la cause.

Elle avait six ans de plus et ses cheveux étaient coupés si court que lorsqu'elle est entrée, échappant à l'averse, il lui a suffi de passer la main sur son crâne pour les sécher. Elle avait perdu cette allure dégingandée qu'elle avait à l'époque où elle travaillait pour la télévision. Le dos n'était plus voûté, elle ne se tenait plus le coude avec l'autre main. Au lieu de cela, elle affichait cette indifférence feinte des gens qui ont l'habitude d'être regardés, et balayait la salle du regard d'un air impassible pendant que le serveur accrochait son manteau. J'étais assis dans les tréfonds du restaurant, là où il y avait le moins de monde. Tout autour de moi, les serveurs ramassaient les serviettes et les miettes de pain des derniers clients à avoir déjeuné. On l'a escortée jusqu'à ma table. Ses sabots en caoutchouc produisaient des couinements gymniques sur le parquet. Ses mouvements faisaient miroiter le motif brodé de son chemisier. Quand elle m'a aperçu, elle a tellement ralenti le pas que le serveur s'est retourné pour s'assurer qu'elle le suivait toujours. Je me suis levé pour la saluer, et ses premiers mots ont été : « Oh, mon Dieu, j'ai cru que vous étiez… enfin, vous lui ressemblez tellement. J'ai vraiment eu une drôle d'impression pendant un moment. » J'ai dû sourire d'un air embarrassé. « Merde, c'était vraiment pas le truc à dire, hein ? Oh, mon Dieu, c'est ça. Je le vois à votre tête. Bon, vous savez quoi ? On va rembobiner et la refaire. D'accord ? » Elle a tendu la main au-dessus de la table. « Je m'appelle Eve. Enchantée de vous connaître.

— Moi de même. Merci de vous être libérée pour moi.

— Oh, je vous en prie. C'est agréable de sortir et de faire des choses civilisées. Ils ne me lâchent pas en ce moment. »

Le serveur a tiré la chaise à son intention. Elle s'est assise sans cesser de me dévisager.

« On ne vous laisse même pas sortir pour déjeuner ? » ai-je demandé.

Elle a pris son menu.

« Bien sûr que si, mais quand on en arrive aux répétitions en costume, ils essayent de vous garder dans un périmètre de moins de deux kilomètres. Suffisamment près pour envoyer le directeur artistique me récupérer au lasso. Le problème dans ce coin-là, c'est que…

— Désirez-vous boire quelque chose ? a demandé le serveur.

— De l'eau du robinet, ça ira très bien. Elle est fraîche cette carafe ?

— Elle était là quand je suis arrivé.

— Alors il faudrait peut-être la remplir, a-t-elle dit au serveur. Et est-ce que je pourrais avoir quelques tranches de citron ? Sur une petite assiette ou quelque chose. Enfin, ne les mettez pas dans la carafe, c'est tout ce que je demande. »

Le serveur a acquiescé de la tête et s'en est allé.

« J'espère que cet endroit vous convient. Je ne connais pas très bien Londres.

— Eh bien, j'allais justement vous dire que vous aviez choisi l'endroit idéal. Il n'y a pas vraiment de bons restaurants dans le coin, alors si je dois impérativement rester à Waterloo, je viens en général ici. C'est la meilleure cantine du quartier.

— Oh, tant mieux, alors. »

Elle m'a fait un grand sourire en prenant son menu.

« Est-ce qu'on va vraiment manger ou est-ce que je dois juste commander du café et une énorme part de tiramisu ?

— Ça m'est égal. Ce pour quoi vous avez le temps.

— Eh bien, vous avez faim comment, vous ? »

J'étais trop nerveux pour en être sûr.

« Assez, je suppose.

— Allez, sur l'échelle de la faim, vous êtes à combien ? Huit ? Six ? » Elle a étudié la première page en faisant la moue. « Parce que moi, je suis à peu près à quatre. Il y a une barquette de mini-donuts qui a tourné dans les coulisses et j'ai dû en manger une centaine. Je ne bouffe que des cochonneries quand je suis nerveuse, et je suis terrifiée par cette pièce. Je vais peut-être juste prendre un cappuccino ou quelque chose… mais prenez ce que vous voulez.

— Très bien. » J'ai décidé de commander la même chose qu'elle. Il était important pour moi qu'elle ne sente aucune inégalité entre nous ni qu'elle ait l'impression d'être contrainte de poursuivre notre conversation plus longtemps qu'elle ne le souhaitait. Le serveur est revenu avec le pichet d'eau et les tranches de citron. Elle lui a demandé un cappuccino, aussi chaud que possible, puis a ajouté : « Noyez la mousse de chocolat. Vous pouvez secouer le truc à saupoudrer pendant vingt secondes. Et avec, je vais prendre ces petits biscuits italiens, vous voyez lesquels je veux dire.

— Et pour vous, monsieur ?

— La même chose, ce sera très bien.

— Vous ne mangerez rien aujourd'hui ? » Il m'a adressé un clignement d'œil réprobateur, comme s'il avait cueilli à la main tous les ingrédients du menu du jour.

« Non, désolé. »

Eve a ri.

« Ne vous excusez pas. Vous n'êtes pas obligé de commander à manger. » Elle a regardé le serveur s'éloigner nonchalamment avec nos menus. « Si vous alliez dans une galerie d'art, on ne vous obligerait pas à acheter un Giacometti. Ils seraient déjà contents que vous leur achetiez une carte postale. Alors ne les laissez pas vous culpabiliser. » Puis elle s'est retournée pour me dévisager à nouveau, plissant les yeux. « Moi non plus, je ne connaissais pas bien Londres quand j'avais votre âge. La première fois que je suis venue ici toute seule, j'ai failli faire pipi dans ma culotte rien qu'en regardant le plan du métro. Ça me le fait encore parfois, alors que je vis ici depuis des siècles. Il y a un moment où on finit par oublier à quel point c'est grand.

— Oui, ce n'est pas comme si je ne venais jamais ici, simplement j'essaye d'éviter le quartier des théâtres. » J'avais brusquement la bouche sèche.

« Bien sûr, je comprends ». Et elle a offert de me resservir, remplissant nos deux verres. J'ai bu une gorgée. « Au cas où vous vous demanderiez pour les cheveux, c'est pour la pièce. Le look hooligan, ce n'est pas trop mon style, en général.

— Je trouve que cela vous va bien d'une certaine manière.

— Oh, vous êtes gentil. C'est juste un truc qu'ils ont sorti de leur chapeau. Si le texte est mauvais, faites quelque chose de radical. C'est leur recette, apparemment. On verra si ça fonctionne.

— C'est un rôle intéressant ? Le personnage que vous jouez, je veux dire.

— J'en sais rien. J'en suis encore à essayer de le cerner.

— Je croyais que la pièce démarrait bientôt.

— Oui, les avant-premières commencent jeudi. Ce n'est pas bien de l'avouer, je sais, mais mon problème, c'est que je déteste vraiment la pièce. C'est cucul, et j'ai envie de réécrire toutes mes répliques. Je suis censée jouer une femme qui sort de prison et qui n'arrive pas à remonter la pente. Un gang local croit qu'elle est une balance, et ils prennent le contrôle de sa vie. Ils s'installent dans son appartement et la harcèlent en permanence, si bien qu'elle accepte plus ou moins de se prostituer pour se débarrasser d'eux. C'est un genre de… comment ils appellent ça dans la police ? une opération d'infiltration ? Si j'étais vous, je ne dépenserais pas mon argent pour acheter un billet. C'est le genre de truc qu'un vieux diplômé d'Eton écrit pour paraître plus urbain et humain. Mais attention, je suis contente d'avoir ce boulot, j'en ai besoin. Je serais prête à jouer n'importe quoi dans ma situation. Et vous savez, je cherchais une bonne excuse pour me faire couper les cheveux depuis un moment. » Elle a ri de façon empruntée, a pris une tranche de citron dont elle s'est mise à peler l'écorce. « Je jacasse, hein ? Je suis désolée. Je ne savais pas trop à quoi m'attendre aujourd'hui, et c'est juste que... bon sang, vous me faites tellement penser à lui. C'est tellement difficile de vous regarder et de ne pas... vous comprenez ce que je veux dire. » Elle a laissé tomber la chair du citron dans son verre, léché les résidus sur ses doigts. « Je trouve ça un peu glauque.

— Vous n'avez pas à vous expliquer, l'ai-je rassurée. Je vous suis juste reconnaissant d'être là.

— Oui, enfin, je ne serais pas trop reconnaissant, à votre place. Je ne me souviens pas de grand-chose, pour être honnête. Je pense que j'ai essayé de le chasser de ma mémoire... comme nous tous, non ? Mais je ferai de mon mieux. » Elle a écorcé une autre tranche de citron avec ses dents, crachant la peau blanche. « Et comme ça, vous arrêterez peut-être de harceler ce pauvre Richard, hein ? Il est assez parano avec sa boîte mail. »

Elle parlait de son agent. Je lui avais envoyé quinze e-mails en l'espace de dix-huit mois, chacun d'eux « À l'attention d'Eve Quilter ». Le premier avait été tapé sur un ordinateur poussif de la bibliothèque locale ; j'avais mis des semaines à le rédiger parce que je ne pouvais pas parler de mon père sans miner tout le message, et toutes mes formulations me faisaient paraître revanchard. J'ai fini par opter pour quelque chose de sincère, sur le ton de la confidence : « Je veux juste vous poser quelques questions au sujet de mon père, c'est tout, parce que j'ai vraiment du mal à aller de l'avant, et la seule chose qui semble m'aider, c'est d'apprendre des petits riens sur lui. » Un mois a passé sans réponse, j'ai donc écrit un autre message, puis un autre. Je l'avais modifié à chaque fois, adoptant un ton d'excuse de plus en plus marqué. Le dernier avait été envoyé d'un cybercafé près du lycée, où des membres du club d'échecs allaient disputer leurs parties de *Half-Life*. Pendant que je tapais, quelqu'un sur l'ordinateur à côté du mien tirait aveuglément sur des marines américains avec un fusil à verrou.

Chère Eve, j'espère que vous pardonnerez ma persévérance. Je n'ai pas abandonné l'idée que nous aurons peut-être un jour l'occasion de nous parler, mais je comprends que vous préfériez complètement oublier mon père (je ferais la même chose, à votre place). Il a détruit tant de choses dans ma vie que j'en suis encore à essayer de tourner la page et d'être heureux. J'ai le sentiment que de vous parler, ne serait-ce que quelques minutes au téléphone, m'aiderait énormément. S'il vous plaît, répondez-moi et dites-moi si vous auriez un peu de temps à me consacrer. Je suis désolé de vous importuner à nouveau. Bien à vous. Daniel Jarrett.

À ce moment-là, j'avais cessé d'attendre une réponse. Écrire à Eve Quilter était devenu une habitude. Même si cela n'avait rien donné, j'avais l'impression de faire quelque chose, et je considérerais cela comme l'équivalent de la messe dominicale de ma grand-mère : un moyen d'expédier des prières vers les cieux. Puis, un après-midi de janvier, alors que j'étais seul à la maison à réviser un examen blanc de physique, le téléphone a sonné. La voix à l'autre bout du fil était américaine et plutôt directe. L'homme a dit s'appeler Richard Beck, agent artistique, et m'a demandé si j'étais le Daniel Jarrett qui lui avait envoyé des e-mails. « Vous êtes persévérant, mon ami, je vous l'accorde. Je n'ai jamais fait suivre autant d'e-mails de toute ma vie. » Il téléphonait à la demande insistante d'Eve. « Écoutez, elle m'a simplement chargé d'établir le contact et de tâter un peu le terrain pour m'assurer que vous n'êtes pas un de ces vieux pervers qui vivent dans leur garage. Internet est plein de barjots qui ne veulent que rencontrer une jolie actrice, on n'est jamais assez prudent. » J'avais répondu à toutes ses questions et lui avais dit que j'en avais moi-même quelques-unes à poser à Eve au sujet du tournage de *L'Artifex*. « Je ne pense pas que cela la dérangerait. Elle s'en veut de vous avoir ignoré aussi longtemps, mais laissez-moi d'abord voir ça avec elle, d'accord ? » Le lendemain, je recevais un e-mail sur une adresse Yahoo, disant qu'elle aimerait me rencontrer. Elle faisait les dernières répétitions d'une pièce au Young Vic, mais pouvait « grappiller une heure », à certaines dates, « n'importe où à Waterloo ». Je me suis renseigné en ligne sur les restaurants, et nous sommes convenus d'un rendez-vous.

Et voilà qu'elle était là, enfin, à une largeur de table de moi, et je n'avais qu'une seule chose en tête : trouver le moyen d'introduire la question sans la faire fuir.

Le serveur est revenu avec nos cappuccinos et nos biscuits sur un plateau. Il les a posés sur la table et a fait tout un chichi pour positionner le sucrier. Eve s'est frotté le front comme elle l'aurait fait d'une tache sur la moquette, avec un seul doigt. « Laissez ça, lui a-t-elle dit, je ne prends pas de sucre.

— Moi non plus. »

Il est reparti, son plateau sous le bras.

« Où en étais-je ? a demandé Eve.

— Vous disiez que vous ne vous souveniez pas si bien de lui.

— Ah oui, oui, c'est vrai. » Elle a baissé les yeux sur son café et a fait tourner la tasse sur sa soucoupe. Elle était gauchère, comme ma mère. « Quand j'y repense, le souvenir le plus précis que j'ai, c'est le silence qui régnait sur le plateau après. Le tournage a été interrompu pendant environ une semaine, je crois, et puis tout le monde est revenu travailler, et *clap*, ça tournait à nouveau, mais on n'était pas prêts. On voyait bien que personne n'avait envie d'être là. Enfin, surtout les gens du maquillage. Chloe, c'était comme un membre de la famille, et ils étaient juste perdus. Le cœur n'y était pas, tout le monde essayait de tenir ses nerfs, mais il y avait encore tellement de scènes à tourner, et c'était tellement difficile de se concentrer. Je ne saurai jamais comment cette série a pu être terminée. On a foiré toutes les prises sans exception, je vous jure. C'était un naufrage. » Sur quoi, elle a avancé ses mains sur la nappe et m'a regardé fixement, comme pour me dire la bonne aventure. « Écoutez, si vous trouvez que je m'apitoie sur mon sort à un moment ou à un autre, jetez-moi quelque chose à la figure, d'accord ? Je suis sérieuse. Je sais que nos problèmes étaient dérisoires comparés aux vôtres, mais je peux juste vous raconter ce que j'ai vécu à l'époque. Et en gros la série a été condamnée dès qu'on a appris la nouvelle. Je me rappelle que c'est pour Maxine que ça a été le plus dur. Quand on regarde les derniers épisodes, son interprétation est franchement mauvaise. C'était dur de la voir jouer comme ça, parce qu'elle avait mis tout son cœur dans ce rôle et en avait fait quelque chose de brillant… mais je crois qu'elle a perdu la foi. Pas dans la série en tant que telle, mais dans les raisons qu'elle avait de la faire. Elle passait beaucoup de temps au maquillage avec Chloe tous les jours. Et je me rappelle ce qu'elle m'a dit à la fin du tournage – vous savez avec cette voix qu'elle avait – *Profitez bien de la fête, ma petite. Il n'y a absolument aucune chance qu'on revienne l'année prochaine.* Et bien sûr, elle avait raison. Parce qu'elle n'a pas voulu signer. Ce que je peux comprendre, mais moi, j'étais jeune… ce n'était pas comme si j'avais eu des tonnes de projets en vue à ce moment-là. Je crois qu'elle est allée directement faire ce film sur lord Lucan… vous l'avez vu ? C'était assez nul. Mais, oui, ça nous a tous durement touchés. Je n'ai jamais plus tourné pour la télé depuis. Vous le saviez ? »

J'ai fait non de la tête.

« Ce n'est pas grave. Sortez les mouchoirs, hein ? C'est juste pour dire que ça a changé les choses. » Elle avait bu son café bruyamment tout en parlant, s'interrompant de temps à autre pour tamponner la pellicule de lait sur sa lèvre supérieure, et je l'ai laissée parler. Il aurait été inexact de prétendre que j'avais une stratégie ; je n'étais pas là pour lui tirer les vers du nez comme l'inspecteur Barber aurait pu le faire, mais je veux bien admettre que mon approche était réfléchie. J'ai établi un climat de confiance. Je la laissais orienter la conversation à sa guise et, dans les moments où cela me semblait approprié, je la ramenais doucement sur le sujet de mon père. Je savais que c'était égoïste de ma part, voire un peu sournois. On pourrait dire que c'étaient des manières dignes de Fran Hardesty lui-même. Je n'en suis pas fier, et je n'agirais pas de la même façon aujourd'hui, mais j'avais dix-huit ans à l'époque et je réapprenais encore à vivre.

« Vous vous rappelez la raison pour laquelle on l'avait renvoyé ? ai-je demandé sans la regarder.

— Non, enfin, si, il y avait des rumeurs.

— Ah, oui ? Lesquelles ?

— Je ne sais pas trop si je dois le révéler. Vous allez peut-être le prendre mal. »

J'ai posé ma tasse un peu trop brutalement. J'ai soupiré.

« On vous a déjà posé un plombage ?

— Quoi ?

— Un plombage dentaire ? Vous voyez ce que je veux dire.

— Bien sûr.

— Eh bien, on vous injecte un produit, pour vous anesthésier ?

— De la novocaïne.

— Oui, c'est ça. » J'ai levé les yeux pour croiser son regard. « En gros, j'ai été bourré de novocaïne depuis que c'est arrivé. Rien de ce que vous pourrez me confier ne me blessera, Eve. Je ne le sentirai même pas. »

Elle s'est passé la main sur le crâne. « D'accord, mais je ne dis pas que c'est vrai. C'est juste ce que j'ai entendu. Je suis juste le messager.

— Je sais.

— Alors, très bien… » Elle tripotait son collier à présent. « Une partie de l'équipe… je suppose que c'étaient les gens qui connaissaient assez bien Barnie Seddon, ils ont dit qu'il leur avait dit quelque chose.

— Quoi ?

— Que votre père avait mis deux fois Chloe enceinte pendant qu'ils sortaient ensemble. Et qu'il l'avait obligée à vous savez quoi, je préfère éviter de prononcer le mot tant qu'à faire.

— À avorter.

— Il y aurait eu deux avortements. D'après les rumeurs.

— Bien, vous me l'apprenez. » J'avais à peine élevé la voix. Je ne m'attendais pas à cela, évidemment, mais je lui ai donné la possibilité de s'expliquer. « Mais en quoi ce serait un motif de renvoi ?

— C'est aussi la question que je me suis posée mais, apparemment, et je ne fais que répéter ce que j'ai entendu, elle se serait mise à pleurer un jour qu'elle était en train de démaquiller Maxine, et celle-ci lui a demandé ce qui n'allait pas. Et quand elle s'est confiée, Maxine est entrée dans une colère noire. Totalement enragée. Elle a appelé Declan Palmer pour exiger que votre père soit viré avant la fin de la journée. Et c'est ce qui est arrivé. Palmer l'a convoqué dans son bureau, et votre père s'est énervé contre lui, violemment. Ça, je m'en souviens. Enfin, je ne l'ai pas vu parce que je n'étais pas sur le plateau ce jour-là, mais tout le monde racontait qu'il avait balancé une chaise et avait failli exploser une fenêtre. »

J'avais examiné son visage avec attention, vu le sillon de sa lèvre supérieure commencer à s'humidifier, ses paupières se rétracter et ses pupilles osciller rapidement de gauche à droite. Après tout ce que j'avais vécu, je pensais être capable de détecter un pur mensonge, mais Eve avait toujours été une actrice subtile, et j'étais incapable de lire dans ses pensées, ce qui m'a poussé à faire pression sur elle, à la bousculer, trop vite et trop fort. « Quelle était la fréquence de vos contacts sur le plateau ?

— Oh, je ne sais pas, a-t-elle répondu avec un sourire hésitant. Ça dépend de ce que vous entendez par contact, monsieur Poirot.

— Désolé, les mots étaient mal choisis. Je ne voulais pas paraître… Désolé.

— Ne vous inquiétez pas pour ça, vraiment. Je suppose qu'on doit adopter leur façon de parler au bout d'un moment, non ?

— J'espère ne plus jamais avoir affaire à un policier.

— Je comprends.

— Je voulais juste vous demander si vos chemins se sont souvent croisés, c'est tout. »

Elle est restée silencieuse un moment. « Écoutez, je ne me rappelle pas tous ses faits et gestes, mais votre père était très souvent dans les parages. Mes scènes étaient tournées assez tôt le matin, et il était là pour s'occuper des derniers réglages sur le décor, ou préparer quelque chose pour le tournage du lendemain.

Je le voyais assez souvent entre les prises, parce qu'il était dans un coin en train de bricoler quelque chose en quatrième vitesse, une caisse pour que le directeur de la photo puisse monter dessus, par exemple, ou une rampe qu'on lui avait demandée, ou quelque chose dont ils avaient besoin rapidement pour obtenir le plan qu'ils voulaient sans que le perchiste soit dans le champ. Il faut admettre qu'il était doué pour tous ces trucs. Il semblait toujours être celui qui trouvait la bonne solution. C'est… j'allais dire que c'est triste, mais ça l'est pas, vraiment pas. » Elle a inspiré à fond, puis a rapidement vidé ses poumons. « Je l'aimais bien… je pense que c'est pour ça que j'ai ignoré vos messages pendant si longtemps, parce que oui, je l'aimais bien. Il me faisait rire parfois. Et, je vais être franche avec vous… je craquais un peu pour lui. Je le dragouillais. C'est pour ça que cette conversation est particulièrement… vous comprenez ce que je veux dire. C'est plutôt gênant. » Elle a avalé le reste de son café d'un trait. « J'avais seize ans et il avait la trentaine. C'est mal.

— Trente-six.

— Ouais.

— Je ne vous juge pas, ni rien, je… désolé, je vous ai interrompue.

— Ça ne fait rien. » Elle a cligné des yeux. S'est frotté le crâne. « Je crois que c'est tout ce que je peux vous dire, Daniel. J'ai flirté avec lui comme une adolescente, ce que j'étais. Et évidemment ça me donne envie de vomir quand j'y pense aujourd'hui, mais… je ne devais pas être la seule. Je ne voudrais pas avoir l'air de chanter ses louanges, mais il était vraiment séduisant. Et il y avait des tas d'autres filles qui pensaient la même chose à l'époque. Y compris Chloe… et elle était magnifique. Elle aurait pu avoir n'importe qui… Bon sang, je regrette de n'avoir rien commandé à manger. J'ai l'estomac en feu.

— Et lui, il flirtait aussi ?

— Quoi ?

— Est-ce qu'il a tenté sa chance avec vous ? »

Elle a gardé son air blessé suffisamment longtemps pour qu'il paraisse sincère.

« Non, pourquoi ? C'est ce qu'on vous a dit ?

— J'ai entendu des tas de choses. Je vous pose la question.

— Qui vous a raconté ça, d'abord ? »

Ses yeux brillaient.

« C'est important ?

— Non, mais si quelqu'un a répandu cette rumeur, je veux savoir qui. »

J'ai baissé la voix, fait en sorte de parler posément.

« Je l'ai entendu de la bouche de Chloe.

— Bon sang, c'est… vous êtes sérieux ? » Elle a ouvert la bouche, révélant un clou en argent planté dans sa langue, ce que j'ai trouvé bizarre (ne serait-ce que parce que mon grand-père avait l'habitude de dire que si une femme se faisait percer autre chose qu'un lobe d'oreille, c'était pour attirer l'attention ou pour se punir de quelque chose). Vous savez très bien que ce n'est pas vrai. C'est *faux* à cent pour cent. »

Et je l'ai crue. Rien dans son attitude ni dans son langage corporel ne laissait place au moindre doute. Elle s'est tamponné les cils avec son poignet. « Merde… c'est pour ça qu'il l'a fait, vous croyez ? Parce qu'elle pensait qu'il y avait quelque chose entre nous ? *Bordel!* »

Je n'avais pas prévu cette question et j'ai été pris de panique. Si j'avais voulu rencontrer Eve, c'est parce que je pensais qu'elle pourrait m'aider à me rapprocher du pourquoi, à remplir le paysage peuplé d'inconnues dans lequel je vivais, mais je ne faisais là que redistribuer la culpabilité, créer de la souffrance pour d'autres gens. J'aurais pu lui raconter tant de choses à ce moment-là – toutes les confessions qu'il lui avait arrachées dans la voiture sous la menace d'une arme blanche –, je ne l'ai pourtant pas fait. J'ai dit : « Je ne sais pas, Eve, je ne sais pas pourquoi il l'a fait. C'est juste ce qu'on m'a raconté.

— J'imagine qu'il flirtait aussi avec moi parfois, mais il n'a jamais rien entrepris. J'avais seize ans.

— Oui, je sais. Je vous crois.

— J'espère bien. J'espère vraiment, parce que... écoutez, ce n'est pas pour le défendre, mais il n'était pas comme ça.

— C'est toujours bon à savoir.

— Oui, a-t-elle dit. Ça l'est. Ça devrait l'être. » Elle a écarté sa tasse si brusquement que la cuillère est tombée de la soucoupe, par terre. Se baissant pour la ramasser, elle a ajouté : « Je ne devrais sans doute pas l'admettre, mais je ne l'aimais pas des masses, Chloe. Elle pouvait se montrer bizarre avec moi et d'autres filles sur le plateau. C'était le genre intello. Un peu vantarde aussi. Toujours à nous raconter dans quelle boîte elle était allée, à quel point elle était bourrée, ce qu'untel lui avait murmuré à l'oreille sur la piste de danse, ce genre de trucs, comme si c'était censé nous impressionner. Enfin, ce n'est pas pour dire du mal d'elle ou quoi, paix à son âme, et c'est juste affreux ce qu'il lui a fait. Et j'irai probablement brûler en enfer maintenant, mais puisqu'on joue franc jeu, je pense que vous devez savoir que Chloe aussi avait ses problèmes. Enfin, qui n'en a pas ?

— Je vous remercie de votre franchise.

— Mais vous voyez où je veux en venir, non ? » Elle a penché la tête dans ma direction, essayant de jauger ma réaction. « Tout le monde a ses problèmes. Je ne sais pas trop pourquoi Chloe vous a raconté ça. Ça n'est jamais arrivé.

— Je le sais maintenant.

— C'est ce que vous essayiez de me demander pendant tout ce temps ? Avec tous ces e-mails ?

— Ce n'est pas un sujet évident à aborder. On ne se connaît pas. On est juste liés par quelque chose.

— Oui, mais n'empêche. J'aurais pu vous faire économiser le billet de train. » Elle s'est adossée à sa chaise en faisant signe au serveur. « Je peux au moins payer les boissons.

— Non, s'il vous plaît. Je crois que je vais commander autre chose. Je suis au moins à sept maintenant. »

Elle a souri.

Quand le serveur est revenu, le restaurant était mieux éclairé. On avait allumé les faux lustres qui étincelaient au-dessus des élégantes tables blanches. Une musique d'opéra calme passait au bar. Eve a jeté un coup d'œil à sa montre et m'a informé que l'heure qui lui était impartie était presque écoulée, comme si elle clôturait une consultation avec un patient ennuyeux. « Si je ne suis pas revenue à trois heures et quart, ils vont avoir l'impression que je me fous de la pièce, ce qui, à la réflexion, m'encouragerait presque à me cacher ici encore quelques minutes. » Elle a regardé le serveur. « Il va de nouveau avoir besoin de son menu, et je vais reprendre un cappuccino. »

Nous sommes restés ensemble jusqu'à ce que j'aie mangé la moitié de mes cannellonis. Notre conversation a repris sur le mode par lequel elle avait commencé : une courtoisie curieuse, pendant qu'elle retirait à la cuillère la mousse et le chocolat et laissait le café dans sa tasse. Je lui ai demandé ce qu'elle comptait faire ensuite, après le Young Vic, et elle m'a expliqué qu'elle avait une seconde audition pour un film indépendant quelques jours plus tard. « La première a été catastrophique, mais le réalisateur a eu pitié de moi. Richard l'a persuadé que j'avais une gastro, si vous me permettez ce détail, mais c'est pour ce genre de choses qu'on paye son agent. Il a été génial pour moi. » Quand elle aurait fini de jouer la pièce, elle s'accorderait une pause pour aller voir un ami acteur à San Francisco qui essayait de la convaincre de s'installer à LA avec lui. « Je pars en reconnaissance. Je suis toujours à *ça* de le faire, mais il y a toujours quelque chose qui me retient. Probablement l'idée d'être un énième cliché ambulant. Au moins, si je me plante en tant qu'actrice ici je pourrai toujours emménager dans le pavillon de mes parents, bosser chez un bookmaker ou autre chose. Là-bas, je serais obligée de rejoindre une secte ou peut-être de faire de la pole dance. Ce genre d'échec typiquement américain me terrifie. Je préférerais quelque chose de plus sobre. » Et, agitant sa cuillère vers moi, elle a demandé : « Bon, et vous ? Quels sont vos projets pour le restant de vos jours ? »

FACE QUATRE

PAIX NÉGATIVE

Il y a une plaque que je garde sur mon bureau, ici à Manhattan. C'est ma femme qui l'a fait spécialement graver et monter sur un support en bois de rose assorti au mobilier de mon bureau. *Le petit homme vit sa vie à l'écart du désastre.* C'est un vers de Sophocle sur lequel je suis tombé en triant les livres de ma mère il y a une vingtaine d'années de cela. Elle l'avait souligné proprement au crayon et, dans la marge, elle avait noté : OUI !!! J'avais un moment songé à me le tatouer sur le bras. J'étais même allé jusqu'à me renseigner sur les meilleurs salons de Londres où le faire faire, téléphoner pour demander à combien me reviendrait ce genre de prestation et prendre rendez-vous l'après-midi de mes dix-huit ans, mais le jour dit, le courage m'a manqué. Cette décision avait beau être importante pour moi, je savais qu'un tatouage aurait contrarié ma mère. Elle avait l'habitude de dire qu'ils étaient vulgaires, le signe d'un esprit rustre, et même si elle n'était plus là pour faire part de sa désapprobation, elle possédait encore assez d'autorité sur moi pour avoir le dernier mot.

La plaque était un compromis parfait. Environ neuf mois après le début de notre relation, Alisha et moi étions au lit et, comme à mon habitude, je caressais le tatouage sur son épaule droite. Un minuscule as de pique aussi banal que futile. Elle m'avait demandé ce que j'en pensais. Comme je savais qu'elle y tenait – bien qu'elle le considérât comme le vestige d'une mésaventure alcoolisée –, je lui avais répondu que je le trouvais beau, puisqu'il faisait partie d'elle. « Ouais, c'est ça, avait-elle rétorqué, c'est du baratin. Tu le détestes. » Ce qui m'avait amené à lui parler de ce vers de Sophocle que je ne m'étais jamais fait tatouer. Après quoi, Alisha m'avait dit « Eh bien, je pense que tu devrais quand même le faire, mais je comprends tes raisons », et nous étions passés à autre chose. Quelques mois plus tard, je trouvais un paquet-cadeau dans ma mallette en arrivant au travail (je ne sais absolument pas comment elle s'était débrouillée pour trouver la combinaison). Elle avait fait faire la plaque dans une boutique spécialisée en trophées sportifs à trois blocs de notre appartement. C'était le genre d'attention qu'Alisha avait pour moi à cette époque, et qu'elle continue à avoir après presque trois ans de mariage : elle pense à moi, sans raison particulière, et ne s'attend pas à être payée de retour pour sa gentillesse. Désormais, tous les matins, je vois cette plaque et elle me donne une motivation. Elle me rappelle que je suis parvenu à mener une vie stable. Elle m'attache à mon bureau et me renvoie chez moi résolu à être une meilleure personne. Si le petit homme vit sa vie à l'écart du désastre, j'aspire alors à devenir le plus petit homme sur Terre.

J'arrive maintenant à fonctionner dans le monde, et c'est un accomplissement en soi. Pourtant, je ne peux m'empêcher d'aspirer à davantage. Je ne parle pas de biens matériels, tu le sais : j'ai la chance de posséder un petit appartement dans l'East Village et mes grands-parents m'ont légué suffisamment d'argent pour me mettre à l'abri des soucis de survie auxquels la plupart des gens sont confrontés. Je sais qu'il s'agit d'un aspect de mon existence pour lequel j'ai été extrêmement chanceux. L'entreprise qui m'emploie, Vaillant Stack Kinnear, me verse un bon salaire, et le travail que j'y effectue nourrit la part de moi-même qui a besoin d'être continuellement occupée à des tâches insignifiantes. Quand je suis avec des clients, j'arrive à les persuader qu'il n'y a rien de plus important à mon bien-être que le rendement de leurs investissements, et si je suis apprécié des associés de VSK, c'est qu'ils continuent à prendre cette persévérance inlassable pour du dévouement à la cause. Bien entendu, il y a certaines satisfactions qu'un rôle dans la finance ne peut pas m'apporter, mais je les ai trouvées par d'autres moyens, grâce au bénévolat. Deux soirs par semaine, je donne des cours de comptabilité dans un centre socioculturel du Queens, et j'y ai rencontré des gens qui ont vécu des histoires pires que la mienne. En plus de cela, j'enseigne les maths à des adultes qui préparent le certificat de fin d'études secondaires, et de voir ces hommes et ces femmes déconsidérés saisir les rudiments de l'algèbre est une sensation tellement enthousiasmante que j'envisage de réduire mes heures chez VSK pour consacrer davantage de temps aux cours de soutien ces prochaines années. Ce que j'ai, pour l'instant, ce sont les composants du bonheur et, chaque jour, je fais en sorte que ces éléments positifs s'agrègent pour ressembler au bonheur que j'ai connu. C'est ce que j'entends quand je dis que j'aspire à davantage. Je crois que ça existe, une paix négative : un état stable dans lequel on a gagné bien moins que ce qu'on a perdu. Je fais tout mon possible pour retrouver ce sentiment de complétude que je tenais pour acquis quand j'étais enfant.

Il est important de se fixer des objectifs. Un été, je voudrais aller sur la côte du Massachusetts avec Alisha, passer tout le mois d'août dans une maison tranquille avec vue sur l'Atlantique, et être avec elle entièrement. Sans replonger dans d'autres mois d'août de ma vie, sans comparer nos interactions à celles de mes parents, sans voir certaines dates du calendrier comme des choses à endurer, à surmonter. Juste nous deux, occupés à nous détendre au soleil, au repos. Pendant qu'elle lira le journal en diagonale sur la plage, je lui dirai : « Hé, Lish, il y a quelque chose qui vaut le coup au cinéma ce soir ? Je me ferais bien un truc débile. Tu peux regarder ? » Elle consultera la grille des programmes, trouvera le film le plus médiocre à l'affiche : « Il y a une séance à six heures et demie le 17, dira-t-elle. C'est aujourd'hui, ça ? » Et je ne saurai pas lui répondre.

Mais survivre en dehors du bourdonnement de la ville plus d'un après-midi demeure pour moi un espoir lointain. J'ai toujours besoin de l'insomnie permanente de New York pour me stabiliser. Cette ville est ma béquille. Je n'ai pas utilisé un seul jour de mes congés depuis que j'ai été muté ici. Je n'ai pas mis le pied sur une plage depuis mes neuf ans, quand ma mère m'avait emmené voir des amis à elle à Brighton (il y avait tellement de petits cailloux dans mes chaussures que je lui avais demandé de me prendre sur ses épaules. « Tu trouves que j'ai une tête de sherpa ? » m'avait-elle répondu). J'ai encore du mal à ne serait-ce qu'apercevoir un bout de campagne sans que mon cœur se serre. Je n'ai toujours pas mon permis de conduire, et je refuse de monter en voiture avec quelqu'un ; si d'aventure je prends un taxi, c'est que je suis trop soûl pour m'en rendre compte (Alisha me dit qu'on en a pris un pour rentrer d'un mariage au printemps, et que j'ai vomi tout le buffet de fruits de mer sur la banquette). Mon sommeil est maintenant tellement tributaire de l'Ambien qu'on peut probablement parler de toxicomanie. Je ne prétendrai pas que ce rituel du soir ne m'inquiète pas. Il perturbe certainement ma femme : «Je ne te demande pas d'arrêter net, mais essaye peut-être de n'en prendre qu'un seul, comme tu es censé le faire.» Mais j'ai peur qu'une diminution de la dose n'amplifie le volume des bruits que j'entends. Je ne veux pas qu'ils contaminent mes journées. Si bien que si un médecin cessait un jour de renouveler mon ordonnance, je m'en trouverais un autre. Le cabinet dans lequel je suis inscrit aujourd'hui se trouve à Westchester, dans une lointaine banlieue accessible par le train. C'est sans doute le signe que je n'assume pas aussi bien que je le prétends.

Dans ma vie d'adulte, j'ai consulté plus de thérapeutes que je n'ai vu de nuages, et ils se sont montrés tellement inutiles de tant de manières différentes que j'ai pratiquement renoncé à l'idée même de thérapie. Dernièrement, pourtant, j'ai rejoint un groupe de parole dans mon quartier, qui se réunit dans le sous-sol de l'église de la 10e Rue. Il m'a été recommandé par un médecin à défaut de somnifères, comme une sorte de lot de consolation. J'y suis allé un soir pour voir s'il avait quelque chose à offrir, et j'ai été surpris de m'y sentir aussi à l'aise. Le thérapeute qui anime les séances s'appelle Dennis Alma, un psychologue de la police à la retraite. Il a une façon d'être qui me rappelle mes meilleurs professeurs à l'école – franc mais affable –, et il est capable de meubler un silence avec le soliloque le plus émouvant qu'on puisse entendre de la bouche d'un psy (les histoires qu'il nous a racontées sur sa vie m'ont aidé à mettre la mienne en perspective, ou du moins à la replacer sur une échelle de culpabilité : Dennis a tiré accidentellement sur sa sœur alors qu'il avait cinq ans). Il me laisse m'asseoir là un jeudi sur deux, bras croisés et silencieux, sans me pousser à participer. Une des choses que Dennis répète toujours au groupe, c'est que nous devons cesser de voir le présent comme la continuation du passé, mais comme le commencement de notre avenir. Je sais qu'il s'agit d'une simple formule, et non d'une véritable solution au problème, mais on pourrait dire la même chose des mots de Sophocle. Je suis de plus en plus enclin à croire que ce qu'il dit est possible.

Alisha et moi nous sommes rencontrés environ huit mois après mon transfert à New York, ce qui aura été le plus grand pas vers le bonheur que j'aie jamais fait. Elle était dans le tout premier cours de comptabilité que j'ai donné dans le Queens, bien qu'elle ait raté les deux premières séances. Je me souviens qu'elle est apparue trois semaines après le début de la session, tirant une grosse valise sur roulettes qu'elle semblait craindre de laisser dans la salle encore vide. « Vous pouvez la mettre là devant, lui ai-je dit, si vous avez peur que quelqu'un vous la pique. Les autres ne vont pas tarder. »

Elle m'a regardé avec une expression songeuse. « Hum, je ne sais pas trop. Ça me paraît un peu loin. Il y a toute ma vie dans ce truc. » Je ne savais pas si elle était sérieuse ou non, et puis elle est allée s'asseoir au dernier rang, les pieds sur sa valise.

« Est-ce qu'il y a un stylo et du papier dedans ? ai-je demandé. Parce que vous allez probablement avoir besoin de prendre quelques notes.

— Nan, mais j'ai ce qu'il faut. » Elle a sorti un vieux dictaphone de son manteau, en le tenant comme une bible de poche qu'elle était sur le point de consulter. « Ça ne vous dérange pas que j'enregistre ? C'est plus facile pour moi que d'essayer de déchiffrer mon écriture plus tard. Je n'ai pas étudié grand-chose depuis le lycée.

— Moi, ça ne me fait rien, mais vous allez peut-être devoir poser la question aux autres.

— Ils s'en ficheront. Et sinon, j'enregistrerai quand même en cachette.

— Comme le FBI.

— Exactement. Si les fédéraux peuvent le faire… »

Je lui ai souri et me suis remis à organiser mes polycopiés. Pour autant que je me souvienne, cette séance couvrait de simples bilans et cash-flows. « Bon, j'ai quelques absents ici sur ma liste, et j'essaye de deviner lequel vous êtes. J'imagine que vous n'êtes ni Rodolpho ni Cliff, mais vous êtes peut-être Mackenzie. Je suppose que c'est un nom féminin. C'est un nom de famille là d'où je viens.

— Je m'appelle Alisha.

— Ah, d'accord. Bienvenue dans ce cours. » J'ai coché le cahier d'appel qu'on m'avait donné.

« Je suis contente d'être ici, mais je peux juste vous poser une question ?

— Bien sûr.

— Ce cours est totalement gratuit, on est d'accord ? Vous n'allez pas me sortir des frais cachés de votre chapeau ?

— Non, c'est totalement gratuit, rassurez-vous.

— Bien. » Elle a soufflé sur sa frange. « Parce que j'étais là à me dire merde, son pantalon en cachemire me coûterait probablement la moitié du loyer. J'espère que j'ai les moyens de me payer ce type. »

J'étais venu directement du bureau dans un costume bleu bien taillé.

« Oui, je suppose que j'aurais dû me changer et mettre quelque chose d'un peu moins…

— Wall Street.

— J'allais dire cadre dynamique, mais, oui.

— Ce n'est pas la peine. Vous allez nous apprendre à bien gérer notre argent, non ?

— En quelque sorte, mais ça ne se résume pas qu'à ça.

— À mon avis, si vous voulez que les gens ici suivent vos conseils, vous êtes obligé d'avoir la tête de l'emploi. Je préfère avoir affaire à un type qui a de l'argent pour me dire quoi faire du mien. Et je suis sûre que dans ce quartier, la plupart des gens penseraient comme moi. Alors, d'accord, vous pouvez peut-être oublier les boutons de manchettes, la cravate et retrousser vos manches, mais pas la peine de venir ici en survêt sous prétexte que vous gagnez plus d'argent que nous. Montrez-le un peu. Vous êtes un pro dans votre domaine, d'après ce que j'ai entendu.

Et en plus… » Elle a rapidement détourné les yeux vers la fenêtre. « Vous n'êtes pas vilain. »

Tous les mardis soir pendant le restant de la session, j'ai résisté à la tentation de l'interroger uniquement pour le plaisir d'être l'objet de son attention. J'aimerais pouvoir dire que je me souciais davantage de l'aider à comprendre les fondamentaux de la comptabilité que de faire sa connaissance, mais elle n'avait qu'à débarquer, à peine sortie de la douche, les cheveux informes et encore mouillés, pour que je perde ma maîtrise des chiffres et que je m'imagine embrasser sa ligne de cou constellée de taches de rousseur. (« Euh, vous ne vouliez pas dire cent soixante-*quatre*, Dan ? me reprenait un des étudiants dans la périphérie de mon champ de vision. Ou bien c'est ma calculatrice qui est cassée ? ») Je supposais qu'elle avait le même âge que moi, même si son attitude en cours me donnait toujours l'impression qu'elle était plus âgée ; il y avait une franchise dans sa conversation que j'associais à la maturité, à l'expérience de la vie (Alisha a en fait un an de moins que moi, mais je maintiens qu'elle possède une débrouillardise qui me fera toujours défaut). Toutes les semaines, j'espérais qu'elle m'arrêterait à la sortie de l'immeuble et m'inviterait à prendre un verre avec elle et toute la classe, mais il y avait peu de camaraderie au sein de son groupe – sans doute parce que je n'étais pas parvenu à l'inspirer –, si bien que l'invitation n'est jamais venue. Je me disais qu'il serait de toute manière contraire à l'éthique de fréquenter mes propres étudiants. Je me rappelle avoir pensé qu'il valait mieux que je sépare ma vie d'enseignant de ma vie privée afin d'éviter tout conflit d'intérêts, même si mes étudiants étaient des petits patrons et qu'ils me prenaient pour leur conseiller fiscal.

Il a fallu qu'elle manque presque le dernier cours pour que je revoie ma position. Devant le siège vide d'Alisha, je me suis senti abattu à l'idée de ne plus jamais la revoir. J'ai passé quarante minutes et quelques à discuter de la méthode de l'amortissement linéaire et à résumer mes notes sur le système de comptabilité à partie double, mais je serais bien incapable de dire si ce que j'ai raconté ce soir-là tenait la route ou non. Alors que l'heure était presque écoulée, on a entendu un raclement et des bruits de pas dans le couloir, et je l'ai vue jeter un coup d'œil par la fenêtre avec une expression désespérée. Je lui ai fait signe d'entrer. « C'est ici le cours d'initiation à la ponctualité ? a-t-elle demandé, parce que j'aurais besoin d'une mise à niveau. » Le groupe a ri et l'a gentiment chambrée – un peu de camaraderie, enfin, ai-je pensé –, et elle est entrée dans la salle, tirant sa valise sur le linoléum. « Est-ce que quelqu'un peut me donner un coup de main ? J'ai perdu une roulette en descendant de ce foutu bus. Je n'ai pas pu faire plus vite. Merci. Qu'est-ce que j'ai manqué ?

— Tout », a répondu Rodolpho, caustique, comme à son habitude. C'était un garagiste de cinquante-sept ans qui n'avait pas décroché un sourire des neuf semaines de cours. « Mais je suis sûr que Dan trouvera le temps de te faire une séance de rattrapage… pas vrai, Dan ? » Petits sourires narquois dans la salle. Je ne m'étais jamais senti aussi transparent.

À la fin de la session, j'ai demandé aux étudiants qui aimerait boire un verre avec moi pour fêter leur maîtrise officielle de la comptabilité, et Alisha a été la seule à lever la main : les autres avaient des familles à retrouver, un travail pour lequel ils devaient se lever de bonne heure, un service de nuit à prendre. « Impossible, a dit Cliff, mais c'était d'enfer. J'ai beaucoup appris. » Je n'ai pas fait beaucoup d'efforts pour les persuader.

« Je ne sais pas où on va, mais on va devoir se trimbaler ce machin, a dit Alisha. Désolée pour ça.

— Tu prends une poignée, je prends l'autre.

— Parfait.

— Il faut juste que je ferme et que je rende les clés au gardien.

— D'accord, j'attendrai. »

C'est la première soirée que nous avons passée au Neptune Diner, où Alisha et moi retournons à présent chaque année à la même date. Sa façon à elle de célébrer « notre anniversaire ». Alors que nous descendions Astoria Boulevard en portant la valise qui tanguait entre nous deux, je lui ai demandé :

« Mais qu'est-ce que tu peux bien garder là-dedans ?

— Je ne connais même pas ton nom de famille. Il faudra qu'on se connaisse un peu mieux que ça avant que je divulgue cette information.

— C'est Jarrett.

— Tu vois, je ne le savais pas.

— Tu l'aurais su si tu avais assisté à ton premier cours.

— C'est vrai, mais rien ne garantit que je l'aurais retenu. Ne le prends pas mal, mais j'ai tendance à piquer du nez quand tu parles.

— C'est probablement ma façon d'enseigner. C'est tellement marrant, la comptabilité. Je suis obligé de la jouer sobre sinon ce serait l'hystérie. »

Elle a ri.

« Ça marche vraiment. Tu engourdis les sens comme une piqûre d'anesthésique.

— Je suppose que c'est du matériel.

— Hein ?

— Dans la valise.

— Ah. »

Je savais qu'elle était photographe. Pendant le cours, elle avait révélé cette information pendant l'introduction à une série de questions pointues sur la forme juridique de l'entreprise. Nous avions traité le sujet de façon beaucoup plus approfondie que prévu pour la seule raison qu'elle s'y intéressait. « S'il faut être deux pour les trimbaler, je me demande combien coûtent ces appareils photo.

— Je n'ai jamais dit que c'était des appareils photo. Et à propos… chut.

— Personne ne va venir te les piquer.

— C'est le Queens, mon pote. Je ne prends aucun risque.

— Tu penses vraiment qu'on pourrait se faire valise-jacker ?

— Tais-toi, a-t-elle dit en riant. Je ne veux plus t'entendre prononcer ce mot.

— Eh bien, en tout cas, c'est lourd.

— Bon, d'accord, tu m'as percée à jour. » Elle s'amusait bien ; je le sentais à sa démarche bondissante. « Mon père est assez connu dans les parages. Il est dans la collecte des ordures, si tu vois ce que je veux dire. J'ai découpé des cadavres en petits morceaux et je les ai fourrés là-dedans, et maintenant, j'ai besoin d'un type costaud pour m'aider à les balancer du pont avant que ça commence vraiment à puer, tu comprends ? »

Depuis, Alisha m'a raconté que j'avais tellement ralenti le pas en m'agrippant à la poignée de la valise, qu'elle avait failli lui échapper des mains. Mon visage avait pris une teinte grisâtre et j'étais resté mutique pendant plusieurs centaines de mètres. Il n'y a aucune raison d'en douter. Je n'ai aucun souvenir de ces quelques minutes, à part le tacataca *clang* tacataca *clang* tacataca *clang*. « Enfin, Dan, je plaisantais. Est-ce que ça va ? Dan ? Je faisais l'idiote. » C'est la vue de la station de métro qui m'a arraché à mon état. Le train N est entré à quai au-dessus de nos têtes et il a noyé le bruit. Je suis capable de supporter tous les bruits dont je peux identifier l'origine, et je suis souvent attiré à l'intérieur du métro pour la même raison que j'étais attiré par le *tube* londonien : je sais que ce bruit n'est pas *le* bruit. « Oui, merde, désolé, ai-je dit. J'étais ailleurs. Ça m'arrive parfois. »

Elle m'a regardé avec une sorte de pitié.

« Tu veux qu'on laisse tomber pour ce soir ?

— Pas question, j'ai faim.

— Oh, super, moi aussi. »

On s'est assis dans un box (devenu *notre* box) à la devanture du Neptune, avec sa valise entre nous qui me comprimait les orteils. Elle a commandé des pancakes, j'ai pris une omelette Denver, et pendant que nous attendions nos bières, elle s'est excusée une seconde fois pour sa sortie sur les cadavres. « Je suppose que ça a peut-être touché une corde sensible, je ne sais pas, j'essayais juste de faire ma maligne.

— Tu n'as pas à t'excuser. Ce n'est pas ta faute. »

Elle n'a pas insisté. Donnant un coup de pied à la valise, elle a repris : «Je ne te dirai pourtant pas ce qu'il y a dedans.

— Attends d'en avoir bu quelques-unes, ai-je répondu en agitant mon verre dans sa direction.

— Ah, ça ne t'intéressera plus à ce moment-là.

— Si ce n'est pas au moins du plutonium, je risque d'être déçu.» J'étais déjà conscient de l'effet qu'elle avait sur moi. Je me sentais tellement plus serein en sa compagnie que je ne l'avais été à n'importe quel autre moment de ma journée. Elle parvenait à m'arracher des pensées que quelqu'un d'aussi bien élevé que moi n'aurait pas pu concevoir.

«D'accord, puisque ça ne t'intéresse plus, je mets cartes sur table, a-t-elle dit. Une chambre noire portative, voilà ce que c'est. Elle m'a coûté dans les neuf cents dollars, alors, oui, je la garde près de moi. Je suis plus ou moins entre deux appartements et je n'ai pas de studio pour l'instant. Je ne peux pas me permettre d'arrêter de travailler, et je ne peux pas installer ce machin dans un parking, par exemple, alors il me suit partout. Ces derniers mois, j'ai bossé comme une dingue. J'ai vendu beaucoup de clichés, gagné beaucoup d'argent, mais j'ai dépensé bien au-delà du raisonnable. Si tu voyais mes relevés de compte, tu pleurerais.

— Je peux t'aider pour ça, tu sais. Quand tu veux.

— Arrête, je n'ai pas les moyens de m'offrir tes services.

— Tu sais que je ne te ferais rien payer. Ce serait avec plaisir.»

Elle a planté ses coudes sur la table, posé le globe de sa tête sur ses poings. «C'est quoi ton problème,

Dan ? Toujours à faire des trucs gratuitement ? Tu ne serais pas un de ces jeunes rentiers qui se salit les mains au contact des petites gens ?

— Merde, ai-je répliqué en finissant ma bière d'un trait. C'est vraiment l'impression que je donne ?

— Non, pas du tout, je suis juste curieuse. Qu'est-ce qui amène quelqu'un comme toi à donner des cours à des gens comme moi ?

— Oh, tu n'as pas le temps d'écouter cette histoire, crois-moi. Et c'est précisément pour des gens comme toi que je le fais. Je n'ai pas souvent l'occasion de rencontrer des gens authentiques dans mon métier.

— D'accord. » Elle m'a regardé en plissant les yeux. « Alors, parle-moi un peu de toi. Comment tu te débrouilles pour avoir un toit sur la tête ? Je suppose que tu n'habites pas dans le Queens.

— Le Queens est plutôt agréable. Ça ne me déplairait pas.

— Oh, arrête. Le Queens, ça craint. Y a pas débat. Allez... » Elle s'est penchée en avant, grattant légèrement sa clavicule. « Tu es probablement le type le plus intelligent que j'aie jamais rencontré. Où est-ce que tu as fait tes études ?

— Encore une fois, si tu avais été là la première semaine...

— Tu radotes, là. Sérieusement. Où ça ?

— À la London School of Economics.

— C'est cool.

— Et à l'Institut des comptables agréés.

— Moins cool.

— Sans aucun doute. »

Un vieux couple est passé sur le trottoir dehors, et elle l'a regardé qui se dirigeait tranquillement vers le passage souterrain mal éclairé. « Ça a dû t'occuper un moment, non ? Neuf semaines de chiffres dans ma tête, et c'est déjà l'horreur. Je n'ai réussi qu'à tenir un semestre à CUNY. Arts et sciences humaines. J'ai détesté.

— Ce n'est pas fait pour tout le monde, ai-je observé. Je ne sais pas, j'ai toujours eu le goût de l'étude. Les objectifs sont bons pour moi. Je peux m'y oublier.

— D'accord. C'est bien, c'est bien. » L'espace d'un instant, elle a gardé son collier délicat entre ses lèvres, puis l'a laissé cascader : tous ces petits gestes étaient spontanés, prolongeaient ses pensées. Si je ne l'ai pas aimée tout de suite, j'envisageais néanmoins la possibilité de l'aimer bientôt. « Maintenant, j'apprends des trucs qui n'étaient pas dans tes cours. »

J'ai tenté de devancer sa prochaine question.

« Tu as déjà entendu parler de Vaillant Stack Kinnear ? »

Elle m'a répondu d'un « Non » ferme et retentissant. C'est cette même jeune femme qui à présent va prendre le journal sur notre paillasson tous les matins, lit l'intégralité des pages finance avant de passer à la rubrique arts et culture. « On dirait le nom d'un girls band des années quatre-vingt-dix.

— C'est que tu me demandais ce qui me faisait vivre. C'est ce girls band. C'est moi qui m'occupe du département fusions-acquisitions. Je peux te donner une carte de visite, si tu veux. J'ai choisi la couleur moi-même.

— Laquelle as-tu choisie ?

— Je crois que ça s'appelle vert chou-fleur.

— Ça m'étonnerait que ce soit une teinte Pantone officielle.

— Non, mais elles sont jolies. Regarde. » J'en ai sorti une de ma veste et la lui ai tendue.

« Alors qu'est-ce que tu fusionnes et acquiers ?

— Moi, rien. Je conseille simplement les gens qui le font.

— Ah bon, tu es comme le type de ma galerie qui me dit *Les photos de trottoir sont très demandées en ce moment. Apporte-m'en dix et on discute.*

— Non, je suis le type qui dit : *Voici une pile de données sur les trottoirs. Certaines ont l'air encourageantes, mais elles pourraient vous exploser à la figure.*

— Ah, ah ! Tu vois, ça, c'est le genre de galeriste qu'il me faudrait.

— Eh bien, tu as ma carte maintenant. Tu sais où me trouver. »

Notre commande est arrivée. Alisha a noyé ses pancakes sous le sirop d'érable. Je me suis attaqué à l'étrange coagulation de fromage pâle qu'on avait mise devant moi. « Bon, c'est quoi le truc qui marche le plus dans les FA en ce moment ? Sur quoi tu travailles ?

— Tu veux vraiment le savoir ?

— Je veux vraiment le savoir.

— Je ne pense pas.

— Regarde-moi, je suis sérieuse.

— Mais c'est tellement barbant. Tu vas me détester.

— Attends, prends un peu de mon bacon d'abord. Je ne peux pas le manger. » Elle a fait tomber deux tranches dans mon assiette avant que j'aie pu l'en empêcher ; une autre habitude d'Alisha à laquelle je me suis habitué, et que je trouve aussi charmante aujourd'hui qu'à l'époque. Et pendant que nous mangions, je lui ai parlé de l'ensemble des données que j'avais compilées pour attirer des investisseurs dans le secteur aéronautique. Elle m'a laissé blablater sur les grandes banques commerciales européennes qui réduisaient leurs positions dans l'industrie, sur l'afflux de liquidités provenant des programmes d'investissement soutenus par le gouvernement en Chine ou aux Émirats, sur l'intérêt qu'offraient les actifs durables pour le transfert d'importants volumes de capitaux, sur les changements réglementaires issus de Bâle III et des nouvelles normes comptables, et sur le fait que je pensais que c'était un secteur suffisamment solide pour que les fonds de pension et les sociétés de capital-risque s'y engagent sans crainte. Elle n'a pas cherché une seule fois à me déstabiliser en levant les yeux au ciel ou en feignant un coma. Elle a simplement posé son couteau et sa fourchette n'importe comment sur son assiette et déclaré : « Bon, j'ai cinquante-trois dollars et quatre cents sur mon compte en banque. Avec ça, je devrais pouvoir me payer un morceau de quelque chose, non ? Peut-être un gilet orange fluo et un casque antibruit ?

— Je me renseignerai pour toi.

— Tu penses rester ici un moment ? a-t-elle demandé en désignant la fenêtre d'un coup de menton.

— Je vais probablement devoir prendre le métro à un moment ou à un autre. »

Elle me souriait radieusement à présent.

« Mais non, Einstein, je te demandais si tu allais devoir rentrer chez toi un jour. Tu sais, en Angleterre. Tu te rappelles l'Angleterre ?

— Oh, désolé. Je suis bête. » J'ai vu un encouragement dans sa question. Elle s'intéressait à mon avenir à long terme, ce qui devait signifier qu'elle accepterait de me revoir, si je le lui demandais. « Je suppose que ça va dépendre.

— De quoi ?

— Visa, carte verte, tout ça.

— D'accord.

— Pour être franc, il y a beaucoup d'autres facteurs. Des choses que je dois résoudre pendant que je suis ici. C'était censé être un nouveau départ pour moi, et je ne suis toujours pas certain que c'était ce dont j'avais besoin. » Cette conversation, nous l'aurions à un autre moment. Nous y reviendrions au mois d'août de la même année, par un après-midi moite, alors que nous tournions autour de Tompkins Square, un ciel d'un bleu uniforme au-dessus des arbres, un soleil masqué éclairant le parapet des immeubles le long du détroit de l'avenue A. Je commencerais alors à lui dire tout ce que je suis en train de te raconter en ce moment même. « Je peux nous commander une autre bière ou tu es attendue quelque part ?

— Nulle part où je serais mieux qu'ici, a-t-elle répondu. Il est encore tôt dans mon monde. Ma vie commence à partir de minuit seulement. » Elle a retroussé sa manche comme pour consulter sa montre, mais n'y a même pas jeté un coup d'œil. Le temps allait s'écouler à son propre rythme, et nous le laisserions nous porter.

*

J'approche de l'âge qu'avait mon père ce mois d'août-là. Il m'aura fallu trente-trois ans pour cerner où était ma place, et j'essaye maintenant de rejoindre l'épicentre. J'ai eu besoin de ma mère tous les jours, mais j'ai vécu plus longtemps que son exemple. Mon point de vue est celui du petit garçon qui dépendait d'elle pour tous ses repas, tous les vêtements qu'il avait sur le dos, toutes les décisions importantes. Je n'ai aucun moyen de savoir si son attitude à mon égard aurait changé quand je serais devenu adulte, ni quel tempérament aurait été le sien en vieillissant. Nous nous serions peut-être brouillés, éloignés. Je l'aurais peut-être désenchantée de la même façon que lui. Elle aurait peut-être rencontré un homme avec qui elle serait partie vivre au Kenya, comme elle rêvait autrefois de le faire dans ses journaux intimes d'adolescente. Et je n'arrête pas de me demander si elle aurait approuvé l'endroit où je vis aujourd'hui, mon travail, les gens que je fréquente, parce qu'il y a une autre part de moi-même, plus importante, qui comprend que je ne serais pas là aujourd'hui si elle était encore vivante, qu'Alisha ne serait pas entrée dans ma vie et que je n'éprouverais pas ce nouveau sentiment d'appartenance. Je serais toujours avec elle en Angleterre, ne manquant jamais de l'appeler un soir sur deux et de la voir pendant les vacances, comme un homme bien élevé doit le faire.

Il était sans doute prévisible que je finisse par rencontrer une zone de turbulences, que toute la souffrance que j'avais absorbée et le chagrin que j'avais refoulé finiraient par se manifester dans mon comportement. Ma grand-mère avait l'habitude de me dire : « Daniel, si tu as besoin d'aller casser quelques vitres de voiture, personne ne t'en voudra, mais s'il te plaît, ne fais pas comme s'il ne s'était rien passé. Je préférerais te voir en colère qu'indifférent. » Elle m'a élevé pour que je satisfasse les aspirations que ma mère avait pour moi, et n'hésitait jamais à s'approprier une opinion si celle-ci pouvait servir à mon éducation. *Pense à ce que ta mère te dirait là, maintenant, jeune homme. Ce sont ses ordres, pas les miens.* Je ne pense pas qu'elle se soit rendu compte à quel point cela m'a aidé. Cela m'a permis de canaliser toute ma tristesse dans la poursuite d'une réussite dont je pensais qu'elle était – à force de me l'entendre répéter – la seule chose que ma mère ait jamais voulue pour moi.

Pendant des années, c'est ainsi que je suis parvenu à réorienter mes angoisses, en focalisant toutes mes pensées sur la préparation des examens qui m'attendaient. J'avais plusieurs trimestres d'avance sur les autres enfants de Chesham Park quand j'ai repris les cours, et j'ai surpris mes professeurs par la facilité avec laquelle j'ai réussi mes épreuves du GCSE (ils me savaient bon élève, mais ils pensaient que mon retour à la vie normale demanderait une longue phase d'ajustement). Après la mort, sans douleur, de mon grand-père, dans une chambre verte et calme pleine de chrysanthèmes de l'hôpital de Chiltern, j'ai découvert que je pouvais disparaître entièrement dans mes études et me sentir fondé à me couper du monde. Je me suis caché derrière l'attitude consistant à obtenir les meilleures notes, pour ne pas décevoir les aspirations de ma mère, et je veillais à me lier d'amitié avec des garçons de terminale que leurs propres parents poussaient vers les études supérieures. Je me suis caché derrière les modules intimidants de microéconomie et de méthodes quantitatives à la London School of Economics, et j'ai géré ma nouvelle vie en résidence étudiante à Londres en squattant la bibliothèque pendant de longues heures (en seconde année, j'avais deux boulots à mi-temps). Je me suis caché derrière trois ans d'expérience professionnelle dans les services financiers et l'audit. Je me suis caché derrière la préparation du diplôme d'expert-comptable. Je me suis caché derrière mon exploration du marché du travail, enchaînant les entretiens jusqu'à être convaincu de faire le bon choix (celui qu'elle aurait fait). Après avoir accepté un poste au département Transactions chez Vaillant Stack Kinnear, dans leurs bureaux vitrés du quartier Embankment, je n'avais plus rien derrière quoi me cacher sinon le besoin intrinsèque de faire mes preuves auprès de ceux qui m'avaient engagé. Et depuis, c'est chez VSK que je me cache.

Quand je repense à cette importante période de ma vie, je n'ai guère de souvenirs d'interaction humaine sincère. Une jolie fille que j'ai vue traverser une salle de TD un jour a fait chavirer mon cœur avant de changer de module. Un autre stagiaire épuisé m'a presque fait pleurer sur son blazer un soir à côté de la photocopieuse en me tendant juste une agrafeuse. J'ai eu un jour une agréable conversation avec une gentille bibliothécaire sur son amour des romans de Joe Durango. Une intérimaire avec qui j'avais couché m'a dit que j'étais le partenaire le moins attentif qu'elle ait jamais eu, et je lui ai donc demandé, tout haut, ce que je pouvais faire pour améliorer mes performances. J'ai parfois l'impression que ces années ont été un moment d'isolement de la réalité, une lente exploration aux confins de moi-même dans lesquels les événements importants de mon histoire avaient été effacés au correcteur.

Faire profil bas et travailler : je n'ai jamais eu d'autre stratégie d'adaptation, et je suis reconnaissant qu'elle m'ait permis de garder la tête hors de l'eau pendant tout ce temps. J'avais vingt-quatre ans à la mort de ma grand-mère, et je me suis assis au premier rang de sa paroisse de Bradenham avec une centaine d'autres, tête baissée en prière derrière moi, comprenant que je n'avais plus de famille pour me dire comment vivre, pour me montrer ce que devraient être mes principes. Je n'avais plus désormais que les exigences de mon travail auxquelles me mesurer. Les associés de VSK verraient toutes les heures que j'accumulais, ma grande application, et en leur donnant satisfaction, je ferais plaisir à ma mère.

Je me suis donc voué corps et âme à VSK. J'ai mouillé ma chemise pour eux. J'ai sauté des repas pour eux. Je me suis privé des mondanités auxquelles les autres gens participaient. Mes seuls amis étaient mes collègues, je ne les voyais jamais en dehors des couloirs et des parties communes. Tous les soirs, quand je regagnais mon appartement à Camden, j'ouvrais mon ordinateur portable et je me connectais à mon compte VSK. Je leur aurais donné ma dernière pinte de sang si un mémo l'avait exigé. J'ai serré les dents et surmonté l'épreuve, comme je l'avais toujours fait. Mon dévouement n'est pas passé inaperçu. À l'âge de vingt-six ans, j'ai été promu associé au département des fusions-acquisitions mais, peu après, j'ai rencontré cette zone de turbulences attendue depuis longtemps.

Au bureau, les femmes ont commencé à me regarder différemment. Je ne sais pas si c'était mon changement de statut qui les attirait, ou si les traits que mon père m'avait donnés s'étaient fixés à ce moment-là et faisaient de moi un homme sur lequel on se retourne. Le changement s'était peut-être opéré en moi : un sursaut de confiance, une nouvelle assurance dans mon environnement. Quoi qu'il en soit, j'ai vu plus de chambres, de plafonds d'hôtel et de sols de cuisine londoniens que je ne l'aurais cru possible. J'ai couché avec des secrétaires, des secrétaires de direction, des assistantes clientèle, des responsables des ressources humaines, des juristes, des directrices financières. Je garde le souvenir de leurs visages mais pas de leurs noms. Avec certaines, j'ai couché plus d'une fois ; il y en a d'autres que je n'ai jamais revues ; d'autres encore que j'entreprenais maladroitement devant des clients, dans l'ascenseur, le couloir. Je n'ai jamais cherché de femmes ailleurs que chez VSK, mais je les tenais à distance. Cet aveu me rend nauséeux. Pas simplement parce que j'ai honte d'avoir traité des gens – des collègues – de la sorte, mais parce que je ne peux pas m'empêcher de penser que je le faisais pour être comme lui. Ou, du moins, pour voir jusqu'à quel point je pouvais me confondre avec lui si je me laissais aller.

Un soir, je me suis retrouvé au douzième étage d'un Radisson Hotel avec une jeune stagiaire. Que nous appellerons Nadine, par convention. Nous avions engagé la conversation dans les parties communes du bureau ce soir-là, et elle avait mentionné qu'elle était en dernière année de master (je ne sais plus dans quelle université), et que son expérience pratique au sein de l'entreprise faisait partie de sa formation.

J'avais offert de l'emmener dîner, au seul prétexte que je n'avais pas encore mangé et qu'il me semblait qu'elle aurait bien besoin d'un repas qui ne soit pas préparé par le Dr Oetker. Nous avons mangé, nous avons bu un peu de vin, nous avons marché jusqu'à un hôtel, nous sommes montés dans la chambre. C'était vraiment aussi simple que cela.

Elle s'est assise sur le lit et a retiré ses chaussures. Se penchant en arrière, elle a lissé la couette avec ses paumes et a décroisé les jambes. Je l'ai embrassée et j'ai senti tout son corps mollir sous moi. Elle a étiré ses bras au-dessus de sa tête, et j'ai retroussé sa jupe pour voir son ventre, l'élastique de son collant lui mordre la peau. « Attends, attends, a-t-elle dit avant de rouler sur le côté. Donne-moi une minute. Il faut que je... pourquoi tu ne nous sers pas quelque chose à boire en attendant ? » Elle est allée dans la salle de bains en dégrafant sa robe. « Ne sois pas trop longue », ai-je dit. À peine avait-elle fermé la porte que l'eau s'est mise à couler. J'ai retiré ma veste, mes chaussures et mes chaussettes. Je suis allé chercher deux bières dans le minibar, en ai bu la moitié d'une avant de perdre patience. Le ventilateur de l'extracteur ronronnait, cliquetait. La porte n'était pas fermée à clé, alors je suis entré. Je l'ai trouvée debout devant la vasque, un monceau de serviettes à ses pieds. Elle n'était pas surprise de me voir, mais paraissait irritée, comme si j'avais interrompu une querelle privée qu'elle avait avec elle-même. « Eh bien, ce n'est pas très équitable, a-t-elle lâché avec un petit sourire en coin. Maintenant je suis la seule à être... » Je n'ai même pas attendu qu'elle finisse sa phrase. Je me suis avancé vers elle et je l'ai embrassée, la faisant reculer vers la vasque. Elle a déboutonné ma chemise et l'a retirée. Ses doigts ont malmené ma peau. Elle a respiré dans mon oreille et passé la langue sur le lobe, en se pressant contre moi. J'ai défait ma ceinture et elle s'est chargée du reste. J'ignore qui l'a décidé – elle ou moi, ou bien nous deux en même temps –, mais elle s'est retournée d'un coup, et s'est penchée au-dessus de la vasque vide, les bras écartés sur l'étrange marbre bleu et son motif de taches d'encre.

Quand les gens veulent savoir ce qui m'a poussé à demander ma mutation et quitter Londres, je ne leur parle jamais de cet épisode. Mais à toi, je ne cacherai rien... même mes pulsions les plus laides. Il faut que tu voies en quoi je suis comme lui et en quoi je ne le suis pas.

Parce que dès que je me suis introduit en elle, et que j'ai senti le cognement de ses fesses pâles dans le creux de mes hanches, le rythme de l'arrière de ses cuisses qui faisaient *smac smac* contre les miennes, je n'ai plus voulu m'arrêter. Elle étouffait des cris de plaisir. Inhabituels mais familiers. *Avais-je déjà couché avec cette fille ? L'avais-je oublié ?* J'ai marqué un temps d'arrêt, pressant mes lèvres sur son dos. « Qu'est-ce qu'il y a ? a-t-elle demandé. Ne t'arrête pas. Je n'y suis pas du tout. » En levant les yeux, j'ai vu nos vagues reflets dans le miroir embué, et j'ai continué. Elle s'est offerte davantage, les coudes ramenés sous sa poitrine, la tempe contre le comptoir. Sa respiration s'est accélérée et s'est amplifiée. J'ai à nouveau levé la tête, pour me regarder, regarder ce que je lui faisais. Et je l'ai vue, sa silhouette brouillée qui me renvoyait mon regard, avec cette expression vague, impassible et déterminée, impardonnable. Je me suis arrêté si brutalement qu'elle s'est agacée. « Non, non, non, allez, pas maintenant. Continue. » Elle a tenté de me prendre les mains pour les poser sur ses seins, mais j'étais effrayé et incapable de poursuivre. « Je ne peux pas, c'est fini, ai-je dit. Je ne peux pas.

— Sérieusement ? Mais tu étais… on était…

— Je crois que je dois m'allonger. »

Elle a laissé retomber sa tête sur le marbre, contrariée ou simplement embarrassée.

« D'accord, j'imagine que le lit est plus confortable de toute façon.

— Non, il faut qu'on arrête. Je suis désolé. Je me sens un peu bizarre.

— Un truc que tu as mangé qui ne passe pas ?

— Non, juste bizarre.

— C'est bon, j'ai compris. » Me regardant, elle a ajouté : « La prochaine fois peut-être.

— Je suis désolé, ai-je répété. Ça n'a rien à voir avec toi.

— Oui, je sais, Dan. Pas de problème. J'ai compris. »

Pendant qu'elle prenait une autre douche, je suis allé m'asseoir dans le fauteuil devant la fenêtre, regardant les toitures goudronnées des immeubles voisins. « Alors, tu veux que je m'en aille ? a-t-elle demandé en émergeant de la salle de bains dans un peignoir en coton.

— J'aimerais mieux que tu me tiennes compagnie. La chambre est payée. Autant en profiter.

— Du moment que je peux dévaliser ce petit frigo.

— Il est tout à toi.

— Tu te sens toujours patraque, alors ?

— Oui, mais ça va. J'ai l'habitude. »

Elle s'est allongée sur le lit et a fait défiler les chaînes en buvant une petite bouteille de vin. J'ai rédigé des e-mails sur mon téléphone professionnel. « Je n'ai rien pour dormir, a-t-elle dit avant d'enlever son peignoir et de se glisser sous la couette. Au bout d'un moment, la comédie insipide qu'elle regardait et l'alcool ont eu sur elle un effet soporifique, et je n'avais plus de messages à envoyer. Mon ordinateur portable était resté au bureau. Tout ce que j'avais, c'était cette très jeune femme, nue et assoupie, dans l'espace à côté de moi, la longue pente de son épaule éclairée par intermittence par la lumière de la télévision. Et j'avais leurs conversations pour m'empêcher encore de dormir. *Espèce de crétin bon à rien je n'ai pas à me justifier je fais ce que je veux pourquoi tu ne la fermes pas pour changer toujours à accuser quelqu'un d'autre pour tes erreurs ça ne t'arrive jamais d'avoir un plan je veux dire qu'est-ce que tu as fait de ton amour-propre tu as toujours voulu que j'échoue tu adores me voir me vautrer hein m'humilier c'est le truc que tu préfères bon sang comme j'aurais aimé ne jamais t'avoir rencontré personne ne peut t'encadrer tu es toujours là à pleurnicher toujours à chialer tu ne sais pas la chance que tu as tes parents se sont débarrassés de toi même ton propre fils n'a aucun respect pour toi je ne supporte plus ta présence je ne t'ai jamais aimé de toute façon ah ouais et qu'est-ce que tu vas y faire hein ouais c'est ça c'est bien ce que je pensais que de la gueule.*

La patience de ma femme est extraordinaire. Comme elle connaît tous les aspects de mon histoire, elle accepte les mouvements d'humeur qu'il m'arrive d'avoir pour des broutilles sans pour autant paraître m'estimer moins. Elle est capable de différencier ma tristesse passagère de ma mélancolie chronique, et elle est suffisamment sensible pour savoir qu'il y a des moments où j'ai besoin de parler et d'autres non. Elle comprend pourquoi il y a un flacon de *Sunflowers* dans notre cabinet de toilette, et pourquoi l'édition audio complète de *L'Artifex* de la bibliothèque de Chesham est enfermée dans le tiroir du haut du secrétaire de l'entrée. Comment a-t-elle pu me supporter assez longtemps pour voir au-delà de mes fragilités ? La froideur extérieure, le simulacre de dureté, l'étrangeté foncière : elle a ouvert une brèche dans chacune de mes défenses et semble aimer ce qu'elle a trouvé à l'intérieur. Et je l'ai aimée en retour d'une façon si brouillonne et incompréhensible qu'elle doit se demander – comme je le fais – jusqu'à quel point il me faudra sonder son esprit avant de me laisser convaincre qu'elle n'est pas la remplaçante de ma mère. Toutes mes relations antérieures avec les femmes ont été gâchées par une seule et triste hypothèse : que je pourrais régler les problèmes du mariage de mes parents dans ma propre vie, un geste à la fois, une décision à la fois, un coup d'un soir à la fois. Alisha le comprend – elle a tout compris au bout d'un mois passé avec moi – et, étrangement, elle est toujours là. Son indulgence pour les bêtises que je fais et profère est sidérante. Comme lorsque je lui dis : « Écoute, je sais que tu voudras avoir des enfants à toi un jour ou l'autre », alors que je voudrais lui dire : « Écoute, je sais que tu aimerais vraiment qu'on fonde une famille. »

J'ai laissé ce problème menacer notre mariage bien trop longtemps. Comme je l'ai déjà évoqué avec toi, il y a une ligne de faille sous chaque pas que j'essaye de faire. Je ne vois pas comment je pourrais être responsable de l'enfance de quelqu'un d'autre avant d'avoir résolu mes propres problèmes. Alisha prétend que j'arriverai à surmonter ce blocage avec le soutien adéquat, mais je continue de résister à ses encouragements et à ses conseils avisés, parce qu'elle ne comprend pas le poids d'une hérédité comme la mienne. Hérédité que je me donne tant de mal à porter comme si elle ne pesait rien.

Nous entrons dans des disputes de manière inattendue. Un chat dévale les marches d'un perron devant nous alors que nous marchons dans la rue : c'est le point de départ d'une conversation sur les chats et les raisons pour lesquelles elle ne les aime pas, qui se transforme en conversation sur le chat errant qui, quand elle avait six ans, avait surgi dans sa maison en crachant et s'était couché dans le berceau de son frère, qui se transforme en conversation sur ses nièces et la couverture spéciale que sa sœur a achetée pour empêcher les chats de sauter sur la poussette de ses filles, qui devient une conversation sur sa sœur qui lui demande quand est-ce que nous aurons des enfants à notre tour. Plus nous nous rapprochons, Alisha et moi – et je ne pense pas qu'il me soit possible de l'aimer davantage qu'aujourd'hui –, plus je me sens coupable qu'elle se soit vouée à quelqu'un comme moi.

Je m'efforce pourtant de surmonter mes incertitudes, dans notre intérêt à tous les deux.

Il y a six mois, nous avons eu la pire dispute de notre vie conjugale. J'essayais peut-être de la pousser à me quitter, non pas parce que je voulais qu'elle s'en aille, mais afin de pouvoir anticiper notre rupture selon mes propres termes, la contrôler. La journée avait débuté par un petit déjeuner relativement agréable : j'avais préparé une casserole de porridge et, comme d'habitude, je l'avais taquinée sur sa façon de prononcer le mot, *pordge*. Après quoi, nous nous sommes installés devant mon ordinateur portable sur le comptoir de la cuisine, faisant défiler des photos d'ateliers qu'un courtier en immobilier commercialisait en centre-ville et qui l'intéressaient. Puis nous avons exploré les environs avec Street View afin d'évaluer leurs atouts et leurs inconvénients respectifs. J'ai refait du café et on s'est partagé les journaux du dimanche sur le canapé. Un des suppléments dressait le portrait d'un sculpteur célèbre qui creusait un trou gigantesque dans le désert de l'Arizona au nom de l'art. Elle s'est enthousiasmée pour la double page de photos de paysages qui accompagnait l'article : « Collodion humide, a-t-elle dit en soulevant les pages pour capter la lumière du jour. Chaque fois que je vois quelqu'un l'utiliser aussi bien, ça me donne envie de balancer mon appareil par la fenêtre. » Elle a alors entrepris de m'expliquer les détails techniques. Il s'agissait d'un processus délicat datant de l'époque victorienne qui consistait à enduire une plaque avec du nitrate d'argent, puis de l'exposer avant qu'elle sèche… mais j'ai rapidement perdu le fil. « Si ça t'attire tant que cela, pourquoi tu n'essayerais pas toi-même ?

— Je n'ai pas le temps pour ça. Trop de tâtonnements. Il me faudrait des années pour maîtriser le truc.

— Donne-toi quinze jours. Tu apprends vite.

— Ah, Dan, tu es un gros flagorneur, je t'aime. » Elle a jeté le magazine sur moi en riant. « Sérieusement, déjà qu'il m'a fallu tout ce temps pour comprendre ce que je fais, et je n'en connais toujours pas la moitié. Et en plus, ça impliquerait de manipuler des produits chimiques plutôt toxiques au quotidien. Je ne pourrais pas y toucher si on essayait un jour ou ne serait-ce que pour ma santé. Ceux que j'utilise sont déjà assez nocifs comme ça.

— Encore ce mot… *Essayer*.

— Oh, arrête, tu sais que ça m'est venu sur le moment.

— Si tu le dis, Lish.

— Ben quoi, ça mérite qu'on y réfléchisse un peu, non ? »

Je l'ai regardée bien trop froidement.

« Pour le moment, il ne faudrait surtout pas que cela t'empêche de faire quoi que ce soit, non ? »

Elle s'est redressée, s'est écartée de moi.

« Hum, Hum, très bien. »

Je suis allé mettre nos tasses au lave-vaisselle.

« Je t'assure, Dan, je n'y pensais même pas.

— Alors, tout va bien. » Rincer la casserole à porridge était soudain ma priorité.

Elle est revenue à la charge malgré le bruit des robinets.

« Et quand bien même, et si ça occupait effectivement mes pensées ? J'ai le droit d'y penser, non ? Même si tu ne veux pas en discuter.

— C'est ça, comme si tu ne mettais pas ça sur le tapis un jour sur deux.

— Dan, arrête un peu… tu ne veux même pas en entendre parler.

— Je l'envisage bien plus qu'avant.

— C'est censé vouloir dire quoi, ça ?

— Ça veut dire que tu devrais savoir ce qu'il en est. Si tu pouvais éviter de me mettre la pression, ça serait bien.

— Oh non, tu es sérieux ? C'est vraiment ce que tu penses ? »

J'ai haussé les épaules. Elle a secoué la tête. Nous avons continué sur ce mode un certain temps. Je suis devenu de plus en plus puéril et déterminé à la blesser. Elle a fini par me hurler dessus : « Tu sais quoi, Dan ? J'en ai ma claque. Tout ne tourne pas autour de toi et de tes malheurs, d'accord ? Je m'en vais.

— Où ça ?

— À l'atelier.

— Et le parc ?

— Oublie le parc. Je ne passerai pas une minute de plus avec toi aujourd'hui. » Sur quoi elle est partie en claquant la porte. Je ne l'ai pas revue de tout l'après-midi. J'étais conforté dans ma certitude d'être dans mon bon droit, je me sentais irréprochable. Comme j'avais du travail à faire, je m'y suis attelé. Vers dix-sept heures, elle a téléphoné pour dire qu'elle passerait la nuit à l'atelier. Ce n'était pas pour me punir, assurait-elle, mais elle était plongée « jusqu'au cou dans un projet parallèle » avec une amie à elle. « Une stupide commande de sérigraphie que je n'aurais jamais dû accepter, mais je veux vraiment m'en débarrasser. » J'ai laissé ses paroles en suspens sans émettre un commentaire. Pendant tout cet échange, ponctué par ses soupirs et mes silences, nous sommes restés tendus, sur la défensive.

Je ne pouvais pas demeurer dans l'appartement plus longtemps. J'ai pris mon ordinateur portable et j'ai marché jusqu'à St Mark's Place. Il y a là un café, le Vick's, qui est devenu un de mes lieux de prédilection. Par rapport aux standards de l'East Village, c'est tranquille et sans prétention, et la nourriture y est quelconque. La devanture en verre armé rappelle ces vieux magasins de chaussures qu'on peut voir à Covent Garden et, en sortant du bureau, j'aime parfois venir m'y attabler avec mon ordinateur et une bière. Je relis les feuilles de calcul de mes assistants et réécris leur prose aseptisée. Ce soir-là, je devais finir la première ébauche d'un rapport consultatif sur lequel je travaillais, un tour d'horizon de l'activité récente des sociétés de location-bail d'avions en Asie, si tu veux tous les détails. Je me suis tellement laissé absorber par ma présentation des données, et j'ai enchaîné les bières avec tellement d'insouciance, que je n'ai même pas remarqué que le Vick's s'était rempli autour de moi.

Une foule de buveurs de cocktails avait accaparé tout l'espace. Ils avaient le regard fixé sur le fond du bar, comme s'ils attendaient un discours. J'étais parqué dans un coin de la salle. Je pouvais à peine bouger ma chaise. À ce moment-là, une trompette s'est mise à brailler derrière moi. Suivie d'un *shuffle* à la caisse claire et d'une guitare électrique saturée. C'était du jazz, mais pas du genre immédiatement accessible, le genre de musique qui nécessitait un apprentissage pour être apprécié. Il y a eu des acclamations et des applaudissements. J'ai dû me hisser sur la pointe des pieds pour voir.

Au fond du bar, un trio avait démarré un set. Le trompettiste, longue tunique blanche et lunettes de soleil, développait un thème fait de stridences. Un vacarme improvisé qui a suscité des cris admiratifs tout autour de moi. J'ai récupéré mon ordinateur et tenté d'attirer l'attention du serveur. La trompette continuait à criailler. Le serveur était trop loin et trop distrait. Comme je ne voulais pas laisser l'argent sur la table, j'ai dû me faufiler au milieu des amateurs de jazz jusqu'à la caisse. « Excusez-moi, pardon, excusez-moi, pardon, pardon. » La rythmique feutrée des balais sur la caisse claire a commencé à enfler. J'étais presque parvenu au comptoir quand un type moulé dans une chemise en jean m'est rentré dedans en se retournant avec deux martinis à la main. J'ai eu un mouvement de recul, et les cocktails ont fusé dans le brushing de la femme à côté de nous. Elle s'est tournée vers moi, furieuse, le cou trempé. J'ai dû m'excuser, mais elle n'a pas dû m'entendre. « Putain, mec ! » a-t-elle lancé quand je suis passé devant elle. La trompette ne voulait pas cesser son bêlement dément. L'homme m'a apostrophé : « Hé, mon pote, tu me dois deux verres ! » J'ai renouvelé mes excuses. Je voulais juste payer et ficher le camp. Arrivé au comptoir, j'ai glissé deux billets sous un verre et me suis assuré que le barman les avait vus. J'ai senti alors qu'on me donnait un petit coup dans le dos. « Hé, ducon, tu pourrais au moins demander pardon à ma copine ! » J'ai dû hocher la tête. J'ai peut-être marmonné quelque chose en guise de réponse. J'essayais de m'éclipser sans faire d'histoires. La batterie m'envoyait coups de poing et crachats. La trompette s'égosillait. Pendant que je jouais des coudes pour gagner la sortie, on m'a arraché mon ordinateur des mains. Je me suis retourné : l'homme le brandissait au-dessus de sa tête, comme un trophée. Il m'a regardé, les yeux plissés, et l'a fait tomber par terre. J'ai vu quelques petits fragments de plastique se détacher quand il a heurté le sol. La trompette continuait à me mordre. J'ai bondi. L'homme a reculé d'un pas. J'ai empoigné son col en jean, l'ai poussé. Il a glissé et il est tombé.

Je me suis accroupi pour aller récupérer mon ordinateur sous une table. Mais avant que j'aie pu me relever, l'homme s'est interposé. Il m'a balancé son genou en pleine figure, et je me suis effondré sur le parquet. La vivacité de la douleur à l'intérieur de ma joue était tellement familière. Elle a atteint mon cerveau. Je l'ai écoutée. Elle m'a dit que je devais me dépêcher de partir. Je me suis relevé tant bien que mal, la bouche en sang. Je l'ai essuyée avec mon poignet. Je n'ai pas réagi. Pas tout de suite. Mon père l'aurait cassé en deux sans une seconde d'hésitation, mais je me suis contenté de hocher la tête en m'excusant. « Je m'en vais. Je suis désolé. Je m'en vais. » Il a laissé retomber ses poings, reculant, fier de lui. La foule me dévisageait. Le trompettiste attendait en tenant son instrument contre sa poitrine. Le batteur était assis sur son tabouret avec ses deux balais. « C'est bon, laissez-le passer, allez, laissez-le passer, qu'il foute le camp. » Un chemin s'est ouvert devant moi. Je suis sorti sur le trottoir en titubant.

J'aurais dû aller à l'hôpital, mais je me suis traîné jusque chez moi. La ville paraissait étrangement calme. Mon pouls battait dans ma mâchoire. Arrivé à un carrefour, j'ai attendu que les feux brouillés passent au rouge pour me laisser passer. Un SUV rutilant a ralenti devant moi pour tourner à droite. Jetant un coup d'œil par la vitre ouverte, son passager m'a lancé : « Faut aller aux urgences, mec. Tu ressembles à rien. » Au moment où la voiture a redémarré, il est parti d'un rire tellement effronté que des gens qui attendaient à côté de moi sur le trottoir s'y sont mis eux aussi. L'humiliation me brûlait intérieurement. J'ai pensé à mon ordinateur, abandonné sur le parquet du Vick's, aux heures de travail que je n'avais pas sauvegardées, à toutes mes photos personnelles, vidéos et documents.

Quand je suis retourné au bar, il y avait trop de monde devant l'entrée, et je ne l'ai pas vu à travers les fenêtres. Des corps se pressaient les uns contre les autres, oscillaient en rythme, hurlaient pour commander à boire. Le sang coulait sur ma joue. J'ai décidé qu'il valait mieux attendre qu'il sorte. Je voulais juste mon ordinateur. Je me suis assis dans l'entrée de l'immeuble voisin, un salon de manucure miteux avec une marquise couverte de fientes de pigeon, des tags roses sur la devanture. Mon œil se fermait déjà. Je me suis penché en arrière dans l'alcôve et j'ai observé les gens entrer et sortir du bar : c'est à ce moment-là que ma colère a commencé à couver. Sur la 1re Avenue, le trafic incessant se poursuivait dans l'obscurité. Le vacarme de l'ensemble de jazz était étouffé par le bruit des moteurs. J'ai dû rester assis là au moins une heure et demie. Quand il a fini par émerger, mes lèvres avaient presque fusionné.

Il est sorti avec sa chemise en jean froissée et pleine de sueur, sa petite amie rousse pendue à son bras. Ils riaient et parlaient fort à quelqu'un à l'intérieur, j'ai surpris la chute d'une blague. « À plus, mon pote ! » a-t-il lancé en sortant à reculons. « On se voit mardi, Freddie ! » lui a répondu quelqu'un. « Hé, je t'ai dit qu'il serait pas là ! » a gloussé sa petite amie. Et alors qu'ils s'éloignaient ensemble, tournant l'angle de St Mark's, j'ai aperçu mon ordinateur portable sous son bras. Quel genre d'individu frappe un homme et s'approprie ses affaires comme on s'empare d'un butin ? Quel genre d'individu le laisse faire ? J'en ai perdu mon sang-froid, cela m'a mis en fureur. Je leur ai couru après.

Ils marchaient en titubant le long du bloc d'immeubles tiré au cordeau comme si celui-ci était de travers, tous deux étourdis par les cocktails, se soutenant l'un l'autre. Elle avait la main dans la poche arrière de son chino. J'ai ralenti, gardé mes distances, ne sachant pas trop quoi faire. Mon visage me faisait souffrir le martyre. Ils sont passés devant des restaurants, des salons de tatouage et le marché casher. Je les ai suivis sur l'avenue A, ai passé les deux carrefours suivants vers le nord jusqu'à ce qu'ils plongent sous un échafaudage sur la 12e Rue Est, où les fondations géantes d'un immeuble en construction étaient enveloppées de panneaux de contreplaqué et de membrane isolante. Une rangée de néons lugubres avait été installée à l'intérieur du passage piéton provisoire, qu'on voyait à peine depuis la rue. Personne en vue. J'ai vérifié derrière moi. Pas un chat. J'ai pressé le pas. Ils n'étaient qu'à quelques mètres. Je voyais la tranche de l'ordinateur se balancer au creux de son bras gauche, me provoquant.

« Hé ! ai-je lancé en me précipitant sur lui. C'est Freddie, c'est ça ? » Et au moment où il s'est retourné, confus, je l'ai saisi à la gorge d'un geste si précis que ma main l'a immobilisé. Je sentais l'arrondi de son cou piqué de poils de barbe contre ma paume, sa résistance et sa souplesse. Il a lâché l'ordinateur, j'ai entendu celui-ci heurter le béton. J'ai plaqué Freddie contre les panneaux de chantier et l'ai fusillé du regard. Sa petite amie a glapi et m'a martelé le dos avec ses poings, ce qui ne m'a pas arrêté. « Lâche-le, connard ! Lâche-le ou j'appelle les flics ! » Ce qui m'a arrêté, c'est la peur que j'ai vue au fond de ses yeux. Il m'avait reconnu, évidemment il comprenait pour quelle raison j'étais là, il était conscient de ce qu'il m'avait fait, mais il n'y avait pas que cela, à mon avis. Il a dû voir que j'étais capable de continuer à l'étrangler.

Je me suis approché tout près de son visage.

« Je récupère mon putain d'ordinateur. Pigé ? »

Il a lentement cligné des yeux.

« Tu ne veux pas me compliquer les choses, Freddie, crois-moi sur parole. »

Il a bafouillé.

J'ai serré.

« On s'est bien compris tous les deux ?

— Ouais, mec. Lâche-le. Il a compris, a dit sa copine. Bon Dieu, c'est quoi ton problème ? » Elle s'est baissée pour ramasser mon ordinateur. « Prends-le, prends-le. Lâche-le. » Ce que j'ai fait.

Mes mains tremblaient pendant tout le trajet jusqu'à mon appartement. Je suis resté un moment devant le miroir de la salle de bains à nettoyer le sang que j'avais sur la bouche, la tamponnant avec des boules de coton et de l'antiseptique. J'ai gobé deux Ambien pour calmer la douleur. Le côté droit de mon visage était violacé et tuméfié, l'orbite gonflée au point de me fermer l'œil. J'étais méconnaissable. J'ai balancé mes vêtements tachés de sang dans le panier à linge et suis sorti dans le couloir, où j'avais laissé l'ordinateur posé à côté du paillasson. J'ai examiné les dégâts à la lumière de la cuisine, le plastique était sérieusement esquinté et les haut-parleurs étaient en mille morceaux, mais il a quand même démarré. Il a commencé à restaurer toutes les fenêtres qui étaient ouvertes quand son alimentation avait été coupée. Je l'ai branché sur le secteur pendant qu'il moulinait en ronronnant et me suis préparé une tasse de thé avec deux bouchons de brandy. Lorsque j'ai à nouveau regardé l'écran, l'image Google Street View d'un loft en centre-ville avait refait surface dans le navigateur. Je l'ai fixé un long moment, la tête vide, mais la douleur continuait de me tourmenter. Les cachets n'agissaient pas. J'ai déplacé le curseur sur la barre de recherche, l'ai éloigné, l'ai déplacé à nouveau. J'ai posé mes doigts sur le clavier. Les voies rapides s'ouvraient dans ma tête. La sécurité enfant était mise.

« Ce n'est pas loin.

— Reste sur cette route, on va arriver à un croisement.

— S'il arrive quoi que ce soit à cet enfant, je te jure, Fran, je…

— Quoi ? Qu'est-ce que tu vas me faire ? J'aimerais bien le savoir.

— Je te ferai souffrir.

— Je dois dire que c'est difficile à imaginer, là, tout de suite, Kath.

— Où est-ce que tu m'emmènes, bon sang ?

— Tu sais exactement où on va.

— Promets-moi juste qu'il sera là. Promets-le-moi.

— Je croyais que mes promesses ne valaient pas un clou. Tu as changé d'avis ?

— Dis-moi juste qu'il va bien.

— Tu verras. C'est juste un peu plus loin.

— Il doit avoir peur, tout seul.

— Qui a dit qu'il était seul ?

— Toi.

— J'ai dit ça, moi ? Tiens, c'est drôle.

— S'il te plaît… promets-moi.

— D'accord. Je le promets. Voilà. Tu me fais confiance maintenant ?

— Non.

— Je me disais aussi. À quoi ça sert de discuter de toute façon ? Roule.

— Je te hais, Fran.

— Ça n'a rien de vraiment surprenant. J'ai un fusil braqué sur toi.

— Tu n'as jamais été comme ça avant.

— Ouais, eh bien, c'est peut-être que j'en ai eu assez de mon ancien moi.

— Tu n'es pas obligé de faire ça. Quoi que tu aies en tête.

— Quand on arrivera à l'église, tourne à gauche. Tu vas reconnaître.

— C'est là qu'il est ?

— Tu verras bien. Hé… laisse cette vitre fermée.

— Je voulais juste un peu d'air.

— Tu vas en avoir plein, crois-moi.

Tu grandiras à une époque où il est possible de revisiter les espaces abandonnés de sa vie en touchant un écran. Je n'ai jamais été à Audlem, mais je l'ai vu plus souvent qu'aucun autre endroit sur Terre. Je ne peux le visiter qu'à la lumière du jour. L'itinéraire que j'emprunte est le même que le leur : il débute sur la M6, sur l'aire de repos de Sandbach en direction du sud, quitte l'autoroute pour rejoindre la A500, la A531, la B5071, la A529. Une couverture de nuages cendreuse est suspendue dans le ciel jusqu'à ce que j'atteigne le carrefour sur la place du village. Il se passe alors quelque chose d'étrange. Je clique sur la croix sur la chaussée. Elle est toujours là, au même endroit, sous le pare-chocs arrière de la camionnette Morris Minor qui est toujours en train de tourner à gauche, à côté du réverbère en fonte pavoisé pour le jubilé, avec ses Union Jacks qui claquent toujours au vent en direction du nord, à côté de l'église paroissiale de St James the Great où un homme aux cheveux blancs est toujours en train de rôder sur le trottoir dans un pantalon trop grand, et où deux cyclistes en gilets fluo sont à jamais sous l'abri de la station de bus comme pour s'abriter d'une averse imminente. Et quand je clique dessus, comme par miracle, le ciel vire au bleu, le soleil apparaît, les gens changent. Les images ont manifestement été prises à un autre moment, la peinture des cadres des fenêtres du cottage est un peu plus foncée, les ombres s'allongent sur le béton. Dans ce petit tronçon de Google Maps, il y a un bug, un décalage, un bout de paysage qui n'a pas été mis à jour en cinq ans. Là, nous sommes en juin 2011, et une dame aux cheveux courts s'éloigne à grands pas sur le trottoir en train de sécher avec son parapluie froissé. Les cyclistes ont disparu, remplacés par un couple âgé, sur un banc, leurs visages pixélisés comme deux criminels aux infos – il fixe les toits pour toujours, elle est irrémédiablement en train de fouiller son sac à main (pour y trouver des chewing-gums, comme j'aime à le penser, ou des cigarettes). À l'angle, près du virage pour Vicarage Lane, la boutique désertée avec les voilages aux fenêtres est à vendre, mais quand on clique un peu plus loin sur Stafford Street, la même boutique a des stores vénitiens en bois et une façade brillante vert pastel. Quand on fait pivoter l'image, on se retrouve à nouveau en août 2016 et les rues sont vides, il n'y a personne à l'arrêt de bus. Où sont-ils allés ? Que sont-ils devenus ?

C'est la seule vision d'Audlem que je suis capable de supporter. Un village numérisé où tout ce qui est sur le point de se produire n'arrive jamais.

Si l'on descend Vicarage Lane, comme ma mère a dû le faire sous la menace d'une arme et dans le noir, on voit une famille gravir la côte : les parents conduisent une poussette, dans laquelle se trouvent leurs deux petites filles dans des manteaux verts assortis. Leurs visages sont floutés, bien sûr, mais ils respirent une joie de vivre que l'on peut voir sans zoomer. Qui sont ces gens ? Ils ne savent donc pas ce qui s'est passé plus loin sur ce chemin ? Je ressens toujours le besoin pressant de les arrêter pour le leur dire, mais ils s'évanouissent à mon approche.

Je continue, laissant derrière moi les jardins avec leurs trampolines, les potagers et les cabanons, ces trois draps blancs sur la corde à linge, le portillon avec le panneau DÉFENSE D'ENTRER, les locaux commerciaux désaffectés, la camionnette de la compagnie du téléphone garée devant, et l'homme en bleu de travail en train de bavarder sur son portable. Là, nous sommes en mars 2009, tous les arbres sont nus, le sol est mouillé. Dans l'enclos où ils sont morts, il n'y a pas de pierres tombales, juste un van à chevaux et une caravane bâchée. Une remise. De l'herbe piétinée. Tellement tranquille. Une petite voiture bleue à hayon est stationnée sur le bas-côté boueux de la route, à l'endroit où il a obligé ma mère à abandonner la Volvo. Il n'y a aucune plaque pour elle, aucun bouquet de fleurs glissé entre les lisses de la clôture. Mais si l'on fait pivoter l'image on aperçoit une femme sans visage passer devant les piliers en brique du portail de la maison de retraite dans un cabriolet Volkswagen gris, un petit chien sur le siège passager. Ils sont prisonniers du cadre, allant quelque part et nulle part. Je les regarde fixement, par intermittence, depuis des années. Ils ne sortiront jamais d'Audlem, mais moi, tout ce que j'ai à faire, c'est fermer la fenêtre et continuer à avancer.

J'essaye de montrer à Alisha que je vaux l'énergie que je lui prends, que je peux trouver un bonheur durable auprès d'elle. L'état dans lequel elle m'a trouvé cet après-midi-là à l'appartement – la bouche en sang et abruti de médicaments sur le comptoir de la cuisine – l'a plus peinée qu'effrayée, comme si elle s'était déjà résignée à ce genre de situation quand elle m'avait épousé. Elle m'a redressé, m'a enfilé mes chaussures, m'a soutenu dans l'ascenseur, m'a persuadé de monter dans un taxi et m'a accompagné au Bellevue Hospital, malgré mes protestations. Elle m'a écouté bredouiller une explication au médecin, puis a patienté avec moi dans les couloirs brillamment éclairés du service de radiologie, ne posant aucune question sinon pour me demander si je voulais de l'eau à la fontaine, ou si j'étais bien assis, jusqu'à ce que le médecin nous appelle à nouveau. Ma pommette n'était pas fracturée, mais les contusions étaient suffisamment sévères pour me tenir éloigné du bureau pendant une semaine. J'étais flageolant, j'avais mal au crâne et l'impression d'avoir les dents déchaussées, mais j'étais en état de rentrer à la maison à pied. En sortant des portes à tambour, elle m'a pris le bras et a dit : «Je me fiche du temps que ça prendra, Dan, du nombre de rixes de bar dans lesquelles tu vas te retrouver en attendant, mais on va te faire décrocher de ces médocs, tu m'entends ? Je ne te laisserai pas te foutre en l'air comme ça.» Je lui ai répondu que j'allais arrêter, mais je continue à les prendre. Tous les soirs, elle me regarde gober les cachets avant de me mettre au lit et me fait bien sentir sa désapprobation. Je t'épargnerai mes justifications. Disons simplement que j'y travaille.

Elle sait que je parle à quelqu'un depuis quelque temps, elle ignore pourtant que c'est toi. J'ai si souvent mentionné Dennis Alma et son groupe de parole à l'église de la 10e Rue qu'elle doit penser que je suis à deux doigts de dire les grâces à l'heure des repas, et je sais qu'elle fait attention à ne pas s'immiscer dans mes progrès, peu importe ce qui les a inspirés. Elle m'a vu écrire dans mes carnets et semble avoir pris cela pour une sorte d'exercice thérapeutique que m'aurait assigné un nouveau psychiatre, ce qui n'est pas tellement loin de la vérité. Ceci – le fait que je vienne ici te parler – n'est pas un secret que je lui cache, mais une chose privée que je n'ai pas encore partagée. Alisha comprendra sûrement la distinction. Il n'y a rien que je t'ai dit qu'elle ne sache déjà. Quand j'en aurai fini ici et que j'aurai emballé les dernières cassettes dans la boîte avec toutes les autres, j'irai directement à la maison et je lui expliquerai tout. Mais ces cassettes sont à toi, et ce sera à toi de décider à qui tu voudras les faire écouter.

J'ai commencé tout cela il y a environ cinq mois. Cette routine m'a procuré un objectif, un compas différent avec lequel déterminer le cap de mes journées. Elle me manquera. Le soir, quand je ne donne pas des cours dans le Queens ou ailleurs, je vais voir Alisha à son atelier. Faute de mieux, elle partage un espace en colocation au-dessus d'une quincaillerie, à l'angle de la 9e Avenue et de la 21e Rue, et je me suis habitué au trajet en métro, à la courte marche dans la lumière tombante, à la pluie acerbe, et maintenant à la neige. Elle m'ouvre la porte sur rue, et je monte l'escalier jusqu'à son espace de travail rempli de projecteurs sur pied, de toiles de fond en papier et de meubles de récupération et j'attends qu'elle soit prête à partir en m'allongeant sur sa méridienne avec un porte-mine et un bloc. Le jeudi soir, je passe une heure en compagnie de Dennis Alma et de son groupe sans décrocher un mot, après quoi je rejoins à pied mon garde-meuble situé à quelques pâtés d'immeubles au sud de l'église. C'est là que j'enregistre tout ce que je t'écris. J'ai un encombrant magnétophone et un microphone, dix paquets de cassettes Maxwell vierges (moins difficiles à trouver qu'on pourrait l'imaginer), et pour le prix extrêmement avantageux de 179,95 dollars par mois, j'ai l'assurance de ne pas être sous la surveillance du monde extérieur ni d'être interrompu.

Ce n'est pas grand-chose. Une pièce bardée d'aluminium, neuf mètres carrés, mais pour moi, c'est plus que cela. Sans doute est-ce simplement un autre endroit où me cacher. Je peux aller et venir quand je le souhaite – il y a toujours quelqu'un à l'accueil –, et j'ai organisé l'espace à ma convenance : un tapis turc, une table pliante, un fauteuil et une lampe de bureau. Dans le meuble classeur en métal, tu trouveras près de trois cents paires de lunettes anciennes, enveloppées individuellement dans des pochettes en plastique et protégées par du papier de soie. Tu ne partageras peut-être pas mon intérêt pour cette collection, et tu ne seras peut-être pas ravi d'en hériter, mais elle aura été ma perte de temps la plus productive, une nécessaire distraction à tant d'autres pensées. Si tu jettes un coup d'œil à l'intérieur des cartons à archives, tu constateras qu'ils sont remplis de vidéos – des compilations officielles de *L'Artifex* de 1994 à 1997, achetées dans des magasins solidaires, sur des vide-greniers, Internet, un exemplaire après l'autre. Et quelque part, parmi ces cassettes, se trouvent les VHS originales que j'ai faites quand j'avais douze ans, encore dans leurs pauvres jaquettes en carton avec mon écriture enfantine sur les étiquettes. Dans cette pièce se trouvent de nombreuses copies de *L'Artifex apparaît*. Je fais des copies pour préserver la bande magnétique de l'exemplaire de bibliothèque que je conserve dans mon appartement ; et je les écoute avec des écouteurs bon marché achetés dans un magasin à prix unique, parce que le timbre de Maxine Laidlaw n'est pas le même quand il est filtré par autre chose. C'était le lieu où je me rendais quand je cherchais du réconfort. C'est désormais celui où je viens pour parler. C'est un progrès, je suppose.

Les journaux intimes que ma mère a tenus de ses onze à dix-huit ans ne sont pas ici. Je les conserve chez moi, dans un coffre, avec ses bijoux et d'autres effets personnels. On les avait découverts dans le grenier de mes grands-parents au moment de vider leur maison de Bradenham : six épais volumes de ses pensées au jour le jour, enfermés dans un vieux sac à dos de sport avec ses classeurs. Ceux que j'ai ici sont des photocopies. Le 7 janvier 1983, elle écrivait ceci : *Francis me reproche le temps que je passe à écrire mon journal. Il pense que seuls les enfants font ça. Ah, ah, ah ! Il dit que c'est comme avoir un ami imaginaire. Que je n'arrête pas de me plaindre de ne pas avoir le temps pour autre chose mais que bizarrement j'ai tout le temps de griffonner dans un carnet. Je lui ai dit que c'était stupide d'être jaloux d'un journal à quoi il a répondu que c'était stupide d'aimer se parler à soi-même autant que je le faisais et ça a fini par une dispute idiote. On ne s'est pas encore complètement réconciliés. J'ai dit que j'écrirais moins juste pour qu'il se taise, mais je ne sais pas.* La dernière entrée était datée du 11 février de la même année : le compte rendu sommaire d'un vendredi sans relief au bureau et ses projets pour le week-end, un autre séjour en camping en Cornouailles sous la pluie. Aucune mention de retard de règles ou de grossesse dans ces dernières pages. Elle a simplement cessé d'écrire, mais le calcul est simple à faire.

C'est de relire tous ses journaux qui m'a fait penser à toi. Pendant la semaine de congés que j'ai prise au mois de juin pour me remettre de ce que j'ai présenté aux associés comme un accident de squash, je ne tenais pas en place. Quoi qu'Alisha fasse pour empêcher mon humeur de s'assombrir, j'étais sevré du régime consistant à aller au bureau et à me blottir sous l'aile de VSK. Le mercredi venu, je me sentais désorienté, agité, étranger à moi-même. Quand Alisha est sortie faire les courses cet après-midi-là, je suis allé sortir les journaux du coffre. J'avais besoin de me rapprocher à nouveau des plis de sa voix. Les souvenirs que je garde de ma mère sont toujours fluctuants, mais la personne derrière les journaux est immuable.

J'avais oublié quel était son état d'esprit d'adolescente : ses diatribes enflammées contre ses parents, ses réflexions décousues, les nombreuses fois où elle affirme que mon père n'est qu'une passade, une étape sur le chemin d'un meilleur ailleurs. Dans ses pages, elle se montre hérissée, pleine de morgue, une vraie personnalité en construction, mais je ne manque jamais d'y reconnaître ma mère. Sa conscience est toujours là pour moi. Une petite réalité survit dans ce qu'elle écrit. Je ne dirai jamais assez combien il est précieux pour moi que ses pensées soient préservées de la sorte, et de pouvoir m'y reporter quand j'ai besoin d'elle. Et l'idée m'a traversé l'esprit, en les parcourant, que mes enfants pourraient avoir la même chose.

Je fais cela pour que tu n'aies jamais à t'interroger sur l'homme que j'étais avant que tu ne fasses ma connaissance. Tout ce que je sais de moi, les bonnes choses et celles sans valeur, a été exposé. J'ai tout dit à voix haute pour que tu puisses entendre de quelle façon la vérité résonne dans ma voix. Sers-toi de ces cassettes pour prévoir le temps qu'il fera. Mets tes écouteurs dans le noir. Comprends tes origines. Un jour viendra peut-être où je pourrai te mentir aussi facilement que je me cure les dents. C'est probablement dans ma nature, et je ne peux pas te promettre que je m'en rendrai compte quand cela se produira. Ces cassettes sont mon assurance contre ça. Quel que soit l'homme que je deviendrai, quelle que soit la façon dont je pourrais te décevoir, quoi qu'il arrive désormais, tu auras toujours la personne que je suis, là, maintenant. J'espère qu'il n'y en aura jamais une autre version.

Avant de rencontrer Alisha, tu n'étais même pas une particule de possibilité à l'intérieur de ma tête et, aujourd'hui, tu es une de mes premières pensées de la journée, ma meilleure distraction. Quand la boîte de réception de ma messagerie retombe dans le silence chaque matin, que j'ai vérifié et organisé mon agenda, et parcouru le *Journal* et le *Times*, j'ai une demi-heure à moi avant de partir au travail. Avant, j'employais ce temps à écumer Internet, à l'affût de la moindre mention de *L'Artifex*, le curseur de ma souris sur des clips vidéo et des images, à supprimer des liens de pages Wikipédia, à acheter des VHS originales dont personne ne voulait, à faire tout mon possible pour empêcher la série de circuler ; effacer Fran Hardesty. J'ai à présent mieux à faire. Je m'assieds dans l'appartement silencieux et je t'imagine. Je vis le matin si différemment depuis que tu en fais partie. Je ne sais pas quand tu seras là, un an ou deux, peut-être plus, mais je suis certain de ce que je veux.

Je veux te regarder un jour et ressentir ce grand choc électrique que mon père n'a jamais eu pour moi, cette connexion immuable. Je veux cette bouffée d'émerveillement qui saisissait ma mère quand je répétais des expressions qu'elle m'avait apprises, toutes ces façons d'être que je tiens d'elle. Je veux t'apprendre à conduire. Je veux connaître tes fascinations et t'observer les poursuivre. Je veux qu'Alisha t'explique cette ville. Je veux te montrer l'Angleterre. Je veux aller avec toi à Audlem, poser mon cœur contre le sol et me relever. Je veux que tu sois élevé à l'écart du désastre, sans limites, au-delà du sang.

REMERCIEMENTS

Tout le monde a besoin d'un ami comme Adam Robinson qui, par un week-end pluvieux, m'a conduit jusqu'à Wasdale Head par les routes les plus tortueuses sans me demander d'explication. L'existence de ce livre lui doit beaucoup, ainsi qu'à sa connaissance de la région des Lacs.

Les réflexions de Ed Park sur le premier jet ont été profondes et déterminantes. Rowan Cope a posé sur mon travail son œil d'éditeur aiguisé et m'a aidé à trouver des solutions auxquelles je n'avais pas songé. Merci à Maisie Lawrence, Jo Dickinson, et à toute l'équipe de chez Scribner. Merci à mon agent, Judith Murray, toujours sage et attentionnée, ainsi qu'à Gráinne Fox et Kate Rizzo. Merci à Caroline et Peter Hesz, Sharon Evans, David Lloyd, et au regretté Giles Waterfield qui a eu pour moi des paroles aimables que je n'oublierai jamais.

Mon frère Nick m'inspire au quotidien sans même qu'il en ait conscience – ce livre est pour lui –, et Katy Haldenby a été une lectrice enthousiaste. Ma femme, Steph, a toujours été là pour m'aider à trouver mon chemin dans les ténèbres qui ont accompagné l'écriture de cette histoire, et elle m'a soutenu avec son grand cœur et son esprit à chaque étape. Merci, surtout, à Isaac – le vrai bonheur, c'est de penser à toi –, mon fils.

Du même auteur :

Le Complexe d'Eden Bellwether, Zulma, 2014
L'Écliptique, Robert Laffont, 2017

PAPIER CERTIFIÉ

Le Livre de Poche s'engage pour l'environnement en réduisant l'empreinte carbone de ses livres.
Celle de cet exemplaire est de :
400 g éq. CO_2
Rendez-vous sur
www.livredepoche-durable.fr

Composition réalisée par Lumina Datamatics, Inc.

Achevé d'imprimer en août 2023 en Espagne par
BLACKPRINT
Dépôt légal 1re publication : septembre 2023
LIBRAIRIE GÉNÉRALE FRANÇAISE
21, rue du Montparnasse – 75298 Paris Cedex 06

47/1274/6